KB220775

당신을 주문합니다

당신을 주문합니다 1

초판 1쇄 찍은 날 | 2013년 12월 31일
초판 2쇄 펴낸 날 | 2015년 06월 30일

지은이 | 플아다
펴낸이 | 서경석

편집책임 | 조윤희
디 자 인 | 신현아

펴낸곳 | 도서출판 청어람
등록번호 | 제1081-1-89호
등록일자 | 1999. 5. 31
어람번호 | 제11-0001호

주소 | 경기도 부천시 원미구 심곡2동 163-2 서경B/D 3F (우) 420-822
전화 | 032-656-4452 팩스 | 032-656-4453
http://www.chungeoram.com
E-mail | chungeorambook@daum.net

ISBN 978-89-251-3620-2 04810
ISBN 978-89-251-3619-6 (SET)

당신을 주문합니다 1

플아다 장편 소설

목차

1. 이건 예술이다!

[긴급! 누나아! 도시락 주문한 것 좀 찾아줘! 급해, 급해! 제발!]

대기업 주주회사 홍보팀에서 근무하는, 잘나가는 내 동생 송주의 애원이었다. 이 자식, 이럴 때만 누나지. 무슨 사고를 쳐서 날 이렇게 귀찮게 하는 건지. 하지만 나는 사실 피식 웃음이 나왔다. 10만 원 이상 뜯어먹을 만한 것이었다. 돈. 돈이라면 움직일 수 있다.

"얼마?"

[……10만 원.]

"끊을게."

[안 돼! 끊지 마! 15만 원!]

"잘 해결해."

[20만 원! 20만 원! 내 전 재산이다.]

오케이! 난 타산을 맞추고 속으로 쾌재를 불렀다. 심부름 한 방에 20만 원이라니.

[‘플아다’라고, 유명한 수제도시락가게야. 그냥 도시락이 아니라 도시락아트라고 하는 건데, 간부급 컨퍼런스라 거기서 40인분 주문했거든. 근데 연락이 안 돼. 갈 새도 없고. 누나가 직접 가서 확인해 줘. 1시에 점심시간이니까 12시 반까지만 갖다 주면 돼. 알았지?]

무슨 도시락에 ‘아트’씩이나. 그리고 C급 짝퉁 가방 같은 가게 이름은 또 뭐래?

송주는 내 대답을 듣지도 않고 전화를 끊었다. 바쁘긴 바쁜 모양이었다. 그래, 누나가 간다. 누나가 모두 해결해 주마. 회사를 때려치운 지 한 달 만에 생산적인 일을 하게 되었다.

인터넷 포털 검색창에 ‘도시락 플아다’라고 치니 바로 나왔다. 웹페이지는 아니고 인터넷 블로그 같은 것이었다. 그런데, 이거 신세계인걸!

색색깔의 예쁘고 먹음직스러운 음식 사진들이 펼쳐져 있었다. 매일매일 그날의 도시락 메뉴를 찍은 사진들이었는데 하나같이 다른 메뉴들에, 하나같이 예술이었다. 아, 진짜 ‘아트’라는 말이 괜히 나온 게 아니구나. 이건 아트였다, 정말.

꽃김밥, 새우떡갈비꼬치, 게살바게뜨샌드위치, 비빔탕수육, 감자말이오징어링, 노란 계란지단이 살포시 올라간 장어초밥까지……. 새롭고 신선한 이름과 모니터에서 튀어나올 것만 같은 맛깔 나는 음식들이 나를 매혹시켰다. '말도 안 돼, 말도 안 돼'를 거듭 중얼거리며 음식 사진에 매료되어 멍하니 입맛을 다셨다. 쿠키앤치즈고로케는 도대체 무슨 맛일까?

아니야, 이럴 때가 아니지. 맨 아랫줄의 전화번호로 전화를 했다. 두 번이나 했지만 송주 말처럼 아무도 받지 않았다. 찾아가야겠다고 생각하며 옷을 주워 입었다. 일단은 도시락가게에 빨리 가보는 게 중요하니 얼른 나가자. 화장은 송주 회사에 도착하기 전에 하더라도.

블로그에서 가게 주소를 찾다가 주소 글씨 옆에서 아주 조그만 그림을 발견했다. 쌀알 크기였지만 내 좋은 눈으로 가만히 보니 태극 문양의 배너 같은 것이어서 무심결에 클릭하고 말았다. 그저 무심결이었다. 갑자기 새 창이 열리며 '축하합니다'라는 글씨가 떴다.

축하합니다! FL-ADA의 보석을 찾으셨습니다.

연락처와 성함을 남겨주시면 원하는 선물을 드립니다. 선택해 주세요.

1. 30만 원 상당의 프리미엄 수제도시락세트

2. 제주 그레이스 호텔 스위트룸 1박 2일 이용권

3. 현금 20만 원

4. 정직원 채용 합격권(男)

5. 여국대 1박 2일 이용권(女)

오오, 내가 근 1년 동안 재수가 없더라니, 로또를 사도 5,000원 당첨도 안 되더라니, 이런 데에서 행운 포텐이 터지는구나! 그런데 '여국대'가 뭐지? 경포대, 해운대 같은 바닷가 근처 호텔인가? 대학교 이름인가? 대나무 기계 이름인가? 잠깐 생각해 봤지만, 뭐가 됐든 관심 없었다. 난 현금이 필요한 사람이니까. 나는 '현금'이라고 쓰고 내 이름과 전화번호를 남겼다. 그런데 아뿔싸!

흥분한 나머지 '확인' 버튼 옆의 '닫기' 버튼을 누른 것이다.

아니, 왜! 확인만 하면 됐지, 닫기 버튼을 만들어놨느냔 말이야!

어처구니없어 한동안 멍하니 있었지만 금방 정신을 차렸다. 가게에 도착하면 이 얘기도 해야지. 마음을 가볍게 먹고 집을 나섰다.

오전 9시 30분에 집에서 나와 국회의사당역 근처의 가게에 도착하니 10시가 넘었다. 가게는 오피스텔 빌딩 403호였다. 주문만 받는다고 했으니 매장이 필요 없겠지. 그래도 현관문 앞에 'FL—ADA'라는 작은 간판이 달려 있었다. 역시 이 이름은 마음에 안 들어.

초인종을 눌렀지만 아무도 나오지 않았다. 이 사람들, 먹고 튄 거 아니야?

"여기요! 아무도 안 계세요?"

초인종을 누르다 포기하고 현관문을 두드려 댈 때, 402호의 문이 열리고 추리닝을 입은 남자가 내 위에 그림자를 드리웠다. 나보다 머리 하나는 위에 있는 사람이었다.

사실…… 내 키가 작은 탓이다. 3㎝ 정도 불려서 158㎝라고 이력서마다 적고 있긴 하지만, 158㎝라고 해도 큰 키가 아니니 말이다. 그러나 키 작은 사람들에게 이 3㎝가 얼마나 목숨을 걸 만큼 소중한지 윗세상에 사는 사람들은 모를 것이다. 아무튼 그런 내게 이 남자는, '헤이! 거기 잘 있어요?' 라고 할 만큼 크고 멀었다.

그리고 그 먼 곳에 있었던 얼굴은, 사실은 멋있었다! 아주 많이 잘생긴 사람이었다.

큰 눈에, 내가 좋아하는 얇은 쌍꺼풀, 그리고 코도 연예인 코처럼 오뚝했다. 저 눈 아래 두툼한 애굣살 좀 봐! 나이는 서른 정도? 그는 피부까지 좋아 보였다. 내 좋은 눈으로 가만히 봐도 모공이 보이지 않았다. 그는 나를 응시하고 있었다. 나는 뱀파이어를 만난 것처럼 그의 눈에 빨려 들어갔다.

정신을 차렸을 때 402호의 미남은 내 눈 앞으로 손을 흔들며 뭐라고 말을 하고 있었다. 내가 그 미남의 얼굴에 도취되어 세상의 모든 시간이 멈춰 버린 줄 알았으나 멈춘 건 나 혼자였다. 그가 나에게 뭐라고 말을 거는지도 들리지 않을 만큼 수 초간은 빠져 있었던 것이다.

"누구 찾으시냐고요."

"네? 저기…… 여기 가게 사장님 찾아왔는데요. 안 계시나 보네요."

"아, 주문하러 오셨어요? 전화로 하셔도 되는데…… 잠깐만요."

미남은 문을 닫고 안으로 들어갔다. 한 1분쯤 지났을 때, 옷을 갈아입은 미남이 다시 모습을 드러냈다. 추리닝 대신 흰 셔츠와 청바지로 갈아입으니 그 미모가 더욱 빛났다.

"일단 오셨으니까 안으로."

그는 403호의 번호키를 눌러 문을 열었다. 나는 그를 따라 안으로 들어갔다.

복층으로 되어 있는 넓은 오피스텔은 커다란 테이블 주변으로 주방가전들이 가득 차 있었다. 오븐, 전기레인지, 전자레인지, 대형 냉장고 두 개, 김치냉장고 세 개, 그리고 텔레비전에서만 봤던 조리기구들. 구석의 소파 쪽을 제외하곤 오피스텔 전체가 부엌 같은 공간이었다. 이어진 계단 위로는 박스들이 꽉꽉 들어차 있었다.

그는 나에게 구석의 소파를 권한 뒤 전기포트로 물을 끓였다. 그리곤 서랍에서 무언가를 꺼내 찻잔에 넣고 물을 부었고 이내 찻잔을 나에게 가져왔다. 찻잔 안에는 슬라이스된 예쁜 귤 조각 하나가 둥둥 떠다니고 있었다. 껍질을 까지 않은 귤이었다. 새콤한 귤 냄새가 났다.

"귤차예요."

다른 설명은 없었다. 정말 과묵한 미남이었다. 찻잔을 살며시 드는데 왠지 그가 날 보고 있는 것 같았다. 생각해 보니, 미남이랑 같은 방에 단둘이 있는 건 처음이었다. 그 처음이라는 긴장에 은근히 떨리는 손으로 잔을 들어 귤차를 훅 들이켰다. 훅— 들이켰다. 아뿔싸!

나는 늘 운이 나빴지만 순리대로 흘러가는 사람이었고, 때론 독했고, 언제나 의연했으며, 똑똑하다는 소리도 자주 들었고, 똑똑하게 상사와 말싸움을 하다가 회사를 그만뒀고, 그럼에도 꿋꿋했고, 긴장할 만한 곳에서는 좀 더 정신을 똑바로 차리는 사람이었다. 그런 내가, 이 낯선 곳에서 낯선 잘생긴 남자를 보고 이런 바보 같은 상황을 맞게 되다니.

"푸에! 앗, 뜨거!"

잔을 훅 들이켜는 바람에 그 안에 있던 귤 조각이 한 번에 내 입 안으로 들어왔고, 그 뜨거움에 귤 조각을 뱉어내고 말았다. 그런데 그 뱉어내는 힘이 어찌나 셌던지, 내 입에서 나온 귤 조각은 그 사람의 찻잔 속으로 들어가 버렸다.

"헉. 죄송합니다!"

"아니에요. 괜찮습니다."

순간 정신이 확 들었다. 내가 여기서 뭘 하고 있는 거지? 정신 차려, 박송아. 넌 여기 동생 심부름하러 온 거잖아. 어딜 봐도 네가 가져갈 도시락은 없다고. 이 매너 좋은 미남에 취해서 차나 마시고 있을 때가 아니야. 나는 찻잔을 도로 가져가는 그에게 내뱉듯 말을 던졌다.

"저 주문한 도시락 받으러 왔는데요."

"아, 6시 프러포즈용 2인분요? 좀 시간이 걸릴 텐데. 아직 시작안 했거든요."

"네? 아니요, 12시 반 컨퍼런스 40인분인데요."

"그건 들은 적 없는데."

"일주일 전에 주문하고 확인문자도 받았다고 하던데요. 잠시만요."

나는 핸드폰을 꺼내 송주에게 전달받은 문자메시지를 보여주었다.

[11월 23일 PM 12:30 식사용 40인분 예약. 입금 확인되었습니다.]

그는 메시지 내용을 가만히 쳐다보다가, 내 핸드폰을 빼앗아 직접 확인했다. 그의 얼굴이 내 가까이 왔고, 그의 눈은 더 커졌고, 그의 손이 내 손을 스쳤다. 그는 잠시 내 핸드폰을 보고 있다가 손을 부르르 떨더니 조그맣게 읊조렸다.

"죽었어, 이 아메바 같은 자식."

순간 내가 미쳤구나 생각했다. 욕을 해도 눈이 부신 사람이 있구나! 그는 내 핸드폰을 한 손에 꼭 쥔 채로 주머니에서 자기 핸드폰을 꺼내 누군가에게 전화를 걸었다.

"야, 오늘이 22일이냐, 23일이냐! 당장 못 와?"

그의 '당장 못 와'는 오피스텔을 쩌렁쩌렁 울릴 만큼 컸다. 나는 어깨가 움츠러들었다. 전화를 끊은 그는 나에게 돌아서며 엄청나게 진지한 표정으로 용서를 구했다.

"죄송합니다. 매니저가 시차 적응에 문제가 있어서 날짜를 혼동했어요. 어떻게든 12시 반에 되는 재료들이라도 맞춰서 보내고 부족한 부분은 한 분씩 애프터서비스해 드리겠습니다."

아, 멋있는 사람이 나한테 인사를 한다. 죄송하다고 말을 해.

아니에요, 아니에요. 뭐든지 용서해 드릴게요. 그의 사과를 받으니 400인분, 4,000인분이라도 용서할 수 있을 것 같았다. 당신의 행복은 나의 행복, 당신의 아픔은 나의 아픔.

내가 다른 말을 하기도 전에 그는 밖으로 나갔다. 그리고 옆 호에서 '야, 일어나!'라고 하는 우렁찬 소리가 들렸고 곧 그가 돌아왔다. 그의 뒤에는 머리를 밝은 갈색으로 염색한 남자 한 명이 있었다. 내 나이쯤 됐을까? 아직 잠이 덜 깬 듯해 보였는데 귀여운 인상이었다.

"손님? 안녕하세요."

갈색머리가 꾸벅 인사했다. 나도 따라 인사했지만 내 인사는 무시당했다. 미남은 앞치마를 두르려는 갈색머리에게 씻고 오라고 잔소리하며 화장실 쪽으로 밀었다. 그는 철저한 사람이었다. 갈색머리가 화장실에 들어가 있는 동안 그는 냉장고의 재료들을 둘러보고 전기밥솥에 밥을 안치고 오븐에 불을 켜고 초콜릿을 녹이고 계란을 깨고 밀가루를 체쳤다. 이 모든 일을 하는 데 10분도 걸리지 않았다. 잠시 후 화장실에서 나온 갈색머리가 미남의 작업에 합류했다.

"냉장고에 콩 불린 거 세 번 즙내고 끓여. 떡집에 전화해 놓을 테니까 절편 좀 가져오고. 유기농인지 다시 확인하고."

미남은 갈색머리에게 이것저것 지시하면서도 큰 솥에 미역을 넣고 고기를 다지고 김치를 썰었다. 갈색머리가 떡을 가지러 간다며 나간 후 이번엔 웬 안경 쓴 남자가 들어왔다.

"롱타임 노씨."

쾅—

서글서글한 인상의 안경 쓴 남자가 문을 열고 들어오며 인사하는데, 그와 동시에 미남은 안경 쓴 남자에게 키위를 던졌다. 직구였다. 죽으라고 던진 것 같았다. 미남이지만 포악한 사람인 걸까. 안경 쓴 남자는 아무 일도 아니라는 듯 직구를 피했다. 그리고는 사람 좋게 웃으며 주방으로 가는 길에 힐끗 나를 쳐다보았다. 나는 괜히 얼굴이 후끈거렸다.

"손님이 있었네."

"네가 연락이 없어서 직접 오신 거잖아."

"아, 죄송합니다. 아침은 드셨어요?"

"아, 아니."

더 말을 하려는데, 이 사람은 물어봐 놓고 듣지도 않는다. 그러려면 뭣 하러 물어보는 건가.

"고기 볶으면 되나?"

"주먹밥 만들 거."

두 사람은 언제 살인직구를 주고받았냐는 듯이 침착하게 요리를 시작했다. 안경 쓴 남자는 달그락달그락 거리고, 가끔 휘파람을 불고, 요리 방법에 대해 묻는 등 약간 부산스러운 반면, 미남은 말을 아끼면서 요리에 집중했다. 그에게서 발산된 모든 에너지는 요리에 쏟아야 한다는 듯이. 앞치마를 두른 모습마저 부티나는 남자였다. 저 남자의 단점은 뭘까. 목소리 큰 거? 말 없는 거? 아니야, 차가운 도시 남자가 얼마나 매력적인데.

시간은 잘도 흘러갔다. 갈색머리가 작은 떡 상자를 들고 돌아왔고 맨 먼저 미역국 냄새와 김치볶음 냄새가 은은하게 퍼졌다. 배가 고파서 그런지 이 토속적인 음식 냄새가 내 혼을 쏙 빼놓을 것 같았다. 어느덧 주방에는 음식 소리밖에 들리지 않았다.

"12시."

얼마 후 갈색머리가 망연자실한 표정을 지었다. 잘생긴 남자는 아무 말도 없었다. 그가 화가 난 건지, 작업에 열중하여 소리를 듣지 못한 건지는 모르겠다. 나는 도와주고 싶은 생각이 들어 '저기요' 하며 작은 소리로 입을 열었다. 안경 쓴 남자가 나를 쳐다봤다.

"제가 시간을 좀 더 벌 수 있을 것 같아요. 1시에 컨퍼런스가 끝난다고 했으니까 12시 50분까지는 괜찮지 않을까요?"

순간 잘생긴 남자와 눈이 마주쳤다. 그리고 그가 처음으로 날 보고 싱긋 웃었다. 입꼬리만 살짝 끌어 올리는, 여자들 혼을 쏙 빼놓을 미소를 지으며.

그가 갈색머리에게 물었다.

"회사까지 얼마나 걸린댔지?"

"15분."

"내가 운전하면 10분."

안경 쓴 남자의 말에 잘생긴 남자가 끄덕이며 말했다.

"오케이. 패키지 가져와, 5번으로."

갈색머리가 계단을 올라가 위층에서 부스럭거리더니 박스 상자 두 개를 들고 내려왔다. 갈색머리와 안경 쓴 남자가 박스 안의 도시락 상자들을 꺼내 테이블에 내려놓는 동안 그는 가장 바쁘게 이리저리 움직이고 있었다. 한 번에 다섯 가지 정도의 음식을 만들어내고 있는 듯했다.

커다란 테이블에 빈 도시락 상자들이 놓였고, 잘생긴 남자는 거기에 하나하나 준비한 음식들을 담아 나갔다. 분주하게 움직이던 안경 쓴 남자와 갈색머리도 이 시간만큼은 모든 일을 멈추고 잘생긴 남자의 손 움직임에 집중했다.

"잠깐만 오시겠어요?"

잠시 후 그가 나를 불렀다. 주방 테이블에는 네 개의 상자에 담긴 음식과 작은 유리병에 담긴 미숫가루, 국그릇에 담긴 미역국이 놓여 있었다.

뽀얀 국물의 전복미역국,

각각 다진 고기와 삶은 계란의 노른자, 김 가루에 굴린 세 개의 주먹밥과 하나의 영양주먹밥,

초록빛이 도는 두부와 통깨를 올린 볶음 김치,

튀김가루를 묻히지 않은 단호박튀김과 귤 슬라이스 모양의 얇은 연근튀김,

그리고 그 아래에는 붉은 실고추를 올린 검은콩비지전,

쫄깃한 기름기가 도는 절편궁중떡볶이와 갈비,

후식으로는 따끈하고 묵직해 보이는 호두브라우니와 계절과일,

앙증맞은 미숫가루음료.

이 많고 예쁜 것들이 상자에 가지런히 멋지게, 화사하고도 깔끔한 데코로 담겨 있었다.

세상에! 보는 것만으로도 눈물이 날 것 같았다! 이건 예술이다!

초등학교 때 엄마가 싼, 찹쌀떡처럼 진밥의 김밥만이 도시락이라고 알고 있던 내게 이 남자들의 요리는 새로운 세계였고 환상의

세계였다. 요리로 사람을 감동시키는 이들이 있다더니.

나는 그를 쳐다보았다. 그는 내게 허락을 구한다는 듯이 진지한 표정이었다. 그 눈동자가 반짝거려서 그가 한없이 순수해 보였다. 송주가 이런 남자는 조심하라고 했는데. 28년 솔로 인생에 이런 날도 있구나.

내가 상황을 미처 깨닫지 못하고 그저 빛나는 도시락들과 그를 번갈아 보고 있을 때, 그가 말을 걸었다.

"맛을 한번 보시겠어요?"

그는 길고 하얀 손을 뻗어 다진 고기 고물을 묻힌 주먹밥을 내게 내밀었다. 이걸 어쩌라는 거지? 아, 해서 받아먹으라는 건가? 나는 다시 한 번 망설였다.

"손 깨끗해요. 드셔보세요."

나는 주먹밥을 손으로 받아 입에 넣었다. '아'를 하고 싶은 마음이 있긴 했지만, 오버라는 것을 알고 있었다. 내 먹는 모양새만 쳐다보는 세 남자 앞에서 천천히 주먹밥을 씹어 먹었다. 처음엔 긴장해서 맛이 잘 느껴지지 않았다.

그러나 잠시 후 평온함이 찾아왔다. 배고플 때 먹는 음식은 일단 80점은 먹고 들어간다. 하지만 나는 플러스 220점 정도는 더 주고 싶었다. 300점짜리 주먹밥이었다.

"진짜 맛있어요!"

그들은 서로 마주 보면서 미소 지었다. 서로에게 보내는 오케이

사인이었다. 안경 쓴 남자는 나에게 도시락을 몰아주었다.

"다 드셔도 돼요. 포장할 동안 앉아서 드세요."

나는 안경 쓴 남자가 소파 테이블에 차려준 도시락을 즐거운 마음으로 먹었다. 처음으로 잘생긴 남자에게서 눈을 돌릴 수 있었다. 내가 여러 가지 음식을 맛보는 동안 또 주방은 분주하게 돌아갔다. 그들은 미남이 보여준 도시락 데코대로 음식을 상자에 담아내고 있는 듯했다.

눈에 뵈는 것도 없이 주먹밥 네 개를 다 먹고, 두부김치, 떡볶이, 비지전을 몇 개 집어먹었을 때 정신이 돌아왔다. 12시 28분. 핸드폰이 울리고 있었다. 송주였다.

'어디야, 도착했어?' 라고 묻는 다급한 목소리에서 송주의 식은땀이 느껴졌다.

"송주야, 음식이 조금 늦을 것 같아. 컨퍼런스 1시에 끝나는 거니까 12시 50분까지 꼭 갈게. 더 따끈따끈한 도시락 받을 수 있을 거야. 괜찮지? 응?"

나는 되도 않는 착한 누나 콘셉트로 송주와 통화했지만, 송주는 화가 난 듯했다.

[무슨 일 있어?]

"아무 일 없이 잘 되고 있어. 12시 50분까지는 갈 수 있으니까 컨퍼런스 끝나면 바로 식사할 수 있을 거야."

[50분?]

"50분."

[알았어. 50분까지 회사 정문으로 와.]

"그래, 알았어."

[아무 일 없는 거지?]

"어, 아무 일 없어."

[없음 됐어. 차 조심하고.]

송주는 전화를 끊었다. 핸드폰을 내려놓고 주방을 보니, 주방의 남자들이 두 손으로는 도시락 포장을 하면서 두 눈으로는 나를 보고 있었다. 그들도 긴장하고 있었던 모양이다.

"빨리빨리, 제대로!"

미남이 엄하게 다른 두 남자에게 말했다. 그들은 컨베이어벨트처럼 분업화되어 있었는데, 미남과 안경 쓴 남자의 일은 착착 진행되는 반면 상자의 리본을 묶는 갈색머리의 일거리는 점점 불어나고 있었다.

"메달이 형만 있었어도."

갈색머리의 푸념이 들렸다. 아마도 한 사람이 비어 이런 일이 생긴 듯했다. 내가 뭐라도 할 수 있으면 좋을 텐데, 내가 뭐라도.

"저기요, 저 리본 잘 묶는데 제가 도와드릴까요?"

나는 주방 쪽으로 가면서 말했다. 시간이 촉박하고 일손도 달려 보였기 때문이다. 미남의 도움이 되고 싶었던 마음이 가장 큰 이유였지만.

"리본 잘 묶어요?"

안경 쓴 남자가 계속 작업을 하면서 나에게 물었고, 갈색머리는 반갑다는 듯 환하게 웃었다. 미남은 그저 의아한 표정으로 나를 바라볼 뿐이었다. 갈색머리의 리본 묶는 방식을 힐끗 봤던 나는 옆의 자투리 끈으로 똑같이 리본을 묶어서 그들에게 보여주었다.

'오!', '빠르다' 라고 하는, 안경 쓴 남자와 갈색머리의 감탄사가 지나는 동안 리본을 물끄러미 쳐다보던 미남은 정중하게 나에게 부탁했다.

"그럼 부탁드릴게요. 죄송합니다."

나는 고개를 끄덕이고 갈색머리와 함께 리본을 묶었다. 내 손놀림이 더 빨랐기 때문에 일은 착착 진행되었다. 갈색머리가 내 리본이 기계로 찍어낸 것 같다며 칭찬했다. 기계틱하다는 칭찬이라니. 칭찬은 별로였지만 미남이 고개를 끄덕이며 보일 듯 말 듯한 미소를 지었을 땐 진짜 기계라도 될 수 있을 것 같은 기분이었다. 어느덧 5분이 지나고 모든 도시락 포장을 마쳤다. 갈색머리는 도시락들을 1인분씩 예쁜 종이가방에 담았고, 안경 쓴 남자는 이 종이가방들을 큰 박스에 다시 담았다. 12시 36분이었다.

"제가 태워다 드릴 거예요."

안경 쓴 남자가 말했다. 이제 미남과는 작별이었다.

"고고!"

안경 쓴 남자가 급하게 먼저 뛰어나갔고, 갈색머리가 박스 세 개를 들고 나섰다. 미남이 나머지 박스 두 개를 들고 내게 먼저 나가라는 듯이 몸을 옆쪽으로 비켜주었다.

"아니, 조심해서 나가세요. 제가 문 닫을게요."

나는 미남을 배려한다는 듯이 먼저 나가라고 손짓했다.

"고맙습니다."

키가 크고 호리호리하면서도 어깨가 넓은 이 잘생긴 남자는 박스를 든 자태도 매력적이고 섹시했다. 나는 이 남자가 욕을 하는 모습도, 동료에게 살인직구를 날리는 모습도 봤지만, 그가 나를 대하는 태도는 완벽한 신사였다.

작별이다. 더 이상 여기 올 일은 없겠지. 주문이 있어도 전화로 하면 되니까.

긴장할 만한 곳에서는 좀 더 정신을 똑바로 차리는 인간인 나는, 오피스텔 현관문을 닫으면서 문 안쪽으로 내 핸드폰을 휙 던졌다.

나는 여기 다시 오리라.

2. 여우 같은 남자

오피스텔 건물 밖으로 나가니 이미 폭스바겐 SUV가 문 앞에 서 있었고 안경 쓴 남자가 운전석에 앉아 있었다. 갈색머리와 미남은 뒷문을 열어 박스 다섯 개를 하나씩 조심스레 실었다.

점심시간의 여의도는 사람들이 많이 돌아다녔다. 나도 한 달 전까지는 저런 회사원이었지. 목에 사원증을 걸고 테이크아웃 커피를 마시며 밝게 걸어가는 사람들의 모습이 좋아 보였다. 그때 누군가 말을 걸어왔다.

"어? 박송아 아니야?"

나는 익숙한 사오정 목소리에 고개를 돌렸다. 대학교 동아리 선배였다. 이름이…… 김민수 같은, 그런 이름이었는데 타고난 사오정 목소리로 더 유명한 선배였다. 취업 기간이 길었던 만큼 후배들을 잘 챙기던, 언제든 학교에서 볼 수 있었던 선배. 내가 학교를 졸업한 후로는 한 번도 못 봤지만 말이다. 여기 선배가 웬일이지? 아, 여기 방송국이 있지.

사오정 선배는 1년 전 3수 끝에 드라마국 PD가 됐다고 들었다. 그리고 선배는 바빠서, 우리들은 '그냥' 연락하지 못했다. 원래 사람은 그렇다. 같이 먹고 떠들던 사람이 어느 날 한 단계 수준이 높아지면 매일 하던 연락도 꺼려지게 돼 있다. 선배가 바쁜 탓만은 아니었다. '이 사람은 이제 나랑 같은 레벨이 아닌데 거절당하면 어쩌지?' 라는, 스스로를 깎아내린 열등감 때문이었다.

"오정 선배!"

"아직까지 오정 선배가 뭐냐? 민망하게."

사오정 선배가 내 머리를 살짝 툭 쳤다. 선배가 늘 하던 그대로였다.

"안 그래도 연락하고 싶었는데. 광고회사 들어갔다며."

아, 이 선배가 창대한 시작만 알고 미약한 끝은 모르는구나. 나는 애써 웃었다.

"그만뒀어요."

"왜? 가고 싶어 했잖아."

이 사오정 선배가 눈치 없이 아픈 델 건드리는구나. 그때 박스를 다 실은 잘생긴 남자가 말없이 조수석 문을 열었다. 어서 차에 타라는 뜻이었다. 왠지 그의 눈빛이 차갑게 느껴졌고 화가 난 듯도 했다.

“아, 선배, 저 급하게 갈 데가 있어서.”

나는 미남이 문을 열어준 쪽으로 차에 오르면서 사오정 선배에게 인사했다.

“선배, 나중에 얘기해요. 번호 바뀌었어요?”

“아, 나 번호 바꿨어. 넌 안 바뀌었지?”

사오정 선배는 능숙하게 명함을 꺼내 내게 주었다. 미남의 눈치가 느껴졌다. 미남은 열린 조수석 창문을 통해 안경 쓴 남자에게 말을 건넸다. 그의 숨이 가까이에서 느껴졌다.

“운전 조심해서 해라. 음식 망가지면 죽는다.”

다소 폭력적인 말투였다. 나는 상황의 긴박함을 생각하며 사오정 선배와 인사했다.

“번호 그대로예요. 나중에 연락드릴게요.”

사오정 선배는 흐뭇하게 웃으며 가던 길을 갔고 나는 떠날 준비가 되었다는 듯 미남을 바라보았다.

“도와주셔서 감사합니다. 조심해서 가시고요, 이 친구가 댁까지 바래다줄 거예요.”

아니요. 나는 다시 오게 될 거예요.

내 미소의 의미를 알 리 없는 그가 내게 인사했다.

곧 나는 그와 멀어졌고, 그가 멀리까지 우리를 지켜보고 있는 것이 백미러로 비춰졌다. 안녕. 그러나 난 배달을 마치고 핸드폰을 찾으러 이곳으로 다시 오게 될 테니 잠시만 안녕. 현대인이 핸드폰을 가지고 다닌다는 것은 얼마나 낭만적인가.

그런데 안경 쓴 남자는 조심해서 운전하라는 말을 흘려들은 걸까? 그는 과속방지턱이고 커브고 횡단보도고 할 것 없이 엄청나게 내달렸다. 서울 시내에서 이렇게 속도를 낼 수 있다니. 나는 점점 무서운 생각이 들어 나도 모르게 문 위쪽의 손잡이를 꽉 쥐었다.

"과속 말고는 무사고 10년이에요."

살짝 나를 본 그가 나에게 말을 건넸다. 그는 내달리는 중에도 참 편안해 보였다. 이거, 속도광이라는 애기지? 도저히 편안해질 수가 없어 어깨가 움츠러들었다.

마포대교를 넘어갈 때쯤 핸드폰 벨이 울렸다. '회사가기싫어송' 이었다.

♪ 회사가기 싫—어 (시러시러) 회사가기 싫—어 (어우, 시러) ♬

안경 쓴 남자가 내게 핸드폰을 건넸다. 핸드폰에는 '여 사장' 이라고 떠 있었다.

"대신 좀 받아주세요. 내가 받으면 잔소리만 할 것 같으니."

나는 머뭇거리다가 전활 받았다. 이 속도광이 직접 전화를 받으면 정말 사고가 날 수도 있겠다는 생각이 들었다.

"여보세요."

[아까 오셨던 분이시죠? 그 친구랑 잘 가고 있어요?]

수화기 너머로 듣기 적당한 저음이었던 그의 목소리가 들려왔다. 다시 듣고 싶었던 목소리. 분명히 도시락 가게의 잘생긴 남자, 그였다.

"네. 잘 가고 있어요."

[핸드폰이 떨어져 있었어요.]

네, 알고 있어요.

내가 연기를 좀 할 줄 안다. 실은 회사 다니던 시절 내가 기획한 광고에도 종종 '지나가는 사람 10', '배경으로 보이는 사람 11' 같은 것으로 보조출연을 좀 했었으니까. 나는 최대한 놀라는 표정에―물론 그에겐 보이지 않겠지만―다급한 목소리로 말했다.

"어머! 어떡해! 내 핸드폰!"

순진한 그는 침착하라며 말을 이었다.

[여기 있으니까 걱정 마세요. 도착해서 만나셔야 될 분 연락처는 아시는 거죠?]

나는 최대한 안타까운 표정에―물론 그에겐 보이지 않겠지만― 침울한 목소리로 대답했다.

"네……. 제 동생이에요……."

[아, 동생이구나. 아까 전화 울려서 받으니까 당신 누구냐고 화를 좀 내시더라고요.]

"아…… 죄송합니다……. 걔가 좀 그래요……."

미안하다, 송주야.

[아무튼 사정 잘 얘기했고 50분에 도착할 거라고 말했으니까 다시 한 번 동생분한테 연락해 주세요. 그리고 핸드폰은 바로 퀵으로 보내 드릴까요?]

아니요. 그건 아닙니다! 내가 왜 거기에 핸드폰을 두고 왔는데! 나는 손사래를 치며 그의 제안을 마다했다. 이 남자, 순진하고 예의 바르고 센스 있는 건 좋은데, 눈치가 없구나.

"아니에요, 아니에요. 제가 동생한테 도시락 갖다 주고 돌아갈게요."

[그러시겠어요?]

"네, 그럴게요."

[네, 그럼 이따 다시 뵙겠습니다.]

그가 전화를 끊었다, 이따 다시 뵙겠다고 하고는.

우리는 다시 만난다. 이제 우리의 만남이 명확해졌다. 나는 전화를 끊고 안경 쓴 남자에게 핸드폰을 건넸다. 안경 쓴 남자가 물었다.

"핸드폰 놓고 왔어요?"

"네……. 빠졌나 봐요."

"이따 다시 돌아가야겠네요. 아니면 정말 저희가 갖다 드려도 되는데…… 바쁜 일 없으세요?"

이럴 때 어떻게 대답해야 조금 더 바쁜 사람처럼 보이면서 핸드폰은 반드시 내가 찾으러 가야 한다는 것을 어필할 수 있을까?

"바쁘다고도 안 바쁘다고도 할 수 없어요."

세상에, 이게 바로 내가 한 말이다. 도대체 이 난해한 대답은 뭐란 말인가. 내 입에서 나왔지만, '나는 바보라고도 안 바보라고도 할 수 없어요' 였다. 그 말인즉 나는 바보네요, 라는 말 아닌가!

그는 풉, 웃었다. 내 의도하지 않았던 백치 개그가 통했다는 거였다. 그는 운전대 앞의 명함집에서 명함을 한 장 꺼내 내게 주었다. 명함에는 '주문도시락 아틀리에 FL—ADA 영업이사 한비룡' 이라고 적혀 있었다.

"영업이사, 직함 거창하죠? 꼴랑 세 명 있는 가게에."

그보다 내가 더 눈이 간 것은 그의 이름이었다. 난 웃음을 참으며 말했다.

"성함이……."

아주 오래전 '요리왕 비룡' 이라는 애니메이션이 있었다. 주인공이 요리를 했다 하면 과연 요리를 갖다 놓은 건지 촬영용 조명을 갖다 놓은 건지, 사람들은 요리가 눈이 부셔 보지를 못하고 한 입 머금으면 등장인물 뒤로 산, 들, 바다가 펼쳐지면서 사람들은 묻는다. '도대체 너는 누구냐!' 그러면 주인공의 친구는 주인공이 옷에 감고 있던 붕대를 풀어 팔소매의 특급요리사 문장을 보여주는 거다. 매번 친구가 갑자기 붕대를 푸는 것에 수줍게 놀라며 부끄러워할 바엔, 아니, 옷을 갈아입으면 되는 거 아닌가. 팔뚝에 문신이 되어 있는 것도 아니고 팔소매에 박혀 있는 건데, 그 옷을 입지나 말든지 입고 나서 놀라는 척하는 건 뭔데.

아무튼 그 요리왕 비룡.

"이름 재밌죠? 그래도 이름 덕분에 그 친구 만나게 된 거예요, 여 사장."

"왜 여 사장이에요?"

나는 좀 전부터 궁금했던 것을 물었다.

"여씨니까 여 사장이지, 뭐."

"아……."

"여자애 같아서 그러는 줄 알았어요? 하긴, 일할 때 잔소리하고 담배도 못 피우게 하는 거 보면 완전 엄마지, 엄마."

"아……."

"아무튼 이름 덕분에 만났어요. 너는 이름이 비룡이니까 요리를 좀 알겠네, 이런 식으로 접근해서 이것저것 다 먹게 했지. 생각해 보니까 생체실험용이었어요. 뭐, 맛없는 건 없었지만."

그랬구나. 그 사람은 정말 요리를 사랑하는구나. 나는 그 외에 한비룡 씨가 프랑스에 다녀오는 바람에 날짜를 착각했다는 사실과 일 년에 두 번 정도 이런 일이 생긴다는 이야기를 들었다. 이러저러한 이야기를 하는 동안 어느덧 송주네 회사 앞에 도착했다. 밖에서 송주가 다른 직원 한 명과 함께 안절부절못하며 서성이고 있었다. 한비룡 씨의 차는 송주 앞에서 섰고, 나는 차에서 내려 송주의 동료에게 인사한 뒤 바로 뒷문을 열었다. 송주가 소리를 질렀다.

"연락 한다더니 왜 안 해!"

"50분. 딱 맞게 왔잖아."

"딱 맞긴!"

"죄송합니다. 착오가 생겨서 조금 늦었습니다."

송주는 용서를 구하는 한비룡 씨에게 목례로만 인사하고 나를 한껏 흘겨보더니 곧 표정을 바꿔 나만 들릴 듯한 작은 목소리로 말했다.

"요즘 화장 안 하고 다녀? 그게 낫다."

헉, 맙소사! 그러고 보니 이제껏 화장을 안 하고 있었다. 나의 울긋불긋한 맨얼굴을 지금 이 사람들에게 모두 보였다니. 그리고 그 미남에게 노출시켰다니! 시간을 되돌리고 싶어졌다.

무사히 도시락을 전달하고 다시 한비룡 씨의 차에 오른 나는 조마조마했다. 화장을 해야 한다, 화장을. 눈화장 같은 건 그렇다 치더라도 피부톤 좀 화사하게 만들어야 할 텐데, 내가 갑자기 얼굴색이 달라지면 이 사람들이 이상하게 생각하려나? 아니야, 관심도 없었을 거야.

돌아가는 차 안에서 나는 언제 화장을 하는 것이 좋을까 생각하며 잠자코 있었다. 다시 오피스텔에 도착하여, 한비룡 씨는 주차장에 차를 댄다며 나 먼저 내리라고 말했다. 오케이! 오피스텔이라 주위가 모두 빌딩이어서 화장실은 널려 있을 터였다.

가까운 빌딩에서 화장실을 찾을 수 있었다. 나는 물로 얼굴을 살짝 적셔 닦아낸 후 스킨, 로션, 에센스, 썬크림을 바르고 메이크업베이스를 스폰지로 꼼꼼하게 펴 발랐다. 파운데이션까지 바르면 너무 표가 날 것 같아서 눈썹만 그리고 뷰러를 사용해 속눈썹을 올리는 것으로 기초화장공사를 끝냈다. 이 정도면, 연예인들은 민낯셀카를 찍는다. 이제 당당하게 오피스텔 안으로 들어갈 수 있게 되었다.

403호 초인종을 누르니 문이 열렸다. 한비룡 씨가 먼저 와 있었다.

"없어져서 걱정했잖아요. 잘못 찾아 갔나 해서."

"아, 아니에요. 제 핸드폰은……."

나는 '제 핸드폰은……' 하면서 주위를 둘러보았다. 소파엔 갈색머리만 앉아 있었다. 나를 다시 돌아오게 한 장본인, 미남이 보이지 않았다. 내가 머뭇거리는 것을 눈치챘는지 한비룡 씨는 피식 웃으며 갈색머리에게 물었다.

"국대 어디 갔어?"

"노량진."

노트북으로 무언가를 보고 있는 갈색머리가 대충 대답했다. 그 사람 이름이 '국대'구나. 독특한 이름이다. 하지만 나는 좀 더 자세한 설명을 원하는데.

"왜? 언제 온대?"

"글쎄. 오징어랑 전복 사러 나갔어."

한비룡 씨가 내 마음의 소리를 들었는지 내 대신 갈색머리에게 소중한 질문을 해주었다.

"아, 핸드폰 여기 있어요."

갈색머리가 내게 핸드폰을 건넸다. 나는 갈색머리에게서 전해 받고 싶은 게 아니었는데. 집까지 바래다주겠다는 한비룡 씨의 말은 제대로 들리지도 않았다. 나한테 이따 다시 뵙자고 해놓고 이렇게 바람을 맞히다니. 아쉬웠다. 이대로 돌아갈 순 없는데.

'옳지!'

순간, '반짝' 하고 비장의 무기가 떠올랐다. 역시 극한은 나를 강하게 한다.

나는 두 남자에게 말했다.

"저 이벤트에 당첨된 것 같아요."

그들이 나를 쳐다보았다. 내가 무슨 얘기를 하는지 도통 모르겠다는 표정이었다.

"저 30만 원짜리 도시락 먹고 싶어요. 쿠키앤치즈고로케가 무슨 맛인지 궁금해요!"

그들은 아직도 무슨 말인지 모르는 것 같았다.

"이벤트? 이벤트가 뭐지?"

한비룡 씨가 갈색머리에게 물었다. 갈색머리가 곰곰이 생각하다가 한비룡 씨에게 말했다.

"아, 예전에 형이랑 메달이 형이랑 1미리짜리 배너 만들어놓고 장난쳤던 거 아니야?"

한비룡 씨는 가만히 생각에 잠겨 있다가 무언가 깨달은 듯 고개를 끄덕였다.

"그거 일부러 9시 몇 분에만 반짝하도록 만든 건데! 1미리로! 어떻게 그걸 찾았어요?"

"그냥, 뭔가 성가셔서 클릭해 봤어요."

'대박!' 갈색머리가 놀랍다는 듯 쳐다보았다. 한비룡 씨는 노트북의 키보드를 두드렸다.

"아, 정말이네, 오늘 아침에 찾은 거구나!"

노트북으로 나의 당첨사실을 확인한 한비룡 씨와 갈색머리는 한참 신기해하다가 함께 모니터를 보고 웃었다.

"형, 이건 뭐야, 여국대 1박 2일 이용권? 여자만?"

"왜. 국대가 인기 얼마나 좋은데. 여자들 다 쓰러지지."

"누가 이거 선택하면 어쩌려고 이런 장난을 치냐."

아, 그 이용권이 그 이용권이었구나. 드디어 '여국대 1박 2일 이용권'의 정체를 알게 됐다. 그냥 '여국대 1박 2일 이용권'을 달라고 저돌적으로 나가는 수도 있었다는 생각에 잠시 아쉬웠다. 하지만 아무튼 나는 그가 만든 음식을 다시 먹고 싶었고 그를 보고 싶었다.

"국대한테 전할게요. 쿠키앤치즈고로케 특별히 주문했다고."

"오늘 받아 가면 안 돼요?"

이런 말이 있다. '한 번 철판이 힘들지, 열 번 힘들랴'. 나는 이미 부끄러움을 잊은 저돌적인 박송아였다.

"기다리셔도 괜찮아요?"

한비룡 씨의 물음에 '네'라고 대답했다. 아, 이러면 내가 너무 싸구려처럼 보이나?

"조금 바쁘지만 괜찮아요."

한비룡 씨가 또 피식 웃었다.

"아까 밥 제대로 못 먹었죠? 라면 먹을 건데 같이 드실래요?"

한비룡 씨는 주방 싱크대 구석에서 라면 다섯 봉지를 꺼냈다. 사실, 수제도시락집에 맞는 수제라면이 나올 줄 알았다. 나도 모르게 헛웃음이 나왔다. 한비룡 씨가 따라 미소 지었다.

"원래 엄마가 먹지 말라고 하는 게 제일 맛있는 거잖아요."

"맞아. 국대 형은 라면 너무 싫어해."

한비룡 씨의 말을 받아 갈색머리가 웃으며 말했다. 내가 끼지 못할 그들만의 대화에서 나는 잘생긴 남자가 인스턴트 음식은 별로 좋아하지 않는다는 사실과, 그럼에도 불구하고 한 번씩은 먹어봐야 직성이 풀리는 성격이라는 것과, 음식에 있어서는 완벽주의자라는 것을 알 수 있었다. 곧 한비룡 씨가 큰 냄비에 라면을 끓여왔고 우리는 소파에 앉아 맛있게 먹었다. 어쩐지 내가 만든 라면보다 더 맛있는 것 같았다.

후루룩후루룩, 라면을 다 먹고 갈색머리가 치우는 동안 우리는 오피스텔의 창문을 활짝 열어야 했다. 여국대 사장이 금방 냄새를 맡는다는 것이었다. 나는 그에 대한 이야기가 나올 때마다 귀를 쫑긋 세웠다. 그들은 그의 완벽주의자적 성격에 대해 재미있고 웃기게 이야기했지만, 말투에는 애정이 가득했다.

"고로케는 그냥 만들어달라고 할게요. 다른 필요한 거 없어요? 1번 수제도시락세트. 2번 그레이스 호텔 스위트룸 1박 2일 이용권. 3번 현금 20만 원. 4번 정직원 채용 합격권, 아, 이건 남자만. 그리고 이건 여자한테만 해당되는 5번. 여국대 1박 2일 이용권."

노트북을 들여다보던 한비룡 씨가 대뜸 내게 물었다. 아니, 이 사람이 내게 무슨 대답을 듣고 싶은 거야. 어쩐지 한비룡 씨의 얼굴에 장난기가 서려 있는 것 같았다.

"그런데 왜 정직원 채용은 남자만 하는 거예요?"

나는 질문을 피할 겸 정보를 얻을 겸 해서 그에게 물었다. 사실, 여기에서 일하면 재미있겠다는 생각도 했었다. 나는 리본을 잘 묶으니까.

"여 사장이 여직원이 싫대요."

"왜요?"

한비룡 씨의 질문에 내가 다시 물었다. 설거지를 마친 갈색머리가 내 질문을 받아 장난스럽게 대답했다. 내가 아니라 한비룡 씨에게 털어놓는다는 듯이.

"뭐, 여러 가지 이유가 있긴 한데 내 생각엔 자뻑이 좀 있어요.

여자들이 다 자기만 좋아하는 줄 안다니까? 그래서 자기가 엄청 귀찮아질 거라고 생각하는 것 같아."

"사실인데 뭐. 클럽 가면 여자애들 따라다니고, 소개팅하면 여자가 먼저 애프터 신청하고."

역시, 인기가 많을 거라고 짐작했다. 하지만 어쩐지 우울해졌다. 여자친구도 있겠지?

"여자친구 있는 척하니까 이 정도지, 애인 없는 거 알면 죽자사자 쫓아다닐 애들 꽤 있을걸."

한비룡 씨는 무당인 건가? 멘탈리스트? 어떻게 그렇게 내 마음을 읽듯이 내가 원하는 대답을 민망하지 않게 들려주는 거지? 이상하다. 무서운 사람이었다.

아무튼 그는 여자친구가 없는 것이 확실했다. 솔직히 내가 그의 연인이 될 수도 있다고 기대하거나 열망하는 건 아니지만, 그런 완벽한 남자들이 한 여자만의 연인으로 살고 있는 것은 여자들의 꿈과 로망을 좌절시키는 일이라는 생각을 늘 하고 있었기 때문에, 그 말은 나에게 조금의 위안이 되었다. 그리고 잠시 후 솔로인 그가 돌아왔다. 큰 아이스박스 한 상자를 들고.

"라면 끓여 먹었어?"

창문은 오래전에 열었다 닫았지만 그는 단번에 냄새를 맡았다. 그리고 나를 쳐다보았다.

"아, 박송아 씨, 아직 계셨네요?"

그가 내 이름을 불렀다. 나는 말해준 적이 없는데.

"안 그래도 뭘 더 드려야겠다고 생각하고 있었어요. 아까 동생분 전화 대신 받아서 죄송했어요. 동생분이 많이 걱정했나 봐요."

송주는 그런 애였다. 내 전화를 다른 남자가 받으면 화를 냈고, 남자한테 문자가 오면 누군지 꼬치꼬치 캐물었다. 송주는 시스터 콤플렉스가 있는 애처럼 날 항상 감싸고돌았다. 덕분에 나는 지금까지 애인을 한 번도 만들지 못했다. 지는 즐길 것 다 즐기고 다니면서, 나만 조선시대 여인처럼 정절을 지키며 살게 한 것이다.

"아…… 죄송합니다……."

"내가 쿠키앤치즈고로케 해준다고 해서 기다리고 계셨어."

한비룡 씨가 내가 할 말을 대신해 주었다. 어쩐지 한비룡 씨와 조금 친해진 기분이었다.

"네, 해드릴게요."

여국대 사장은 망설이는 일 없이 화장실에 들어가 손을 씻고 나와 앞치마를 둘렀다.

"기다리시게 한 것도 죄송하고, 예약 주문 잊은 것도 죄송하고 해서 뭔가 더 드려야겠다고 생각하고 있었어요."

그가 말을 이었다. 정말 예의가 바른 사람이구나.

그는 모짜렐라치즈를 떼어내 뭉치고 계란을 풀고 빵가루를 만들었다. 서두르는 일 없이도 그의 손놀림은 무척 빨랐고, 팔다리가 길어서인지 주방에 혼자 있는데도 주방이 가득 차 보였다. 저 사람의 단점이 뭘까 생각해 보면서 다시 몽롱해졌다. 내가 좋아하는 넓은 어깨에 긴 팔다리, 멀리서도 또렷하게 보일 듯이 큰 눈, 하얗지만 빈약해 보이지 않는 시원한 얼굴.

오, 시원한 얼굴.

찾았다. 그의 우스운 단점.

그는 머리가 작지 않아 보였다. 한비룡 씨가 나와 더 가까이 있었는데 그 사람의 얼굴과 크기가 비슷해 보였다. 미술시간에 분명히 원근감을 배웠는데.

그래서 그 하얀 얼굴이 더욱 빛나 보였다는 걸, 멀리서도 내 눈을 사로잡았다는 걸 그제야 알 수 있었다. 그리고 또 새로운 사실을 알았다.

머리 큰 사람도 멋있어 보일 수 있다는 걸.

텔레비전에 나오는 강동원, 조인성만이 답은 아니라는 걸.

“오늘 6시 주문이 하나 있는데, 하나 더 만들어서 드릴게요.”

그는 아주 빨리 손을 움직였다. 2시가 다 되어가고 있었다. 한비룡 씨와 갈색머리 중 아무도 거들지 않았다. 갈색머리는 조금 졸리다며 402호로 건너갔고, 한비룡 씨는 사진을 업데이트해야겠다며 노트북을 만지작거리고 있었다. 한비룡 씨의 노트북에서 노랫소리가 울리자 여국대 사장은 잠깐 동안 한비룡 씨를 노려보았고, 한비룡 씨는 노트북 소리를 줄였다. 나는 이 정적을 메우고자 노래라도 듣고 싶었다. 다시 한 번 한비룡 씨가 내 마음을 읽었다는 듯 이야기했다.

"여 사장은 요리하면서 노래 안 들어요."

나는 의아하게 한비룡 씨를 쳐다보았다.

"음식 소리 안 들린다고."

나는 고개를 끄덕였다. 그는 그런 사람인가 보다. 요리에 몰입하는 사람.

그리고 여자들은 무언가에 몰입하는 남자의 모습을 사랑한다.

쿠키앤치즈고로케가 완성되기까지는 그리 오랜 시간이 걸리지 않았다. 고소한 튀김 냄새가 풍겨왔고, 여국대 사장은 탁구공 크기의 고로케 네 개와 음료를 가지고 왔다. 노란 접시에 담겨 더 먹음직스런 음식이었다. 세 개의 고로케 위에 하나의 고로케가 올려진 작은 '고로케탑' 의 빈틈들에는 주황색 소국이 꽂혀 있었다.

"고로케는 갓 튀겼을 때가 제일 맛있어요. 이건 아이스허브티예요."

내가 고로케에 포크를 가져다 대려고 할 때, 그가 나에게 다시 말했다.

"많이 뜨거워요."

그는 내게 살짝 경고를 하고 미소 지었다. 아침에 있었던, '푸에, 앗, 뜨거!' 의 실수를 기억한다는 듯이. 내가 또 한 번 그런 민망한 일을 벌일까 우려하는 건가? 그는 주방으로 돌아갔고 날 다시 바라보지 않았다. 내게 머무는 시선은 친절했지만, 그냥, 고객을 대하는 느낌이랄까.

고로케를 한 입 무니, 모짜렐라치즈가 주욱 흘렀다. 또다시 민망한 상황이다. 내 턱을 타고 흐르는 치즈를 쑤릅, 하고 라면 면발 삼키듯 입으로 빨아들였다. 사실은 너무 뜨거워 '쑤릅'이 아니라 '쑤, 쑤, 쑤, 쑤릅'이었다. 네 번에 입에 모두 집어넣은 고로케는 여전히 뜨거웠다. 그래도 이번엔 실수하지 않기로 작정했기 때문인지 입천장은 데었지만 뱉어내진 않았다. 아니, 뱉어내고 싶지 않은 음식이었다.

모짜렐라치즈와 쿠키가 이렇게 궁합이 좋으리라고는 생각지 못했다. 치즈의 쫀득함과 초코쿠키의 바삭함이 그대로 유지되고 있었다. 또한 느끼하지 않으면서 초코쿠키의 단맛과 치즈의 짭조름함이 어우러져 독특한 맛이 났다. 생각해 본 적도 없었던 맛의 세계였다.

"특이한데 맛있어요!"

나의 미남 여국대 사장이 내 말을 듣고 흐뭇하게 웃었다. 음식을 받을 때만 해도 이걸 다 먹는 것보다는 한두 개 남기는 것이 숙녀의 미덕이라 생각했던 나는, 다음 고로케도, 그다음 고로케도 모두 한입에 집어넣었다. 마지막 한 개가 남았을 때, 한비룡 씨가 나를 가만히 보고 있다는 것을 깨달았다. 먹고 싶어서 그러는 걸까.

"하나 드릴까요?"

나는 한비룡 씨에게 나의 고로케를 양보하며 내밀었지만 그는 고개를 저어 사양했다.

"말했잖아요, 나는 생체실험용이라고."

아, 난 고개를 끄덕이며 주저함 없이 나머지 고로케를 입에 넣었다. 순간, 한비룡 씨는 웃음을 터트렸다.

"우와, 어떻게 두 번을 안 권하냐."

스무 살 여대생 변덕도 아니고, 이건 무슨 심보래. 자기가 거절했으면서. 나는 어처구니없다는 표정으로 한비룡 씨를 바라보았다.

"아뇨. 재밌어서 그래요. 너무 거침이 없으니까."

"아, 제가 원래 좀."

"아뇨, 죄송해요. 그래도 좀 편해진 것 같아서 너무 심하게 웃었네요."

이 한비룡이라는 사람, 내 마음을 들여다보듯 계속 은근히 나를 괴롭히고 있다. 하지만 덕분에 나의 미남이 피식 웃으며 내 쪽을 쳐다보았다.

"도시락 만들면 바로 퀵이나 저 친구 통해서 보내 드릴게요."

여국대 사장이 나를 보고 말했다. 어서 가라는 얘기였다. 안 돼, 안 돼. 좀 더 있고 싶었다. '조금 더 당신을 보고 있으면 안 될까요?' 의 완곡한 표현은 뭘까?

"제가 좀 도와드릴까요?"

그는 일언지하에 거절했다.

"아닙니다. 괜찮아요."

"너무 맛있고 예쁜 음식을 만드셔서 가까이에서 보고 싶기도 하고……."

나는 어느새 그 사람에게 다가가고 있었다. 마음이 다가간다는 것이 아니라 진짜 몸이. 자석에 이끌리듯 말과 동시에 일어나 그에게로 다가갔다. 내가 빈 고로케 접시만 들고 있지 않았어도 귀신에 홀린 사람처럼 보였을 것이다.

"아뇨. 오지 마세요, 괜찮아요!"

그의 목소리가 갑자기 높아졌다. 너무한 과민반응이었다. 나는 자리에 그대로 멈춰 버렸다. 그리고 무안한 상황을 종식시키기 위한 변명을 늘어놓았다.

"아니, 저희 집까지 안 오셔도 되고요……. 저는 기다렸다가 직접 가지고 가고 싶은데, 제가 저녁때 약속이 있어서 도시락을 받지 못할까 하는 마음도 있고…… 그래서 제가 거들면 좀 더 빨리 완성이 되지 않을까, 한 건데요."

그는 여전히 내게 벽을 만드는 차가운 눈빛이었지만, 정중한 태도로 사과했다.

"아…… 죄송합니다. 음식은 되도록 빨리 만들게요. 하지만 주방으로는 오지 말아주셨으면 좋겠습니다. 손님이신데."

무뜩 불쾌해졌고, 부끄러운 생각도 들었다. 순간 그의 매력도는 1,000에서 920 정도로 반감되었다. 나는 내가 쌓은 욕망의 피라미드에서 캡스톤을 포기하는 심정으로 다시 소파에 앉아 좀 전의 상황에 대해 머리로 이해하려 애썼다. 그래, 이 사람은 완벽주의자야. 낯선 사람이 주방에 오는 건 싫을 거야. 같이 일하는 한비룡 씨와 갈색머리도 돕고 있지 않잖아. 그렇다는 건 다 혼자 할 수 있다는 말이야.

상황을 모두 지켜본 한비룡 씨가 나에게 말을 걸었다.

"기다리는 동안 저랑 핸드폰 맞고나 칠까요?"

그래…… 이왕 일이 이렇게 된 김에, 지조 있게 뱉어낸 말은 지켜내야지. 기다렸다가 직접 가져가자. 나는 한비룡 씨의 맞고 대국 신청을 받아들였다.

한 외로운 맞고 어플에서 백만 원씩으로 시작한 대결이었다. 우리는 도시락을 기다리는 동안 55번의 게임을 했고, 한비룡 씨는 아이디를 세 번 바꿨고, 나에겐 삼백만 원이 생겼다.

"아무래도, 내기가 아니라서 그런 것 같은데."

한비룡 씨가 계속 올인당하는 것에 불만을 가지고 내게 말했다. 그가 5만 원을 따면 내가 다음 판에 15만 원을 앞서 가는 식이었다.

"내기요?"

"음, 이기면 질문 하나씩 할 수 있는 건 어때요? 진 사람은 성심성의껏 대답하기."

이건 무슨 헛소린가 싶었지만 내가 맞고에선 그보다 한 수 위였고 내가 쥔 패도 좋았으므로 흔쾌히 승낙했다. 여국대 사장이 포장을 하는 소리가 들렸다. 그가 날 무안하게 한 이후로 나는 계속 그를 쳐다보지 못하고 있었다.

그리고 첫 번째 판, 나는 6점에서 멈췄고 한비룡 씨는 7점을 얻어 아쉽게 져버렸다. 한비룡 씨는 묵은 체증이 씻겨 내려갔다는 듯이 웃으며 내게 물었다.

"이벤트 당첨 선물, 뭐 갖고 싶어요?"

내가 아까 은근슬쩍 피한 질문이었다.

"2…… 20만 원요!"

한비룡 씨는 일어나 주방으로 가서 라면이 들어 있던 싱크대 서랍을 열더니 봉투 하나를 들고 나에게 다시 돌아왔다.

"이벤트배너 만들었을 때 보관해 놓은 거예요. 나도 그 상품이 제일 좋다고 생각해요."

사실 오늘은 여러 가지 민망한 사건이 많았지만 계 탄 날이나 다름없었다. 동생에게 심부름 값으로 20만 원을 받을 수 있었고, 미남 요리사를 만났고, 그가 날 위해 요리를 해주었고, 별것 아닌 일로 뜻하지 않게 상금 20만 원을 얻을 수 있었기 때문이다. 이 정도면 오늘은 손에 꼽을 만큼 대단한 날이었다. 더 이상의 요행은 바라지 말아야 했다. 핸드폰 배터리가 얼마 남지 않아 알림음이 울렸다. 내기는 여기서 멈췄어야 했다.

"한 번만 더요."

한비룡 씨에게 말했다. 오늘은 운이 좋은 날이라는 확신 때문인지 욕심이 생긴 것이다. 남자직원만 채용하는 이유를 다시, 여국대 사장이 있는 앞에서 듣고 싶었다. 다시 판이 돌았다.

그리고 제대로 망했다. 내 패는 동물의 왕국이었지만 고도리와 관계없는, 광도 없고 쌍피도 없는 쪽박이었다. 상대방의 패라고 꼭 좋을 수는 없다는 생각에 한 장 한 장 피를 골라내고 있었지만 점점 상황이 나에게 불리하게 돌아갔다. 그리고 한비룡 씨가 7점을 따냄과 동시에 판은 쉽게 종결되었다. 한비룡 씨가 만족스러운 미소를 짓고 있을 때, 간당간당했던 배터리가 나가면서 핸드폰이 꺼졌다. 그리고 여국대 사장이 나를 향해 말했다.

"다 됐어요. 이것 가져가시면 돼요."

그의 앞에는 도시락들이 들어 있을 종이가방이 놓여 있었다.

"어? 아직 내기 안 끝났는데."

내가 여국대 사장의 말을 듣고 옳거니, 하며 일어서려는데, 한비룡 씨가 장난스럽게 미소 지으며 말했다. 나는 그대로 서서 한비룡 씨를 바라보았다.

"나랑, 아까 그 갈색머리한 사람이랑, 저 친구랑, 만약에 연애하게 된다면 셋 중에 누구랑 사귀는 게 제일 재미있을 것 같아요?"

이 사람은 대체 뭔데, 이렇게 내 마음을 훤히 들여다보듯 하는 말을 내뱉는 거지?

나는 이런 사람이 아니다. 오늘 처음 만난 남자의 시답잖은 농담에 휘둘려 리트머스종이처럼 붉어지는 사람이 아니었다. 그렇게 피드백이 확실한 사람이 아니었다. 어디서나 흔들리지 않고 꿋꿋한 것이 나의 매력이라면 매력이었다. 그런 나를 이 사람이 갖고 놀고 있다. 내가 여국대 사장에게 호감이 있다는 확신을 가지고 있는 것 같았다.

"하하하, 저, 잠깐 화장실 좀……."

갑작스런 긴장에 방광이 조여오는 느낌이 들었다. 화장하러 다녀온 것을 빼고는 이곳에 도착해서 아침부터 지금까지 한 번도 화장실에 가지 않았다. 나는 '에이, 농담도 잘하셔' 투의 실소를 터뜨리고는 재빨리 일어났다. 윽. 웬 초딩스러운 애티튜드란 말인가. 도망이라니.

화장실 거울로 내 붉어진 얼굴을 확인하고 얼굴에 찬물을 묻혔다. 얼굴은 점점 더 뜨거워지는 듯했다. 이대로라면 나갈 수도 없었다. 나는 화장실 물을 틀어놓고 변기 위에 앉아 앞으로의 대응 방법을 생각해 보고 있었다.

이때 현관문 열리는 소리가 나더니 갈색머리의 목소리가 들렸다.

"형! 나 도대체 백일 선물 뭐 사야 돼?"

"그냥 네가 사주고 싶은 거 사."

한비룡 씨의 목소리였다.

"난 내 여자한테 속옷 말고는 사주고 싶은 게 없단 말이다."

"응큼해 가지고."

"허이구, 내가 형보다 백배는 순수하지. 프랑스에 누구 만나러 갔었어?"

"사업하러 갔다 온 거야."

"사업은 무슨. 한국에서 도시락 파는 건데, 국대 형 빼고 형 혼자 뭘 하러 갔다 와? 또 프랑스 잡지 사왔지?"

여기요, 저 여기 있다고요! 근데 저 여자라고요! 이 사람들은 내가 여기 있다는 걸 유념하고 있는 거야? 너무 부끄러운 나머지 화장실 하수구를 통해 도망갔다고 생각하는 건가? 내가 화장실에 있다는 걸 뻔히 아는 한비룡 씨는 이런 19금 대화를 저지하지 않고 왜 계속 흐르게 하는 건지 이해할 수가 없었다. 슬슬, 유쾌하지 않은 기분이 들었다.

그래, 집에는 혼자 간다고 하자. 화장실에서 나오면 왼쪽에 주방이 있고, 그 앞으로 걸어가면 소파가 있고 그 소파의 왼쪽으로 현관문이 있다. 나는 그 동선을 머릿속으로 시뮬레이팅하면서 시나리오를 짰다.

《씬#1 오피스텔 안

—세 명의 남자가 19금 희담을 나누며 떠들고 있다.

—오피스텔 화장실 문이 열리고 송아가 빠른 걸음으로 주방 쪽의 종이가방을 든다.

박송아 : (남자1에게 꾸벅 인사하며) 감사합니다. 집에는 저 혼자 갈게요. 들를 데가 있어서.

—송아, 종이가방을 챙기고 빠른 걸음으로 소파 위의 가방과 핸드폰을 챙긴다.

—송아, 빠른 걸음으로 현관문을 향해 내달린다.

박송아 : (신발을 신으며) 감사합니다. 잘 먹겠습니다.

—송아, 세 남자에게 꾸벅 인사한 뒤 현관문을 닫고 나간다.》

그래, 이 완벽한 시나리오로 4초 만에 사라지는 거야. Just 4 seconds!

숨을 가다듬고 문을 열었다. 그리곤 재빨리 주방으로 가서 종이가방을 들고 인사했다.

"감사합니다. 집에는 혼자 갈게요, 들를 데가 있어서."

종이가방을 들고 다시 빠른 걸음으로 소파 위의 가방과 핸드폰을 챙기자마자 오피스텔 현관문을 열고 밖으로 나갔다.

"감사합니다. 잘 먹겠습니다."

목례도 하지 못했고 '감사합니다, 잘 먹겠습니다'는 현관문을 닫으면서 말했기 때문에 웃기게 들렸겠지만, 아무튼 나는 한비룡 씨의 질문에 대답하지 않고 빠져나올 수 있었다. 이 사람들은 그냥 하루의 해프닝으로 충분하리라. 이 오피스텔과 더 이상의 인연은 없으리. 내 주제에 무슨 잘생긴 남자니. 곧 예쁜 꿈 같았던 오늘 하루를 되새기기 위해 기억을 되감을 여유가 생겼다. 그리고 충격적인 사실을 알게 되었다…….

'감사합니다. 집에는 혼자 갈게요, 들를 데가 있어서'라고 말하며 인사한 방향에 남자1은 없었다.

아무도 없었다. 나는 내 시나리오에 따라 헛인사질을 한 것이었다.

위기에 강한 나. 비상시에 제2의 두뇌를 가동하여 더욱 치밀해지고 똑똑해지던 나는, 어제까지만 해도 모르던 사람들, 이제 다시는 만날 일 없는 사람들에게 제대로 내 바보기념식을 하고 왔다. 그들은 이제 심심한 어느 일요일, 소주잔을 기울이며 그 바보 같은 여자아이를 떠올리겠지. 이게 웬 망신이란 말인가.

그래, 내 주제에 무슨 이미지 관리야, 생각하며 우울한 마음으로 집에 돌아왔다. 어느덧 5시였다. 핸드폰 배터리를 갈아 끼우고 그가 만든 도시락 가방을 열었다.

종이 가방 안에는 5층 반찬통 두 개와 종이상자 네 개가 들어 있었다. 반찬통 가격만 해도 꽤 될 것 같았다. 전복버터구이, 메추리알 장조림, 멸치볶음, 소갈비, 꼬치전, 연두부 등 다양한 반찬이 들어 있었는데 연두부에 동그랗게 홈을 내 간장을 담아낸 것, 꼬치에 끼워진 재료들의 두께가 완전히 똑같은 꼬치전이 인상적이었다. 어떻게 연두부의 간장양념은 아래로 쏟아지지 않았을까?

종이상자들엔 각각 브라우니, 딸기파이, 화과자가 들어 있었다. 이 디저트들은 모두 꽃으로 장식돼 있었다. 너무 예뻐서 먹기 아까울 정도였다. 탄성을 터뜨리며 마지막 상자를 열었다.

그냥 덩그러니. 편지봉투가 들어 있었다.

이게 뭐지? 나는 스티커를 떼어 편지를 꺼냈다. 스티커가 너무 잘 붙어 있어 봉투가 많이 뜯겨 버렸다. 봉투 안에는 짧은 메시지의 카드가 들어 있었다.

—당신을 처음 본 순간 저는 사랑에 빠지고 말았습니다. 이제 그 마음을 숨길 수 없어 허락을 받고자 합니다.

다른 부연 설명이 없는, 짧은 고백의 메시지였다. 카드를 읽고 너무 놀란 나머지 손을 꽉 쥐어 카드가 구겨지고 말았다. 다리에 힘이 풀려 그 자리에 주저앉았다. 핸드폰에서 드르륵드르륵 진동이 울리고 있었다. 그동안 많은 메시지가 온 것이었다. 나는 진동이 울리도록 내버려 두었다. 심장이 쿵쾅쿵쾅 뛰었다. 모든 퍼즐이 맞추어지는 듯했다. 그는 나에게 관심을 가지게 되었고, 그래서 내 이름을 알아낸 것이다. 그래서 그 사람은 내게 도시락을 주고 싶었던 것이다. 그래서 그는 내가 도시락 만드는 걸 돕는다고 했을 때 완고하게 거절했던 것이다.

이번엔 핸드폰 진동이 길게 울리고 있었다. 전화가 온 것이었다. 내가 모르는 번호였다. 나는 그제야 정신을 차리고 일어나 전화를 받았다.

"여보세요."

[지금 어디 계십니까?]

그였다. 메시지의 주인공. 도시락을 만든 사람. 여국대 사장.

그의 목소리는 심하게 떨렸고 약간 격앙된 것 같기도 했다.

"집인데요."

[정확하게 말씀해 주세요. 지금 가고 있습니다.]

그가 오고 있다니!

"……마포구요."

[마포구 어딘데요!]

그의 목소리는 무서웠다. 카드에서의 고백과는 다르게 냉랭하고 화가 난 것 같았다. 나는 엉겁결에 그에게 집주소를 말해주었다. 그는 주소를 듣자마자 그냥 끊어버렸다. 바로 고백을 하러 오는 걸까? 무슨 옷을 입어야 되지? 아니, 어서 청소를 해야 해, 아니, 절대 집 안에는 들일 수 없어. 집 대문 앞에 서 있으라고 그래야겠다. 옷이나 갈아입어야지. 단장을 해야 해. 화장을 해야 해. 나는 거울을 보고 분주하게 움직였다. 그가 프러포즈를 하러 오고 있다니!

프러포즈.

아, 프러포즈.

거기에 생각이 미치자, 그냥 지나쳤던 몇 시간 전의 기억이 머릿속에서 급하게 빠져나왔다.

"아, 6시 프러포즈용 2인분요? 좀 시간이 걸릴 텐데. 아직 시작 안 했거든요."

그는 주문한 도시락을 확인하러 왔다는 나에게 그런 말을 했었던 것이다! 가만, 도시락이 바뀐 거였어? 그럼 이 카드는 손님용이라는 거야? 나는 이 카드를 뜯었고 카드 봉투에는 뜯겨 나간 흔적이 생겼고, 카드는 카드대로 구겨지고 말았는데. 다시 전화벨이 울렸다. 그였다.

"여보세요."

[혹시 도시락 꺼내셨어요?]

"살짝 보긴 했는데."

[꺼내서 드셨어요? 음식이 망가지거나.]

"그냥 보기만 했어요. 안 망가졌고요."

카드 얘기는 하지 못했다.

[다행이네요. 가져가신 도시락이 잘못된 것 같아서요. 죄송합니다. 도시락 좀 바꿔야 할 것 같아요.]

그가 말했다. 나는 전화를 끊고 황급히 반찬통 도시락을 정리했다. 그러나 너무 서두르는 바람에 연두부가 망가지고 장조림 메추리알 두 개가 떨어졌다. 식탁에 놓인 카드 봉투에 장조림 양념이 묻었다. 첩첩산중이다. 서랍 어딘가에 작년 크리스마스 때 쓰고 남은 카드봉투가 있다는 것을 기억해 냈다. 비슷한 크기는 아니었지만 비슷한 색깔이었다. 구겨진 카드 위에 손수건을 덮고 다리미로 빳빳하게 다렸다. 어느 정도는 정리가 됐다. 나는 원래의 카드

봉투에 붙어 있었던 스티커를 아주 조심스럽게 뜯어내 새 카드봉투에 풀로 붙였다. 성심과 성의를 다했다. 위기에 강한 나는 아주 빠른 시간에 일을 마칠 수 있었다.

곧 다시 전화벨이 울렸고, 그가 집 앞에 와 있다는 연락을 받았다.

나는 정리한 도시락을 종이가방에 담아 문밖으로 나갔다. 그가 문 앞에 서 있었고, 낮에 탔던 폭스바겐 SUV 안에 갈색머리가 앉아 있었다. 한비룡 씨는 없었다. 여국대 사장이 나를 보자마자 급하게 물었다.

"죄송합니다. 도시락이 바뀌었네요. 반찬통만 열어보셨어요?"

"네. 제 거인 줄 알고 열어봤어요. 하지만 먹진 않았어요. 그런데 연두부가 망가졌어요."

나는 연두부에 대해서만 사실대로 얘기했다. 메추리알 두 개 정도야 표도 나지 않으므로 말하지 않아도 된다고 생각했다. 그가 고개를 끄덕이며 다른 종이가방을 내밀었다.

"원래 이걸 가져가셔야 하는데 잘못 가져가신 것 같아요. 제가 잠깐 박스 정리하는 동안 그런 일이 생겨서 뒤늦게 확인했네요. 죄송하지만 바꿔 드리겠습니다."

그는 나에게서 종이가방을 받아, 들고 온 종이가방 안에 있는 반찬통과 바꾸었다. 그리고 내가 가져온 종이가방을 유심히 들여다보았다. 초조해지자 심장이 빠르게 뛰었다. 그는 갑자기 뭔가 이상하다는 듯 미간을 찌푸리더니 프러포즈카드가 들어 있는 상자를 꺼냈다. 안 돼!

그러나 그는 카드가 들어 있는 상자를 열고 말았다.

"상자도 열어보셨어요?"

"네……."

"카드를 바꾸셨어요?"

"장조림이 묻어서…… 그래도 안에 카드는 안 바꿨어요. 뜯어서 봉투만 교체한 거예요."

"카드를 뜯어보셨다고요?"

"제 거인 줄 알았어요."

"본인 거인 줄 알았다고요?"

그는 기가 막히다는 듯이 나를 빤히 보았다. 그의 눈빛은 '너한테 누가 프러포즈를 해?' 라고 말하는 것 같았다. 사무적이었지만 친절하고 매너 있었던 태도가 순식간에 뒤집어졌다. 그는 그저 나를 나무라고 있을 뿐이었다.

"저한테 가져가라고 줬는데 어떻게 남의 거라고 생각하겠어요!"

"카드 봉투에 받는 사람 이름 써 있는 것도 못 봤어요?"

나는 봉투를 앞뒤로 확인했었다. 하지만 받는 사람 이름 같은 건 없었다.

"못 봤어요!"

나도 모르게 소리가 높아졌다.

"구석까지 확인해 봤어야죠! 구석에 아주 또렷하게 있었잖아요!"

이 남자의 목소리도 함께 높아졌다.

"골키퍼도 사각지대는 못 막는다고요!"

맞받아치는 내 말에 그가 코웃음을 쳤다. 나는 억울해서 눈물이 날 것 같았다.

"그래도, 내 게 아니다, 싶었어야죠. 당연한 거 아닌가?"

"……당연하다고요?"

기가 막혔다. 이런 모멸감은 한 달 만이었다. 아니, 뒤통수를 제대로 맞았다는 점에서 한 달 전 광고주에게 당한 것보다 더 심한 모멸감이었다. 내가 이 남자에 대해 잘못 생각하고 있었다. 내가 한순간 속을 뻔한 것이다. 뭐, 이런 앞뒤가 다른 남자가 다 있지?

어처구니가 없어 그를 노려보고만 있을 때, 그가 주머니에서 봉투 하나를 꺼냈다.

"한비룡 씨가 전해주랍니다. 봉투를 건넬 때는 이렇게 했겠죠."

두 시간 전쯤 한비룡 씨가 나에게 주었던 20만 원이 담긴 봉투였다. 생각해 보니 그것도 두고 왔었구나. 하지만 받고 싶지 않았다. 나는 기가 막혀 멍하니 있었고 그는 가져온 종이가방에 돈봉투를 넣어 내 옆에 내려놓았다.

"무례했다면 죄송합니다. 이럴 줄은 몰라서 많이 흥분했네요. 가보겠습니다."

그는 짧은 인사를 하고 운전석에 올랐다. 조수석에서 창문을 교

묘하게 살짝 연 갈색머리가 여국대 사장과 나의 다툼을 흥미롭게 보고 있었다. 곧 시동이 걸리고 차가 움직였다. 머리를 한 방 세게 얻어맞은 듯했다. 잠시 후 정신을 차린 나는 종이가방을 들고 뒤쫓아갔다.

"필요 없어, 가져가!"

차는 천천히 집 앞에서 멀어졌다. 나는 계속 뒤쫓아갔다.

"가져가라고!"

차를 따라잡을 수는 없어 떠나는 차의 뒤에 대고 크게 소리쳤다.

"야! 이 대갈장군아!"

순간 차가 살짝 비틀거리는 것 같았다. 그러나 차는 금방 멀어졌다.

카드가 내 것이 아닌 게 당연하다고? 무례했다면 죄송하다고?

생각할수록 기가 막혔다. 주는 사람이 정확하게 전해줬어야 되는 거 아닌가? 프러포즈 카드가 그렇게 중요하다면, 그렇게나 중요한 걸 왜 처음부터 잘 챙기지 못한 거야! 내가 오피스텔에서 나오자마자 쫓아와서 도시락을 바꿨어야 했던 것 아닌가?

결론은 이러하다.

지네들이 잘못한 걸 왜 나한테 화풀이야! 절대 가만두지 않겠어!

복수할 거야. 복수할 거야. 당신…… 부숴 버릴 거야…….

3. 술에 취해 벌인 일

"선배는 그럼 연예인들 많이 만나겠네요?"

"만나기야 많이 만나지. 현장에서는 열네 시간씩 붙어 있기도 하고. 너도 일하면서 많이 봤을 거 아냐."

여의도의 어느 호프집. 나와 사오정 선배, 내 친구 덕희, 그리고 송주가 소주를 마시고 있었다. 회사에 다니던 시절 폭탄주에 너무 지친 나머지 퇴사 후에는 술을 아예 끊고 지냈었다. 기껏해야 맥주 한두 잔 정도. 회사를 그만두고 좋은 점은, 내가 마시기 싫은 술은 마시지 않아도 된다는 것이었다. 아주 오랜만에 가벼운 마음으로 소주를 마셨다.

사오정 선배와 마주친 지 6일째 되던 날, 사오정 선배가 여의도로 불러냈다. 사실 이전에도 한 번 술이나 마시자며 연락해 왔지만 송주가 길길이 뛰는 바람에 송주를 데리고 나오느라 미뤄진 것이었다. 송주는 왜 누나의 친목 생활에 사사건건 간섭인지 이해할 수가 없다. 어쨌든 송주와 사오정 선배가 모르는 사이는 아니었으므로 눈 딱 감고 데리고 나왔다. 그리고 이왕 막 나간 김에 내 친구 덕희에게도 함께 가자고 말했다.

덕희는, 오래된 내 지기지우였다. 덕희라는 이름도 그리 고급스럽지는 않은데, '오' 씨라, 온갖 놀림을 받던 친구다. 별명도 역시 '오덕' 이었지만 그 별명을 부를 수 있는 멤버는 소수정예였다. 덕희는 그런 이유로 만화처럼 생긴 것은 수능시험에 나와도 보려 하지 않았다.

프러포즈 카드 소동이 일어난 지도 어느새 일주일이 지났다. 처음에는 분하고 분해서 그들이 운영하는 블로그에 테러를 할까, 오피스텔 앞에 쥐를 몇 마리 풀어놓을까 하는 생각도 했지만 아무것도 이루지는 못했다. 회사를 그만두었을 때처럼 나는 그 일을 겪은 직후부터 계속 복수하리라 다짐했지만 실행에 옮긴 것은 아무것도 없었다.

그리고 사오정 선배를 만나러 여의도에 와서 거의 일주일 만에 그 오피스텔을 다시 볼 수 있었다. 그들은 지금도 일을 하고 있을까, 하는 생각이 들었다.

프러포즈 카드 소동 이후, 내가 '플아다도시락' 이라고 저장해놓은 번호로 전화가 왔었다. 한비룡 씨인 것이 확실했다. 한비룡 씨가 주문을 받는다고 했으니까. 나는 화가 나서 전화를 받지 않았다. 전화는 몇 번 울리다 끊겼고 다른 문자메시지는 오지 않았다.

"아, 술이 달다!"

사오정 선배가 소주를 한입에 털어 넣으며 말했다. 나도 오늘따라 술이 받는 느낌이 들어 주는 대로 다 받아마셨다. 덕희와 송주는 지네들끼리 김태희가 더 예쁘냐, 전지현이 더 예쁘냐로 실랑이를 벌이고 있었다. 만나면 늘 이런 식이었다.

송주는 회사 일을 제외하고 내가 가는 술자리에 모두 따라나서려 했지만, 일단 술자리에 데려다 놓으면 나는 신경 쓰지도 않았다. 그래도 송주와 덕희를 데리고 온 건 다행이었다. 사오정 선배와 몇 시간을 나눌 만한 이야깃거리는 없었다. 그냥 동아리 사람들의 안부 묻기로 천천히 오랜 시간을 보내며, 술만 마셨다.

여의도에 와서인지 술 마시는 중간중간에 그 남자 생각이 났다. 그 남자는 나에게 사과를 했어야 했다. 나는 한비룡 씨의 전화를 받을 생각은 없었지만 여국대 그 남자가 다시 찾아와 미안하다고 말한다면 받아줄 의향은 있었다. 그러나 그는 내게 연락하지 않았다.

사오정 선배도 피곤한지 말이 별로 없었거니와, 술을 마시면 마실수록 자꾸 그 남자 생각이 나서 혼자 열을 올리고 있었다. 사오정 선배가 잔을 급하게 비우는 나에게 말했다.

"천천히 좀 마셔, 뭘 그렇게 혼자 마시냐?"

잠시 후, 나는 속이 좋지 않아져서 화장실에 간다고 말하고 일어났다. 사오정 선배가 나를 부축해 준다며 함께 일어났지만 나는 그 호의를 사양했다.

"혼자 갈 수 있겠어?"

나는 고개를 끄덕이고는 가방만 가지고 밖으로 나왔다. 화장실은 호프집에서 조금 멀리 떨어져 있었다. 술을 마셔 붉어진 얼굴에 물을 묻히는데 또 그 재수 없는 남자 생각이 났다.

"나쁜 자식, 머리도 태평양만 한 게."

화장실에 있는 다른 여자가 내 얼굴을 슥 쳐다보았다. 내가 눈을 똑바로 뜨고 그 여자를 노려보니 여자는 은근슬쩍 눈빛을 피하며 밖으로 나갔다. 나도 세면대를 잡고 정신을 가다듬다가 화장실 문을 나섰다.

갑자기 눈이 밝아지는 느낌이었다. 세상이 온통 10도 정도 기울어져 있었지만 정신은 여느 때보다도 또렷했다. 무엇이든 할 수 있을 것 같은 용기가 샘솟았다. 나는 자꾸 왼쪽으로 쏠리는 몸을 가누며 걸음을 옮겼다. 내가 도착한 곳은 사오정 선배가 기다리는 호프집이 아니라 여국대 사장이 사는 오피스텔 건물 앞이었다.

건물 밖에서 402호와 403호로 짐작되는 창문을 살폈다. 두 곳 모두 불이 꺼져 있었다. 아무도 없거나 자고 있을 것이라는 확신이 들었다. 나는 4층으로 올라가 403호 현관문 앞에 섰다. 술기운이 돌아서인지 하나도 떨리지 않았다. 완전범죄를 위해 장갑을 끼고 외투에 달린 모자를 쓴 나는 403호 아틀리에 안으로 들어갔다.

어떻게 들어갔냐고? 현관문 비밀번호를 기억하긴 쉬웠다. 1107. 11월 7일, 엄마의 생신날이었다. 다른 사람들보다 눈이 훨씬 좋은 나는, 그가 내 앞에서 현관문을 열 때 한 행동을 내 자동 기억장치에 저장시켜 버렸던 것이다. 문이 열리자 피식 웃음이 나왔다.

"나는 역시 똑똑해."

이제 무엇을 할 것인가. 나는 가방에 한비룡 씨가 주었던 돈봉투를 넣고 다녔다. 언젠가 오늘처럼 용기가 나는 날 그에게 다시 전해주리라 다짐했던 것이다. 이런 내 명예를 더럽히는 돈 따위 갖고 싶지도 않고 필요도 없었다. 하지만 이 돈이 떡하니 여기 있으면 의아하게 생각하겠지. 나는 한비룡 씨가 라면을 꺼냈던 서랍에 돈봉투를 숨겨놓았다.

하지만 이렇게 착하게 떠나고 싶지는 않았다. 일단 냉동실과 냉장고의 문을 살짝 열었다. 이제 아침에 일어나면 냉장고에 들어있는 모든 음식들은 버릴 수밖에 없게 되겠지.

싱크대 서랍을 여니 냄비들이 있었다. 완벽주의자의 주방답게 아주 정돈이 잘된 서랍이었다. 다른 서랍에는 베이킹에 필요한 기구들이 있었다.

어떤 장난을 칠까 생각하며 주위를 둘러보았다. 소파 뒤의 구석, 실내에서 키우는 허브 화분이 보였다. 허브 화분의 흙을 두 손 가득 퍼내어 싱크대 서랍에 던졌다. 냄비들도 다시 씻어야겠지. 쌤통이다.

만족스러운 기분이 들자 속이 갑자기 다시 울렁거렸다. 우우욱, 금방이라도 속 안의 것들을 쏟아낼 듯이 거북했다. 나는 화장실로 급하게 달려갔지만 참지 못하고 화장실 바로 앞에서 먹은 것들을 게워내 버렸다. 너무 큰 흔적을 남긴 것이다. 나는 화장실로 가서 마저 토하고 화장실 휴지를 잔뜩 뜯어 내가 토한 흔적을 닦아냈다. 너무 면적이 커서 화장지 한 통을 모두 써버렸다. 게워낸 냄새를 맡아서인지 자꾸 어지러워져 주저앉았다. 그래도 몇 분 동안 노력하여 깨끗하게 바닥을 닦고 휴지를 화장실 변기에 버리고 물을 내렸다.

휴지뭉치가 꽤 거대하여 물이 잘 내려가지 않았다. 한참 동안 변기에 물을 붓다가 화장실에 주저앉아 그대로 눈을 감았다.

5분쯤 지났을까. 눈을 뜨니 변기가 깨끗해져 있었다. 자동정화 능력이 있는 변기였다. 다행이라고 생각하며 화장실에서 나와 완전범죄의 현장을 확인한 후 밖으로 나갔다. 다음날 여국대 사장이 문 열린 냉장고를 보고 어떤 반응을 보일까, 냄비들을 모두 닦으려면 얼마나 고생해야 할까 생각하면서 흐뭇하게.

그가 나에게 먼저 태클을 걸었다고! 그들이 바보같이 도시락 주문을 잊어서 내가 친히 오피스텔에 찾아가 주문 내용을 상기시켜 주었는데, 여국대 너는 그 은혜를 원수로 갚았어. 그러니 이건 당연한 결과야! 나는 속으로 쾌재를 부르며 오피스텔 건물을 나왔다. 몸이 솜사탕처럼 가벼워 폴짝폴짝 뛰며 사오정 선배가 있는 호프집으로 돌아갔다. 사람들은 없었다. 송주에게 전화를 하려고 주머니를 뒤졌다. 앗, 처음에 나올 때 핸드폰을 놓고 나왔구나. 내가 두리번거리자 직원처럼 보이는 누군가가 나에게 다가왔다.

"여기 계셨네요, 다들 찾고 계시던데."

"그새 찾으러 나갔대요?"

"그새는 아니죠. 화장실 가신다고 나가서 없어진 지 한 시간이 넘었는데."

엥? 이건 또 뭔 소리? 그냥 20분 정도 나갔다 돌아왔다고 생각했는데 많은 시간이 지나 있었다. 그 직원은 나 대신 송주에게 전화를 해주었다. 그동안 나는 다시 여국대 사장의 분노를 상상해 보았다. 피식피식 웃음이 났다. 잠시 후 송주와 덕희가 돌아왔다.

"야! 박송아!"

송주가 소리를 질렀다. 많이 화가 난 것 같았다.

"어디 끌려간 줄 알았잖아!"

"송주야아아."

아이, 착한 내 동생. 기분이 좋아진 나는 기쁜 맘으로 송주를 안아주고 그대로 잠이 들었다.

☆ ☆ ☆

아침에 일어나니 머리가 지끈거렸다. 어떻게 집에 왔는지도 생각이 나지 않았다. 어제 일을 떠올리던 중에, 어렴풋이 혼자 오피스텔에 침입했던 것이 기억났다. 세상에! 나는 맨정신엔 절대 할 수 없었던 일을 해내고 만 것이다. 여국대 사장은 그런 일을 당해도 싼 인간이었지만, 내가 한 일은 주거침입이었다. 28년 솔로 인생, 순수하게 도덕적으로만 살아온 내가, 한순간 정신이 나가 범죄를 저지르고 만 것이었다. 밤마다 여국대 사장을 떠올리며 '복수하리라, 복수하리라' 생각했던 것이 자기최면이 되어 이런 일을 벌이고 말았다.

잠깐 도망이라도 가야 할까? 덕희네 집으로 피신해야겠다고 생각했다. 덕희네 집이 아니면 성당에라도! 아니면 먼 시골의 여관으로라도 피신해 있는 것이 좋지 않을까 하는 생각이 들었다. 핸드폰시계를 보니 벌써 오전 11시였다. 송주와 덕희와 사오정 선배에게 사이좋게 문자메시지가 한 통씩 와 있었다.

[곰국 끓여놨다 —_—# 오전 8:30 박송주.]

[너 괜찮아? 그렇게 취한 거 첨 봤다. 전화해. 오전 10:03 덕희.]

[송아야, 어제 내가 괜히 널 불러서 동생이랑 친구까지 고생하게 만

든 것 같다. 속 쓰릴 텐데 고생하고 동생한테도 미안하다고 전해줘. 또 보자. 오전 10:30 사오정 선배.]

그리고 한 통이 더 와 있었다.

[박송아 씨, 한비룡입니다. 지금 여 사장이 그쪽으로 가고 있습니다. 엄청 열 받았어요. 오전 10:40 플아다도시락.]

뭐지, 이건? 어떻게 이렇게 금방 알았지? 내가 깜짝 놀라 핸드폰을 쥔 채로 굳어 있을 때, 쾅쾅 현관문 두드리는 소리가 났다. 무지막지한 소리였다.

"박송아 씨, 문 열어요!"

그 남자의 목소리였다!

그가 문을 쾅쾅 두드렸지만 나는 열어줄 수 없었다. 문을 열어주면 그가 날 죽일지도 모른다는 생각이 들었다.

"박송아 씨, 거기 있는 거 다 아니까 문 열어요."

내가 여기 있는 걸 안다고? 어떻게? 문 두드리는 소리는 더욱 커져 가고 있었다. 문이 부서질 것 같았다.

"누가 이렇게 시끄러!"

아래층 주인아주머니가 나왔다. 주인아주머니는 사람은 좋은데 너무 오지랖이 넓었다. 주인아주머니까지 끼면 골치 아파지는데.

밖에서 그가 주인아주머니와 말하는 소리가 들려왔다.

"안녕하세요. 송아 씨 직장 상삽니다. 송아 씨가 어제 술을 많이 마셨는데, 연락이 없길래 걱정돼서 와봤습니다. 안에 있는 것 같은데 문을 안 여네요. 무슨 일 있는 건 아닌지 해서요."

"아이고! 그려? 어쩌다가!"

안 돼! 주인아주머니는 여국대 사장의 예의 바른 청년 연기에 놀아나고 있었다. 이 사람, 아무렇지도 않게 능청스레 거짓말을 해댄다.

"혹시 잘못된 거면……."

"동생이랑 같이 사니까 아무 일 없을 것 같긴 한데…… 가만있어 봐. 내가 열쇠 가져올게."

여국대 사장은 그 포장된 매너와 그 넙데데 크고 잘생긴 얼굴로 처녀든 부녀든 홀리는 재주가 있단 말이다! 아주머니, 저도 당해봤다고요! 나는 소리도 지르지 못하고 집 안에서 숨을 곳을 찾아 방황하고 있었다.

잠시 후, 오지랖 넓고 순진한 주인아주머니가 현관문을 여는 소리가 들렸다. 멘붕하여 우왕좌왕하던 나는 송주 방의 장롱 속으로 뛰어들었다.

주인아주머니와 여국대 사장이 집 안으로 들어오는 소리가 들렸다. 나는 장롱 속에서 숨을 죽이고 있었다. 박송아는 여기 없어. 가라, 가! 제발 떠나줘. 내 인생에서 사라져 주라, 응?

"아무도 없나본데? 정말 출근 안 한 거 맞아?"

주인아주머니가 의아하게 물었다. 그의 대답은 들리지 않았다. 화장실 문 열리는 소리, 내 방을 쿵쿵 걷는 소리가 났다.

"여기 있는 것 같은데요."

그가 왜 그런 확신으로 말을 하는지 몰랐다.

"아무 데도 없잖아. 세탁기에라도 들어가 있는 게 아니면 어디 있다는 겨."

주인아주머니가 말했다. 일말의 희망마저 포기하게 만드는 말이었다. 잠시 후 내 방 장롱이 열리는 듯한 소리가 났다. 안 돼, 안 돼…….

두근두근, 심장이 뛰는 소리가 장롱 안을 가득 메우고 있었다. 나는 송주의 걸린 옷 속으로 더 깊이 숨었다. 생전 처음으로 '신이시여, 저를 더 작게 만들어주세요' 라고 기도했다.

그러나 내 피난처의 문도 열리고 말았다. 나는 숨을 죽이고 죽은 듯이 숨어 있었다.

"아이고, 그렇게 장롱 문을 벌컥벌컥 여는 건 실례지!"

주인아주머니가 여국대 사장을 나무랐다. 그래, 이 비매너 인간아, 어서 문 닫으라고. 그는 내가 안에 숨느라고 떨어뜨린 옷들을 정리했다. 그리곤 아주 빠른 손놀림으로 옷들을 옷걸이에 걸었고, 결국 나는 망연자실한 표정으로 여국대 사장과 주인아주머니 앞에 얼굴을 드러냈다. 주인아주머니는 '아이구, 어머니!' 하며 바닥에 주저앉았다.

"아주머니…… 안녕하세요……."

나는 미처 장롱에서 나오지도 못하고 아주머니에게 인사했다.

"아니, 아가씨! 거기서 뭐 하는 거야!"

"박송아 씨가 술 취하면 구석에 숨는 버릇이 있어서요."

그는 나를 잘 아는 사람인 양 아무렇지도 않게 거짓말을 해댔다. 그가 장롱 속으로 손을 뻗어 내 팔을 잡아끌었다. 머리도 아무렇게나 뻐쳐 있고, 꼬질꼬질한 옷에 일어난 지 얼마 되지 않아 눈이 퉁퉁 부어 있을 내 모습이 드러났다. 내 몸에서 술 냄새가 나는지 주인아주머니가 눈살을 찌푸렸다. 그런데 그가, 긴 손을 뻗어 내 이마를 짚었다.

"괜찮아요?"

이 사람이 또 연기를 하고 있다. 진짜 여우 같은 놈이다.

"괜찮아요, 그러니까 나가세……."

"아직도 열이 많이 나는데. 어지럽진 않아요? 병원에 가야겠어요."

이 사람은 걱정 연기로 내 말을 끊었다. 걱정하는 척하며 나를 납치할 요량이었던 것이다. 주인아주머니는 그의 긴 손가락과 핸섬한 얼굴과 접대용 매너에 반쯤 넋이 나간 것 같았다. 그와 함께 갈 수 없었다. 어떤 봉변, 어떤 망신을 당할 줄 알고. 나는 자리에 주저앉았다.

"괜찮아요, 전 그냥 집에서 쉴게요."

더 이상 무지막지하게 군다면 '사람 살려! 납치범이야!' 라고 외칠 작정이었다. 주인아주머니가 옆에서 '그래, 병원에 가봐야겠어' 라고 하며 나를 미친년 보듯 보고 있었지만 말이다. 그때 그가 내게 속삭였다.

"경찰서 가고 싶지 않으면 그냥 따라와."

경찰서. 나는 순간 그냥 법에 입각한 처벌을 받는 게 더 낫지 않을까 생각했다.

"박송아 씨, 가죠."

그가 나의 손을 잡아끌었다. 나는 도살장에 끌려가는 기분으로 그에게 끌려가고 있었다. 속도 모르는 주인아주머니가 감탄한 듯 칭찬의 말을 쏟아냈다.

"어이구, 직장상사가 직원들도 이렇게 챙기고. 아가씨는 복 받았네."

내가 제대로 움직이지 않자, 그는 내 손을 놓고 내 양쪽 어깨를 팔로 감싸며 나를 부축하는 듯한 모양새로 연행했다. 나는 눈곱도 안 뗀 거지꼴로 그의 차 조수석에 올랐다. 주인아주머니가 걱정스러운 얼굴로 나를 보는데, 그 눈빛은 '부럽다, 나도 그의 부하 직원이었으면' 이라고 얘기하는 것 같았다.

"도와주셔서 감사합니다."

그는 정중하게 주인아주머니께 인사하고 차에 올랐다. 차에 오르자마자 그의 눈빛은 180도 달라졌다.

"박송아 씨, 몇 살이야?"

나는 대답하지 않았다.

"초딩이야?"

내가 가장 싫어하는 말 중 하나가 '초딩'이다. 키에 대해서 사람들이 얘기하지 않아도 적잖이 콤플렉스인데, 이따위 말을 하다니! 나는 그를 매섭게 노려보았다.

"무슨 그런 초딩 같은 유치한 짓을 해? 나이는 먹다가 맛없어서 버렸나?"

"무슨 얘길 하는 거예요!"

"그것도 모르면서 왜 따라 나왔어?"

"끌고 오니까 그렇죠!"

"끌고 가면 쫄래쫄래 다 따라가나? 소리라도 지르면 되잖아."

속이 부글부글 끓어올랐다. 그리고 이 사람, 왜 나한테 반말이야?

"박송아 씨 때문에 손해 본 게 얼만 줄 알아?"

"무슨 말 하는지 모르겠다고요!"

내가 내지르는 소리에 그는 도로가에 끼익 하고 차를 세웠다.

"허, 몰라?"

"몰라요. 말을 안 해주면 어떻게 알아요?"

"그래? ……술 먹고 한 짓이라 기억도 안 난다 이거지?"

"내가 뭘 했다고 그래요?"

나는 끝까지 막나갈 작정이었다. 나도 어느 정도의 연기는 가능한 사람이었다. 그래, 사람들 누구나 가슴에 교활한 여우 한 마리쯤은 키우며 산다.

"됐어. 직접 가서 확인해."

그의 표정은 굳어 있었다. 그렇다고 주눅이 들 내가 아니었다. 갈 데까지 갔으니까.

"하나만 확인하고 가. 본인이 그런 게 아니면 정중하게 사과하고 돌려보내 줄 테니까."

그도 뜻을 굽힐 줄 몰랐다. 대체 무슨 단서가 남아 있기에 내가 한 일이라고 이렇게 확신하는 것일까. 난 그를 노려보며 씩씩거렸다. 그는 운전을 할 뿐 더 이상 나를 쳐다보지 않았다.

몇 분 지나지 않아 바로 오피스텔에 도착했다. 그는 차에서 내려 조수석 문을 열고 나를 잡아끌었다. 젠장할. 완벽주의 요리쟁이라 그런지 힘도 엄청나게 셌다. 그가 오피스텔에 들어와 내 팔을 놓았을 때는 팔목에 감각이 없었다.

오피스텔 403호에 도착하니, 냉장고 청소를 하는 한비룡 씨와 주방기구를 씻고 있는 갈색머리가 보였다. 그들은 내 모습을 보더니 여국대 사장 몰래 '풉' 하고 웃음을 터뜨렸다. 여국대 사장은 여전히 머리끝까지 열이 올라 있었다.

"싱크대에 흙만 뿌리고 간 거면 그냥 귀엽게 봐줄 수 있었어."

그는 내 아픈 팔목을 잡고 냉장고와 냉동고 앞으로 끌고 갔다.
“냉장고 문을 열어? 냉동고 문을 열어?”
“내가 한 게 아니라고요!”
“야!”
그가 소리를 크게 질렀다. 그를 처음 만난 날처럼 쩌렁쩌렁 울리는 목소리였다. 귀청이 떨어져 나가는 줄 알았다. 내가 끝까지 시치미를 떼니 그는 심하게 씩씩거렸고 혼자 오피스텔 밖으로 나갔다. 그때 한비룡 씨가 재빠르게 나에게 말했다.
“박송아 씨, 그냥 인정해요. 그게 본인한테 좋아요.”
곧 현관문이 열리고 여국대 사장이 돌아왔다. 그는 나에게 CCTV 녹화화면을 촬영한 동영상을 들이댔다. 아주 흐릿하게, 작은 여자애가 오피스텔 정문을 열고 들어가는 모습이 보였다. 밤이라서 제대로 보이지는 않았다. 하지만 나만은 알 수 있었다. 그건 바로 나였다.
“증거를 보여줘도 아니야?”
“……아니에요.”
나는 조금 밀리는 듯했지만 끝까지 버티고 싶어졌다. 흘깃 본 한비룡 씨와 갈색머리는 길길이 날뛰는 여국대 사장의 모습을 즐기는 것 같았다.
“좋아, 황소고집으로 나온다 이거지? 경찰서로 가서 판독해야겠네.”

"이런 화면 가지고 뭘 어쩌자는 건데요!"

"엘리베이터 CCTV도 있는 건 몰랐지? 거기 있어, 가만히."

그는 다시 밖으로 나갔다. 이번엔 설거지를 하던 갈색머리가 여국대 사장이 밖으로 나간 것을 확인하고는 내게 다가와 핸드폰 사진 하나를 보여주었다. 맙소사! 여국대 사장의 확신에는 이런 비밀이 있었구나. 나는 지난밤의 필름이 끊겨 있었던 잠깐 동안의, 잃어버린 기억을 찾을 수 있었다.

지난밤, 나는 화장지 뭉치를 변기에 가득 버리고 물이 내려가길 기다리고 있었다. 물은 쫄쫄 내려갔다. 나는 이를 계속 지켜보고 있다가 거울 속의 나를 보고 미소 지었다. 내가 자랑스러웠다. 그리고 동시에 여국대 사장이 너무 미웠다.

"네가 나를 능멸해? 망해 버려라, 나쁜 인간."

나는 가방에서 립스틱을 꺼냈다. 그리고 거울에 휘갈겨 썼다.

갈색머리가 내민 핸드폰 사진은 오피스텔 화장실 거울을 촬영한 것이었다. 거울에는 립스틱으로 이렇게 휘갈긴 글씨가 적혀 있었다.

—야, 이 대갈장군아! 모여라꿈동산으로나 가거라!

그리고 덤으로 큰바위얼굴 그림까지…….

“지난주에 박송아 씨가 차에다 대고 대갈장군이라고 막 소리 질렀잖아요. 박송아 씨랑 헤어지고 나서 형이 물었었거든요.”

나는 망연자실한 표정으로 갈색머리를 쳐다보았다.

“내 머리가 그렇게 크냐? 하고. 아, 웃겨 죽는 줄 알았어요.”

“그냥 인정하고 미안하다고 해요. 여 사장도 잘못한 게 있으니까 손해배상 청구는 해도 못되게 굴진 않을 거예요.”

한비룡 씨가 흐뭇하게 웃으며 말했다. 나는 웃지 못했다. 손해배상이라……. 어제는 작아 보였던 냉장고와 냉동고가 남산처럼 크게 보였다.

손해배상…… 그는 나에게 얼마를 청구할 것인가.

갈색머리가 말했다.

“거울 낙서만 없었어도 비룡이 형 옛날 애인이다 했을 텐데, 비룡이 형은 사이코고 뭐고 안 가리니까.”

가만 보니, 갈색머리 저것도 슬슬 날 약올린다. 그래서 내가 사이코라는 소리야? 나는 갈색머리를 잠깐 흘겨보다가 다시 걱정 모드로 돌아갔다. 한비룡 씨가 말했다.

“내가 도와줄 테니까 그냥 미안하다고 해요. 여 사장 너무 시끄럽고 자존심도 강해서 우리가 힘들어요. 우리 살려주는 셈치고.”

한비룡 씨의 말이 끝남과 동시에 여국대 사장이 다시 나타났다.

그리고 나에게 엘리베이터 CCTV 동영상을 보여주었다. 엘리베이터 안에는 작은 여자애 하나가 후드점퍼의 모자로 얼굴을 가리고 고개를 푹 숙인 채 비틀거리고 있었다. 대충 봐도 나였다. 엘리베이터에서도 얼굴을 가리고 있다니. 나는 역시 술에 취했어도 용의주도한 데가 있었다.

“이래도 잘났다고 발뺌할 거야? 봐봐, 여기 신발이랑 바지.”

나는 엘리베이터 동영상과 똑같은 바지를 입고 있었고, 현관문 앞에는 동영상과 똑같은 색의 내 신발이 놓여 있었다. 이제 제대로 단서가 나온 것이다. 그는 입꼬리를 살짝 올려 미소를 짓고 있었다. 웃어도 안 잘생겼어, 안 잘생겼다고! 이 남자 이제 하나도 안 멋있다. 그냥 야비한 협박쟁이일 뿐이었다.

“왜 계속 반말이에요!”

“내가 이런 일을 당하고 예의범절 차리게 생겼어?”

“누가 먼저 예의를 포기했는데!”

“그럼 내가 먼저 그랬냐?”

“그쪽이 먼저 그랬잖아!”

우리는 소리 지르기 대회라도 나간 사람들처럼 점점 언성을 높였다. 갑자기 한비룡 씨가 오디오 쪽으로 가서 클래식 음악을 크게 틀었다. 조용히 좀 하라는 얘기였을까.

“시끄러.”

“시끄러워요!”

여국대 사장과 나의 입에서 같은 말이 나왔다. 갈색머리는 한참 전부터 귀를 막고 있었고 한비룡 씨는 한숨을 내쉬면서도 알 수 없는 미소만 지을 뿐이었다. 한 톤씩 목소리가 높아졌던 좀 전의 말싸움이 잠잠해지고 여국대 사장은 다시 이전의 차가운 목소리로 내게 물었다.

"박송아 씨, 도대체 몇 살이야? 쪼꼬매가지고 어디 어른한테 이렇게 대들어?"

그래, 난 초딩, 난쟁이, 지우개똥, 꼬맹이, 코딱지 같은 소리나 듣는 키 작은 여자애다 이거야! 그래도 나도 어른이다. 내가 동안이긴 하지만 내년이면 스물아홉이라고!

"그쪽만 어른이에요? 나도 어른이야! 키 가지고 나이 확신하는 건 어느 나라 논리야?"

"그래, 그건 논리가 아니지."

이 세 남자들 중에서 가장 키가 작은 갈색머리가 나를 거들었다. 호응은 달가웠지만 그냥 넘어가고 말을 이었다.

"그래서 얼마 부르실 거예요."

"얼마를 불러?"

그가 나에게 되물었다.

"손해배상 원하는 거 아니에요? 얼마를 원하시는지 말해주세요. 내 쪽에서도 판단하고 맞춰드릴 수 있음 맞춰드릴게요."

그가 피식, 하고 코웃음을 쳤다.

"내가 돈 때문에 이러는 걸로 보여?"

"나 때문에 손해 본 게 얼만 줄 아냐고 물었었잖아요."

"배상해 줄 돈은 있고?"

"……판단하고 맞춰보도록 노력한다고 그랬잖아요."

왜 이 사람은 자꾸 했던 말을 또 하게 만드는지. 바본가? 그 큰 머리에 먹을 거밖에 안 들었어요? 이렇게 말하려다 또 소리가 높아질까 봐 꾹 참았다. 그의 목소리가 조금 차분해졌다. 내가 잘못을 인정하면서 흥분했던 마음이 좀 가라앉은 것 같았다.

"박송아 씨, 내가 냉장고에 넣어놓는 건 돈으로 살 수 있는 게 아니야."

유네스코기록문화유산이라도 넣어놨대요? 세상에 돈으로 못 사는 게 어디 있다는 건지.

"박송아 씨, 몇 살이야? 내가 몇 번이나 물었는지 알아?"

"85년생이오."

어쩐지 나이로는 못 이길 것 같다는 생각이 들어 사실대로 말했다.

"난 서른둘이야. 내가 인생 선배야. 알았어? 여기 박송아 씨보다 어린 사람 하나도 없어."

왜 듣기 싫은 정보들을 귀에 박아주는 건지 알 수 없었다. 나이로 나를 제압할 생각인 건지.

"박송아 씨는 아직 그릇이 덜됐어. 냉장고에 넣어놓은 것들 완벽하게 정리될 때까지 몇 날 며칠이 걸리든 책임지고 여기에서 정리나 해."

내가 그렇게 한가한 사람으로 보이나 보죠? 나도 원서 쓰고 면접 보고 새 일자리를 찾아야 된다고. 어처구니가 없어 입을 허, 벌린 채로 그를 보고만 있었다.

"손해배상이나 돈 같은 건 필요 없어. 이게 성숙한 어른이야, 알았어?"

오우, 그게 멋있는 줄 알고 날리는 대사란 말인가. 허세 쩔어요! 나는 손이 오글거리고 뒤틀려 무말랭이가 되는 줄 알았다.

☆ ☆ ☆

그들이 소파에 앉아 차를 마시고 있을 동안 나는 신데렐라처럼 설거지를 했다. 그가 오늘 시킨 일은 냄비, 프라이팬, 제빵기구들 등, 내가 더럽힌 모든 것을 완벽하게 닦기. 이게 끝나면 배달된 감을 깎아 곶감을 만드는 일을 해야 했다. 이 남자는 도시락 장사를 그만두고 곶감 장사를 하려는지 세 박스나 되는 감을 모두 깎으라며 갖다 놓았다. 갈색머리와 한비룡 씨는 나를 도와줄 수 없었다. 여국대 사장이 엄포를 놓았기 때문이다.

여국대 사장은 성숙한 어른타령을 했지만 성숙은 개뿔. 내 눈엔 '대갈장군' 낙서에 대한 보복으로밖에 보이지 않았다. 그는 이상한 서약서에 서명도 하게 했다.

'갑 여국대는 을 박송아로 인하여 금액 가치로 환산하기는 부적당하나, 200만 원 이상의 냉장 및 냉동식품 손상 손해를 입었으며 이를 복구하는 데에는 수일이 걸릴 것으로 짐작되는바, 갑은 을에게 손해배상 대신 냉장 및 냉동식품이 보완될 때까지 무료봉사를 요청한다' 대충 이러한 내용이었다. 그리고 그 아래에는 만일 이를 어길 시엔 경찰서로 가 이에 합당한 처벌을 받는다는 무시무시한 내용과 형벌에 대해 적혀 있어 나는 죽자, 하는 심정으로 사인을 할 수밖에 없었다.

이게 봉사냐, 노동 착취지. 혼자 중얼거리며 냄비들을 닦았다. 한비룡 씨가 냉장고를 정리하는 데에는 빠르면 닷새 정도 걸릴 거라는 이야기를 해주었다. 그리 긴 시간은 아니었다. 나는 음흉하고 지독한 광고주 밑에서 1년도 참았는걸.

여국대 사장은 내가 일을 열심히 하는지 감시하다가 402호 자기 방으로 돌아갔다. 주문이 없는 날인 것 같았다. 여국대 사장이 403호 아틀리에에서 나가자마자 한비룡 씨와 갈색머리는 푸하하, 하고 크게 웃었다.

"박송아 씨, 사람이 어쩜 그래요?"

한비룡 씨가 유쾌하게 물었다. 나는 할 말이 없었다.

"내가 예전에 전화했었는데 화나서 안 받은 거예요? 보니까 돈 봉투도 놓고 갔던데. 난 그래서 박송아 씨인 거 처음부터 알고 있었어요."

"정말 죄송해요. 술 마시니까 용기가 솟구쳤어요."

"괜찮아요. 국대형 술버릇도 만만치 않아요."

갈색머리가 말했다. 나는 그들과 이야기를 하면서 갈색머리의 이름은 '남수리'라는 것을 알게 되었다. 예전에 매직키드마수리라는 드라마가 있었지. 해리포터에 빠져 있을 때라 재미있게 봤었는데. 이 사람들 이름은 다들 재미있다.

남수리 씨는 스물아홉, 한비룡 씨는 여국대 사장과 똑같은 서른둘이었다. 이 남자들만이 꾸려가는 아틀리에에서 일이 없는 날은 아주 손에 꼽을 정도라고 한비룡 씨가 말했다.

"그래도 오늘 같은 날 일이 일어난 게 다행이에요. 주문이라도 걸려 있었으면 정말 경찰서에 넘겼을 수도 있어요."

경찰서도 끔찍했지만, 지금의 상황으로 봐선 뭐가 더 끔찍한 건지 모르겠다. 물론 나는 취업도 해야 하고 결혼도 해야 하고, 앞길이 구만리라서 이 일이 잘못되면 인생의 오점을 남기게 되는 것이지만, 오늘의 비참함보다 더할 것이 있으랴.

"세수는 했어요?"

아차 싶었다. 여국대 사장에게 너무 급하게 발각되어 화장은커녕 세수도 못하고 머리도 감지 못한 채 나왔던 것이다. 흙 냄비를 닦아내는 동안 더 많은 먼지를 뒤집어썼을 텐데.

"세수라도 하고 나와요."

한비룡 씨가 따뜻하게 말했다. 나는 화장실에 들어갔다.

"아, 화장은 하면 안 돼요. 국대가 싫어해요."

화장품은 들고 오지도 않았다고! 한데 화장을 싫어하니까 하지 말라고? 변태 아냐? 내가 그 사람 마음에 꼭 들어야 된다는 법이라도 있는 것처럼 왜 한비룡 씨마저 내 화장까지 간섭하려 하는 건지 모르겠다. 나는 다짐했다. 내일은 화장을 하고 오겠어!

주방기구 세척이 끝나자마자 감들을 모두 박박 씻었다. 감 깎기를 하는 동안엔 여국대 사장 몰래 한비룡 씨와 남수리 씨가 나를 도왔다. 감을 깎는 일은 숙련된 그들에게도 고된 일이었는지, 수리 씨는 애인이랑 데이트를 해야 한다며 도망가 버렸다. 비룡 씨는 나보다도 느렸다.

감 얘기를 하다가 홍시 얘기가 나왔고 홍시 얘기가 나와서 홍시 얘기를 하고 있었다. 우리가 대장금의 '홍시 맛이 나서' 패러디를 신나게 하고 있을 때 우리들의 웃음소리가 성가셨던 건지 여국대 사장이 인상을 찌푸리며 돌아왔다. 5시쯤 되어서였다. 그는 나를 돕는 한비룡 씨를 노려보다가 주방으로 가 냄비에 물을 올리고 또 요리를 시작했다.

우리가 감 깎기를 막 끝냈을 때, 그는 '밥 먹어' 라는 말로 한비룡 씨와 나를 불렀고, 나는 맑은 된장국과 베이컨계란말이, 알감자조림, 미역줄기볶음 등 예쁜 그릇에 담긴 정갈한 음식들을 만날 수 있었다. 이 사람은 요리에 대한 강박증이 있는 사람인 것 같았다. 그냥 우리끼리 먹고 치우는 음식에도 왜 쓸데없이 데코레이션을 하는지. 예쁘고 맛있는 음식으로 통통하게 살을 찌워서 잡아먹으려는 수작일지도 모른다는 생각이 들었다.

나는 음식을 먹으면서 맛있다는 말도, 잘 먹었다는 말도 하지 않았다. 나의 소심한 반항이었다. 한비룡 씨와는 말을 몇 마디 나누었지만 여국대 사장과는 아무 말도 하지 않았다. 그는 그저 다 먹고 나서 먹은 그릇들을 치우라고 내게 말했다.

"치우고 나서 돌아가. 내일은 8시까지 나오고."

그는 밥을 다 먹은 후 다시 밖으로 나갔다. 나는 먹은 그릇들을 다 치우고 집으로 돌아갈 수 있게 되었다. 한비룡 씨가 집까지 바래다주었다.

나와 비룡 씨는 많이 친해졌다. 그는 참 편한 사람이었다. 내 말을 잘 들어주고 나를 이해해 주는 것 같았다. 특히 나의 푸념에 '국대가 너무하긴 했지' 라고 말해주어 좋았다. 하지만 한비룡 씨는 '국대는 사실 정말 좋은 사람' 이라고도 말했다. 이해는 한다. 그렇게 생각하지 않는다면 같이 일할 수도 없겠지. 하지만 나는 대리운전 전화번호만도 못한, 앞뒤가 다른 그런 사람이 너무 싫다. 차라리 처음부터 나쁜 사람이 훨씬 낫다. 좋아질 희망이라도 있는 거니까.

집에 도착하니 송주가 여국대 사장처럼 소리를 고래고래 질렀다. 어디서 뭘 하고 온 거냐고, 꼬라지는 또 그게 뭐냐고, 왜 핸드폰도 안 가져갔냐고. 나는 그간의 이야기를 했다. 어떤 미친놈을 만났고, 그가 나에게 모욕감을 주어 어제 술에 취해 실수를 했고, 그 일을 수습하러 갔다 왔다고. 나를 최대한 불쌍하고 아름답게, 그를 최대한 못되고 악랄하게 얘기했기 때문인지, 송주는 법 공부하는 친구를 소개시켜 주겠다고 했지만, 나는 거절했다. 어쨌거나 난 이상한 서약서에 서명했고, 며칠간의 고생은 내가 각오한 일이었다.

전날 너무 열심히 일해서인지 6시 반에 알람을 두 개나 맞춰놓았지만 결국 7시가 넘어서야 일어났다.

부랴부랴 씻고 짐을 챙기고 화장을 했다. 여국대 사장을 골려먹을 생각에 갸루상 화장을 할까 하다가 '성숙한 어른'으로서 도를 넘어서는 안 된다는 생각이 들어 여성으로서의 기본 품위만 지키는 선에서 파운데이션까지만 곱게 펴 발랐다. 한비룡 씨, 남수리 씨에게 박혀 있는 내 민낯 이미지는 개선시켜야 했다.

아직 이른 아침이라 지하철역이 붐비지 않아 좋았다. 나는 국회의사당역까지 편안하게 갔고, 8시 5분쯤 오피스텔의 아틀리에에 도착했다. 이미 여국대 사장과 한비룡 씨, 남수리 씨는 일을 하고 있었다. 오전 주문이 있는 것 같았다.

"송아 씨, 안녕."

"왔어요?"

"늦었어."

다른 사람들의 반가운 인사 뒤에 여국대 사장이 심술궂게 말했다. 나는 그에게 '뭐 할까요?' 하고 물었다.

"마늘이나 까."

여국대 사장은 요리를 하면서 턱짓으로 소파 쪽을 가리켰다. 이 남자는 사람으로 만들고 싶은 곰과 호랑이라도 키우는 걸까. 뭔 놈의 마늘이 이렇게 많은지. 소파 앞에는 두 팔로 들기도 어려울 큰 광주리로 두 광주리 가득 마늘이 쌓여 있었다. 내가 또 알까기, 컴까기, 앞머리 예쁘게 까기, 직장상사 까기 등 웬만한 까기는 웬만큼 한다. 뭐, 오늘 안에 다 끝낼 수 있겠지 생각하며 체념하듯 한숨을 쉬고 손을 씻으러 화장실 쪽으로 갔다. 이때 그가 요리를 하던 손을 거두고 내게 다가오며 나를 불러 세웠다.

"화장 지우고 나와."

오! 올 것이 왔구나, 이 변태 같은 대갈장군.

"싫어요."

"싫은 게 어딨어? 지우고 나와."

"내가 어떻게 하고 다니든지 내 맘이에요. 내가 사장님 목소리 큰 거 가지고 뭐라 그래요?"

"박송아 씨는 단세포 생물이야? 생각이 없어? 여기가 뭐 하는 덴지 몰라?"

"요리하는 데에서 무슨 화장가지고."

나는 말을 멈췄다. 아, 그렇구나…….

그래도 나는 할 말이 있었다. 내 재능은 지지 않는 말발이었다. 1년이나마 광고팔이를 했었던 광고회사의 꽃. AE였다.

"안 지울 거예요."

"지워, 아님 나가든지."

"그럼 나갈게요."

"경찰서로 가겠다고?"

"서약서에 화장 얘기는 없었잖아요."

"여기에서 봉사를 한다는 건 화장을 안 한다는 거야."

"그건 여기만의 특이성이죠. 특이성은 서약서에 표기를 해야죠. 식당에서 일하는 아주머니들이 민낯으로 하는 거 봤어요? 텔레비전에 나오는 요리사들도 메이크업 다 하고 나와요."

그가 나를 무섭게 노려봤다.

"사장님밖에 없으면 잘 보일 사람도 없으니까 갸루상이 되든 민낯으로 다니든 성가실 것도 없지만, 한비룡 씨나 수리 씨한테까지 이미지 관리를 안 하고 싶지는 않아요, 저는. 화장하는 여자한테 화장 안 하고 밖에 나가게 하는 게 얼마나 부끄러운 일인지 아무도 말 안 해줬어요?"

그는 기가 막히다는 듯이 코웃음을 쳤다.

"좋아."

그리고는 한비룡 씨와 남수리 씨에게 말했다.

"오늘은 나 혼자 박송아 씨 데리고 할게. 마늘 가지고 옆방에 가서 까고 있어."

젠장, 이건 아닌데. 내가 한 방 맞았다.

남수리 씨가 마늘 까는 일이 귀찮다는 듯이 불평을 했다.

"형, 그냥 조금만 봐주면 안 되나?"

"가서 쉬엄쉬엄 해. 다 못한 건 박송아 씨가 마저 할 거니까."

여국대 사장이 대답하자 남수리 씨가 못 말린다는 듯 고개를 가로저으며 마늘 광주리를 들고 밖으로 나갔다. 곧 한비룡 씨도 나에게 힘내라는 눈빛을 보내곤 떠났다. 이제 그와 나 둘만 남았다.

"원하는 대로 됐지? 씻고 와."

나는 순간 스프링처럼 뛰어올라 이 남자의 커다란 머리를 쥐고 흔드는 상상을 하며 이를 갈았다. 그러나 현실의 나는, 핵을 쥐고 있는 갑 앞에서 설설 기어야 하는 을이었다. 이 남자를 도발하는 것은 아무 의미도 없다는 것을 알았다. 좀 더 여우가 되어야 했다. 직장에서처럼.

나는 화장을 지우고 스킨, 로션만 발랐다. 이건 남자들도 다 하는 거니까. 그렇게 무자비한 사람은 아닐 거라는 일말의 희망으로. 만약 이것만이라도 허락한다면 여국대 당신의 매력도를 '—3,000' 에서 20 올려주지. '매력도 —2,980'. 그리고 컨실러마저 허락한다면 당신의 매력도를 30 더 올려주지. 그럼 당신의 매력도는 '–2,950'. 당신은 매력의 마이너스계에서 가장 잘생긴 사람이긴 할 거야.

나는 그가 구제의 가치가 있는 인간이었으면 하는 희망을 가지고 스킨, 로션에, 군데군데 살짝 컨실러만 바르고 나왔다. 그는 나를 보고 고개를 끄덕였다. 어떻게든 핑계를 대볼 생각이었는데 내 화장술이 뛰어났던 것인지, 그가 내 컨실러까지 알아보지는 못했다.

"12시까지 팬미팅 50인분이야."

그는 장어를 졸이고, 초밥을 만들고, 계란말이를 만들고, 전복에 칼집을 내고, 샐러드 소스를 만들면서 된장국을 끓이고 있었다.

"버터새우랑 고구마탕 할 거야. 새우는 머리랑 꼬리 남기고 껍질 벗기고 고구마는 지저분하지 않게 깎아봐."

이 남자는 나에게 까, 씻어, 벗겨, 이따위 말들밖에 할 줄 몰랐다. 나는 컨실러를 들키지 않았다는 안도감에 군소리 없이 잘 응해주었다. 내가 새우를 까고 고구마를 깎는 동안 그는 엄청나게 빠른 칼질로 양파, 양배추, 당근, 콜라비 등을 채 썰었다. 그의 세계에는 요리 외에 아무것도 없는 것 같았다. 내가 고구마를 모두 깎고 그에게 다 했다고 말했지만 그는 두 번이나 듣지 못했다. 세 번째 말했을 때 그는 나에게 닭가슴살 덩어리를 찢으라고 말했다. 한 가지 명령이 추가되었다. 찢어. 나는 그의 퉁명스러운 말투에 짜증이 났지만 속으로 계속 마인드컨트롤을 했다. 반항하지 말자.

내가 닭가슴살을 찢는 동안 그는 고구마를 잘라 새 기름으로 튀겨냈다. 그리고 다른 프라이팬에는 인절미를 구웠다. 그밖에 내가 고구마탕에 꿀소스 섞기, 닭가슴살샐러드 소스 없이 섞기, 해물볶음밥 섞기 등을 하는 동안 그도 바쁘게 움직였다. 잠시 후 모든 준비가 끝났다며 그가 나를 불렀다. 그는 나에게 위층으로 올라가 왼쪽 첫 번째 상자세트를 가지고 오라고 했다.

오피스텔 복층 계단의 위층에는 온갖 박스들이 가득 차 있었다. 나는 첫 번째 상자세트를 확인하고 일주일 전에 남수리 씨가 챙겼던 것처럼 같은 모양의 상자와 반찬통, 국통들을 박스에 담았다. 모두 두 박스가 나왔다. 내가 박스 두 개를 들고 계단을 내려오는데 그가 내 박스 중 하나를 들어주며 말했다.

“키가 작으니까 박스 두 개만 들어도 얼굴이 안 보이네.”

그는 희미하게 웃었다.

그는 상자세트에 각각 데코레이션 종이를 깔고 음식을 담았다. 나는 그를 보고만 있었다. 그가 상자세트에 음식을 담아낼 때, 음식들이 안정된 화음을 만드는 것 같았다. 이 남자가 요리에 열중해 있는 모습만큼은 인정해야 하는 것일까. 잠시 후 그가 말했다.

“이 정도면 되겠어?”

그를 보고 있던 나는 눈을 돌려 주방테이블 위의 도시락세트를 바라보았다. 완벽한 도시락 한 세트가 만들어져 있었다.

기름기가 도는 장어초밥과 군더더기 없는 노란색의 다시마끼, 그리고 시금치된장국.

바둑판 모양으로 칼집이 난 전복, 새우버터구이와 해물볶음밥 약간.

발사믹소스를 올린 토마토사과카프레제.

오리엔탈갈릭소스와 닭가슴살채소샐러드.

꿀코팅 윤기가 흐르는 고구마탕과 인절미구이.

그리고 계절과일과 수제요구르트.

이번에도 역시 완벽했다. 나는 잠시 그가 미웠던 것을 잊고 탄성을 지를 뻔했다.

그는 다시 진지한 눈빛이 되어 나에게 이대로 진행시켜도 괜찮겠냐는 의견을 묻고 있었다.

4. 안녕

예쁘디예쁘게 차려진 도시락 한 세트를 보며 나도 모르게 입이 벌어졌을 때, 그는 정말 괜찮은 게 맞냐는 눈빛으로 진지하게 나를 보았다. 이렇게 요리와 데코레이션을 잘하는 사람에게 왜 내 의견이 필요한 건지 알 수 없어 의아했지만 나도 모르게 고개를 끄덕이고 말았다.

"내가 담을 테니까 박송아 씨가 포장해."

나는 또 한 번 이곳에서 리본 묶는 작업을 하게 됐다.

어렸을 때, 식당에서 퇴근한 엄마는 봉투 접기, 인형 눈 붙이기, 가발 만들기 등 갖가지 소일거리를 항상 가져오셨다. 리본 만들기도 그중 하나였다. 엄마는 머리핀을 만드는 온갖 리본을 나에게 갖다 주셨고, 나는 그게 엄마와 나만의 놀이인 줄 알았다. 나는 엄마와 머리핀을 만드는 시간이 좋았다. 그게 여덟 살 때였다. 나는 리본을 묶으면서 계속 엄마 생각이 났다.

그는 상념에 젖어 있는 내 얼굴을 빤히 쳐다봤다.

"왜, 힘들어?"

"아니요. 배고파요."

"조금만 참아. 먹고 싶은 거 해줄게."

"난자완스."

나는 내가 아는 비싼 요리를 말했다.

"알았어."

그의 대답은 간단했다. 그는 요리를 하는 데 주저함이 없는 사람이었다. 음식 담기와 리본 묶기는 생각보다 일찍 끝났다. 우리는 완성된 도시락을 1인분씩 종이가방에 담고 종이가방을 다시 박스에 담았다. 일주일 전보다 작은 박스로 여덟 박스에 48인분이 담겼다. 나머지 종이가방 두 개는 따로 들고 가기로 했다. 그가 시각을 확인하며 말했다.

"도시락 배달하러 콜밴이 올 거라, 비룡이랑 수리 불러서 좀 옮겨야겠는데."

"콜밴을 불러요?"

"우리 일손도 달리는데 영업이사를 매번 운전기사로 쓸 순 없잖아. 박송아 씨 때는 특별했지."

특별하기도 했지.

"아무튼 도시락 옮겨야 되는데 화장하고 와."

"네?"

"다른 사람들한테는 이미지 관리해야 한다며."

그런 사소한 걸 다 신경 쓰다니. 어처구니없었지만 퍽 고마웠다. 이제 당신의 매력도는 '—2,920' 정도. 아무튼 나는 이미 미를 포기한 상태라 요리한다고 화장을 지우고, 밖에 나간다고 또 바르고, 하고 싶지는 않았다.

"됐어요. 괜찮아요."

"정말 괜찮아?"

"정말 괜찮아요."

처음 화장을 지우게 만든 여국대 사장이 아직도 밉긴 했기 때문에 내 목소리는 퉁명스럽게 나왔다.

"나중에 딴말하지 마."

"딴말은 사장님이나 하는 거고요. 비룡 씨, 수리 씨 불러 올게요."

나는 402호로 재빨리 가서 비룡 씨와 수리 씨를 불러 왔다. 수리 씨와 비룡 씨가 마늘 까기 단순노동에 지쳤다는 얼굴로 터덜터덜 아틀리에로 왔고, 우리는 함께 박스를 날랐다. 배송까지 마친 뒤에 그는 점심 요리를 시작했고, 나와 한비룡 씨, 남수리 씨는 수리 씨의 여자친구 이야기를 하며 함께 마늘을 깠다. 그들은 마늘을 반 광주리 정도밖에 까지 못했다.

요리가 다 되어 여국대 사장이 우리를 불렀다. 내가 말한 난자완스와 주문용으로 만든 도시락 샘플 1인분이 오늘의 점심이었다. 사실 난자완스라는 이름만 알았지 한 번도 먹어본 적이 없었다. 내가 먹은 난자완스라는 건 겉껍질은 바삭하고 안은 쫄깃한 떡갈비였다. 언젠가 그리워질 만큼 괜찮은 음식이었다. 나는 중국요리를 먹은 김에 〈요리왕 비룡〉 생각이 나 말문을 열었다.

"예전에 〈요리왕 비룡〉이라는 애니메이션이 있었는데, 나는 중국음식이 나와서 중국 얘기인 줄 알았는데 일본 만화더라고요."

"알아, 알아."

"알아, 알아."

한비룡 씨와 남수리 씨가 말하지 않아도 다 아는 얘기라는 듯 한숨을 쉬며 끄덕거렸다.

"만화 좋아해?"

그가 물었다. 나는 어쩐지 그의 앞에서 '좋아합니다' 라는 말을 하고 싶진 않아서 그의 말을 못 들은 척 무시하고 하던 말을 이어 나가려는데, 그가 좀 더 큰 소리로 내 말을 끊었다.

"어이, 만화책 좋아하냐고."

대답을 해주어야 했다.

"가끔 사람보다 만화책이 나을 때도 있더라고요."

수리 씨는 픽, 하고 웃었지만 그는 웃지도 화를 내지도 않고 밥을 먹었다.

밥을 다 먹고 설거지를 마친 후, 그는 마늘을 까려는 나를 불렀다.

"어이, 박송아."

말없이 그를 쳐다보았다. 이 사람은 언제부터 내 이름 뒤에 붙이던 '씨'를 없애 버리고 앞에 '어이'를 추가한 걸까. 능글맞은 광고주가 나를 '야'라고 부른 것은 내 퇴사 사유 중의 하나였는데. 조금만 더 있으면 그의 입에선 '야'도 나올 것 같았다. 아니, 이미 싸우다가 한 번 튀어나온 적이 있긴 하지.

"따라와."

나는 그를 따라갔다. 그는 현관문 밖으로 나가 402호의 문을 열었다. 402호는 여국대 사장과 수리 씨의 주거공간이었다. 나에게 비밀번호를 들킬까 봐 손으로 가리는 그의 모습이 우스웠다. 문을 열고 들어가니 남자 둘이 사는 것치곤 쾌적한 공간이 드러났다. 하지만 그는 주방이 아닌 곳에서까지 완벽주의자는 아니었다. 작은 침대 위의 이불이 아무렇게나 말려 있었다. 데스크탑 컴퓨터와 디지털피아노, 날씬한 몸매를 만들어주는 운동기구, 세 개의 옷장과 두 개의 책상이 있는 평범한 가정용 오피스텔이었다.

그는 나를 데리고 이 복층 오피스텔의 위층으로 올라갔다. 위층은 굉장한 공간이었다. 커다란 침대를 둘러싸고 3면이 책장으로 되어 있었다. 책장에는 1,500권은 넘을 것 같은 만화책들이 꽂혀 있었다. 오로지 만화책뿐이었다.

"보고 싶은 책 있어?"

그는 자신의 만화책 컬렉션을 자랑스럽게 생각하는지 흐뭇하게 미소 지었다. 이제껏 볼 수 없었던 순수한 미소였다. 요리할 땐 사뭇 진지하기만 한데 그에게도 이런 면이 있었구나.

내가 신기해하며 책장에 손을 뻗으려고 하자 그는 내 손을 툭 치며 말했다.

"아니, 만지진 말고."

이거이거, 만지지도 못하게 할 거면서 유치하게 자랑이나 하려고 부른 거였어. 아니꼬운 마음이 들었다. 나는 만화책 〈데스노트〉를 가리켰다. 영화로도 나온 만화책인데, 살인노트를 갖게 된 사람에 대한 이야기를 그린 책이었다.

"이거요."

"안 읽어봤어?"

"아뇨. 읽어봤는데 다시 읽고 싶어서요."

"재밌긴 하지."

"아뇨. 그냥 지금 저한테 필요한 책인 것 같아요, 데스노트."

나는 그의 말에 대답하며 은근한 쾌감을 느꼈다. 그는 나에게 만화책 〈데스노트〉 일곱 권을 빌려주었다.

오후 시간, 연예인 서포트 도시락 60인분을 준비해야 하는 여국대 사장과 비룡 씨, 수리 씨에게는 바쁜 시간이었지만 나에게는 평온한 시간이었다. 나는 텔레비전에서 마늘 까는 법을 본 적이 있었다. 마늘 뿌리 쪽을 깎아내고 전자렌지에 살짝만 돌리면 신기하게도 마늘이 쏘옥 하고 빠져나온다. 나는 그들이 음식 준비를 끝낼 때까지 기다렸다가 전자렌지를 사용해 마늘 껍질을 모두 벗겼다. 한비룡 씨는 허무하게 마늘을 쳐다봤고, 남수리 씨는 진작 말해주지 그랬냐며 짜증을 냈다.

그들이 60인분 주문을 끝낸 지 두 시간 만에 나도 마늘 까기를 마쳤다. 여국대 사장은 굼벵이도 구르는 재주가 있다느니, 기던 놈이 날기도 한다느니 따위의 유치한 말들을 했지만 신경 쓰지 않았다. 나의 마늘 까기 덕분에 일찍 집에 돌아갈 수 있었다. 일이 끝난 후부터 나를 감시한답시고 소파에 드러누워 쉬고 있던 그에게 물었다.

"내일은 몇 시까지 와요?"

"내일도 8시."

"내일 뵐게요."

내가 나가려고 하는데 그가 나를 불렀다.

"어이, 박송아."

"네?"

"화장하지 말고 와."

"봐서요."

나는 퉁명스럽게 말했다.

"화장 안 해도 보통 정도는 될 만해."

얄미운 그의 말에 현관문을 쾅 닫았다.

여의도의 바람은 매서웠다. 날이 따뜻하여 겨울이라는 생각을 못하고 있었는데 벌써 12월이었다. 신춘문예의 계절이라는 말이다.

집에 돌아온 나는 오랜만에 예전에 썼던 소설들을 살펴보았다. 신춘문예에 응모할 생각으로 오래전부터 끄적거려 온 습작품이 벌써 열 편이 되었다. 내가 고른 신문사, 동부일보의 신춘문예 마감일은 다른 신문사들처럼 12월 4일이었다. 시간이 사흘밖에 없는데 마땅히 어떤 식으로 퇴고를 해야 할지 감이 잡히지 않았다. 컴퓨터 앞에 한 시간 여를 앉아 있다가 결국 바닥에 누워 만화책 〈데스노트〉를 펼쳤다.

미운 사람이 생긴 후에 읽는 만화책이라 조금 더 생생하게 다가왔다. 대사가 긴 만화책이었지만 빌려온 일곱 권을 모두 읽었다. 만화책을 읽으면서도 오늘 먹었던 음식과 예쁜 도시락 생각에 왠지 모르게 손이 근질거렸다.

☆ ☆ ☆

다음날은 전날보다 일찍 출발했다. 여국대 사장에게 핀잔을 듣고 싶지 않아서였다. 아틀리에에 도착하니 7시 55분. 아틀리에엔 한비룡 씨와 여국대 사장이 분주하게 움직이고 있었다.

"오늘은 파티푸드 점심 80인분이야."

그가 내 아침 인사에 오전 일정으로 대답했다.

"수리 씨는요?"

"오늘 100일이라고 놀러 나갔어."

그가 대답해 주었다. 아, 예전에 화장실에서 백일 선물에 대한 낯 뜨거운 얘기를 들었었지. 나는 언제쯤 그런 얘기에 능청스럽게 맞받아치는 사람이 될 수 있을까?

나는 그가 시킨 떡갈비꼬치 꿰기를 하면서 그에게 말했다.

"만화책 다 읽었어요."

"할 일이 많이 없나보네."

"뭐든 좀 빨라요, 제가."

"그럼 그것 좀 빨리 하고 과일이나 씻어."

그는 나를 도발하는 재주가 있었고, 나도 지지 않으려고 애쓰다 보니 이렇게도 매번 걸려들었다.

"봐. 화장 안 해도 중간은 가잖아."

"중간요?"

"그래. 우리 중에 두 번째로 예쁘잖아."

여국대 사장은 '여자 골려주기' 만화책을 하나 새로 구입한 것 같았다.

"그럼 네가 제일 예쁜 거냐?"

한비룡 씨가 웃기다는 듯이 피식 웃으며 물었다.

"응. 부끄럽지만 그래."

허이구. 이 부끄러운 얘기를 얼굴 붉히는 일 없이 눈 하나 깜짝하지 않고 말하는 사람이라니. 이게 바로 비룡 씨와 수리 씨가 말한 여 사장의 자백이었구나, 생생하게 실감할 수 있었다.

파티푸드 80인분은 힘든 작업은 아니었다. 80인분의 요리를 메뉴별로 한 상자에 넣으면 되는 것이었기 때문에 다함께 리본을 묶느라 애쓸 필요가 없었다.

그렇게 오전 일정이 끝나고, 보내고 남은 음식들로 점심을 먹었다. 훈제연어까나페와 참치회초밥은 맛있었다.

"회도 뜰 줄 알아요?"

"응, 〈미스터 초밥왕〉 보고 시작했대."

내 질문에 여국대 사장 대신 비룡 씨가 대답했다. 〈미스터 초밥왕〉. 만화책 이름이다.

"빌려줘?"

그가 살짝 어린아이 같기도 한, 진지한 눈빛으로 물었다.

"오늘은 일 일찍 끝나니까 많이 가져가. 순정만화도 있어."

책장은 건들지도 못하게 하면서. 그는 내가 만화책을 읽어주길 바라는 사람처럼 말했다.

"한번 볼게요."

소설책을 더 좋아하긴 하지만 나도 만화책을 싫어하는 사람은 아니었다.

점심을 먹고 한비룡 씨가 잠깐 일이 있다며 나가 있는 동안 나와 여국대 사장은 402호 책방으로 갔다.

"뭐 읽고 싶어?"

내가 만화책에 손을 뻗으려 하자 그는 다시 저지했다.

“〈데스노트〉랑…… 권선징악 만화요. 나쁜 사람 끔찍하게 벌주는 거.”

“그런 거 좋아해? 만화는 대체로 다 권선징악이긴 한데…… 알았어.”

그가 〈데스노트〉 8권부터 13권까지를 빼내고 몸을 돌려 오른쪽 책장에서 책 제목을 눈으로 훑어 내려갔다. 나는 만화책을 만지지도 못하게 하는 그에 대한 반항심으로 몰래 〈명탐정 코난〉의 1권부터 6권까지를, 왼쪽 아래 구석에 꽂혀 있는 〈미스터 초밥왕〉과 재빨리 바꿔 놓을 마음을 먹었다. 나는 〈명탐정 코난〉 여섯 권을 확 뽑아버렸다. 책은 빡빡하게 꽂혀 있었다.

“안 돼!”

그가 외쳤다. 갑자기 세 개의 책장이 내 앞으로 휘청거리더니 책장에 꽂혀 있는 만화책들과 함께 우르르 쏟아졌다.

벤자민버튼이 말했지, 인생은 타이밍이다. 그가 나에게 책장이 휘청거려 책장을 만지면 안 된다고 제대로 얘기만 해줬더라도, 내가 〈데스노트〉 7권까지 모두 읽고 가져오지만 않았더라도, 그가 나에게 만화책을 좋아하냐고 묻지만 않았더라도, 내가 어제 점심을 먹으며 비룡 씨의 이름에 대한 이야기를 하지만 않았더라도. 아니, 우리가 만난 첫날, 이 사람이 내가 잘못 가져간 도시락에 그렇게 화를 내지만 않았더라도, 이 중 하나만 편안하게 흘러갔었더라도 이런 불상사는 일어나지 않았을 것이다.

"으아아!"

대학에 다니던 시절에는 책이 좋아서 책 속에 파묻혀 보고 싶다는 생각을 한 적이 있었다. 이런 식은 아니었지만.

"……아프냐?"

그가 물었다.

"으아…… 진짜 아파요……."

"나도 아프다."

내가 고3 때 열심히 챙겨보던 드라마, 다모의 명대사였다. 오글오글했지만 어쩐지 그가 고맙게 느껴진다 생각했던 순간, 나는 현실을 알게 되었다. 그는 내 위에서 책장을 온몸으로 받치고 있었던 것이다.

"너만 아프냐?"

좀 전의 쾅! 하는 소리는, 그의 대단한 머리가 책장에 부딪히는 소리였을지도 몰랐다.

나와 여국대 사장은 세 개의 책장과 책더미에 깔려 엑스 자 모양으로 누워 있었다. 정확하게는 내 배 위에 그의 등이 있었다. 책들이 무지막지하게 쏟아지던 순간만 해도 번쩍하고 섬광이 지나갔지만, 책들이 쏟아지면서 책장의 무게가 주는 충격은 조금 완화된 듯했다. 몇 권의 책들은 아래층으로 떨어져 버렸다. 책장을 정면으로 받아버린 여국대 사장이 문제였다.

제발 누가 내 잘못이 아니라고 말해줘. 그저 인생이 타이밍이었기 때문이라고.

"책은 건들지 말랬잖아."

"사장님이 아끼는 거라서 못 만지게 하는 줄 알았어요."

"계속 그러고 있을 거야?"

"사장님이 제 위에 누워 있는 거잖아요."

여국대 사장 아래에 깔려 있는 나는 움직일 수 없었다. 책장을 제 몸으로 받치고 있던 여국대 사장은 등과 무릎을 림보하듯 꺾어 나를 책장 밖으로 나가게 해주었다. 나는 여국대 사장의 밑에서 빠져나와 넘어진 책장 하나를 힘껏 들었고, 여국대 사장은 책더미 밖으로 탈출할 수 있었다.

"아우, 진짜!"

여국대 사장이 책더미에서 나오자마자 나를 향해 소리쳤다.

"그러게 왜 가만히 있는 사람을 자꾸 책방으로 불러요!"

"너는 만화책이 아니라 동화책을 봐야 돼. 〈푸른 수염〉 같은 거. 하지 말라면 그렇게 더 하고 싶어 해서 어떻게 평탄하게 살래?"

"그런 가부장제 표본 같은 책이나 보니까 사장님이 이렇게 권위적인 거라고요. 책장이 쓰러지니까 건드리지 말라고 했으면 건드렸겠어요?"

"여전히 그렇게 할 말이 많냐?"

"왜 항상 자기가 원인제공을 해놓고 내 탓만 얘기해요?"

"너한테 심술보가 있으니까 내가 무슨 말을 해도 삐딱하게 보는 거 아냐."

그는 아래층에 떨어진 책을 가리켰다.

"봐봐, 너 때문에 〈근육맨〉 떨어졌잖아. 저게 얼마나 구하기 어려운 책인지 알아?"

〈근육맨〉이라면, 〈달려라 하니〉에 나오는 고은애 아줌마처럼 입술 두껍고 게다가 민머리인 남자가 나와서 엎어치기 하던 그 만화를 말하는 건가? 아무리 운동을 잘하고 몸이 울퉁불퉁 상남자여도 역시 얼굴이 받쳐주지 않으면 개그 코드로 점철된 못생긴 근육뚱땡이에 불과하다는 선입견을 소녀들에게 심어준, 그 전설적인 만화?

피식 웃음이 났다. 403호에서는 완벽주의자가 되는 이 요리사가 402호에서는 근육맨이나 외치는 유치뽕 만화광이라니.

"책장만 일으켜 주시면 제가 정리할게요."

그는 내 말에 응낙하지 않고 아래층으로 내려갔다.

"됐어. 이건 내 질서로 정리된 책들이야. 배추나 절이고 가."

그는 화가 났다기보다 조금 삐친 것 같았다. 1층으로 떨어진 〈근육맨〉 외의 만화책들에 화풀이를 하는 양, 양손에 책을 한 권씩 잡고 팡팡 털어대는데, 나는 그 모습이 조금 우스웠다.

우리는 배추를 씻고 자르고 절이면서도 티격태격할 수밖에 없었다. 여국대 사장은 내가 하는 행동거지 하나하나를 모두 마음에 들어 하지 않는 것 같았다. 그러면 자기가 전부 다 하든가. 나는

'아니, 배추 두 개가 사장님 머리보다 작아요' 라고 말하고 싶은 것을 몇 번이나 참았는지 모른다.

일이 일찍 끝나고 인사할 때가 되니 여국대 사장은 사라져 있었다. 아마도 402호에서 만화책 정리를 하고 있겠지. 별로 도와주고 싶은 마음이 없었다. 요리에 대한 애정, 만화책에 쏟는 애정의 반만이라도 나 같은 취약 계층에게 쏟으면 좋을 텐데, 하는 생각을 하며 집으로 갔다.

지금은 그의 걱정을 할 때가 아니었다. 그는 그래도 직업과 취미가 확실하지 않은가. 나는 확실한 것이 아무것도 없었다. 무엇 하나 이루지 못한 현재와 불확실한 미래를 생각하면 더 힘이 빠졌다. 어제부터 붙들고 있던 신춘문예 원고는 여태껏 손도 대지 못하고 있었다.

밤 12시쯤이었을까. 전화가 걸려왔다. 원고 퇴고를 하려고 컴퓨터 워드파일을 켜놓은 채로 깜빡깜빡 졸아 목이 꺾이고 있을 때였다. 나는 졸린 목소리로 전화를 받았다.

[어, 박송아.]

그의, 바리톤같이 적당히 낮고 굵은 음성이 들려왔다. 나는 잠이 덜 깬 목소리로 전화를 받았다.

"네……."

[내일도 8시까지 나와.]

"네, 내일 뵐게요."

[몸은 괜찮아?]

"네? 뭐가요?"

[책장 때문에 넘어진 거 말이야.]

"아…… 괜찮아요."

[그래, 내일 봐.]

그는 내가 '네' 라고 하기 전에 먼저 전화를 끊었다. 나는 퇴고를 포기한 채 침대에 털썩 엎드려 버렸고, 블랙홀 같은 잠 속으로 빨려 들어갔다. 꿈속에서마저, 여국대 사장의 얼굴 모양을 한 흔들바위를 옮기느라 진땀을 뺐다.

다음날 낮에는 연예인 라디오 DJ 서포트 도시락 10인분과 또 다른 연예인의 간식도시락 30인분이 있었다. 여의도라 그런지 연예인 도시락 주문이 많은 것 같았다.

바쁜 오전 시간을 보내고 오후에는 김치를 담갔다. 플아다 아틀리에 여 사장 김치의 포인트는 소금 대신 죽염을 사용하는 것이었다. 어디서든지 김치를 담그는 모습을 보면 엄마 생각이 난다. 엄마는 김치를 너무 못 담그는 사람이었다.

김치를 담그고 나니 8시였다. 덕장에 널어놓은 오징어처럼 녹초가 되어 돌아온 나는 신춘문예에 응모할 글을 퇴고하려 컴퓨터를 켰다. 다음날이 마감이라 어떻게든 마무리를 지어야 하는데 자꾸 걸리는 문장이 있었다. 나는 머리를 식힐 겸 페이스북을 확인하고 메일함을 열었다. 메일함은 더 이상 들어갈 용량이 남아 있지 않을 정도로 가득 차 있었다. 메일함을 비우니 바로 새 이메일이 한 통 도착한 게 보였다. '브라운 커뮤니케이션 실무자 면접 안내입니다.' 라는 제목의 글이었다.

브라운 커뮤니케이션은 내가 광고회사를 그만두기 전에 이직할 생각으로 홧김에 이력서를 냈던 회사였다. 인기 있는 회사였고, 직장생활 2년차 회사원의 이직은 이직으로 쳐주지도 않는다는 것을 알고 있었기에 별 기대는 하지 않고 냈었는데, 그런 곳에서 면접을 보러 오라는 연락이 온 것이다. 면접 날짜가 바로 내일이었다. 12월 4일 오후 4시. 아틀리에에서 일을 하다가 출발해야 했다. 신춘문예에 응모할 글의 퇴고를 마친 나는 다음날 입을 옷을 골라두었다. 옷을 고르는 동안, 글을 쓰면서 출출해졌는지 아틀리에에서 만들었던 도시락과 김치가 생각나 자꾸 손과 입이 근질거렸다.

다음날 나는 신춘문예에 응모할 원고와 토익스피킹 점수를 추가한 수정 이력서, 기타 서류, 구두와 정장, 화장품세트, 고데기 등을 챙겨서 아틀리에로 갔다. 먼저 나와 있던 여국대 사장과 한비룡 씨가 나의 많은 짐을 보고 의아해했다.

"보부상? 방물장수 컨셉?"

"면접 있어요, 오늘."

나는 사실대로 대답했다.

"오, 몇 시 면접?"

한비룡 씨가 물었다. 어느새 이곳의 남자들은 모두 나에게 말을 놓고 있었다.

"오후 4시요. 3시쯤 떠나야 될 것 같아요."

"아, 오늘 중요한 주문이 있는데…… 수리 빨리 돌아오라고 연락해야겠다."

"어디 갔어요?"

"여행. 100일 기념식을 102일까지 하네."

한비룡 씨가 못 말리겠다는 듯 피식 웃으며 말했다.

"아…… 오늘 주문 들어온 게 뭔데요?"

"12시까지 서포트 도시락 40인분에, 4시 반까지 어르신 초청 행사 100인분."

"100인분이오?"

"여 사장이 후원하는 노인복지회관이 있거든. 거기에서 행사를 한다는데 도움을 좀 주기로 약속했었어."

피도 눈물도, 일말의 동정심도 없을 것 같은 사람이 후원을 한다라……. 사람 오래 사귀고 볼 일이다. 내가 살짝 감탄의 눈으로 여국대 사장을 보는데, 여국대 사장은 겸손해하거나 부끄러워하는 기색 없이 말도 잘한다.

"노블리스오블리제야. 그러니까 너도 돈 많이 벌면 나처럼 착하고 예쁘게 살아."

허이구. 자기 입으로 말하는 '착한' 것도 뒤틀리는데 예쁜 건 또 뭐람. 저 사람은 머리도 크겠다, 언젠가 정계에 나가려는 게 확실하다. 그래서 지금부터 물밑작업을 하는 게지. 나는 이 사람의 얼토당토않은 자랑질을 막아보고자 말을 다시 돌렸다.

"수리 씨 안 불러도 될 것 같아요. 제가 3시 반까지는 도울 수 있고요."

한비룡 씨가 끄덕였다.

"좋아. 최대한 빨리 끝내자."

우리는 여국대 사장의 지휘하에 눈코 뜰 새 없이 바쁘게 움직였다. 여국대 사장과 한비룡 씨는 점심도 먹는 둥 마는 둥이었지만, 그들은 내가 점심을 먹길 원했다. 배가 든든해야 일도 잘하고 면접도 잘 본다는 것이었다.

오후엔 여러 가지 과일 다듬기, 밤 까기 그리고 검은콩을 갈아 즙을 내는 일을 했다. 콩즙에서 푸른빛이 돌았다. 송주네 컨퍼런스에 가져간 초록색 두부가 뭔가 했더니 이 검은콩이었다. 50인분의 밥솥 두 개에 밥을 하고 검은콩비지로 완자를 만들었다. 한비룡 씨가 내가 만든 완자가 츄파춥스처럼 고르다며 칭찬했다.

여국대 사장은 역시 한 번에 다섯 가지 정도의 요리를 만들고 있었다. 그의 머릿속에 있는 요리 체계가 궁금했다. 그는 모든 음식을 태우는 일, 망치는 일 없이 척척 해냈다.

음식이 거의 완성되었을 때는 3시경이었다. 나는 면접도 잊고 열심히 일했던 것이다.

"면접 보는 회사가 어디 있는 거야?"

그가 물었다.

"이태원이오."

"여기서 태워다 주면 30분 안에 갈 수 있는 거야?"

"그럴걸요."

그는 끄덕였다.

"옆방에서 옷 갈아입어. 배달 가는 김에 데려다줄게."

"직접 가는 거예요?"

"내가 아는 사람들이니까."

"리본 묶는 거 하고 갈아입을게요."

"어르신들 거는 리본 안 묶어. 얼른 옷 갈아입어. 준비하는 데 좀 걸릴 거 아냐."

아, 그렇지 화장을 해야지. 가방을 챙겨서 402호로 건너가려는데 그가 말했다.

"비밀번호는 1107."

402호의 비밀번호도 1107이었다. 이렇게 쉬운 비밀번호를 그동안 소심하게 가렸었다니.

옷을 갈아입고 화장을 하고 머리까지 예쁘게 하고 나니 3시 반이었다. 갈아입은 옷은 다시 옷가방에 넣고 정장에 어울리는 커리어 우먼 스타일의 손가방만 들고 나갔다. 짐을 차에 다 실은 그가 차 안에서 나를 기다리고 있었다.

"그런 거 신으면 발 안 아파?"

차가 출발했을 때 여국대 사장은 내 8㎝짜리 구두를 보고 이야기했다. 이 정도는 높은 것도 아닌데. 그래야 내 155㎝의 키를 158㎝라고 쓴 일에 죄책감을 덜 느끼지. 나이 위조, 학력 위조도 하지 않은 내가 키 위조 때문에 면접에서 떨어지면 안 되지 않는가.

"키 커 보이려고요."

"그거 좀 높아진다고 원본이 어디 가나?"

슬슬 약이 올랐다.

"키가 한 150㎝ 돼?"

헉! 키 큰 사람들은 이게 문제다. 도무지 키 작은 나라에 관심이 없다. 내가 150㎝로밖에 안 보인다고요?

"넘어요!"

나도 모르게 소리를 질렀다.

"그럼 한 153 돼?"

"넘는다고요! 날 뭘로 보고."

나도 모르게 씩씩거렸다.

"그럼 155?"

이런.

"넘어요……."

내 목소리가 갑자기 자신 없이 작아져 버렸다. 내 공식적인 키는 158㎝인데. 3㎝만 더 버텨보는 건데.

그가 피식 웃으며 말했다.

"30㎝ 자로 재봐야겠다."

내가 그를 노려보았다.

"아니, 네가 30㎝ 자만 하다는 게 아니라. 나랑 딱 30㎝ 차이 나겠네."

어휴, 내가 말을 말아야지.

한참 가만히 있으니 또 그가 말했다.

"뭐 빼놓고 온 건 없어? 신분증이나 뭐."

그가 말을 꺼내어 생각해 보니, 신춘문예에 낼 원고를 402호에 놓고 온 것이 떠올랐다.

"아, 신춘문예 원고를 402호에 놓고 왔어요. 오늘이 마감인데."

"그래? 몇 시까지 내야 되는데?"

"동부일보에 6시까지요. 5시 반쯤 돌아올 것 같은데 늦을까 봐서요."

"내가 5시 10분 정도면 돌아오니까 봐서 내줄게."

"보면 안 돼요."

그가 웃은 건지 만 건지는 모르겠다.

"402호 책상 위 서류봉투에 들어 있는 거예요."

우리는 3시 50분에 무사히 브라운 커뮤니케이션 앞에 도착했다. 그는 나에게 면접 잘 보고 오라며 격려의 말을 해주었다.

면접장에는 나 말고도 열 명의 사람이 더 있었다. 이 중에 한두 명을 뽑겠다니. 기죽을 나는 아니지만, 내게는 두 가지 난관이 있었다. '이전 회사는 왜 그만뒀어요?' 그리고 '경력이 1년밖에 안 되는데 일을 잘할 수 있겠어요?' 라는. 이에 대한 대답을 잘 생각해 두었지만 어떻게 받아들일지는 알 수 없었다.

1대 다 면접이어서 혼자 면접장에 들어갔다. 젊은 남자 한 명과 〈날아라호빵맨〉의 카레빵맨 같은 인상을 한 나이 든 남자 한 명이 앉아 있었다. 젊은 남자는 조금 말랐지만 곱상하게 생긴 사람이었다. 인사과 직원이거나 젊은 실무진일 터였다. 젊은 남자가 내 얼굴과 내 이력서를 번갈아 몇 번씩 쳐다보았다. 내가 인사를 하자 젊은 남자가 말했다.

"박송아 씨? 별명이 송아지겠네요."

암요, 송아지만 있겠어요? 송아지, 송아리, 송사리. 그것만 있으면 억울하지 않은 삶이었지. 내 별명은 결합형이었다. 어린 송아지, 송사리코딱지, 소똥지우개똥, 송초딩……. 그러나 나는 모두 포용하고 살았다 이거야.

나는 그 후의 예상 질문 몇 개에 과장을 약간 섞어 이야기했다. 원래 면접이란 그런 것이다.

한참 내 이야기를 듣던 나이 든 면접관이 고개를 갸웃거렸다.

"우리 회사에 1년짜리가 지원이 되나?"

나이 든 면접관의 말에 젊은 남자가 '네, 됩니다' 라고 대답하고는 나에게 물었다.

"퇴사하고 나서 제일 즐겁게, 시간 가는 줄 모르게 한 일이 뭐예요?"

즐겁게, 시간 가는 줄 모르게라……. 갑작스런 질문에 잠깐 말문이 막혔다. 손이 또 근질거렸다. 젊은 남자는 나와 눈을 맞추며 내 대답을 기다렸다.

☆ ☆ ☆

면접은 짧았지만 대기 시간이 길었기 때문에 다 끝나고 나니 6시 10분이었다. 나는 회사에서 나오자마자 여국대 사장에게 전화를 걸었다.

"사장님, 원고 잘 접수하셨어요?"

[그래. 면접 잘 봤어?]

"네. 도와주셔서 고맙습니다."

나는 예의 바르게 인사했다. 잠시 후에 그 인사를 후회했지만.

[공덕동까지 가는 데 꽤 막히더라고. 5시 40분에 도착했어.]

"왜 공덕동에 가요?"

[본사가 거기던데?]

"어디 갔다 오셨는데요?"

[고려일보 갔다 오라며.]

아…… 하느님. 세상에 뭐 이런 바보똥대갈장군이 있는 건가요.

“고려일보에 냈다고요?”

[왜? 거기 갖다 내라며.]

“언제 고려일보라고 그랬어요! 동부일보라고 몇 번을 말했는데!”

기가 막혔다. ‘동부일보 신춘문예 응모작’ 이라고 떡하니 쓰여 있는 소설을 어떻게 고려일보에 갖다 낼 수가 있지?

[오늘이 마감이야?]

“그러니까 사장님한테 부탁했죠. 원고 표지도 확인 안 했어요?”

[서류봉투에 들어 있었잖아.]

“봉투 입구를 막아놓지도 않았잖아요!”

[보지 말라며! 내가 누구처럼 봉투나 열어볼 사람이야?]

대한민국이여, 보십시오. 이놈의 지조와 절개가 얼마나 오늘날을 보수적이고 융통성 없게 만들었는지. 정말 앞뒤가 꽉 막힌 사람이었다.

[일단 끊어봐.]

그는 먼저 끊었다. 울화통이 터졌다. 이 사람은 내가 원하는 대로 해주는 게 아무것도 없다. 오랜 시간 공들여 고친 원고를 이렇게 쉽게 날려 버리다니! 나는 화가 나 재빨리 아틀리에로 가는 버스에 올랐다. 길이 막혀 시간이 오래 걸렸다. 오피스텔에 도착하니 7시였다. 그는 미안한지 나를 본체만체하며 음식을 만들고 있었다.

"그게 어떤 건 줄 알아요?"

그는 나를 쳐다보지도 않았다.

"봉투째로 갖다 줬어요?"

그의 묵묵부답은 긍정이라는 말이었다.

"담당자가 바로 열어보고 확인 안 했어요? 다 확인할 텐데."

"담당자한테 확인해 보라고는 했어."

"담당자가 확인하는 건 안 봤어요?"

"담당자를 믿었지."

"오늘이 마감날인데 거기도 바쁘죠! 그냥 믿고 나오면 어떻게 해요!"

그가 내 눈을 슬슬 피하며 작게 말했다.

"눈이 착해 보였어……."

허. 기가 막혔다.

"사장님은 며칠 동안 만든 음식 재료들 망가진 거 가지고 그렇게 구박하면서, 어떻게 몇 년을 준비해 왔던 남의 꿈은 이렇게 쉽게 처리해 버려요?"

"더 잘 준비해서 다음번에 내면……."

내가 여국대 사장의 말을 끊었다.

"다음번이 언젠 줄 알아요?"

"……상금이 얼만데……."

"지금 상금 때문에 그래요?"

도무지 말이 안 통하는구나. 소리가 높아질 수밖에 없었다.

"시간을 버렸잖아요, 시간을! 누가 당선되겠대요? 떨어져도 어떻게 하면 떨어지는가 알 수 있는 기회가 일 년에 한 번밖에 없다고요. 나는 내년이면 스물아홉이고, 그런데 계속 질풍노도고, 아무것도 된 것도 없는데 1년을 더 삽질해야 된단 말이에요!"

억울한 마음을 쏟아냈더니 눈물이 맺혔다.

"사장님은 자기 하고 싶은 일 하면서 돈 벌고, 돈도 많아서 후원도 하고 예쁜 척하면서 살지만 난 지금 뭘 해도 내가 안 예쁘고 척박하다고요."

나는 울지 않으려 눈에 힘을 주고 그를 보며 소리를 높였다.

집에 돌아오자마자 침대에 누워버렸다. 아무것도 하고 싶지가 않았다. 내 인생을 아무렇지도 않게 취급하는 여국대 사장, 그 바보의 실수로 내 1년의 기다림이 수포로 돌아갔다. 한비룡 씨가 저녁을 먹고 가라며 나를 잡았지만 나는 기어이 그냥 집으로 돌아왔다. 그렇게 고집을 피운 이유는 그들 앞에서 눈물을 보이고 싶지 않아서였다.

얼마나 울었는지 모르겠다. 아무것도 이루지 못한 내가 너무 미워서, 텅텅 비어 있는 내가 너무 한심해서였다.

난 면접장에서 젊은 남자의 질문에 대답을 제대로 하지 못했다. 사실대로라면 나는 요즘 내 손을 근질거리게 하는 무언가를 하고 있는 것은 확실했다. 하지만 젊은 남자가 한 질문의 의도를 알 수가 없었다. 내가 생각한 대로 플아다에서의 일에 자꾸 마음을 빼앗긴다고 말하게 되면 어떻게 판단해 버릴까 걱정이 되어서였다. 나는 그냥, 퇴사하고 가장 재미있게 한 일은 김치 담그기 봉사활동이라고 말했다. 좋아하는 것과 되고 싶은 것이 어쩜 이렇게도 다를까. 이렇게 삽질만 하다가 어느 순간 이룬 것 없이 서른이 되고 말 것이다. 두려워졌다.

일기를 쓰고 싶은 밤이었다. 누가 내 심정을 알아주어도 좋고 몰라도 상관은 없었다. 오랜만에 블로그를 열어 지금의 내 복잡한 심경을 모두 털어내는 글을 남겼다. 글을 올리고 나니 가슴 안의 것들이 약간 후련해지는 느낌이 들었다. 역시 그래도 글은 계속 써야겠지? 그리고 이미 벌어진 일은 잊고 나는 또 열심히 살아야겠지.

사람들이 내 블로그에 달아놓은 댓글들을 보다가 방명록으로 들어갔다. 방명록은 그다지 활성화되지 않은 곳이라 별로 확인을 하지 않았었다. 한데 오늘 방명록에 새 글이 올라온 것이 보였다. '국가대표' 라는 사람이 쓴 꽤 긴 글이었다.

—국가대표(yeccook) 2012124 20:27

「고객님, 너무나도 연락이 안 돼서요. 비디오대여점입니다.

다름이 아니라, 대여해 가신 '오빠의 비밀'과 '바꿔서 하는 남자' 비디오 회수 문제로 연락을 수차례 드렸으나, 연락이 너무도 안 되어서 여기에 글을 남깁니다. 또한, 저번에 보시고 반납하셨던 '뻥' 3편은 특정 부분을 너무도 많이 반복 시청하여서 테이프가 손상되었습니다. 살살 봐주시면 감사하겠습니다. 또한 그때 말씀하신 영화 "송아지는 언제 어른이 되나" 1, 2편 모두 준비해 놓았으니 들르셔서 대여해 가시기 바랍니다. 항상 밤이 외롭다며 대여하러 오시는 고객님의 모습이 눈에 선합니다. 좋은 하루 되세요.」

여쿡이라…… 여국대 사장이었다. 그가 나에게 5년 전쯤 유행했던 이런 글을 남겼단 말이지……. 나는 얼굴이 후끈거렸다. 흣, 그래도 날 웃겼어. 그런데 내 블로그는 어떻게 알았을까? 그는 이 심각한 와중에 나에게 장난을 걸고 싶은 걸까? 나는 어떻게 복수를 할까 하다가 그의 블로그에 들어갔다. 그의 블로그는 하나도 꾸며지지 않았고, 그저 대문에 아틀리에 링크와 도시락 사진만 떡하니 걸려 있을 뿐이었다. 나는 그의 방명록에 긴 글을 남겼다.

—매번 신경 써주셔서 감사합니다. 사장님 덕분에 밤이 더 이상 외롭지도 허벅지를 찌르느라 바늘 끝이 뭉툭해질 정도로 힘들지도 않습니다. 유료 전화 서비스 비용도 절약되었습니다. 말씀하신 작품도 오늘 안에 갖다드릴 테니 연체료 할인 부탁드려요. 그리고 국산뿐 아니라 '벼랑 위의 폴노', '벤자민버튼의 눈빛은 거꾸로 간다' 같은 외화도 좋아하니 다음에 추천 부탁드립니다. 다만, 자막 없이도 볼 수 있는 외화라면 더욱 좋습니다. 귀사의 사업이 나날이 번창하시길 기원하며 다시 한 번 감사의 말씀을 전합니다.

P.S 그런데 지난번에 빌린 '장화만 신은 고양이'는 정말 장화만 신은 '고양이' 얘기더군요. 실망을 감출 길이 없네요.

농담을 죽 늘어놓고 나니 제법 기분이 좋아졌다. 여국대 사장의 휑한 블로그에 글을 남기고 방명록의 글을 훑어보았다. 예전엔 이곳에 사진이나 글이 있었던 모양이다. 방명록에서 '사진 지웠어? 왜?' 라고, 여자가 쓴 것 같은 글이 눈에 들어왔다.

곧 핸드폰 벨이 울렸다. 한비룡 씨였다.

"여보세요."

[응. 금방 받네.]

"아깐 그냥 가서 죄송해요."

[아냐. 국대가 잘못한 일인데 뭘. 마음은 좀 풀어졌어?]

"조금요."

[국대가 미안하단 얘기를 잘 못하잖아. 이해해.]

"아니에요. 그것 때문에 화가 난 게 아니었어요."

[응. 그것도 알고 있어.]

비룡 씨는 참 사려 깊은 사람이었다.

[실은 국대가 아는 인맥으로 어떻게든 상황을 되돌려보려고 했었거든. 그런데 뜻한 대로 안 돼서 많이 아쉬워했었어.]

한비룡 씨의 설명을 듣자 여국대 사장에 대한 미움이 조금 더 가라앉았다.

"그래요? 몰랐어요. 사장님이 절 무시한다고 생각했어요."

[전혀 안 그래.]

한비룡 씨는 내게 좋은 말을 해주고, 먼저 손 내미는 사람이 이기는 거라며 여국대 사장에게 연락해 보라는 이야기를 하곤 전화를 끊었다. 그러나 나는 먼저 전화할 용기가 나지 않아 문자메시지로 마음을 전했다. '방명록에 올린 글 잘 봤어요. 나쁘진 않군요' 라는 메시지였다.

한참 후에 그에게서 답문이 왔다.

[진심이야. 송아지는 언제 어른이 될까 궁금해. 질풍노도를 응원하겠어.]

그리고 조금 후, '내일은 10시까지' 라는 한 통의 메시지가 더 왔다. 조금의 사과도 없는, 담백한 내용이었지만 만족스러웠다. 그의 입에서 나오는 '미안하다' 는 말이 왜 듣고 싶지 않았는지는 아주아주 오랜 시간이 흐른 후에 알 수 있었다.

다음날은 10시쯤 아틀리에에 도착했다. 여국대 사장과 한비룡 씨, 그리고 오랜만에 보는 수리 씨는 열심히 도시락을 만들고 있었다. 그들은 아침 일찍부터 일을 시작한 것 같았다. 음식들은 거의 완성이 되어가고 있었다. 여국대 사장이 나는 좀 더 오래 잘 수 있도록 해준 것이었다.

"도울 일 없어요?"

내가 이야기하자 여국대 사장은 다 끝났으니 리본 묶는 것을 도와달라고 했다. 나는 그들과 함께 도시락 리본을 묶고 배송을 시키고 점심을 먹었다. 수리 씨는 100일 여행의 코스를 자랑스럽게 이야기했고, 우리는 많이 웃었지만 여국대 사장은 별말이 없었다. 아직도 어제의 잘못이 부끄러운 걸까 하는 생각이 들었다.

점심을 먹고 나서 여국대 사장이 나를 불러 다시 402호 책방으로 데리고 갔다. 책방은 다시 말끔하게 정리되어 있었다.

"갖고 싶은 책 있어?"

그가 물었다. 그다지 탐이 나는 책은 없었다. 그는 패키지로 되어 있는 〈캔디캔디〉 아홉 권을 보여주었다.

"이거 읽어봤어?"

"애니메이션으로는 띄엄띄엄 봤어요."

"앤 못생겼는데 성격이 진짜 좋아. 정말 추천해 주고 싶어."

그래서 어쩌라는 건가. 나보고 성격이라도 키우라는 말인가?

"나는 사장님한테 〈닥터슬럼프〉를 추천해 주고 싶어요."

"나 읽었는데. 왜?"

머리 큰 닥터가 참으로 성격이 좋거든요. 그 말은 하지 않고 회심의 미소만 지었다.

오후에는 다시마가루, 멸치가루, 새우가루 등 갖가지 조미료로 사용할 가루들을 만들었다. 내가 예전에 만들었던 곶감도 잘 말라서 먹음직스러운 빛깔이 된 것을 확인할 수 있었다. 그는 프러포즈 도시락을 만들고 있었다. 프러포즈 도시락은 매번 그가 혼자 만드는 것 같았다. 냉장고에 채워 넣을 짐도 많았고 새로운 박스와 상자와 데코레이션거리들도 배송되어서 반나절 동안은 수리 씨와 일했다.

6시가 되어서 그날의 일정이 끝났다. 나는 덕희와 저녁 약속이 있어 일찍 나간다고 말하고 외투를 입었다.

"박송아 씨."

나는 고개를 돌렸다. 그가 다시 내 이름 앞에 '어이'를 빼고 이름 뒤에 '씨'를 붙였다. 음식 재료 정리를 마친 그가 내 쪽으로 다가왔다.

"내일은 언제까지 나와요?"

"내일부터는 안 나와도 돼."

"네?"

"이제 됐다고. 냉장고 다 정리됐어."

"더 할 건 없어요?"

"없어. 충분했어."

그가 내 머리를 툭툭 쳤다.

"수고했어. 이제 취업 준비 해야지."

그는 나보다 먼저 아틀리에 밖으로 나갔다. 나는 그가 떠난 쪽을 바라보지 못하고 서 있었다.

이별이구나.

점심때라도 말해주지, 조금은 착하게 굴었을 텐데.

언젠가부터 서약서를 잊고 있었다. 나는 냉장고 음식들이 채워질 때까지 일하는 거였지. 맞아, 그랬었지. 일주일이 소풍날처럼 빠르게 지나갔다. 비록 신춘문예도 면접도 망쳤지만 알록달록 예쁘고 맛이 좋은 꿈이었다.

그래, 아침이 되면 꿈에서 깨어나야지. 그래야 현실을 살지.

그런데 왜 눈가가 간지러워지는지 모르겠다. 울면 안 돼.

안녕, 플아다.

5. 크리스마스의 저주

“아유, 나도 광고대행사 같은 데 좀 다녀보고 싶네.”

광고주의 말은 항상 똑같다. 광고대행사가 자유롭고 즐겁다고 생각하는 것이다. 예전 사수는 나에게 이렇게 얘기했지. ‘원래 남의 빤스가 커 보이는 법이야.’

“어유, 대한민국 일터가 다 거기서 거기죠.”

주경주 차장은 접대용 말투로, 깐깐해 보이는 여자 광고주에게 설렁설렁 웃으며 말했다.

꽤 빨리 브라운 커뮤니케이션에 입사했다. 면접을 본 지 일주일 만이었다. 신입사원을 뽑자니 일 가르치는 데 석 달이고, 대리급만 뽑자니 자질구레한 일들이 걸려 광고대행사 2년차인 나를 뽑왔다는 것이다. 그리고 다시, 8시 반에 출근해서 밤 10시가 넘어 퇴근하는 똑같은 생활이 시작됐다.

내 면접관이었던 나이 든 남자는 내가 입사한 팀의 팀장이었는데, 너무 고생이 많아 머리가 벗겨졌을 뿐 40대 초반이라는 뒷이야기를 들을 수 있었다. 카레빵맨 같은, 친근하고 재미있는 인상과 다르게 꽤 예민하고 짜증이 많은 사람이었다.

또 다른 면접관이었던 젊은 남자도 같은 팀의 차장이었는데, 어린 나이에 입사를 해서 고속 승진한 인재라고 하였다. 나이를 절대 가르쳐 주지 않는 걸 보니 틀림없이 엄청 어린 사람일 거라는 생각이 들었다. 그 외에 우리 팀엔 남자 부장이 한 명 더 있었고, 나와 같은 날 입사한 여자 대리가 있었다.

면접관이었던 젊은 남자의 이름이 주경주. 이름은 쉽고 좋았지만 직급이 차장인지라 당연히 '주 차장' 또는 '주경주 차장'으로 불렸다. '브라운 커뮤니케이션에서 가장 애용하는 주차장은? 주경주차장'과 같은 농담이 있을 정도로 주경주 차장은 사내에서 인기가 좋았다. 젊기도 했고 일도 잘하고 친화력이 뛰어나다 보니 주니어급 사원들에게도, 간부급에게도, 광고주들에게도 사랑받고 있었다.

팀장은 술을 좋아하는 사람이었다. 제발 그것만은 아니길 바랐는데. 일주일 동안 나는 팀원들과 함께 동네 맛집 순례라는 명목으로 인근에서 파는 모든 종류의 술을 마셔야 했다. 일주일째에는 나도 너무 힘들어져서 내가 아무래도 잘못 선택한 것 같다는 생각이 들었다.

"송아 씨는 무슨 술을 그렇게 죽자고 마셔요?"

주경주 차장이 화장실에서 토하고 나오는 나를 불러 세워 말했다.

"그럼 팀장님이 주시는데 어떻게 해요."

"술은 요령으로 마셔야지. 직장생활 처음 하는 것도 아니고. 가만있어 봐요."

주경주 차장은 나를 술집 밖으로 데려가더니 술집에서 내 가방을 가지고 나와 내 손에 쥐어주고는 도로에서 택시를 잡아 나를 택시 안에 밀어 넣었다.

"기사님, 대흥동으로 가주세요."

주경주 차장은 언제 내가 사는 동네를 외워둔 걸까? 그는 택시 기사에게 내 택시비까지 챙겨주었다.

문제는 다음날이었다. 주경주 차장이 잠깐 자리를 비운 사이에 팀장이 내게 면박을 준 것이었다.

"박송아 씨, 어제 먼저 도망갔다며?"

"12시까지는 있었어요."

내가 어색하게 웃으며 대답했다.

"우리는 그래도 새벽 1시까지 있었는데."

나와 함께 입사한 여자 대리가 말했다. 꼭 저렇게 옹졸한 사람들이 있단 말이지. 좀 돕고 살면 안 되냔 말이다. 기껏해야 한 시간인데, 나는 대리님보다 매일 30분씩 일찍 나온다고요! 이렇게 쏘아대고 싶었지만 성질을 죽여 참았다.

오전에는 주경주 차장과 함께 외근이 잡혀 있었다. 기존 광고주에게 내년도 광고 방향 브리핑을 해주러 가는 것이었다. 제안서를 보여주니 깐깐한 여자 광고주는 이런 걸 원한 게 아니었다며 노발대발이었다. 주경주 차장이 다시 만들어오겠다고 하고는 광고주들을 달래주었지만 그들은 점심 먹으러 가는 길에도 너무 심각한 표정으로 굳어 있었다. 나는 카레빵맨 팀장에게 따로 전화를 할 수가 없었다. 결국은 점심 먹고 오겠다는 문자메시지만 보낸 후 씁쓸한 점심을 먹고 광고주와 헤어졌다.

"박송아 씨는 광고회사 그만두고 다시 지원할 용기가 났어요?"

"홧김에 지원했는데요."

주경주 차장의 차를 타고 회사로 돌아오는 길. 주경주 차장의 질문에 내가 시니컬하게 대답하자, 그는 하하하, 하고 웃었다. 진심인데.

"그런데 차장님은 연세가 어떻게 되세요?"

주경주 차장이 웃은 김에, 오래전부터 궁금했던 것을 물었다. 주경주 차장은 다시 웃었다.

"연세가 뭐예요, 같은 연배끼리."

같은 연배?

주경주 차장이 말을 이었다.

"학교를 생각보다 빨리 마쳤어요. 내 나이 얘기하면 사람들이 저랑 안 놀아줄 거라고 대표님이 하지 말라던데요."

대표가 그런 말을 할 정도니 정말 젊긴 젊은 사람인가 보다. 그는 면접 때와는 다르게 몸이 좀 튼튼해져 있었는데, 늘 체중 조절을 해야 하는 저주받은 몸이라고 한다. 나는 그에게 말랐을 때보다 더 괜찮아 보인다고 말했다.

회사에 도착하니, 점심시간인데도 팀원들이 잠자코 자리에 앉아 있었다. 부장은 쓴웃음을 지은 채 나를 쳐다보고 있었고, 여자 대리는 터지려는 웃음을 참는 듯 어깨를 떨고 있었다. 팀장이 나를 불렀다.

"박송아 씨, 이리 와봐."

나는 팀장 앞으로 갔다. 카레빵 색 얼굴의 팀장은 흙빛이 도는 주홍색이 되어 있었다. 아틀리에에서 만들었던 곶감 생각이 났다.

"내가 그렇게 싫어?"

뭐, 내가 좋아하지 않는 부류의 사람들을 일렬로 정렬하면 팀장도 상위권에 들 수는 있겠지만, 싫어하는 정도는 아니었다.

"아니요. 안 싫어하는데요."

"그럼 나한테 왜 그래?"

팀장님, 그건 제가 묻고 싶은 말이에요. 저한테 왜 이러세요.

"네? 뭐가요?"

"내가 직접 말을 해야 돼? 송아 씨가, 어? 문자를, 어? 어? 어?

내가 요즘 젊은 사람 아니라고 그 정도도 모를 것 같아?"

팀장이 소리를 높일 때마다 그의 얼굴은 점점 더 붉어지고 있었고, 여자 대리의 어깨 떨림은 더욱 거세졌다. 하지만 난 잘못한 게 없었기에 떳떳했다. 나는 무슨 소린지 모르겠다는 표정으로 팀장을 보았다.

"……아니면 됐어. 보낸 문자나 확인해 봐."

팀장이 체념한 듯 내게서 눈을 거두며 말했다. 나는 내 자리로 돌아와 핸드폰의 보낸 메시지함을 열어보았다.

세상에! 미쳤어, 세상에!

메시지함에는 내가 카레빵맨 팀장에게 보낸 문자가 저장되어 있었다.

[점심먹고오겠ㅅㅂ 다.]

할 말이 없었다. 나는 분명 '점심먹고오겠습니다' 라고 썼는데…….

중학교 3학년 시절, 해외 펜팔친구에게 보낼 편지에 'I wish you best of luck' 이라는 문장을 쓴 적이 있었지. 송주는 그 편지에서 'l' 을 'f' 로 바꿨다. 나는 그 사실도 모른 채 펜팔친구의 답장을 기다렸고, 펜팔친구는 내가 보냈던 편지와 함께, 미국에서 갓 태어난 오만가지 욕을 휘갈겨 써 보냈다. 내 세계 욕의 지평이 급작스럽게 넓어지던 순간이었다. 나는 그에게 동생의 장난에 대해 해명했지만 더 이상의 편지는 오지 않았다. 2년 동안 쌓았던 나의 글로벌 로맨스는 어처구니없이 끝나 버렸다.

욕이라는 게 그렇지. 이해하려 해도 의심이 가고, 해명을 들어도 찜찜하지.

나는 팀장에게 거듭 사죄를 하고 당시의 상황에 대해 해명했다. 팀장의 화는 아주 조금씩 풀렸다. 벗겨진 머리만큼이나 좀스러운 사람이었다. 다시 퇴근 후 술자리에 따라가야 했다. 팀장은 나를 배려한다며 우리 집과 가까운 신촌으로 데려갔다. 죽을 때까지 마시라는 얘기였다.

"잔 받으면 바로 원샷하지 마요. 내가 잔 바꿔줄 테니까."

주경주 차장이 각오한 듯 이를 가는 팀장의 눈치를 살피며 나에게 말했다.

카레빵맨 팀장이 만들어 건넨 술은 경거망동동주. 동동주에 소맥을 섞은 고약한 술이었다. 새로운 음식 만드는 일을 좋아했던 여국대 사장이 잠깐 생각났다. 주경주 차장이 몇 잔은 빼돌려 줬지만, 그래도 버거운 술자리였다. 속이 좋지 않아 카레빵맨 팀장이 다른 팀원들에게 술을 따라줄 때 살짝 밖으로 나갔다.

신촌 길거리 포장마차에는 젊은 사람들이 많았다. 이 추운 와중에도 길거리 떡볶이를 먹는 합체로봇들이 있구나. 나와 송주는 딱 붙어 있는 연인들을 합체로봇이라고 불렀다. 크리스마스가 다가

온다는 것을 알 수 있었다.

그리고 포장마차에서 혼자 떡볶이를 먹고 있는 그. 나는 여국대 사장을 다시 만났다.

"사장님."

"박송아 씨."

아틀리에에서 헤어지고 2주 만이었다. 그는 변함이 없었다. 크고 호리호리한 몸매에 긴 손가락, 여자보다 더 좋은 하얀 피부, 그리고…… 시원한 얼굴까지.

"사람들 많은 데서도 사장님 얼굴이 제일 잘 보였어요."

술기운이었는지, 평소에는 입 밖으로 나오지 못할 말이 튀어나왔다. 그는 화내지 않았다.

"오랜만이야. 비룡이한테 취직했다는 얘기 들었어."

그러고 보니 비룡 씨한테 연락이 왔던 적이 있었다. 새 회사에 입사한 지 3일쯤 되던 날이었는데 너무 바빠서 점심도 못 먹고 TV CF 큐시트 작업을 하던 중이었다. 안부를 묻는 비룡 씨에게 취직을 해서 바쁜데 나중에 전화하겠다고 말하곤 하지 못했던 것이다.

"여긴 무슨 일이에요?"

"여기 맛있는 생선구이집이 있대서. 계속 오고 싶었는데 오늘에야 왔어."

"다른 분들은요?"

"나 혼자 왔는데?"

그는 당연한 듯 이야기했다.

"혼자 생선구이 먹으러 온 거예요?"

"그래."

"생선구이 다 드시고 떡볶이 드시는 거예요?"

"왜, 안 돼?"

그렇지. 이 사람은 뭐든 먹어봐야 직성이 풀리는 성격이랬지.

"같이 가자고 했는데 안 간다고 하더라고. 맛있었는데. 지네들이 불쌍하지 뭐."

그는 오히려 생선구이를 맛보러 오지 못한 다른 사람들이 더 안됐다는 듯이 말했다. 나는 그의 긍정적 사고방식에 웃음이 났다.

"아, 여기 내가 아는 오뎅바 있는데, 갈래?"

그는 어린아이처럼 눈을 빛내며 물었다. 그가 나를 책방에 데려갔을 때 보여준 표정이었다.

"저는 회식이에요."

"그래? 아쉽네. 알았어."

그의 '아쉽네' 라는 말이 이렇게도 나를 울렁거리게 만들 줄은 몰랐다. 나는 갑자기 그를 따라가고 싶어졌다.

"저 거기 갈래요."

"괜찮아?"

"전화로 얘기하면 돼요."

아니, 실은 괜찮지 않았다. 짜증 많은 팀장이 다음날 내게 어떤 형벌을 내릴지 가늠할 수도 없었다. 무슨 용기로 그런 대답을 했는지는 알 수 없었지만, 어쩐지 다시 손이 근질거렸다.

"가자."

나는 그를 따라 오뎅바로 갔다. 열 명이 앉기도 힘든 작은 사케집이었다. 주인과 여국대 사장은 오래전부터 아는 사이 같았다. 오뎅바 주인은 그가 데려온 사람이 여자라는 것에 관심을 보였다. 여국대 사장은 그냥 예전 직원이라고 설명했지만.

나는 오뎅바에 혼자 앉아 있었다. 여국대 사장은 오픈 주방으로 들어가 오뎅바 주인과 무언가를 만들기 시작했다. 어묵 냄새와 섞여 짭짤하면서도 들부드레한 기름 냄새가 났고, '자그르르' 하며, 무언가를 튀기는 소리가 들렸다. 잠시 후 그는 사각의 어묵 조리기를 들고 내 쪽으로 왔다. 안에는 꼬치어묵, 무와 묵, 홍합, 맛살 등과 함께 정육면체 모양의 귀여운 어묵이 올망졸망 들어 있었다. 먹으러 온 게 아니라 만들러 온 거였구나.

그는 나에게 뜨거운 김이 나는 사케를 한 잔 따라주었다.

"먹지 말고 그냥 갖고 있어. 따뜻하잖아."

그는 오랜만에 보일 듯 말 듯한 미소로 웃었다.

나는 어묵 국물을 한 숟가락 떠먹고 말했다.

"맛있어요!"

"그건 내가 한 거 아닌데. 내가 한 건 이건데."

그는 네모어묵을 들어 보이며 말했다.

"그래서 맛있다는 거예요."

그가 피식 웃었다.

"높은 신발 신고 고생이 많네. 150이라고 했었나?"

이 남자는 정말 몰라서 묻는 걸까, 싸우고 싶어서 건드리는 걸까.

그러나 이제 이런 데 발끈할 내가 아니다. 내 안엔 부처가 살아요. 이제 곧 크리스마스거든요.

나는 화제를 돌렸다.

"〈캔디캔디〉 잘 봤어요."

"명작이야."

"왜 다들 그렇게 걔만 좋아한대요?"

"말했잖아, 성격이 좋다고."

"테리우스가 주인공이 아니라서 놀랐어요, 새삼."

"왜? 그래도 난 테리우스가 주인공이라고 생각하는데."

"글쎄요, 남성 편력이 화려한 여자의 두 번째 경유지 같은 느낌?"

"첫 번째 남자는 요절하고, 두 번째 남자한테는 버려지고, 프러포즈한 남자는 사이코고, 네 번째 남자는 행방불명에. 걔처럼 기구한 애도 없지."

"독한 애네요."

"왜 외로워도 슬퍼도 안 운다고 했겠어. 좋은 애야."

여국대 사장은 예전부터 알고 지내던 친구 얘기하듯 말했다.

"안 울면 좋은 애예요?"

"연애 안 해봤어?"

그가 대뜸 물었다.

"그 말이 갑자기 왜 나와요?"

"그냥 궁금해서. 연애 안 해봤어?"

"해봤어요."

난 자존심 때문에 거짓말을 했다.

"헤어질 때 안 힘들었어?"

"……별로요."

아, 이 얘기를 빨리 끝내야 하는데.

"진짜 연애 해봤어?"

"해봤다니까요!"

또 이런 데에 말려들 수는 없는데.

"해본 거면 해본 거지, 왜 소릴 질러."

정말, 악마 같은 남자다.

"진짜 연애 해본 거 맞아? 손 몇 번 잡은 걸 연애로 보는 거 아냐?"

자, 난 이제 곧 당신이 내 손에 쥐어준 사케를 당신에게 뿌릴 거야. 사케가 따뜻하길 바랄 뿐이야.

"키스는, 아니지…… 뽀뽀는 해본 거지?"

사케를 잔째 던져볼까, 생각하던 찰나에 핸드폰 진동이 울렸다. 주경주 차장이었다. 주경주 차장이 오늘의 신촌난투극을 막아낸 것이다.

"여보세요."

[송아 씨, 어디 있어요? 우리 지금 일어나려고 하는데.]

"아, 잠깐 속이 안 좋아서 나와 있어요. 돌아갈게요."

[지금 오면 팀장님한테 인사하고 집에 갈 수 있어요. 얼른 와요.]

일어나야 했다. 나 혼자 나가려는데 여국대 사장이 함께 일어났다. 제발, 이런 괴로운 취조와 함께라면 같이 가고 싶은 마음이 추호도 없는데.

우리는 오뎅바에서 나왔다. 그는 더 이상 연애 얘기로 나를 괴롭히지 않았다. 나는 그의 심문에서 벗어난 것에 대한 다행스러움과, 더는 이런 만남도 없을 것 같은 아쉬움에 심산한 마음으로 길을 걷고 있었다. 그는 나보다 빠르게 앞서 걸었고, 나는 그의 뒷모습을 보며 걸었다.

그가 갑자기 뒤돌아 나를 보더니 피식 웃고는 내 손을 잡았다! 이 사람이, 생선가시가 목에 걸렸나? 술도 안 마셨는데 왜 이래? 나는 그의 갑작스런 행동에 얼굴이 달아올랐다. 그는 내 손을 잡고 빠른 걸음으로 걸었다. 그는 빠른 걸음으로 걸었지만, 나는 뛰어가야 했다. 그만 천천히 가요! 우리는 스케일이 다르지 않습니까!

내가 '뭐예요!', '왜 그래요!' 라고 외쳤지만 들은 척도 않고 빠르게 걷던 그는 큰길가에서 다른 손으로 표지판 하나를 가리켰다. 나는 헉헉거리며 그가 가리킨 방향을 바라봤다.

그러면 그렇지.

그가 가리키는 방향에는 '어린이 보호구역' 표지판이 있었던 것이다. 어른이 키 작은 아이 손을 잡고 걸어가는 그 세모 표지판.

"저거 볼 때마다 생각나더라, 숏다리 어린이."

역시 이 사람은 좋아하려야 좋아할 수가 없어요. 나는 그의 손을 확 뿌리치고 말했다. 이제 내 안에 계시던 득도의 부처님은 떠났다. 더 이상은 참을 수 없어.

"사장님 걸음이랑 내 걸음이 같아요?"

"이제 술 좀 깼지?"

"무슨 큰일 났는 줄 알았잖아요! 발 아파 죽겠는데."

"그러니까 편한 신발 신고 다니라고."

"싫어요! 죽마 타고 다닐 거예요!"

"회사에 들어가도 송아 씨는 똑같네."

"그럼 회사 들어갔다고 눈 밑에 점찍고 변신이라도 해요?"

내가 씩씩거리며 그에게 소리 지르자 그는 싱긋 웃었다.

"괜히 걱정했네, 씩씩한 박송아 씨."

내 걱정을 했다고? 아니, 왜? 내가 어때서?

"얼른 가, 사람들 기다릴 텐데."

나는 미간에 주름을 풀지 않은 채로 그를 보고 있었다.

"바래다줄까?"

"됐어요!"

나는 그의 말에 퉁명스럽게 대답하고 돌아서 팀원들에게로 갔다.

카레빵맨 팀장은 어느새 거나하게 취해서 정신을 못 차리고 있었다. 그동안 주경주 차장이 팀장을 상대해 준 모양이다. 팀장을 먼저 택시에 태워 보내고 우리도 곧 헤어져 집으로 돌아왔다.

속이 쓰리다고 생각했는데 그를 다시 만난 후로 정신이 멀쩡해졌다. 오랜만에 블로그에 들어가 예전에 그가 남긴 방명록과 내가 그의 방명록에 남긴 글을 다시 읽어보았다.

가만, 그러고 보니 나, 방명록에 19금 농담을 했던 거잖아?

항상 이런 얘기에는 화내거나 도망만 쳤었는데.

나는 블로그에 사진과 글을 올리고 후련해진 마음으로 잠자리에 들었다.

'표지판은 틀려먹었어요' 라는 제목으로.

어린이 보호 표지판 롱다리 어른의 머리 크기를 세 배 키운 사진과 함께.

☆ ☆ ☆

일요일 밤, 송주와 TV 개그프로를 보며 배를 긁적이고 있는데, TV 속 남녀 개그맨이 갑자기 쪽, 하고 뽀뽀를 하는 것이었다. 나는 문득 여국대 사장이 했던 말이 생각나 송주를 뻥 걷어차 버렸다.

"아, 왜 그래! 이 여자가 노망이 났나!"

"이게 다 너 때문이잖아!"

"또 뭐가!"

"내가 너 때문에 이 나이 먹도록 연애 한 번 못해본 거 아냐!"

"그러게 좋은 남자를 데려오라니까."

"네 기준에 좋은 남자가 신이지 사람이냐?"

나는 화가 나서 송주를 더 뻥뻥 차주었다.

"아니, 이 성질을 누가 받아주냐고. 태평양신 정도는 되어야지 포용력 있게 감싸주지."

"됐어. 너 때문에 뽀뽀 한 번 못해봤다고 얼마나 놀림 받는지 알아?"

송주에게 실컷 화풀이를 한 나는 방으로 들어가려고 발가락으로 리모컨 전원 버튼을 눌렀다. 그리곤 일어나려는데 송주가 말했다.

"뽀뽀 해봤잖아, 많이."

내가 언제? 그것도 많이? 얘는 어떻게 나도 기억 안 나는 내 뽀뽀를 알고 있지?

"여덟 살 때, 너 막나가던 시절에. 그래서 내가 누나한테 접근하는 놈들은 다 원천봉쇄해 버린 거 아냐. 기억 안 나?"

"안 나는데?"

"그래서 내가 그 자식이랑 절교했는데."

"걔가 누군데?"

"진짜 기억 안 나? 엄청 특이한 애였는데. 이름이 생각 안 나네……. 토마토 같은 거였는데…… 바나나였나?"

"됐어. 헛소리 좀 하지 마."

나는 일어나 마지막으로 송주를 한 방 더 차고 방 안으로 들어갔다.

"아, 주경주."

뭐? 거실에서 송주의 목소리가 들렸다. 나는 거실로 다시 나갔다.

"뭐?"

"생각났어. 주경주. 엄청 특이했던 애."

☆ ☆ ☆

밤사이 눈이 펑펑 내린 탓에 크리스마스이브인데도 출근길 지하철엔 사람이 많았다. 사람들이 타고 내릴 때마다 밀려가고 쓸려올 만큼. 나는 앞뒤, 좌우의 사람들을 지지대 삼아 기대고 있다가 옆에 서 있던 여자의 불쾌해 보이는 눈빛을 눈치채고 지하철 좌석 쪽으로 피했다. 그런데 내가 좌석 앞으로 모습을 드러내자마자 앞에 앉은 여자애가 벌떡 일어나는 것이었다.

"어머, 죄송합니다. 앉으세요!"

주변에 몸이 불편한 어르신이 계신가 하는 생각에 고개를 돌려 주위를 확인했다. 그러나 사람들의 눈빛은 나를 향하고 있었다. 나는 살짝 부해 보이는 꽃봉오리 모양의 코트를 입고 있었을 뿐인데.

"앉으세요."

여자애는 다시 한 번 나에게 자리를 권했다.

살은 쪘지만 임신은 아니라고요! 배는 나왔지만 미혼이라고요! 이런 황당한 경우가 있나. 여자애가 권한 자리에 앉지도 못하고 황당한 표정을 짓고 있을 때, 어디서 '픕' 하는 웃음소리가 들렸다. 이 비웃음의 주인을 찾으려 고개를 돌렸지만, 사람이 너무 많아 잘 보이지 않았다. 나는 내게 주목하는 이 눈빛들을 떨쳐내려고 빈자리에 앉았다. 내 옆에는 50대 중반 정도 되어 보이는 아주머니가 앉아 있었다. 아주머니는 나를 애정 어린 눈으로 안쓰럽게 보며 물었다.

"아이고오…… 몇 개월이야?"

아이고오, 이 난관을 어떻게 헤쳐 나가야 하지? 나는 몇 개월에 배가 어느 정도 나오는지도 모르는 순수한 처녀라고요. 다시 한 번 내게 주위의 눈빛들이 모였다.

"4, 4개월이오."

"아유, 한참 조심해야 될 때네."

옆자리 아주머니는 갑자기 내 손을 잡더니 손이 차다며 자기 손으로 비벼주었다. 순간 다시 한 번 '큭큭큭' 하는 웃음소리가 들렸다. 그래요, 내가 당신들 하루의 시작에 활력소가 되었다면야. 나는 모든 것을 체념하고 아주머니의 당부 말씀에 착하게 고개를 끄덕이는 임신부가 되었다.

크리스마스이브에 근무라니, 지하철역에서 만난 같은 회사 직원은 계속 투덜댔다. 재량휴일이었지만 몇몇 직원은 일이 많아 근무를 해야 했다. 우리 팀도 마찬가지였다. 회사에 도착하니 주경주 차장이 자리에 앉아 있는 것이 보였다. 어젯밤 송주에게 내 여덟 살의 이야기를 들은 후라 그가 신경 쓰였다. 하지만 상사에게 '네가 20년 전 나와 뽀뽀한 그 주경주냐?' 하고 직접적으로 물어볼 수는 없다.

"일찍 오셨네요."

"눈이 와서요."

주경주 차장은 일이 많은지 나에게 가볍게 인사를 건넨 후 다시 모니터를 주시했다. 주경주 차장과 얘기를 할 틈은 없었다. 그나마 외근 중에 대화를 나눌 수 있는데 둘이서만 회사 밖으로 나간 적은 몇 번 없었다.

"박송아 씨, 오전에 같이 마마드림에 가야 될 것 같네요."

주경주 차장이 지난주에 함께 다녀온 광고주 이야기를 했다. 둘이서만 가는 외근이라면 좋은 기회였다! 내가 '네!' 하고 큰 소리로 대답하자, 다른 팀 직원이 우리의 대화를 듣고는 일하는 게 그렇게 좋냐며 웃었다.

사실 일은 좋지 않다. 지난주 여국대 사장을 만난 후로 더욱 크게 느끼고 있었다. 그가 긴 손가락으로 흐트러짐 없이, 마치 요리가 숙련된 연주인 양 몸을 움직일 때, 음식 소리가 음악처럼 부서지던 주방. 인정하려니 슬펐지만 난 그곳의 풍경에 매혹된 것이었다. 그 주방 생각을 할 때마다 왜 그렇게 침이 꼴깍꼴깍 넘어가고 손이 근질거리는지, 그건 비단 그곳에서 만들어진 음식이 내가 먹어본 최고의 음식이었기 때문만은 아니었다. 그곳엔 정말, 무언가가 있었다.

팀회의를 마친 주경주 차장과 나는 광고주 회사로 출발했다. 우리는 지하철로 움직여야 했다. 눈이 많이 와서 주경주 차장이 자가용을 두고 온 까닭이었다. 나는 어떤 화제로 시작하더라도 20년 전 이야기에 닿을 수 있도록 말을 이끌어내는 데에 만반의 준비를 갖추었지만, 주경주 차장은 일주일 전 퇴짜 맞은 기획서를 통과시키기 위해 온 신경을 집중하고 있느라 나의 존재도 잊은 듯했다.

다행히 이번 기획서는 무사히 통과되었다. 우리는 몇 가지 사항만 수정하고 그대로 진행시켜도 된다는 확답을 받고 광고주와 헤어졌다. 주경주 차장도 한시름 놓았다는 듯 긴장을 풀고 미소를 지었다. 드디어 '20년 전' 에 대해 얘기할 수 있는 기회가 찾아왔다.

"다리 아프죠? 차를 끌고 왔으면 좋았을 텐데."

내가 그에게 궁금한 것을 물으려는 찰나, 지하철에 타자마자 그가 먼저 물었다.

"아, 아니……."

내 말이 채 끝나기도 전에 주경주 차장은 내 팔을 당기듯 잡아 노약자석에 앉혔다. 나는 노약자석에 앉아본 적이 한 번도 없었다.

"앉아서 가야죠, 4개월인데."

아. 아침 지하철의 '풉' 하는 웃음소리는 이 사람이었구나. 일시에 사람들의 시선이 내게 쏠렸다. 그리고는 이해한다는 듯이 끄

덕이는데, 내가…… 내가 배가 나왔다고? 주경주 차장도 이런 장난을 칠 줄 아는 사람이었다니. 나를 노약자석에 앉힌 주경주 차장에게 '20년 전에 나와 뽀뽀한 사람이 바로 너냐' 라고 물을 수가 없었다. 또 사람들은 왜 그렇게 임신부에게 친절한 건지. 내 양쪽에 앉은 어르신들은 아기가 애에서 어른이 되는 세월의 이야기를 하며 이태원에 도착할 때까지 내 육아를 염려했다.

"차장님, 20년 전에 어디 사셨어요?"

지하철역에서 나와 회사까지 걸어가며 주경주 차장에게 다짜고짜 물었다. '어떤 화제로 시작하더라도 20년 전 이야기에 닿을 수 있는' 화술 따위는 이제 상관없었다. 궁금해서 참을 수가 없었다.

"서울요. 왜요?"

"아…… 그래요?"

내 다짜고짜 이야기는 바람 빠진 풍선처럼 힘없이, 붕 떠오르지도 못하고 쪼그라들었다. 나는 대전에서 살았으니까. 그는 내가 생각하고 있던 사람이 아니었다. 아무렴 이 사람은 차장인데 나보다 적어도 서너 살은 더 많겠지.

"왜 그러는데요?"

그가 물었다.

"아니, 차장님하고 똑같은 이름을 아는 것 같아서요."

"20년 전에요?"

"네, 여덟 살 때요."

"여덟 살 기억이 아직도 나요?"

"그냥 뭐……."

"주경주라는 사람이 나 말고 또 있다고요?"

"그런 것 같기도 하고, 아닌 것 같기도 하고……."

"신기하네. 그 사람하고 친했어요?"

"거기까진 잘 기억 안 나요."

그가 웃음을 지었다.

"아무튼 반갑네요. 그 사람도 주경주 차장이었음 좋겠네요."

화제를 꺼낸 건 난데, 그가 나보다 더 얻은 것이 많아 보였다.

오후에는 경쟁 프레젠테이션 사전미팅이 있었다. 옆 팀에서 하려던 것을 우리 팀이 대신 하게 된 것이었는데 나는 사전미팅이 있기 10분 전에 카레빵맨 팀장에게 통보받았다.

"송아 씨, 회의실에 기자재 설치하고 광고주 마실 것 좀 사와."

"네."

나는 광고주가 누구인지 확인할 틈도 없이 바쁘게 움직였고, 접대용 고급 음료수를 준비해 회의실로 돌아왔을 때에야 그 얼굴을 확인할 수 있었다.

내가 세상에서 가장 싫어하는 사람을 일렬로 줄 세운다면 단연 1등이 될 사람. 지난 회사를 그만둠과 동시에 잊고만 싶었던 사람. 내가 상사와 싸우게 만든 원흉. 햄 회사 '포크포크'의 광고영업부 팀장 '김성기'였다. 저 사람이 왜 여기 있지?

"어, 저기 박송아 씨 오네요. 박송아 씨, 와서 앉아요."

좀스럽기만 하던 카레빵맨 팀장이 접대용의 느끼한 말투로 말했다. 나는 덜덜 떨리는 손을 감추며 김성기 앞에 앉았다.

"우리 회사에 새로운 인재가 있다고 하니까 김성기 팀장님이 알고 있다고 하더라고요."

"네…… 안녕하셨어요……."

"박송아 씨, 실망이야. 내가 박송아 씨를 얼마나 예뻐했는데 인사도 안 하고 떠나나?"

어색하게 인사하는 나에게 김성기 팀장은 상스러운 웃음을 흘렸다. 순간 나는 회사를 그만두고 성희롱 고소를 하지 않은 것을 후회했다.

이름만큼이나 능글능글한 저질 광고주가 다시 내 앞에 나타났다. 김성기는 어린 내가 포크포크를 담당하길 바랐다. 사원급이면 자기가 쥐고 흔들 수 있다는 생각이었었나 보다. 처음엔 광고주란 개떡같이 굴어도 찰떡같이 맞춰줘야 하는 존재라 생각하여 부당한 경우에도 참으려고 노력했다. 볼을 만질 때도, 허리에 은근슬쩍 손을 올릴 때도.

그러나 허벅지를 잡는 순간에 폭발하고 말았다. 김성기의 얼굴에 물을 뿌리려고 몇 번이나 마음먹었지만 엄청나게 참아, 회식 자리에서 그대로 화장실에 가는 듯 사라져 우리 본부의 이사님께 다시는 김성기를 만나지 않겠다고 말했다. 그 일로 상사와 싸웠고,

싸우는 순간에도 '그는 재수 없는 사람이다' 라는 말을 했을 뿐 그의 만행에 대해서는 얘기하지 않았다. 김성기를 위한 게 아니라 나를 위한 것이었다. 내가 성희롱을 당했다는 사실이 이상하게 알려지면 다른 사람들도 색안경을 쓰고 날 볼 것이란 걸 알기에.

아무튼 나는 그간 그의 변태 짓을 제외한 모든 만행들을 예전 상사에게 또박또박 말했지만 상사는 참으라는 투였다. 상사의 속내를 알고 있었다. 내가 그만두면 자기가 그대로 악덕광고주 포크포크를 담당해야 했다. 그에게는 두려울 수밖에 없었을 것이다.

"부장님한테 대신 맡으라고 할까 봐 그러시는 거 모를 줄 아세요?"

나는 이렇게 맹랑하게 말하고 다음날 바로 사표를 냈다. 후회는 없었다. 지저분하고 악독한 광고주에 대한 분개와 날 수족처럼 부려먹었던, 심지어는 내 홈쇼핑 아이디까지 아무렇지 않게 썼던 상사에 대한 불만, 그리고 한 달에 하루 쉬는 피곤한 일상에 오래전부터 지쳐 있었기에 오히려 시원했다.

상사는 나에게 전화를 걸어 '회사로 돌아오지 않고 쓸데없는 반항으로 객기를 부린다면, 너는 안 좋은 소문이 나서 이직할 수도 없을 거야' 라며 협박했다. 그의 말에 나는 '당신이 경쟁 PT 공금을 횡령한 사실을 윗선에 알리겠다' 라고 말했다. 상사는 그 후 한참 동안 말이 없었다. 오, 그냥 찔러본 거였는데 진짜라니. 그는 다시는 만나지 말자며 전화를 끊었다. 그게 끝이었다.

사실, 다른 광고회사로 이직하고 싶지도 않았다. 그나마 '브라운 커뮤니케이션' 이 분위기가 좋고 보수도 괜찮다는 이야기를 들어서 입사원서를 냈던 것이지만 그 많은 지원자들을 보고 기가 죽었었다. 차라리 그때 떨어졌어야 했다.

"약속 없으시면 저녁때 한잔할까요?"

김성기 팀장은 능글능글한 눈빛으로 나를 훑어보더니 카레빵맨 팀장에게 말했다. 팀원들의 표정이 일순간 굳어졌다. 오늘은 크리스마스이브라고요. 팀원들은 그 분노를 눈빛으로 드러냈다. 카레빵맨 팀장은 생각 없는 웃음만 질질 흘리고 있었다.

"아유, 저희야 이렇게 편하게 대해주시니 감사할 뿐입니다."

카레빵맨 팀장은 팀원들에게 회식에 함께해야 한다는 듯 강압적인 눈빛을 보냈다. 나에게는 특별히, '너 안 따라오면 죽어' 라는 데이터를 위협적인 표정으로 송출했다. 재수 없는 놈은 뒤로 자빠져도 코가 깨진다더니, 나는 불운을 타고난 게 확실했다.

퇴근 시간이 되자 사내에 남아 있던 사람들이 '메리크리스마스' 를 외치며 퇴장했다. 더 남아 있는 사람들은 경쟁 PT(프레젠테이션)가 얼마 남지 않은 사람들이었다. 우리처럼 크리스마스이브에 회식에 끌려가는 사람들은 없었다. 여자 대리가 살기를 띠고 나를 노려보았다. 어느 순간인가부터 여자 대리는 나를 시기하고 있었다. 내내 울상을 짓고 있던 부장은 아빠를 기다리는 딸아이에게 케이크를 못 사주어 미안하다는 전화를 했다. 여자 대리는 무언가가 생각났는지, 카레빵맨 팀장에게 광고주가 시킨 일을 끝내지 못했다며 먼저 가라는 인사를 하고 회사에 남았다. 그녀의 수법은 뻔했지만, 카레빵맨 팀장은 별말이 없었다. 그저 30초에 한 번씩 내가 함께 가는지 확인하는 것으로 만족해했다. 참아야 해, 참아야 해……. 나는 분노를 누르려 마음속으로 애국가를 불렀다.

그나마 고급스러운 호프집에 자리를 잡은 우리는 잠시 후 김성기와 그의 부하 직원을 만났다. 김성기는 주경주 차장과 내 사이를 비집고 들어와 내 옆에 앉으려 했지만, 주경주 차장은 그럴 틈 없이 내 옆에 꼭 붙어 있었다. 그나마 조금 도움이 되는 사람은 주경주 차장이었다. 카레빵맨 팀장은 내 굳은 표정도 확인하지 않고 눈치 없이 말 첫머리마다 '우리 홍일점 박송아 씨'를 붙였다. 나는 술도 따르고 영양가 없는 그들의 농담에 웃어주고 맞장구도 쳐주며 시간을 보내야 했다.

"박송아 씬 헤헤 웃기만 하네? 가만 보면 내 말을 듣고 그냥 다 흘려버리는 것 같아."

김성기가 내 표정을 살피다가 말했다. 우리는 서로 가면을 쓰고 마주하고 있었다. 나는 분노를 감춘 신입사원의 가면을, 김성기는 변태 능구렁이 속내를 감춘 '김성기'라는 가면을. 저 늙은 너구리 같은 놈.

"'헤헤'는 술집에 가면 쌔고 쌨지. AE라면 그 이상을 할 줄 알아야지."

그의 이어진 말에 내 분노는 정점에 달했다. 나는 벌떡 일어났다.

"잠깐 화장실 좀 다녀올게요."

나는 가방을 자리에 둔 채로 밖으로 나와 버렸다. 화장실로 가진 않았다. 그대로 집으로 가고 싶었지만 나 때문에 광고주들이 불쾌해했다는 뒷말을 들을 수는 없었다. 잠시 후 주경주 차장이 밖으로 따라 나왔다.

"박송아 씨, 어디 안 좋아요?"

"아니요. 조금만 바람 쐬다 들어갈게요. 그래도 되죠?"

"광고주가 참 개념이 없네요. 같이 있어줘요?"

"아니요, 괜찮아요. 자리 비워서 죄송해요."

주경주 차장은 내 굳은 표정에서 뭔가를 눈치챘는지 끄덕이고는 호프집으로 돌아갔다. 세상에 나 혼자 남겨진 기분이었다. 나는 정처 없이 걷다가 그대로 길에 쪼그려 앉았다. 도망치고 싶었지만 그럴 수가 없어 눈물이 났다. 그때 누군가 나를 부르는 소리가 들렸다.

"박송아 씨."

깜짝 놀라 눈물을 훔치고 고개를 들었다. 내가 잘못 본 건가 싶었다. 여국대 사장이었다. 어떻게 그가 다시 내 앞에 있는 거지? 이런 만남은 다신 없을 줄 알았는데. 말끔하게 정장을 차려입은 그는 그 어느 때보다도 근사했다. 정장이 잘 어울리는 사람이었구나.

"그래서 어디 죽겠어?"

"그게 무슨 소리예요?"

나는 인사도 않고 그에게 따져 물었다.

"죽을상을 하고 있잖아."

아, 내 표정이 그랬던가? 하긴 저녁 내내 도살장에 끌려간 기분이었으니까.

"뭐 해, 여기서."

"사장님은 왜 여기 계세요?"

나는 다시 맺힌 눈물을 닦고 그에게 물었다.

"선보러 왔다가 길을 잃었어."

스마트폰도 가진 그가, 나이 서른도 넘은 어른인 그가 선보러 왔다가 이태원에서 길을 잃었다라…… 별 이상한 농담도 다 있구나, 하는 생각이 들었다.

"뭐 하는 거야?"

"인생에 대해 한탄하고 있잖아요."

"누가 쪼그맣다고 괴롭혀?"

"정확히 눈앞에 계시는 한 명은 그런 것 같네요."

그가 한숨을 쉬더니 내 앞에 쪼그려 앉았다. 그는 내 머리를 툭 툭 두드렸다. 그와 아틀리에에서 헤어지던 날이 생각났다.

"이런 날에 야근을 시켜?"

"선보러나 가세요."

"여자 얼굴이 박송아 씨보다도 별로야."

"크리스마스잖아요. 예쁜 여자는 잘생긴 남자 만나러 갔거든요."

그가 따뜻하게 웃었다. 그는 그렇게도 웃을 수 있는 사람이었다. 여전히 우리는 길바닥에 쪼그려 앉아 있었다. 나는 푸념을 섞어 혼잣말을 했다.

"젠장, 남자들은 다 똥덩어리야."

그때 핸드폰이 울렸다. 카레빵맨 팀장이었다. 너무 밖에 오래 있었나 보다. 나는 한숨을 쉬고 전화를 받았다.

"여보세요."

[박송아 씨, 어디야? 몇 잔이나 마셨다고 그렇게 사라져대?]

여국대 사장이 내 쪽으로 귀를 갖다 대지 않아도, 쩌렁쩌렁하는 카레빵맨 팀장의 목소리가 그에게까지 들릴 것 같았다.

[광고주 술잔 비었는데 우리 잔은 안 받겠다잖아! 화장실에서 뭘 하길래 그렇게 오래 걸려? 그거 비위 하나 못 맞추면서 어떻게 광고회살 다니겠다는 거야! 어?]

카레빵맨 팀장은 나에게 폭언 공격을 하고 일방적으로 전화를 끊었다.

"진짜 싫다……."

나도 모르게 그의 앞에서 혼잣말을 해버렸다. 이런 수모를 겪으면서 회사를 계속 다녀야 하는가 하는 생각이 들었다. 결론은— 다녀야 했다. 첫 번째 회사를 1년 만에 관두고 두 번째 회사마저 2주일 만에 그만둔다면 난 실패자니까.

"변태 광고주인데 날 좀 좋아하는 것 같아요. 그 사람 때문에 이전 회사도 그만뒀던 건데. 도망쳤는데 쫓아왔네요."

나는 여국대 사장이 묻지도 않은 사실을 설명했다.

"그 성격에 그걸 그냥 뒀어?"

"난 어른이니까요."

"부당한 걸 참는 게 어른은 아니지. 가자."

그는 일어나 내 손목을 잡아끌었다.

"어딜 가요?"

"집에 데려다 줄게."

"안 돼요. 집 열쇠도 없고, 다시 회식 자리 가봐야 돼요."

"그냥 무시해. 추가근무수당 주는 것도 아니고."

나는 그의 손을 뿌리치며 말했다.

"남의 인생이라고 그렇게 쉽게 얘기하지 마요! 저 잘려요."

"그런 게 걱정될 만큼 그렇게 절박해? 생각해 보라고, 이게 전부인지."

그가 말했다. 나는 대답을 할 수 없었다.

"본인이 행복해지지 못하면 주위 사람들도 그렇게 되는 거야."

그가 다시 내 손을 잡았다. 그는 거침이 없었다.

"아틀리에로 가자. 맛있는 거 해줄게."

그는 나를 차 조수석에 앉혀놓고 차분히 시동을 걸었다. 날 데리고 아틀리에로 갈 생각을 하는 것 같았다. 비록 이후에 어떤 일이 벌어질지는 걱정됐지만 그가 회식자리를 빠져나오게 해 준 것에 든든함을 느껴 마음은 한결 편안했다.

"집에서 결혼하라고 채근하나 봐요?"

말없는 그에게 물었다.

"그 정도는 아닌데, 어머니가 몇 마디 하시면 세 번에 한 번 정도는 비위 맞춰드리지."

"사장님 어머니는 어떤 분이세요?"

"어떤 분이냐니?"

"그냥 뭐, 한마디로 표현하면 어떤 분이다, 이런 거."

"마녀 같은? 여왕 같은? 소녀 같은? 아니, 모르겠다. 차갑고, 독하고, 예쁘고…… 어떨 때는 순수하고 그래."

그는 미소 짓지 않았지만 그의 대답에는 애정이 묻어 있었다. 마녀 같다는 걸 보니 그렇게 어머니와 친한 것 같지는 않았지만 말이다. 마녀 같으며 여왕 같으면서 소녀 같은 사람. 그에겐 미안했지만, 나는 불현듯 디즈니 인어공주의 문어발마녀가 생각났다. 그 여자, 변신하면 소녀 같았어.

집 열쇠와 지갑 같은 것들이 들어 있는 가방은 김성기 쪽에 있었다. 핸드폰 하나만 달랑 들고 나왔던 것이다. 주경주 차장에게 집에 가야겠다는 문자를 보낸 후, 카레빵맨 팀장에게 다른 연락이 오지는 않았다. 주경주 차장이 잘 막아내고 있는 모양이었다. 주경주 차장에게 다 떠넘긴 것만 같아서 죄책감이 들었다. 여국대 사장의 손에 이끌려 그의 차를 타긴 했지만, 송주에게 연락이 닿으면 집으로 갈 생각이었다. 송주는 전화를 받지 않았다. 이 자식, 여자친구 없다고 들었는데.

우리는 402호에 혼자 있는 수리 씨를 불러 아틀리에로 갔다. 3주 만에 돌아온 것이었는데 3년 만인 것처럼 그사이 긴 시간이 흐른 듯했다. 차를 타고 오며 계속 한숨을 내쉬었던 나는 여국대 사장이 아틀리에의 불을 켰을 때에야 비로소 회사 일에 대한 걱정에서 벗어났다. 이곳은 나를 맞이할 온기가 남아 있었다. 아마도 오늘 많은 주문을 받아냈던 모양이다. 현관문 위에 걸린, 초록색 잎의 이상한 나무줄기 한 다발만 빼놓고는 달라진 것이 없는 공간이었다. 그래서 더 푸근했다.

"선 어땠어? 예뻐?"

아틀리에에 들어서자마자 수리 씨가 여국대 사장에게 맞선녀에 대해 물었다.

"밥이 별로더라."

"그래서, 예뻐?"

수리 씨가 여국대 사장의 시큰둥한 대답에 다시 한 번 물었다.

"이러니 남자들이 속물이란 얘기를 듣지."

"어떻게 남자가 속물이야?"

"뭐가 속물이야!"

내가 한마디 끼어들었더니 두 남자에게서 같은 비난이 쏟아졌다.

"학벌 안 보고, 직업 안 보고, 나이 안 보고, 집안 안 보고, 키 안 보고, 성격도 안 보고 오로지 얼굴 하나 보겠다는데 왜 그게 속물이야! 이것저것 재고 따지는 여자가 더 속물이지."

수리 씨가 말했다. 음, 맞는 말이긴 하지만 여자들도 그것들 다 보지는 않는다고요.

"밥이 별로라서 그런지 별로 기억 안 나는 인상이었어."

여국대 사장이 냉장고에서 과일들을 꺼내며 말했다.

"얼굴이 예뻤으면 밥도 맛있었을 텐데, 안타깝네."

"오죽하면 내가 박송아 씨를 다시 불렀겠어?"

수리 씨가 정말 안됐다는 표정으로 여국대 사장을 바라보자, 여국대 사장이 한숨 쉬고는 대답했다. 이 사람들은 이 이야길 계속 이어갈 생각인 걸까.

수리 씨는 오랜만에 다시 만났는데도 '어? 박송아 씨' 라고만 했다. 그게 인사였다. 롱타임노씨, 하우해브유빈 같은 것은 없었다. 화나고 흥분할 때만 말하고 평소에는 과묵한, 요리광에 만화광인 여국대 사장과 한없이 차분하기만 한, 심지어는 난폭운전을 할 때에도 잔잔한 물처럼 평온한 한비룡 씨와는 달리 수리 씨는 활달하며 약간은 제멋대로인 사람이었다. 또한 수리 씨의 모든 말은 직설적이었고, 그는 주변 사람들과 무리하게 어울리려 노력하는 일도 없었다. 역시 오늘도 수리 씨는 내가 혼자 멀뚱하니 있는 것에 신경 쓰지 않았다.

"좀 도와드려요?"

혼자 핸드폰만 만지작거리다가 여국대 사장에게 가서 물었다. 그는 나를 보지도 않고 말했다.

"세수를 하고 오든가."

"그럼 패스."

나는 다시 소파에 가서 앉았다. 내가 도와주고 싶어 안달이 난 사람도 아니고, 혼자 주방에서 평생 외롭게 노동이나 하라지. 나는 먹고 즐기며 살 테니.

"와인 좀 마시나?"

"맛있으면요."

그가 와인병을 꺼내 들고 내 쪽을 보며 물었다. 내 대답에 그가 끄덕였다.

수리 씨는 혼자 노트북으로 게임을 하고 있었다. 여국대 사장이 요리를 하는 시간 동안 나는 아무 일 없이 그저 앉아 있어야 했다. 그래도 편안했다. 좀 전까지만 해도 사람 많은 이태원에서 세상에 나 혼자 남겨진 기분이었는데.

그는 조용하고 능숙하게 움직였다. 그의 칼질 소리, 음식이 볶아지는 소리, 튀김 소리, 보글보글 물이 끓는 소리, 얼음이 흩어지는 소리들이 섬세하게 주방을 메울 뿐이었다. 그가 지금 무슨 색깔의, 어떤 요리를 하고 있을까 상상하는 것이 즐거웠다. 이곳에 처음 왔던 날, 이 사람의 몰입하는 모습에 반했었지. 물론 그 이미지는 하루 만에 와르르 무너졌지만.

얼마 지나지 않아 여국대 사장은 자신이 만든 요리를 내왔다.

"스페인식이야."

그는 유리항아리를 탁자로 가져왔다. 유리항아리에는 과일에 절인 포도주가 담겨 있었다. 이어 그는 와인 한 병을 따로 꺼냈다.

"이건 어른용."

그는 와인병을 자기 쪽으로 가져다 놓으며 말했다.

유리항아리에는 딸기, 키위, 사과, 바나나 조각과 껍질 깐 포도알이 들어 있었다. 그는 밥그릇만큼 커다란 와인잔에 유리국자로, 유리항아리 안에 든 것들을 조심스럽게 담았다.

"샹그리아라고, 포도주스 같은 와인이야."

와인잔에 담긴 샹그리아는 석류알처럼 투명한 붉은색이었다. 그 속에 각각 두어 개씩 담긴 과일 조각들이 샹그리아를 더욱 다채로운 빛깔로 만들어주고 있었다. 여국대 사장은 나와 수리 씨에게 샹그리아를 주고 자기 와인잔에는 와인을 따랐다.

"이건 까라마라스, 이건 판 콘 토마테, 이건 토르티야, 이건 빠에야, 이건 크로켓."

"스페인식은 무슨. 이건 오징어튀김, 이건 토마토바게뜨, 이건 오믈렛, 이건 볶음밥이구만. 이것만 그대로 크로켓이지."

여국대 사장의 스페인식 설명에 수리 씨가 한국어로 재치 있게 토를 달았다. 나는 음식의 종류에 놀라고 그 양에 다시 놀랐다. 이

걸 지금 다 만들었단 말이야? 그리고 이 밤에 이걸 나보고 다 먹으라고?

"무리해서 다 먹으라는 건 아니야. 남으면 비룡이 주면 되지."

그가 내 생각을 읽은 듯이 말했다. 내가 어떤 표정을 지었기에.

우리는 기분 좋게 건배를 하고 야식을 먹었다. 샹그리아는 내가 좋아하는 달달한 맛이었다. 그가 가져온 음식은 모두 맛있었지만 겉이 바삭바삭한 오징어튀김과 스페인식 볶음밥이 특히 마음에 들었다. 빠에야라는 이름의 볶음밥은 입속에서 밥알이 흩어지는데도 진진하다는 표현이 어울릴 만큼, 입에 착 들러붙는 매콤한 맛이었다. 난 이제 이 요리를 사랑하게 될 것 같았다. 그가 조용히 맛을 음미하는 내 표정을 지켜보다가 말했다.

"싸줄 수도 있어. 내일이면 맛없어지겠지만."

"에이, 송아 씨 속도를 봐. 싸줄 게 있겠어?"

어느새 나는 음식을 마구 입에 넣고 있었던 것이다. 맛있는 음식과 함께, 유쾌한 사람들과 함께, 나를 편안하게 하는 공간에서 크리스마스이브의 밤은 잘도 깊어지고 있었다.

"수리 씨는 여자친구 안 만나요?"

"교회 갔어."

"아…… 그럼 같이 안 가요?"

"내가 가면 마리아가 분심이 생겨서 예수님을 못 낳는대."

"비룡 씨는요?"

"성당."

"헤에, 성당 다니는구나. 근데, 이 밤에요?"

"예수님이 자정에 오신다는 얘기가 있대."

포도주를 마시던 여국대 사장이 수리 씨의 이야기를 듣고 피식 웃었다. 웃기는 소리라는 듯이.

"수작이야, 수작. 성당 오빠가 멋있어 보이잖아."

"왜 그래, 그래 봬도 비룡이 형 신부님 되려고 했었다잖아."

그는 수리 씨의 머리를 다독이듯 툭툭 치며 말을 이었다. 안됐다는 듯이 혀를 한 번 끌, 차면서 말이다.

"그래…… 그래서 내가 너를 좋아하는 거야. 결정적인 순간에 참 순수하단 말이야, 누구처럼."

누구? 누구를 말하는 거지?

수리 씨가 '뭐야, 내가 모르는 비밀이라도 있어?' 라며 비룡 씨에 대해 좀 더 캐물으려는 순간 수리 씨의 핸드폰이 울렸다. 여자친구 전화였다. 수리 씨의 안색이 급하게 밝아졌다. 목소리가 느끼하게 달라졌다는 것도 빼놓을 수는 없었다. 내 주위에 저토록 사랑에 빠진 남자는 없었다. 수리 씨는 전화를 끊고 나가겠다며 외투를 챙겨 입었다.

"뭐야, 이 밤에 나가?"

여국대 사장이 수리 씨에게 말했다. 수리 씨는 여국대 사장이 불쌍하다는 듯 한숨을 쉬었다.

"무슨 소리야, 연인들한테는 밤이 지존이지. 고요한 밤, 그윽한 밤 몰라? 송아 씨도 빨리 들어가, 국대 형 술주정 보고 싶지 않으면."

수리 씨는 나에게 짧게 경고하고 밖으로 나갔다. 이제 여국대 사장과 나 둘만 남겨졌다. 12시가 다 되어가는데 아직도 송주에겐 연락이 없었다. 나는 애꿎은 핸드폰 탓을 하며 샹그리아를 휘휘 저었다.

"궁금하면 연락하겠지, 왜 그렇게 안달이야? 누가 잡아먹어?"

"동생이 걱정되니까 그렇죠."

"동생이 어린애야? 크리스마스에 12시까지 안 들어오면 동생도 다 큰 거지."

"연락도 없잖아요."

"전화를 하지 말고 문자를 남겨."

아, 내가 왜 그 생각을 못했지? 나는 여국대 사장의 말대로 송주에게 문자를 보냈다. 의외로 송주의 반응은 빨랐다. 송주는 자기가 전화를 받지 않은 건 생각도 안 하고 나에게 다짜고짜 소리를 질렀다. 클럽에 있는 건지 주변 소리가 너무 커서 안 들렸지만 대강 왜 지금까지 집에도 안 들어가고 이상한 데에 있냐는 것이었다. 나는 전화 소리가 시끄러워 송주에게 빨리 집에 들어오라고 소리만 지르다 끊었고, 전화를 끊자마자 송주에게서 문자메시지가 도착했다.

"뭐라는데?"

그가 물었다.

"이쪽으로 오겠대요."

"참 애틋한 남매네. 양방향 구속인 거야?"

"내가 아니라 얘가 구속이죠. 얘 때문에."

나는 아차, 싶어 입을 다물었다. 하마터면 '얘 때문에 연애 한 번 못해봤다고요' 라는 말이 나올 뻔했던 것이다.

"왜 말을 하다 말아?"

나는 급히 화제를 돌려야 했다. 다행히 그가 먼저 다른 이야기를 시작했다.

"동생한테 변태 광고주 얘긴 안 했어?"

"하면 안 돼요."

"왜?"

"그럼 살인날지도 몰라요."

"애틋하고 살벌한 남매네."

진심인데. 송주는 그런 애였다. 나에게 집적거리거나 들이대는 남자, 심지어 같이 있을 때는 '도를 아십니까' 하며 다가오는 도쟁이에게도 욕을 해댔다. 20년 전의 주경주도 그래서 송주와 절교를 했댔지. 아마도 그는 송주에게 엄청나게 맞았을 것이다.

"사장님은 20년 전이 기억나세요?"

"글쎄, 나는 것도 있고, 안 나는 것도 있고. 왜?"

“어떤 사건이 있었는데요, 그 정도면 큰일이라고 생각하는데, 그 시절의 나한테는 큰일이 아니었는지 기억이 하나도 안 나요.”

“무슨 소리야, 밑도 끝도 없이. 무슨 말 하는지 하나도 모르겠어.”

“어휴, 그러니까.”

나는 20년 전 주경주라는 아이와 뽀뽀를 했던 일을 에둘러 설명하고자 하다가 난감해지기만 했다. 내가 말을 하려는데 그가 다시 내 말을 끊었다.

“20년 전이면 송아 씨는 여덟 살 아니야?”

“그렇죠.”

“내 20년 전이랑 송아 씨 20년 전이 같겠어? 당연히 생각 안 날 수도 있지.”

그는 말을 마치고는 피식 웃었다.

“왜 웃어요? 생각이 안 나는 게 그렇게 웃겨요?”

“아니, 작은 박송아보다 더 작은 박송아가 있었다는 게 신기하잖아.”

또다시 시작됐다. 숏다리 공격. 내가 으르렁거리려 할 때, 그가 또 말을 이었다.

“20년 전에 난 정말 구제불능이었어. 지금 생각하면 부끄러워.”

그는 어린 시절을 회상하며 보일 듯 말 듯한 미소를 지었다. 그것이 그리움이었을지, 회한이었을지, 그 미소를 읽을 수는 없었지만 그의 아련함이 내게까지 전달되는 듯했다. 한동안 말없이 와인만 홀짝이던 그는 다시 짓궂은 표정으로 내게 물었다.

“20년 전에 꼬마 박송아한테 무슨 일이 있었길래?”

내가 대답할 수 없는 질문이었다.

“그런 게 있어요. 몰라도 됩니다.”

“첫사랑이랑 목욕탕에서 만났어?”

이 사람은 나를 골리는 것을 업으로 삼은 듯했다. 나는 콧방귀를 뀌는 것으로 대답을 대신했다.

“내복바람으로 집에서 쫓겨났어?”

“웃기지 좀 마요.”

“길 잃어버렸어?”

“아니거든요.”

길. 그러고 보니 그때부터 몇 해 동안 길을 잃었던 것이었는지도 모르겠다. 송주의 말대로 나는 막나가는 아이였으니까. 세상 아무것에도 관심이 없었고 웃는 것조차 귀찮았던 시절. 그때의 나는 느슨하게 풀린 채로 텅텅 비어 있었다. 또한 밑 빠진 독처럼 뻥 뚫려 있어 무엇으로도 채울 수가 없었던 아이였다고, 이모가 내게 말씀해 주셨다. 어떤 사건이 있었던들 기억이 안 난다는 건 당연한 것일 수 있었다.

“누구랑 뽀뽀라도 했어?”

그가 생각에 잠겨 있는 내게 물었다. 어, 어, 어, 어떻게? 혹시 내가 얼굴에 써놓았던 걸까? 아니면 그가 한비룡 씨한테 독심술을 배운 건가?

"뭐, 뭐, 뭐예요!"

순간 당황한 나는 말을 더듬었다.

"아…… 뽀뽀를 했구나."

"그만해요, 좀!"

그는 내 반응을 보더니 쉽게 단정 지었다. 나도 모르게 목소리가 높아졌다.

"송아 씨, 그 반응이 더 우스워. 20년 전 뽀뽀한 얘기에 뭐 그렇게 이를 갈고 그래? 어린애처럼."

여국대 사장은 아무 일도 아니라는 듯 여유롭게 와인을 들이켰다. 그래, 이 사람 말이 맞다. 나는 이 사람과 흥분하면 지는 게임을 하고 있었다. 언제가 시작이었는지는 모르겠지만. 멋쩍어진 나는 샹그리아를 벌컥벌컥 들이켰다.

"연애 한 번 못해본 사람처럼."

그가 말을 덧붙였다. 순간 나는 두 번째 '푸에'를 해버렸다. 샹그리아 와인잔 안에서 내 입으로 넘어온 과일 조각들이 그의 얼굴에 튀었다. 그가 자리에서 벌떡 일어났다. 나도 도망갈 준비를 하듯 일어났다. 오늘 한 일 중에 가장 잘한 일이지만, 도망가야 해!

"야! 진짜!"

"그러게 왜 자꾸 헛소리를 해요!"

"무슨 여자가 이렇게 더러워!"

"처음 만났을 때도 그 생각했죠? 그게 본모습이죠? 온갖 매너 있는 척은 다 하고선. 표리부동덩어리!"

우리는 소파 주위를 돌면서 '나 잡아봐라' 를 하게 되었다. 말이 '나 잡아봐라' 지, 그의 눈에서는 날 죽일 듯한 호랑이 레이저가 나오고 있었다. 그렇다면 잡힐 수 없지. 의외로 잽싸다는 말을 듣는 나는 소파 두 개를 뛰어 그 뒤로 넘어가 주방으로 도망치…… 려고 생각했으나 와인병을 넘어뜨리고 여국대 사장의 와인잔을 깨뜨리고 말았다.

"조심!"

와인잔을 깨뜨리면서 비틀거리던 내가 깨진 와인잔을 밟으려던 순간, 그가 내 허리를 잡아 위로 번쩍 올렸다. 나는 그에게 웨딩사진 포즈로 안긴 꼴이 되었다.

"너, 맞을래? 이게 얼마짜린 줄 알아?"

여전히 샹그리아와 과일 조각을 얼굴에 붙인 그가 씩씩거리며 말했다. 다시 그의 입에서 '너' 가 튀어 나왔다. 이 편한 호칭이 새삼 반가웠다.

"월급 타면 갚을게요."

"꼭 갚아!"

그가 나를 내려놓으며 말했다. 그리고 그는 자기 얼굴을 내 얼굴에 찰싹 갖다 댔다가 떼었다. 그의 얼굴에 묻어 있던 과일 조각과 샹그리아가 내 얼굴로도 옮겨왔다. 그가 화장실로 가며 말했다.

"여기서 씻을 생각도 하지 마."

그 나름의 보복이었다. 이런 뒤끝 있는 남자 같으니.

"깨진 건 그냥 놔둬. 아침에 치울 거야."

그가 화장실로 들어갔다. 나는 싱크대에서 대충 얼굴을 닦고, 유리 조각들을 빗자루로 살살 쓸었다. 항상 이곳에 올 때마다 일을 저지르는구나. 난 그런 바보 같은 사람이 아닌데. 왜 이 사람들은 자꾸 나를 바보처럼 만들어 버리는지.

핸드폰이 울렸다. 부리나케 달려온 송주가 오피스텔 근처에 와 있다는 연락이었다. 진작 문자를 보낼 걸 그랬다 생각했지만, 나쁘지 않은 크리스마스이브였다. 내가 외투를 입고 나가려는데 세수를 한 그가 화장실에서 나왔다. 세수를 하고 나니 깨끗한 얼굴은 더 투명해 보였다. 어떤 비누를 쓰면 '저 나이에' 저렇게 피부가 좋을 수 있는지 궁금했다. 그러고 보니 그의 얼굴이 내 얼굴에 닿았을 때의 느낌이 꽤 좋았는데.

"저 갈게요. 동생이 와 있대요."

"응, 잘됐네. 조심해서 가."

"이건 뭐예요?"

나는 현관문 위에 달려 있는 나뭇가지 다발을 보며 물었다.

"미쓸토(Mistletoe) 몰라?"

"그게 뭔데요?"

"그냥 겨우살이 꺾어서 달아놓은 거야. 크리스마스에 요 아래로 지나가는 사람은 무조건 키스해야 된대.”

“누가 이런 짓을…….”

“수리밖에 더 있어?”

“안 하면 어떻게 되는데요?”

“저주받을걸. 지나가 봐. 나도 궁금해.”

그래, 저주받은 내가 궁금하다 이거지? 내가 이 일로 인해 저주받게 된다면 당신의 집 앞에 온통 겨우살이나무를 심어주겠어.

나는 그의 말에 눈 깜짝하지 않고 씩씩하게 현관문을 열었다.

“그럼 사장님은 26일이 될 때까지 갇혀 계셔야겠네요.”

현관문을 지나려 할 때였다. 그가 내 손목을 잡아 자기 쪽으로 끌어당겼다. 장난스러운 미소를 짓고 있던 그는 무릎을 낮추고 허리를 굽혀 나와 눈높이를 맞췄다. 눈이 마주치는 순간, 그의 입술이 내 입술에 빠르게 닿았다가 떨어졌다. 스쳐 갔다는 게 더 정확한 표현이라는 생각이 들 정도로 아주 잠시. 눈을 감고 있었다면 그저 어딘가에서 새는 와인향의 빗물이 입술에 한 방울 닿은 것이었다고 여길 정도로 굉장히 순식간에 일어난 일이었다.

“잠은 집에서 자야지.”

그가 빙긋 웃으며 말했다. 하늘이시여, 거울이라도 내려주세요. 지금 내가 어떤 표정을 짓고 있는지 알 수가 없어요.

“딸꾹.”

너무 놀란 나머지 딸꾹질이 나왔다. 나는 있는 힘껏 그를 밀었다. 그가 넘어지며 엉덩방아를 찧는 소리가 들렸지만 그 모습까지 보진 않았다. 사과도 하지 않았다. 현관문을 열고 무조건 달렸다. 쿵쿵. 심장 소리가 발소리보다 더 크게 울렸다.

☆ ☆ ☆

"나쁜 남자면 다 매력 있는 줄 알지. 나쁜 남자가 매력 있는 게 아니라, 잘생긴 남자가 나쁜 게 매력 있는 거야, 못생긴 바보 자식아."

어제 남자친구와 헤어진 덕희가 뻥튀기를 뜯어먹으며 이를 갈았다. 물론 '못생긴' 바보자식은 나를 두고 하는 얘기가 아니다. 크리스마스이브에 제대로 된 이벤트를 준비하지 못한 죄로 나쁜 남자가 되어버린 덕희의 엑스보이프렌드 얘기다.

기대만큼 사랑받지 못한 덕희의 딱한 사정은 알겠지만, 나는 그 푸념을 모두 들어줄 마음의 여유가 없었다. 어제 터진 '20년 만의 키스 사건'으로 마음속은 엉망진창이었다.

속은 뒤죽박죽이었지만 누구에게도 사실대로 말하지 못했다. 송주나 덕희에게 얘기하자니 일이 더 커질 것 같았다. 송주 성격에 여국대 사장을 가만둘 리 없었다. 내가 그 밤에 외간 남자의 오피스텔에 있었다는 것만으로 송주는 길길이 날뛰었었다. 내 상태도 혼란스러운 판국에 송주를 릴렉스시키느라 진땀을 빼야 했다.

밤새도록 잠이 오지 않았고, 여국대 사장은 문자 하나 보내지 않았다. 아침이 되어서야 겨우 잠이 들겠거니 했는데 덕희가 들이닥쳤다. 덕희는 내가 피곤해하거나 말거나 상관하지 않았다. 얘기 상대가 필요했던 것이다. 나는 '응', '맞아', '세상에, 저런', '그래그래' 등등을 해가며 덕희의 말에 영혼 없는 추임새를 넣었다. 분노를 삭이는 덕희를 등지고 앉아 나도 모르게 포털 검색창에 '키스'라고 치면서.

"쥐뿔도 해준 것도 없으면서 키스할 데만 찾아 돌아다니지, 음침한 자식."

그때까지 내뱉음과 동시에 공중으로 흩어지기만 하던 덕희의 말이 처음으로 고막에 와 닿았다. 방금 '키스'라고 말했지, 아마? 나는 뒤를 돌아 덕희를 보았다. 덕희는 입에 온통 뻥튀기 가루를 묻혀가며 뻥튀기를 먹고 있었다.

"키스와 뽀뽀의 차이가 뭘까?"

엉뚱한 내 질문에 덕희는 핀트가 나갔다며 나를 노려보다가 입술을 앵두 모양으로 오므려 내밀고는 공중에 입맞춤을 했다. '쪽' 소리가 났다.

"뽀뽀는 이거. 키스는."

곧이어 덕희는 혀를 내밀어 혀끝으로 둥글게 원을 그리며, 입가에 묻은 뻥튀기를 모두 입안으로 쓸어 가져갔다.

"이거."

명쾌한 설명이었다. 그래, 내가 한 건 뽀뽀야, 뽀뽀. 키스가 아니라, 그저 기억 안 나는, 20년 전부터 해오던 뽀뽀. 내 첫 키스는 아직 죽지 않았어.

"키스했구나! 그럼 첫 키스?"

눈치 빠른 덕희가 내 쪽으로 엉덩이를 움직여 가까이 왔다. 동무여, 좀 전까지는 뽀뽀라고 명명하지 않았나.

"아니야……."

"아니긴 뭘 아니야! 누구? 누구야? 회사에서 너 도와준다는 그 남자? 주 차장인가?"

"아니야! 얘는 무슨!"

"그럼 남자가 또 누가 있어."

"아니라고."

덕희는 이미 모두 눈치챈 것 같았다. 조금 전까지만 해도 뺑튀기가 아스러지도록 주먹을 쥐며 이를 갈던 덕희는 실눈을 뜨고 능글거리는 눈빛으로 나를 보았다.

"첫 키스면 키스야. 아빠가 출근할 때 하는 게 뽀뽀고. 근데 진짜 누구야? 박송주한테 말하기 전에 얼른 얘기해! 박송주!"

나는 부리나케 덕희의 입을 막았다.

"도시락 사장."

"대갈장군?"

막혔던 입이 풀리자마자 덕희는 소리를 높였다. 나는 어제의 일을 짧고 일목요연하게 이야기했다. 덕희가 그 짧은 순간에 무슨 상상을 했는지는 몰라도, 덕희의 얼굴에는 동정과 혐오의 빛이 역력했다. 내가 슈렉과 밤이라도 보내고 왔다는 듯이.

"드라마에서는 일단 뽀뽀 먼저 하잖아. 그럼 불쾌하지 않은가? 신고 안 하나?"

"원빈, 강동원, 조인성, 송중기라면 뽀뽀해도 돼. 잘생겼잖아."

"그럼 잘생긴 남자가 뽀뽀하면 불쾌하지 않은 거야?"

"……송중기라면 괜찮아. 하지만 대갈장군이면 얘기가 다르지."

아, 덕희는 대갈장군의 얼굴도 모르지. 덕희가 여국대 사장의 얼굴을 확인하면 어떤 반응을 보일지 생각하니 한숨이 절로 나왔다. 미남만 기억하는 더러운 세상. 덕희는 자리에서 일어나 대갈장군의 대갈을 확인하러 가야겠다며, 순진한 소녀를 우롱한 죗값을 치르게 해주겠다며 팔을 걷었다. 제발 동무여, 네 실연의 아픔을 내 인생에 분출하지 말아줘. 그러나 나는 송주가 깨기 전에 덕희와 함께 집에서 나와야 했다.

아틀리에에 다시 갈 구실은 와인잔밖에 없었다. 하는 수 없이 그에게 전화를 걸었다. 냉랭한 그의 목소리가 들렸다.

[여보세요.]

"와인잔 사갈게요. 비싼 거라면서요."

[스바로므스키. 바빠. 끊어.]

그는 바쁜 모양인지 많이 들어본 적 있는 크리스탈 브랜드를 말하고는 이내 끊어버렸다. 새끼손톱만 한 귀고리 한 쌍에 10만 원,

20만 원을 부르는 그 회사에서 와인잔도 만들었다고? 나와 덕희는 그 고약한 와인잔을 사러 우리나라에서 제일 큰 스바로므스키 매장을 찾아가야 했다.

점원의 친절한 안내로 와인잔 쇼케이스 앞에 선 나는 입을 벌린 채 한참 동안 서 있었다. 제일 싼 와인잔이 20만 원대였고 100만 원을 호가하는 와인잔도 있었다. 어쨌든 내가 와인잔을 깨뜨렸으니 예쁜 것을 사주려던 계획은, 말도 안 되는 가격 앞에 무참히 짓밟혔다.

스바로므스키한 스바로므스키 와인잔을 사가지고 덕희와 오피스텔 건물 앞에 도착했다. 12시가 넘은 시각이었다. 내려오는 엘리베이터를 타고 가려고 기다리고 있는데 엘리베이터 문이 열리며 여국대 사장과 수리 씨가 나타났다.

"송아 씨, 웬일이야?"

박스 세 개를 들고 있는 수리 씨가 물었다.

"저기, 와인잔."

"얘기는 나중에 해. 콜밴 와 있잖아."

내가 입을 여는 순간, 여국대 사장이 내 말을 끊으며 말했다. 여국대 사장은 바쁘다는 듯 수리 씨와 밖으로 나갔다. 그리고 고개를 돌린 나는 넋을 놓아버린 내 동무의 얼굴을 확인할 수 있었다. 나도 한 달 전에 저런 표정이었을 테지. 덕희가 몽롱한 말투로 내게 물었다.

"아는 사람이야?"

"대갈장군."

순간 덕희는 충격과 공포에 휩싸인 표정으로 얼어붙었다. 마치 내가 실수를 했다는 듯이, 내가 죄 없고 순진한 여국대 사장을 강간이라도 했다는 듯이. 덕희는 걱정스러운 얼굴로 내 이마를 짚었다. 이렇게 쉽게 얼굴에 무너질 줄이야.

"넌 이상해. 확실히 이상해. 눈이 잘못된 거야."

덕희가 양손으로 내 눈을 꾹꾹 누르며 만지고 내 눈 앞에 손가락 두 개를 흔들어 보이며 머리를 통통 두드려 보는 동안 그와 수리 씨가 일을 마치고 다시 건물 안으로 들어왔다.

무표정으로 엘리베이터 앞까지 걸어온 여국대 사장은 엘리베이터 버튼을 누르며 물었다.

"어쩐 일인데?"

"와인잔 갖다 드리러 왔어요."

내가 대답하기 전에 덕희가 와인잔이 담긴 쇼핑백을 높이 들며 말했다. 입이 헤벌쭉 벌어진 채 눈으로 하트를 그리는 덕희는 이마에 '사랑에 빠진 여자' 라는 타이틀을 붙일 수 있을 것 같았다. 그러나 여국대 사장의 반응은 냉소적이었다.

"친구?"

"네, 제 친구 덕희예요."

여국대 사장은 무표정으로 덕희에게 목례하고 나에게 말했다.

"우린 바빠서 올라가야 되는데."

성가시니 집에나 가라는 투였다. 나는 '됐네요, 됐어' 라고 내뱉고 싶은 것을 꾸역꾸역 참았다.

"그럼 이따 다시 올까요?"

넉살 좋은 덕희가 여국대 사장에게 물었다. 한 달 전 내가 저런 일을 했던 것을 생각하니 쥐구멍에라도 들어가고 싶었다. 나는 얼른 수리 씨에게 와인잔 쇼핑백을 쥐어주었다.

"아니, 그냥 해본 말이에요. 저희도 일이 있어서. 갈게요."

오피스텔을 떠나지 않으려는 덕희의 손을 잡고 밖으로 나왔다. 아틀리에 안으로 들어갈 기회를 놓친 덕희는 나에게 소리를 지르고, 나를 밀쳐대고, 내 팔을 잡고 흔들었다. 덕희를 겨우 달래 카페에 앉혀놓기까지 꽤 시간이 걸렸다.

"그래, 나도 의리가 있는데, 네 남자를 뺏는 건 도리가 아니지."

헉, 어떻게 그 사람이 내 남자가 된 거야! 동무여, 그대가 얘기한 '순진한 소녀를 우롱한 죗값' 은 어디로 가버린 겐가. 내가 망연자실하여 테이블에 엎어져 버렸을 때 덕희에게 전화가 걸려왔다. 불쌍한 덕희의 '옛' 애인이었다. 덕희는 한참을 옛 애인에게 윽박지르다가 자리에서 일어났다. 담판을 짓고 오겠으니 이따가 '국대 오빠네' 집 앞에서 보자는 것이었다. 그는 이제 덕희네 '오빠' 가 되었다. 덕희가 떠나면 나도 조금만 시간을 죽이다 일어서야겠다고 생각하며 덕희에게 손을 흔들었다.

덕희가 가고 난 후, 허망한 마음으로 송중기의 이미지를 찾아보며 '정말 너라면 뽀뽀당해도 괜찮은 걸까'를 생각해 보고 있을 때 핸드폰 진동이 울렸다. 여국대 사장이었다.

"여보세요."

[아직 여의도야? 시간 있으면 잠깐 들러.]

"시간 없어요."

[그래? 알고 보니 와인잔 브랜드를 잘못 말했어. 이게 아니라 와인샵에서 파는 2만 원짜린데, 그럼 그냥 좋은 선물이라고 생각하고 고맙게 받……]

"갈게요! 당장 기다려요."

나는 냉큼 전화를 끊고 자리에서 일어났다. 흥분해서 그의 말을 끊고 어법에 안 맞는 이상한 말을 해버렸지만 괘념치 않았다. 이 남자는 내가 뭘 그렇게 잘못했다고 어제, 오늘 이렇게 날 들었다 놨다 하는 건지. 만나면 가만 안 두겠어.

전화를 끊은 지 5분 만에 아틀리에에 도착했다. 나는 화난 표정을 연출하며 아틀리에의 문을 열었다. 비룡 씨와 수리 씨가 소파에, 여국대 사장이 주방테이블 옆에 있었다. 내가 소리를 지르려고 했지만 그의 호통 소리가 먼저 날아들었다.

"박송아 씨가 나한테 뭘 했는지 알아?"

그가 잔뜩 성이 난 표정으로 날 보며 말했다. 내가 뭘 했다니, 저건 또 무슨 소리야? 나는 기가 막혀 들어가지도 못한 채 그대로 현관문 앞에 서버렸고, 비룡 씨와 수리 씨는 그런 나를 흥미로운 듯 쳐다보고 있었다. 둘이 고스톱이라도 치는 중이었나? 소파 앞 테이블에 만 원짜리가 몇 장 쌓여 있는 것이 보였다.

"허, 기가 막혀서."

혼잣말이었지만 일부러 크게 말했다. 많이들 보는 드라마처럼, '키스를 했으니 이제 오빠랑 사귀는 거다' 이런 반응은 기대도 하지 않았다. 여국대 사장이라면 내가 먼저 마다할 테니까. 하지만 이건 상황이 잘못됐잖아! 키스든 뽀뽀든 내가 당한 거라고! 난 착하게 이태원에서 울고 있었는데 맛있는 걸 해준다며 유괴해선 자기가 만행을 저지른 거잖아.

"지금 누가 할 소릴 해요?"

내 말에 가장 먼저 반응을 보인 사람은 수리 씨였다. 수리 씨는 테이블에 놓인 돈을 자기 앞으로 슬며시 끌어다 놓았다.

"내가 뭘 했다는 건데요! 그래도 와인잔 깨진 건 내 실수니까 사오라는 걸로 사온 거잖아요! 나 골탕 먹이려고 일부러 스바로므스키라 그런 거죠?"

관망하던 비룡 씨가 내 말이 끝나기 무섭게 수리 씨 쪽의 돈을 자기 앞으로 끌어갔다. 이 사람들, 지금 뭐 하는 거지? 슬슬 불쾌하게 약이 오른다.

"그래, 일부러 그랬다."

그가 짧게 내 말에 대답했다. 그럴 줄 알았지. 이 사람은 나를 약 올리기 위해서라면, 동부일보라고 떡하니 적혀 있는 원고를 고려일보에 친절하게 갖다 낼 정도로 열심인 사람이니까.

"도대체 나한테 왜 그래요? 내가 뭘 그렇게 잘못했다고!"

"몰라서 물어? 박송아 씨가 안 밀었으면 내가 내 집에서 왜 넘어졌겠어?"

"입술을 들이댔잖아요!"

아, 이 말만은 비룡 씨와 수리 씨 앞에서 하면 안 되는 것이었는데.

푸웁, 웃음 터지는 소리가 들렸다. 고개를 돌리지 않아도 수리 씨라는 것을 알 수 있었다. 비룡 씨는 헛기침을 했다. 그동안 여국대 사장은 긴 한숨을 내쉬었다. 내가 이런 사람 때문에 밤새 잠도 못 자고 끙끙 앓았다니. 어떤 미안함도 드러나지 않는 태도로 그가 뻔뻔하게 말했다.

"그래, 그렇다면 내가 미안한데."

"미안하다는 사람 말투가 뭐 그래요?"

"내 말 안 끝났잖아. 박송아 씨 때문에 꼬리뼈가 나갔다고."

그는 구부정한 자세로 어색하게 주방테이블을 잡고 있었다. 생각해 보니 좀 전 엘리베이터 앞에서도 그는 짐을 들고 있지 않았다. 머릿속 메모리를 더 되감아 어젯밤 일을 떠올렸다. 나는 그에게 입맞춤을 당하고 그를 있는 힘껏 밀어 넘어뜨리고 도망갔다. 그때 꼬리뼈를 다친 것일까. 아무렴 어때. 이건 정당방위라고!

"사장님이 먼저 놀라게 했잖아요. 다른 거라면 몰라도 그 일 가지고 뭐라고 하면 안 되죠."

그때 비룡 씨의 핸드폰이 울렸다. 비룡 씨는 핸드폰을 귀에 댄 채로 목을 숙여 인사하고는 여국대 사장에게로 갔다.

"어머님이신데?"

여국대 사장은 귀찮은 전화라는 듯 눈짓으로 비룡 씨를 나무라더니, 짜증이 가득한 얼굴로 전화를 받았다.

"여보세요. 후…… 핸드폰이 꺼졌나 봐요. 나가기만 하면 된다고 했잖아요. 다 별로였어요."

어제의 맞선녀에 관해서 이야기하는 것 같았다. 그는 밖으로 나가 전화를 받으려는지 나를 지나 현관문을 열었다. 그리고는 내 쪽을 보며 조용히 말했다.

"가지 마. 아직 얘기 다 안 했어."

싫어. 집에 갈 거야. 그가 이렇게 강압적으로 말을 하면 자꾸 오기가 생긴다. 나 때문에 그가 화를 내는 것은 늘 묘하게 통쾌하고 중독성이 있었다. 그것으로 인해 여기에서 노동력 착취를 당하기도 하고, 402호 책장이 넘어지기도 했지만, 그럼에도 불구하고 나는 그를 백 번이고 천 번이고 약 올리고도 동정심을 느끼지 않고 마녀 웃음을 날려줄 준비가 항상 되어 있었다.

"송아 씨, 이리 와서 앉아."

3분 뒤에도 여국대 사장이 돌아오지 않는다면 그냥 집으로 가리라 생각하며 비룡 씨와 수리 씨가 앉아 있는 소파 쪽으로 갔다. 어제 일을 이야기하고 난 직후라 얼굴이 화끈거렸다. 그러고 보니, 어느새 비룡 씨 앞에 있던 돈은 다시 수리 씨 앞으로 옮겨가 있었다.

"어제 나 가고 나서 무슨 일이 있었던 거야? 비룡이 형이 와보니까 소파는 엉망이고 깨진 유리에, 국대 형은 엉덩이를 감싸고 있었다는데."

"아니, 일부러 말할 필요는 없지."

수리 씨는 새로운 얘깃거리를 기대하듯 눈을 빛냈고, 비룡 씨는 내 기분을 염려해 주었다.

"첫 번째는 이거야. 형이랑 송아 씨랑 늘 하던 말다툼을 하다가 국대 형이 송아 씨를 약 올리고 도망가면서 와인잔도 깨지고, 국대 형은 미끄러지고, 국대 형 술주정에 지쳐서 송아 씨는 집으로 가고. 이건 비룡이 형 시나리오. 물론 아까 얘기를 생각해 보면 내 쪽에 더 가깝겠지만."

수리 씨는 말을 이었다.

"두 번째는, 형이 송아 씨한테 뽀뽀를 해서 송아 씨가 와인잔을 던지고 형을 민 거야."

"약 올리고 도망간 건 맞는데."

어제의 이야기를 몇 마디 하기도 전에 두 사람의 손은 테이블 위에 놓인 돈에 가까워졌다.

"뒤에는 아까 말한 대로예요. 와인잔은 떨어져서 깨진 거고."

"뽀뽀?"

"생각해 보니까, 수리 씨 때문이잖아요. 누가 저런 망측한 걸 달아놔 가지고."

"것 봐! 내 육감이 정확하다니까."

내가 미쓸토에 대해 한마디 했지만, 수리 씨는 내 말을 듣지도 않고 테이블 위에 놓인 돈을 가져가며 흡족한 미소를 지었다. 10만 원은 족히 될 것 같았다.

"국대 형이 크리스마스 아침부터 저기압이잖아. 이유는 안 말해주고 아틀리에는 난장판에. 그런데 의외네, 국대 형이 송아 씨한테."

음? 이 말도 나름대로 기분이 좀 나쁘네. 난 누구한테 뽀뽀당할 자격도 없다는 건가?

"아니아니, 그런 의미가 아니라, 지저스 콤플렉스라고 아나?"

"그게 뭔데요?"

"술 마신 국대 형은 모든 사람을 사랑해. 구원해 주고 싶어해, 특히 못생긴 여자를."

"그게 무슨……."

"형이 많이 취하면 제일 못생긴 여자한테 뽀뽀하는 버릇이 있거든. 그래서 설마 했어. 지금까지 형이 취해서 뽀뽀한 사람은 다 진짜 못생긴 여자였거든. 진짜, 진—짜."

수리 씨는 '진짜'를 서너 번 되풀이하며 이야기의 진실성을 강조했다. 이때 한비룡 씨가 그만하라는 듯 수리 씨의 어깨를 가볍게 밀었다.

"아무튼, 내가 말했잖아. 국대 형 주사 조심하라고."

이 기가 막힌 사실에 멍해질 수밖에 없었다. 내가 착각을 해도 엄청나게 하고 있었구나. 나는 천천히 일어나 기운 없이 현관문 쪽으로 갔다. 어서 집으로 가야 해. 더 이상 이들과 함께 있고 싶지 않아. 머릿속에서, 못생겨서 불쌍한 많은 박송아들이 소리를 질렀다. 가야 해. 집으로 가야 해. 비룡 씨가 내 기분을 풀어주려는 듯 함께 일어났지만, 나는 가볍게 뿌리쳤다.

그러나 내가 현관문 손잡이를 건들기도 전에 문이 열렸다. 여국대 사장이었다. 여국대 사장은 문 앞에 있는 나를 보자마자 밖으로 끌어당겼다. 나는 여국대 사장의 손에 이끌려 402호로 들어갔다. 이제 둘만 있을 수 있게 되었지만, 더 이상 여국대 사장과 얼굴을 맞대고 싶지 않았다. 그저 '못생긴 여자' 만 머릿속에서 맴돌았다.

"송아 씨가 힘이 얼마나 센 줄 알아?"

그는 402호로 오자마자 내게 다짜고짜 말했다.

"죄송합니다요, 지저스……."

좀 전의 충격으로 싸울 기운이 모두 빠진 나는 힘없이 꾸벅 인사하고 현관문 쪽으로 가려 했지만, 그가 나를 잡았다.

"무슨 소리야?"

"아니에요……."

"아, 와인잔 가져가. 다시 안 사와도 돼. 내가 고르는 게 더 나으니까.”

“망극하네요……. 저는 이만…….”

나는 다시 꾸벅 인사하고 나가려 했지만 그는 내 팔을 잡아 그의 앞에 세우고 내 이마를 짚었다. 이러는 것도 구원사업의 일환인 건가?

“왜 그래, 어디 아파?”

“됐어요…….”

“되긴 뭐가 돼?”

“잘해주는 척하지 않아도 충분히 못생긴 거 안다고요.”

그는 내 이마를 짚던 손을 내리고 이를 악물었다.

“남수리가 또 이상한 얘기 했지. 저걸 그냥…….”

그는 한숨을 쉬고는 다시 말을 이었다.

“무슨 얘길 들었는지 모르겠지만, 그래, 내가 술버릇이 좀 있긴 한데.”

“됐어요……. 술버릇인데요, 뭐…….”

“근데 오늘 요점은 그게 아니야.”

“저한테는 그게 최고의 요점이던데요…….”

“하아…… 내가 한 번이라도 송아 씨 못생겼다고 한 적 있어?”

“술 마시면 솔직해지는 타입인가 보죠…….”

“수리는 원래 허풍이 많아. 가려서 들어.”

“냉철하고 정확하던데 가릴 게 뭐 있나요…….”

"왜 그래, 진짜!"

그가 짜증이 난다는 듯 소리를 질렀다. 자존심이 구겨진 건 난데.

"생긴 얘기를 하자는 게 아니잖아!"

"생긴 얘기를 하는 게 아니라 못생긴 얘기를 하는 거죠."

나도 함께 목소리가 조금 높아졌다. 그는 얘기의 방향이 엇나가고 있다며 한 손으로 자기 머리를 짚었다. 여전히 다른 한 손으로는 허리를 잡은 채.

"어떻게 받아들일지 모르겠지만 난 송아 씨 보고 그런 생각 한 적 한 번도 없어."

"그럼 어떤 생각을 하는데요?"

억울하고 분한 마음에 눈에 힘을 주고 그를 쳐다보았다.

"뽀뽀든 구원사업이든 간에 사장님은 장난으로 그런 거잖아요."

"구원사업?"

"말이야 어쨌든요."

"그럼 그걸 진심으로 받아들였어?"

어처구니가 없어 헛웃음이 나왔다.

"누구나 그래요! 사장님이 지금까지 어떤 여자를 만나봤는진 모르겠지만."

나는 소리를 지르면서 기운이 좀 돌아온 김에 지지 않고 말했다. 한동안 그가 나를 빤히 쳐다보았다.

"그래, 여러 나라 가봤지만 송아 씨가 처음이긴 하네. 미쓸토 아래서 그렇게 광폭한 여자는.”

이봐요, 제길슨. 여긴 대한민국이라고요!

“몰랐어, 그렇게 받아들일 줄은. 미쓸토에 대해 분명히 얘기했으니까 장난이라고만 생각했어.”

“어떻게 그런 걸로 장난을 쳐요?”

“블로그에 남긴 글. 그냥 그 정도 농담이라고 생각한 거야. 우리가 그 정도 사이는 된다고.”

블로그. 전에 그가 19금 농담을 쓴 블로그 방명록에 같은 레벨의 피드백을 준 일이 있었다. 그때의 내 재치와 유머가 이런 단서로 활용되다니.

“인터넷 자아랑 현실 자아는 다른 거예요. 나도 인터넷에서는 미친 척도 할 수 있어요.”

그가 가만히 내 말 뜻을 헤아리다가 픕 웃었다. 어느새 그의 성난 표정은 사라져 있었다.

“……난 쉬운 여자 아니에요.”

“누가 쉽대? 알아, 어려워, 난해해.”

내가 그에게 하고 싶은 말이었다. 친절한 듯하면 어느 순간 소리를 지르고, 말도 안 되는 일로 삐쳐 있다가도 이렇게 웃어버리니, 대체 이 남자의 난해함을 어떻게 받아들여야 할지. 하지만 그의 웃음을 보니 웬일인지 나도 기분이 조금 풀렸다. 장난을 심각하게 받아들인, 쿨하지 못한 내가 창피했다. 그러나 여전히 그 생각을 하면 가슴이 떨린다. 나는 그에게 그런 장난은 더 이상 용납할 수 없다고 말했다.

"근데 말야, 송아 씨, 나도 좀 억울하긴 한데. 나 정말 꼬리뼈 아팠다고. 입술은 닳는 게 아니잖아. 꼬리뼈는 넘어지면 닳는 거라고. 그리고 유리도 밟았단 말야."

"정말요?"

"그래, 양말 안쪽에 밴드도 붙어 있어. 보여줘?"

나는 고개를 세차게 흔들었다. 이모가 그러셨다, 남자는 애나 어른이나 다 똑같은 어린애라고. 내가 조금 편하게 나오니 그는 네 살이나 어린 내 앞에서 되지도 않는 엄살을 부렸다. 와인잔을 깨뜨린 건 내 잘못이니 조금만 걱정해 주도록 하지.

"같이 병원 갈까요? 한의원이나."

"송아 씨, 꼬리뼈가 어디 있는 건지 몰라? 입술에만 순결이 있는 게 아니야."

그는 심드렁한 표정을 지었다. 나는 얼굴이 달아오르는 느낌이 들었다.

☆ ☆ ☆

아틀리에에서 나와 스바로므스키 와인잔을 환불하고 집으로 돌아오니 4시였다. 핸드폰이 꺼져 있어 배터리를 바꾸고 전원을 켰다. 덕희에게서는 아무런 연락이 오지 않았고 주경주 차장의 크리스마스 영상 카드와 여국대 사장의 문자메시지만 도착해 있었다.

[병원 갔다 왔어. 전치 2주 감이야. 진단서 끊어놓을까?]

이제 여국대 이 남자의 농담을 어느 정도는 이해할 수 있을 것 같았다. 나도, 이 사람도 늘 농담을 하고 항상 진담으로만 받아들인다. 나는 그에게 답문을 보냈다.

[유리 밟은 발은 어떻대요? 곪지 말아야 할 텐데.]

보낸 지 10초 만에 문자메시지 알림음이 울렸다.

[그건 괜찮아. 요리는 발로 하는 게 아니니까.]
[그럼 꼬리뼈도 괜찮은 거잖아요. 요리는 꼬리뼈로 하는 게 아니니까.]

나는 그의 메시지에 시원하게 답했다. 이번엔 그의 답문자가 생각보다 늦게 도착했다.

['리' 자가 들어가는 건 불가침 영역이야. 요리는 성스러운 거니까.]

그의 엉뚱한 문자메시지에 웃음이 났다. 그러고 보니, 그는 내게 미안한 일이 생길 때만 이렇게 흔적을 남기거나 직접 연락을 해왔다. 절대 미안하단 말은 하지 않지만.

이번 크리스마스의 밤도 케빈과 함께였다. 아직도 케이블TV에서는 크리스마스가 되면 〈나 홀로 집에〉를 내보내 주었다. 리즈 시절 케빈은 예쁘기도 하구나. 내가 심각한 표정으로 텔레비전을 보고 있으니 송주가 한마디 했다.

"웃긴 영화를 진지하게 보냐."

"그냥. 내가 너무 못생긴 것 같아서."

웬일로 송주가 진지하게 내 말에 대답해 주었다.

"……아니야, 누나……."

그다음 말만 붙이지 않았어도 과정이야 어쨌든 훈훈한 크리스마스로 끝낼 수 있는 거였는데. 송주는 계속 말을 이었다.

"네가 진—짜 못생긴 사람을 못 봐서 그래."

나는 송주의 엉덩이를 뻥 걷어차 주었다.

6. 우리 만난 적 있나요

다음날은 일찍 출근했다. 그저께 포크포크 김성기 팀장과의 술자리에 다시 돌아가지 않았기 때문에 일단은 저자세로 나가야 했다. 그리고 기회가 된다면, 경쟁 프레젠테이션은 돕되, 포크포크에 직접 관여하지는 않고 싶다고 말할 작정이었다.

8시 반쯤 주경주 차장이 도착했다. 그가 내 가방을 가지고 있었다. 주경주 차장은 지갑이 들어 있는 가방을 통째로 맡길 만큼 자길 신뢰하냐며 웃어 보였다. 그제는 주경주 차장 덕분에 카레빵맨 팀장에게 더 이상 연락이 오지 않은 것이었겠지. 그에게 고마운 생각이 들었다.

9시 정각에 나온 카레빵맨 팀장의 얼굴은 굳어 있었다. 카레빵맨 팀장에게 혼이 나기 전에 팀회의가 잡혔다. 나는 공개적으로 혼날 것을 각오하고 회의실로 갔다. 그리고 예상대로 카레빵맨 팀장은 당근색으로 얼굴을 붉혀가며 진정한 프로의 세계에 대하여 역설했다. 그중 8할은 악다구니였지만. 나는 머릿속으로 '참을 인' 자의 획을 그으며 시간을 죽여 나갔다. 그때 옆에서 잠자코 듣고 있던 주경주 차장이 카레빵맨 팀장에게 말했다.

"팀장님, 송아 씨는 이번 PT에서 뺐으면 하는데요. 제가 송아 씨 몫까지 다 하면 되죠."

주경주 차장의 갑작스런 발언에 팀원들은 모두 나와 주경주 차장을 쳐다보았다.

카레빵맨 팀장은 어떻게 그런 말을 할 수 있냐며 펄쩍 뛰었다. 신입사원이 경쟁 프레젠테이션에 함께하지 않는다는 건 상식적으로도 불가능한 일이었다. 주경주 차장이 어째서 나와 아무런 상의 없이 이런 말을 하는지 나도 알 수가 없었다.

"송아 씨가 그저께 얼마나 고생했는지 아시잖아요. 김성기 팀장은 질이 너무 안 좋아요. 그래도 팔이 안으로 굽는 건데, 우리 팀 고급 인재들이 그런 취급 받는 건 팀장님도 싫으시잖아요."

카레빵맨 팀장은 찔리는 일이라는 듯 '난 뭐……' 하며 얼버무렸다.

"지금 컨택 포인트가 김성기 팀장이지만, 이 사람은 끝물이에요. 다음 달 인사이동 때 그 아래 이효종 과장이 치고 올라올 거예요. 포크포크에서는 파다한 소문이에요. 우리는 그다음을 준비해야 돼요. 이효종 과장이 이끌 새로운 광고팀이 타깃이죠. 아무래도 PT 기간 동안 기존 광고주를 등한시하게 되는데, 마마드림도 지금 중요한 시기예요. 20주년 기념 광고랑 행사랑, 준비해야 되는 게 산더미예요. 송아 씨 없으면 저 혼자 해야 되는 일이고요. 이번에 송아 씨 도움을 많이 받아서 기획서 수정해 간 것으로 컨펌 받은 거예요. 다음 달 베이비페어 이벤트도 저희 쪽에서 책임지기로 했고요. 잘만 되게 해주면 내년 광고 물량도 늘리고 돈은 있는 대로 주겠다는 건데, 해야죠. 송아 씨는 이걸 하는 게 나아요. 아니면 사람 더 뽑아야 됩니다."

주경주 차장이 말을 잘하는 건 알았지만, 이렇게 긴말을 또박또박 내뱉을 수 있는 사람인 줄은 몰랐다. 과연 고속 승진 인재라더니 혀를 내두를 정도구나! 긴장이 도는 회의실 공기에 진땀이 났지만 나는 속으로 만세를 부르고 있었다. 팀장이 우물쭈물거리다가 내게 물었다.

"그, 그건 그렇지만 PT를 아주 빠지면 곤란하지. 안 그래, 송아 씨?"

"제가 말씀 드리고 싶은 것도 그거였어요. 김성기 팀장 쪽이랑 직접 대면하지만 않으면 PT 기간 동안에 돕는 건 아무래도 상관없어요. 제가 포크포크에 대해 알고 있는 것도 많고."

"그래, 그럼 그렇게 해. 내부회의는 같이 하고 외부적으로는 관여하지 않는 걸로 얘기하고."

고집불통 카레빵맨 팀장이 이렇게나 쉽게 오케이를 할 줄은 몰랐다. 내가 직접 말했다면 카레빵맨 팀장의 호통이 회의실 벽을 뚫고 회사를 가득 메웠을 것이다.

모든 난감한 상황이 정리되고 회의가 끝났다. 날 시기하는지 여자 대리의 표정은 좋지 않았지만, 나는 그것마저 아름답게 보였다. 회의실에서 나가는 길에 주경주 차장에게 고맙다는 말을 전하니, 주경주 차장은 자기가 너무 간섭한 건 아닌지 모르겠다며, 인사를 받는 대신 나를 염려해 주었다.

정말 주경주 차장의 염려대로, 평화가 찾아올 줄만 알았던 내 삶에는 폭풍이 날아들었다. 엄밀히 말하면 여자 대리도 나와 주경주 차장 덕분에 포크포크의 컨택 포인트에서 빠지게 된 것이었는데도, 날이 갈수록 그 히스테리가 심해졌다. 여자 대리는 말끝마다 '이건, 어린 연차에도 PT에서 빠지는 송아 씨가 해줘' 를 붙였다. 마치 프레젠테이션에서 내가 빠지는 것이 무기인 양 제 할 일을 내게 팽개쳤다. 카레빵맨 팀장도 마찬가지였다. 여자 대리가 어떤 말로 카레빵맨 팀장을 구워삶았는지는 몰라도 그는 내게 '같은 여자' 인 여자 대리에 대한 절대복종을 명령했다. 이런 대우는 불합리하다고 생각했지만 항변할 입장이 아니었다. 주경주 차장도 바쁘긴 마찬가지였으므로 이러한 내 처지를 또 도와달라고 할 수는 없었다. 여자 대리가 넘긴 잡무에 많은 시간을 보내고 베이비페어 준비 또한 거의 혼자 해야 했다.

12월 31일. 회사 종무식이 있는 날이라 경쟁 PT가 걸려 있지 않은 팀은 거의 다과회 분위기였다. 잔무만 처리하고 대충 시간을 보내다가 오후에 회사 밖 호텔에서 진행되는 종무식에 참여하고 집에 가면 되는 것이었다. 우리 팀 사람들은 회의실에서 프레젠테이션 준비를 하고 있었다. 며칠째 잠을 많이 못 자 정신이 혼미한 상태에서 기존 광고주가 요청한 자료를 만들고 있는데, 마마드림의 광고주가 베이비페어 준비로 요청할 것이 있다며 전화를 해왔다.

[우리 신제품 나오는 거요. 사전 신청한 고객들한테 홍보 차원으로 주는 건데, 다른 건 따로 준비 안 할 거예요? 거기 포털사이트 블로거들도 꽤 있을 텐데. 이거 중요한 거예요.]

난감한 얘기였다. 바로 이번 주가 베이비페어인데 지금 SOS라니. 이 난관을 어떻게 극복해야 할까 생각하다가 불현듯 떠오르는 사람이 있었다. 그 사람이라면 뭐든 할 수 있을 거야.

"마마드림은 식품 라인도 있죠?"

[그럼요, 그게 우리 자랑인데.]

나는 광고주에게 만족스럽게 준비하겠다는 약속을 하고 전화를 끊었다. 끊자마자 바로 여국대 사장에게 전화를 걸었다.

[무슨 일이야?]

오랜만의 전화 통화에서도 그는 시큰둥했다. 그렇다면 나도 거두절미해야지.

"마마드림이라는 출산 육아제품 전문회사 있잖아요. 들어보셨죠? 내 클라이언트데."

[송아 씨 클라이언트인 건 몰랐지만, 그래, 왜.]

"거기서 신제품이 나오는데 사전에 신청한 고객들한테 증정 행사를 먼저 하거든요. 근데 그쪽에서 같이 줄 선물 같은 걸 바라더라고요. 마마드림 제품으로 끼워줄 수도 있겠지만, 센스 있어야 되는 거라고."

[그래서 도시락으로 하겠다고?]

"마마드림에서 나오는 식품으로 간식을 좀 만들어줬으면 하고요. 빵이나 과자 같은 거."

[어떤 식품이 나오는데?]

"김, 미역, 다시마……."

[김빵, 미역빵, 다시마빵?]

"프룬 같은 건과일도 있는 것 같아요. 다른 재료는 유기농으로 해주시고요."

[알았어. 언제까지 몇 인분?]

그는 역시 주저하지 않았다. 요리에 관해서는 절대 불안할 일이 없게 하는 그의 대답은 언제나 그렇듯이 나를 편안하게 만들었다. 다시 아틀리에가 그리워지면서 손이 간지러워 한쪽 손을 그러쥐었다.

"1월 첫 번째 금요일까지 100인분이요."

[이봐, 박송아 씨.]

그의 한숨 쉬는 소리가 핸드폰을 타고 진동처럼 울렸다.

[어디서 사기를 치려고. 1월 첫 번째 금요일이 이번 주 금요일이잖아. 예약은 최소한 일주일 전에. 몰라?]

“아…… 바빠요?”

[송아 씨가 잘 모르는 모양인데, 난 일에 있어서는 원칙주의자야. 송아 씨 같은 사람 다 봐주다 보면 한도 끝도 없어.]

“바쁘지 않으면 좀 부탁할게요.”

[난 바쁘지 않으면 우리 직원들 쉬게 해주고 싶어.]

나는 급한 마음에 간절하게 부탁했지만, 여국대 사장은 도울 수 없다며 냉정하게 전화를 끊었다. 피도 눈물도 없는 냉혈한 같으니라고. 그러나 포기할 박송아가 아니다. 나는 바로 한비룡 씨에게 전화를 걸었다. 여국대 사장에게 먼저 얘기한 것이 내 실수였다. 한비룡 씨는 금요일 오전에는 스케줄이 없다며 흔쾌히 사정을 봐주겠다고 하였다.

“그런데 사장님은 다른 데 있나봐요?”

[아니, 혼자 히죽히죽 웃다가 나가던데?]

아, 또 이 사람의 능청에 당한 것이었다. 나를 약 올려서 이 사람이 얻는 게 과연 뭘까? 세상 어딘가에서 박송아 골려주기 RPG게임이 플레이되고 있을지도 모른다는 생각이 들었다. 카레빵맨 팀장은 레벨 20, 여자 대리는 레벨 25 정도, 여국대 사장은 레벨 50쯤. 나는 회복물약 대신 커피를 사발로 들이켜고 회사에서 나왔다. 마마드림의 식품매장에 가서 간식을 만들 수 있는 여러 가지 재료를 사가지고 아틀리에로 가야 했다. 직원이 추천해 주는 대로 푸룬, 크랜베리, 아몬드, 호두, 김 그리고 미역까지 챙기니 한 보따리 짐이 되었다. 양손에 짐을 나눠 쥐고 아틀리에로 갔다.

힘겹게 아틀리에의 벨을 눌렀다. 예상과는 다르게 여국대 사장 혼자 아틀리에를 지키고 있었다. 여국대 사장은 적잖이 놀라는 것 같았다.

"그걸 혼자 들고 왔어? 역시 힘은 장사야."

여국대 사장은 내 짐을 받아 들어 주방으로 옮겼다. 잠은 부족하고 커피를 사발로 마셔 혼미한데다가, 음식 재료를 잔뜩 들고 이리저리 움직여서 그런지 힘이 쭉 빠져 버렸다. 이곳에 도착해서 긴장이 풀어졌기 때문인 걸까.

"점심 먹었어?"

"아니요."

"그 회사는 점심도 안 먹이고 일을 시켜?"

"바빠서 점심시간에 나왔어요."

"밥 먹고 가."

"얼른 들어가 봐야 돼요."

"이따 비룡이 오면 태워다 주라고 할게."

사실 여기에 오느라고 오전에 끝내지 못한 일로 머리가 복잡했다. 한시라도 빨리 회사에 들어가 봐야 한다는 생각에 난처하게 서 있었다. 그가 음식 재료를 정리하고 잠깐 나를 보더니 내게 다가와 양손으로 내 어깨를 잡고 고개를 아래로 내렸다. 그의 얼굴이 다가오자 크리스마스이브 때가 생각나 흠칫 놀랄 수밖에 없었다.

"왜 그래, 뭐 안 좋은 일 있어?"

"아, 아니, 피곤해서요. 요즘 계속 야근 모드예요."

"광고회사는 놀면서 아이디어 내고 돈 버는 거 아니었어?"

"남의 돈 버는 일에 거저 되는 게 어딨겠어요?"

그는 딱하다는 듯 한숨을 쉬고 나를 소파 쪽으로 데려가 앉히고는 테이블 아래 상자에서 담요를 꺼내주었다.

"5분만이라도 눈 좀 붙여. 깨워줄게. 전기방석 틀어놓고 소파에 누우면 천국이야."

그가 전기방석의 전원을 켜자, 금방 뜨끈한 온기가 올라왔다. 나는 그 전기방석의 따뜻함과 여국대 사장의 상냥함에 나른해지는 것을 느꼈다.

"이상하게 여기 오면 편하고 푸근해져요."

"왜?"

"모르겠어요."

"난 알 것도 같은데. 얼른 자."

그는 자장가를 틀어놓고 주방으로 가 음식 준비를 했다. 그의 입꼬리가 올라가는 걸 본 듯도 한데, 그러고 보니 그는 요리를 할 때 노래를 듣지 않는다고 했던 것 같은데. 그러나 잠깐의 생각은 피곤한 내 몸을 이기지 못했고, 나는 꿀맛 같은 잠에 빨려 들어갔다.

♪ 회사 가기 싫—어 (시러시러) 회사 가기 싫—어 (어우 시러) ♬

시끄러운 음악 소리에 잠에서 깨어났다. 테이블 위에는 비룡 씨의 핸드폰이 알람시계용으로 놓여 있었다. 알람을 끄고 시간을 보니 1시. 세상에! 30분이나 더 잔 것이었다. 아틀리에에는 아무도 없었고, 핸드폰 옆에는 메모지가 놓여 있었다.

—너무 불쌍하게 자서 깨울 수가 없었음. 일어나면 옆방으로 와. 데려다 줄게.

PT도 참여 안 하는 게 근무태만이라며 소리를 지를 카레빵맨 팀장의 얼굴이 벌써부터 훤했다. 여국대, 이 사람을 믿고 잠든 내가 바보지. 나는 화가 나서 흥분한 채로 402호의 문을 열었다. 402호에는 여국대 사장, 비룡 씨, 수리 씨가 나란히 앉아 만화책을 보고 있었다. 비룡 씨와 수리 씨는 나를 보자마자 책을 덮고 벌떡 일어났다.

"데려다 주고 올게."

"나도 따라갔다 올게."

"얼른 가자, 송아 씨."

비룡 씨와 수리 씨는 내가 여국대 사장에게 한마디 할 틈도 주지 않고 밖으로 나를 끌어당겼다. 그들의 힘에 끌려 차에 오른 내가, 이렇게 늦게 깨워서 어떻게 하냐고 성을 내니 비룡 씨는 자기가 그런 게 아니라며 사람 좋게 웃었다.

"비룡 씨 핸드폰 알람이었잖아요."

"여 사장이 자기 것으로 알람 맞춰놓으면 송아 씨가 던져 버릴 수도 있다고. 나도 피해자야."

"송아 씨 지금 안 일어났으면 내가 쳐들어가려고 그랬어. 강제 독서는 왜 자꾸 시키나 몰라."

"강제 독서요? 뭘요?"

"〈따끈따끈 베이커리〉. 송아 씨가 이상한 재료로 간식 만들어달라고 가져왔다며."

"이상한 재료는 아닌데……. 그런데 그 만화 재미있잖아요."

"스무 번만 읽어봐, 계속 재밌나. 난 이제 대사도 다 외워."

그들과 유쾌한 대화를 나누는 동안 점심시간 지각에 대한 걱정을 잊을 수 있었다. 베스트 속도광 비룡 씨는 10분 만에 회사 앞까지 바래다주었고, 나는 도시락세트 다섯 개를 들고 내 자리로 돌아갔다. 한숨 자서 그런지 상쾌하게 일을 할 수 있을 것 같았다.

"송아 씨는 점심시간 끝난 줄 몰랐어? 코스요리라도 먹었나 봐? 우리는 계속 회의하고 이제야 밥 시켜 먹을까 하고 있는데."

역시 내가 생각했던 대본대로 흘러갔다. 말꼬리표가 카레빵맨 팀장이 아니라 여자 대리에게서 나왔다는 것이 예상과는 다른 전개였지만. 나는 여국대 사장이 챙겨준 도시락을 꺼냈다.

"저도 안 먹었어요. 그래서 도시락을 좀 챙겨왔는데."

나는 도시락이 들어 있는 가방을 사람들 앞에 내밀었다.

"마마드림 일 때문에 아는 도시락 전문점에 다녀왔거든요. 거기에서 팀원들이랑 같이 먹으라고 챙겨줬어요. 비싸게 파는 거예요."

"오, 센스 있다!"

항상 중립을 고수하는 우리 팀 부장이 먼저 환호하며 종이가방을 받아 도시락을 열었다.

"헤에, 이게 음식이야, 작품이야?"

부장은 눈이 휘둥그레져서는 최고 비주얼의 도시락이라며 행복해했다. 주경주 차장도 흡족하게 미소 지었고, 뒤에서 어깨너머로 이를 본 카레빵맨 팀장도 입맛을 다셨다. 오랜만에 칭찬이라는 것을 받을 수 있었다. 우리 팀은 회의실에서 도시락을 먹고 계속 PT 준비를 해 나갔다.

결국 우리 팀 사람들은 종무식에도 가지 못하고 2012년의 끝과 2013년의 처음을 회사에서 보냈다. 자정이 지나고 친구들로부터 문자메시지가 쏟아졌다. 문자메시지를 하나하나 확인하며 친구들에게 모두 답메시지를 보내주었다. 문득 여국대 사장과 비룡 씨와 수리 씨에게도 새해 인사를 하고 싶어 친구들의 문자메시지 중에서 예쁜 것들을 복사해 세 사람에게 보냈다. 비룡 씨에게는 친절한 답문이, 수리 씨에게는 '새해 복!' 이라는 간단한 문자메시지가 도착했다. 여국대 사장에게서는 조금 늦게 답문이 왔다.

[대량 생산 인스턴트 문자는 안 받아.]

"안 받으면 어쩔 건데?"

나는 핸드폰을 바라보며 혼잣말을 했다. 회의실에서 나온 주경주 차장이 집에 바래다주겠다며 말을 걸었다. 오늘도 2시가 넘어서야 집에 돌아가게 되는 것이었다. 사람들 모두 지친 표정이었지만 나는 어쩐지 기운이 났다.

"송아 씨, 애인 있어요?"

집에 거의 다 와갈 때 즈음, 주경주 차장이 물었다.

"아니요, 왜요?"

"그냥요. 핸드폰 보고 자꾸 웃길래 애인이랑 문자 주고받는 건 줄 알았어요."

"아, 주변에 웃긴 사람들이 많아서요."

"송아 씨는 참 인복이 많은 것 같아요. 오늘 도시락도 그렇고. 주변에 좋은 사람들이 많은가 봐요. 부러워요."

"차장님은 친구 더 많으실 것 같은데요."

"아니요, 난 외국에 오래 있어서 한국 친구는 별로 없어요."

"아…… 얼마나 있으셨는데요?"

"한 17년 정도? 미국에서 대학원 졸업하고 바로 한국 와서 직장 생활 시작한 거죠. 한국에서 친구 사귈 새가 없었어요."

나는 아아, 하며 고개를 끄덕이다가 이상한 것이 있어 다시 물었다.

"차장님, 지난번엔 20년 전에 서울에 살았다 그러시지 않았어요?"

"아, 네, 그렇죠."

"직장 생활하기 전에 미국에서 17년 살았으면……."

"아…… 뭐든 다 빨랐어요. 학교도 일찍 들어가고 대학교, 대학원도 일찍 졸업하고, 그래서 또래 친구가 얼마 없었던 거고요. 진급도 남들보다 빨랐고. 직장 생활 한 지는 3년 된 거예요."

나는 또 한 번 고개를 끄덕이며 속으로 주경주 차장의 나이를 계산해 보았다. 학교를 일찍 들어갔고, 일찍 졸업했다면, 주경주 차장은 내가 생각했던 것보다 훨씬 더 어릴 수도 있었다. 그럼 정말 내 또래에 가깝다는 계산이 나온다. 나하고도 확연히 비교되는 사람이었다. 나는 또래 여자애들보다도 늦게 취직을 한 편이었다. 대학생 때는 생활비와 학비를 버느라고, 졸업 후에는 글을 쓰느라고, 취직을 해야 한다는 사실을 깨달았을 때에는 취업 준비를 따로 하느라고 남들보다 3년 정도 뒤처졌다. 남들 다 가는 어학연수를 간 것도 아닌, 남들 다 하는 그럴듯한 연애를 해본 것도 아닌, 흘러가는 대로 그냥 버려둔 인생이었기에 스물아홉이라는 숫자가 허무하게 느껴졌다.

그렇구나, 흘러가다 보니까 어느새 스물아홉의 첫날이 되었다! 여전히 나는 사춘기 질풍노도인데 말이다. 지금은 '질풍노도'가 아니라 '질풍노동'에 더 가깝지만.

잡생각은 1월 1일로 끝. 또다시 폭풍 근무를 시작했다. 신년에는 많은 광고들이 쏟아지는데 광고 모니터링과 평가, 그리고 애프터서비스는 모두 막내들의 일이었다. 그것 말고도 해야 할 일들이 넘쳐, 너무 바빠서 울고 싶었지만 울 새도 없을 만큼 뛰어다녀야 했다. 스무 개의 일거리에서 열 개를 해결하고 돌아오면 어느새 열 개의 일거리가 더 들어와 있었다.

집은 퇴근하면 씻고 옷 갈아입는 곳으로 전락하고 말았다. 주경주 차장이 집까지 태워다 주는 잠깐 동안, 그리고 집에서 두세 시간 정도는 잘 수 있었지만 마음이 편하지가 않아서인지 매일 선잠을 자야 했다. 급기야 베이비페어 당일에는 가위에 눌리고 말았다. 잠들었다는 느낌도 없이 일어나 주섬주섬 옷을 입고 회사로 갔다. 그나마 베이비페어 준비로 플아다에 들를 수 있다는 것이 조금의 위안이랄까.

주경주 차장은 아침에 외근이 있어 바로 베이비페어 전시회장으로 가겠다며 미안하다는 말을 남겼다. 아침 시간에 재빠르게 많은 일들을 해치우는 동안, 한 번에 다섯 가지 요리를 해내는 여국대 사장이 생각났다. 나는 여국대 사장에게 곧 가겠다는 문자메시지를 보냈지만 결국은 빠듯하게 일을 하다 아틀리에로 출발했다. 그곳에서 몇 분이라도 편하게 앉아 있고 싶었는데. 아틀리에에 도착하기도 전에 서러워졌다.

두근두근. 일단 아틀리에 안으로 들어가면 봄햇볕에 말린 이불 속으로 들어가는 듯 편안해진다. 하지만 아틀리에의 문을 열 때에는 항상 매번 다른 이유로 가슴이 뛰었다. 오늘은 피로가 많이 쌓여 온몸의 감각이 무뎌졌지만, 그럼에도 불구하고 콩닥거렸다. 나흘 만이었어도 그리웠다. 아틀리에의 문을 열고 나름 해사하게 배시시 웃어 보였는데, 주방에서 포장을 하던 여국대 사장이 놀란 토끼눈이 되어 키친타월을 들고 달려와 내 코를 막았다. 그제야 코에서 피가 흐른다는 것을 알 수 있었다. 그 뒤에서 수리 씨가 "피, 피!" 하며 호들갑을 떨었다.

"대체 잠은 자는 거야?"

여국대 사장이 내 코 밑을 꽉 누르며 말했다.

"아까 코를 팠더니."

나의 바보 같은 농담에 그는 사납게 나를 보았다.

"쌍코피 흘리는 여자는 또 처음이다. 병원 안 가봐도 되겠어?"

해사한 웃음을 하고 쌍코피를 흘리다니. 나는 우스웠을 내 모습이 부끄러워 다시 힘없이 웃었다.

"잠을 못 자서 머리가 이상해진 거 아니야? 송아 씨 지금 웃고 있어, 그거 알아?"

"착해 보이려고요."

나는 그들에게 거듭 웃는 얼굴을 보였으나 여국대 사장의 얼굴은 심각하게 굳어버렸다.

다행히 코피는 금방 멎었고, 세 사람은 부지런히 포장 마무리를 했다. 그가 준비한 간식은 김전병과 푸룬백설기, 크랜베리호두과자, 아몬드미역튀각, 그리고 귀여운 병에 담긴 견과류 시리얼요구르트였다. 포장에서부터 정성과 부티가 느껴지는 간식이었다. 나는 광고주의 요구에 그를 생각해 낸 것이 뿌듯했다. 칭찬받을 만한 센스였다.

시간이 얼마 남지 않아 포장을 마치자마자 대기하고 있는 차에 실으러 내려갔다. 새해 첫 방문인데 안부를 나눌 새도 없었다.

"혼자 잘 갈 수 있겠어?"

엘리베이터를 타고 내려가며 비룡 씨가 나에게 물었다.

"그래도 여기 왔다 가니까 오히려 마음이 편해진 것 같아요."

"마음이 아니라 몸이 편해야지."

여국대 사장이 말했다. 나는 또 바보미소를 지어 보이다가 이전에 그가 했던 말이 생각났다.

"그런데요, 지난번에 사장님이 그랬잖아요. 제가 여기 오면 왜 편해지는지 알 것 같다고."

"내가 그랬나?"

그는 잘 기억이 안 난다는 듯 상념에 젖어 있다가 말했다.

"내 은사님이 이런 말씀을 하셨거든. '오늘 만난 이 사람에게 운명을 느끼는 이유는, 과거 어느 날의 내가 느낌이 좋았던 어떤 사람을 스쳤기 때문이다.'"

"네?"

난 무슨 헛소린가 싶어 그를 빤히 바라보았다.

"오늘 도착한 이 장소에서 편안함을 느끼는 이유는, 과거 어느 날의 박송아가 느낌이 좋았던 어떤 장소에 있었기 때문이다, 이렇게 응용이 가능해. 내가 따뜻한 사람이라서 엄마 뱃속처럼 아늑하게 느껴지는 것이라든가."

그는 으쓱대며 미소 지었다. 예전에 그가 스스로 '나는 예뻐'라고 말했을 때 보여준 그 표정이었다. 나는 순간 왠지 머리가 아팠지만 꾹 참고 '허세국대'라고 놀려주었다. 수리 씨와 비룡 씨가 웃음을 터트렸다. 그런데 점점 더 심하게 무언가 날카로운 것이 편두를 찌르는 느낌을 받았다. 오늘 만난 이 사람에게 운명을 느끼는 이유는, 과거 어느 날의 내가 느낌이 좋았던 어떤 사람을 스쳤기 때문이다……. 이게 뭐지? 눈물이 날 것 같았다. 나는 눈물을 참으려 눈에 힘껏 힘을 주고 그에게 물었다.

"우리가 언제 만난 적이 있어요?"

'허세국대'에 웃고 있던 수리 씨가 잠시 웃음을 멈추고 내게 말했다.

"송아 씨, 그건 작업 멘트 아냐?"

여국대 사장도 나의 엉뚱한 질문에 피식 웃어 보였다. 나는 수리 씨의 말에 머쓱해졌지만 얼굴이 달아오르는 느낌은 없었다. 그냥 어쩐지 머리가 아팠다. 비룡 씨와 수리 씨가 짐을 들고 먼저 엘리베이터에서 내리고, 나와 여국대 사장이 그 뒤를 따랐다. 내 기운 없는 모습을 보던 여국대 사장이 나에게 물었다.

"일 정말 하고 싶어서 하는 거 맞아?"

"괜찮아요."

"괜찮은 게 아니라 행복한 걸 묻는 거야. 지금 일이 좋아?"

누군가 당신에게,
지금 행복하십니까, 라고 묻는다면 당신은
네, 행복합니다, 라고 자신 있게 말할 수 있는가.
인생 전체를 걸고 해야 하는,
엄청난 무게의 한마디 말을 당신은
어떤 빠르기의 어떤 어조로
우리에게 들려줄 것인가.

지금까지 내 일에 대해, 내게 행복을 물어주었던 사람은 아무도 없었다. 나는 머릿속이 혼란스러워 그에게 쉽게 대답하지 못했다.

겨우겨우 기어들어 가는 소리로 말했다.

"모르겠어요……."

나는 고개를 몇 번 저었다. 실은 목에 힘이 잘 들어가지도 않았다.

"잘 모르겠어요."

대답과 동시에 어떤 육중한 돌이 위에서부터 내 머리를 쾅, 하고 내려치는 듯 엄청난 통증이 찾아왔다. 온몸의 피가 빠져나가는 느낌이 들었다. 어지러워. 세상이 온통 파란빛이 되었다. 아, 내가 미워하는 여국대 사장이 두 명, 세 명, 네 명으로 보이는구나. 여기는 지옥인 건가? 그렇게 미워한 건 아니었는데. 그의 입이 나를 부르고 있는 것 같았다. 근데 내 몸이 왜 이러지? 말을 듣지 않아. 나는 그대로 쓰러져 정신을 잃었다.

☆ ☆ ☆

"그 회사는 여자애가 이 지경이 될 때까지 일을 시킵니까?"

"……죄송합니다."

"애가 쌍코피를 흘리면서 왔다고요."

"죄송합니다. 송아 씨가 이 정도로 무리를 하는지 신경 쓰지 못했습니다."

심란한 소리에 잠에서 깨어났다. 여국대 사장과 주경주 차장의 목소리였다. 눈은 떴지만 여전히 몽롱하고 어지러운 상태였다. 여기가 병원이라는 것을 깨닫는 데에는 오랜 시간이 걸리지 않았다. 나는 환자복을 입은 채 팔에 링거를 꽂고 침대에 누워 있었다. 눈앞에는 여국대 사장과 주경주 차장이 마주 보고 서 있었고, 침대 앞에 비룡 씨가 앉아 있었다. 여국대 사장은 심각한 표정으로 주경주 차장을 나무라고 있었다. 내가 눈을 뜬 것을 가장 먼저 알아본 사람은 비룡 씨였다.

"깼어?"

비룡 씨가 나를 부르자 여국대 사장과 주경주 차장이 동시에 내 쪽으로 다가왔다.

"송아 씨."

서로 심각하게 말을 주고받던 두 사람의 입에서 같은 말이 나왔다. 나는 가까이 있는 비룡 씨에게 이게 어떻게 된 일이냐고 작은 소리로 물었다.

"여기 병원이야. 송아 씨 오피스텔 앞에서 쓰러진 건 기억나?"

기억을 더듬어보았다. 엘리베이터 앞에서 여국대 사장이 나에게 여러 가지 이야기를 했고, 온 세상이 파래졌고, 그다음부터는 기억이 없었다. 그리고 병원으로 실려 온 것이겠지. 기억을 하나하나 되짚어 나가니, 회사에서 마무리 짓지 못한 일들이 한꺼번에 떠올랐다.

"차장님……."

"어, 그래."

목소리가 크게 나오지 않았던 탓일까. '사장'과 '차장'의 발음이 공교롭게도 비슷했기 때문에 여국대 사장이, 내게 더 가까이 있었던 주경주 차장을 밀치고 내 쪽으로 왔다.

"아뇨, 저기…… 차장님이요."

나는 손짓을 하여 주경주 차장을 가리켰다. 그제야 주경주 차장이 은근히 득의양양한 눈빛으로 내 가까이 왔다. 여국대 사장은 탐탁지 않다는 듯한 표정을 지었다.

"지금 몇 시예요? 그거…… 베이비페어요…… 그건."

"광고주한테 잘 전달했어요. 신경 쓰지 마요."

"제작비 정산이랑, 세금계산서랑, 광고효과 보고서랑……."

"다 양 대리가 할 거예요. 양 대리가 해야 될 거였잖아요. 신경 못 써줘서 미안해요."

옆에서 잠자코 듣고 있던 여국대 사장이 듣기 싫다는 듯 콧방귀를 뀌었다. 여국대 사장의 이런 모습은 처음이었다. 왠지 좀 귀엽다고 할까. 나와 주경주 차장이 오늘 업무에 관해 계속 이러저러한 이야기를 나누는데 여국대 사장이 끼어들었다.

"병원에까지 일거리 가지고 온 거예요?"

"아니, 그건 아니고…… 송아 씨 안심시켜 줄 이야길 한 겁니다. 송아 씨, 이 기회에 핑계대고 며칠 쉬어요. 윗분들이 이런 데 예민해서 다들 이해해 줄 거예요. 내가 다 막아줄게요."

주경주 차장이 여국대 사장의 심드렁한 질문에 짧게 대답하고는 나에게 편안하게 이야기했다. 주경주 차장은 내가 회사에서 가장 의지할 수 있는 사람이었다. 야근이 계속되었던 며칠 동안 주경주 차장은 나보다 더 피곤했을 텐데도 매일 집까지 바래다주었다. 내가 여국대 사장에게 이 얘기를 했었다면 여국대 사장이 주경주 차장을 이렇게 무안하게 하지는 않았을 텐데. 나는 주경주 차장에게 미안한 생각이 들었다.

"핑계라고요? 사람이 쓰러진 게 핑계로 보여요?"

여국대 사장이 다시 주경주 차장에게 퉁명스럽게 물었다. 비룡씨가 그만하라는 뜻으로 여국대 사장의 팔을 조심히 잡았지만 그는 알아채지도 못했다.

"그런데…… 두 분은 어떤 사입니까?"

주경주 차장이 여국대 사장과 나를 번갈아 쳐다보며 물었다. 주경주 차장의 갑작스런 질문에 여국대 사장은 말을 더듬었다.

"아, 아는 오빱니다."

내가 잘못 본 게 아니라면, 주경주 차장은 한쪽 입꼬리만 살짝 올려 비소를 지은 것이 확실했다. 여국대 사장에게 다가가, 그와 마주한 주경주 차장은 그에게 싸늘하게 말했다.

"남자친구인가 했습니다. 송아 씨가 애인 없다고 했는데."

"남자친구 맞습니다."

주경주 차장의 말이 끝나기가 무섭게 여국대 사장이 말했다.

"우린, 남자인 친구들이죠."

그들의 심각한 표정과 우스운 말싸움이 어색하고 절묘하게 뒤엉켜 나와 비룡 씨는 아리송한 표정을 지었다. 그들은 우리의 반응을 신경 쓰지도 않고 서로 계속 노려보았다.

그런데 이 심각한 상황에서 웃음이 났다. 나는 웃음을 참기 위해 눈에 힘을 주고 침대를 꽉 잡았지만, 결국은 '프하하하' 하며 웃음이 터져 나오고 말았다. 한동안 노려보고 있던 두 사람은 내 쪽으로 눈을 돌렸다.

"뭐야?"

여국대 사장이 여전히 미간의 주름을 풀지 않고 나에게 물었다.

주경주 차장의 얼굴이 작은 편이긴 하지만, 키는 여국대 사장이 주경주 차장보다 5㎝는 클 것 같은데 어깨 위치가 똑같다니. 오랜만에 턱뼈가 뻐근할 정도로 웃을 수 있었다. 아아…… 이건 절대 말하면 안 돼, 하고 생각했지만, 내가 손가락으로 그들의 머리 크기를 재고 있었다는 사실을 직시하지는 못했다. 비룡 씨가 먼저 눈치를 채고 어깨를 들썩이며 웃음을 참았고, 여국대 사장도 곧 눈치를 채고 말았다.

"내가 목이 길어!"

아, 나는 아픈 몸인데. 미친 듯이 웃음이 났다. 여국대, 당신은 그 말만은 하지 말았어야 했어.

"내가 목이 길다고!"

그리고는 타조처럼 목을 빼는 모습이라니. 나는 흐느끼듯 웃고 말았다. 비룡 씨의 꽉 다문 입에서도 연거푸 바람이 빠지고 있었다. 참은 웃음을 빼내고 있는 것이었다. 여국대 사장의 성난 얼굴과 주경주 차장의 멍한 표정은 이제 신경 쓰이지도 않았다. 그렇게 한참을 시원하게 웃었다.

한바탕 웃음이 정리되고 내 앞에 여국대 사장과 주경주 차장, 그리고 비룡 씨가 앉았다. 세 사람 모두 돌아갈 시간이 된 것 같은데 모두들 엉덩이를 의자에 붙이고 앉아 있었다. 사실 나는 조금 더 쉬고 싶었는데 침대에 누워 고문을 당하는 느낌이었다.

내가 이제 그만 혼자 있고 싶다는 이야기를 꺼내려는데 송주에게서 전화가 왔다. 예상대로 송주는 아픈 나에게 무지막지하게 화를 냈다. 내가 너 때문에 못산다, 건강하게 돈을 벌랬지 건강 팔아 돈을 벌랬냐, 그렇게 일을 시킨 사람이 누구냐, 죽여 버리고 말겠다……. 수화기 너머로 악담이 쏟아졌다. 송주는 조퇴는 못하지만 잠깐 들르겠다는 말을 하며 전화를 끊었다.

"내가 아까 동생한테 전화했어. 송주 씨라고 했나?"

여국대 사장의 말에 나는 고개를 끄덕였다.

"동생이 잠깐 왔다 간대요. 곧 도착할 거예요."

미소 지으며 그에게 대답하고 주경주 차장을 보는데, 주경주 차장의 표정이 좋지 않아 보였다. 주경주 차장은 긴장한 얼굴로 자리에서 벌떡 일어났다.

"저도 송아 씨 괜찮은 거 확인하고 다시 회사로 들어오라는 연락을 받아서요."

주경주 차장이 일어나니 여국대 사장은 쾌감이 어린 묘한 미소를 지었다. 주경주 차장과 여국대 사장은 가볍게 목례를 나누었지만 여전히 서로를 경계하는 눈빛이었다. 주경주 차장은 나에게 나중에 또 오겠다는 말을 남기고 바삐 입원실을 나갔다. 비룡 씨도 주차 문제를 해결하고 오겠다며 일어났다. 곧 입원실엔 여국대 사장과 나 둘만 남게 되었다.

"주문 없어요?"

나는 '이제 그만 가주세요'의 완곡 어법으로 그에게 말했다. 그는 팔짱을 낀 채로 무덤덤하게 대답했다.

"있어. 이제 가봐야 돼. 얼른 자."

"사장님이 가야 자죠."

"언제부터 날 그렇게 신경 썼다고."

나는 늘 그를 신경 쓰고 있었는데, 그에게는 내가 전혀 신경 쓰지 않는 것으로 보였나 보다. 나는 피식 웃었다. 그는 내 머리를 콩, 하고 때렸다.

"젊은 사람들 문제가 뭔 줄 알아? 자기 몸 상하는 줄도 모르고 일한다는 거야. 남 얘기 같겠지만 과로로 죽을 수도 있어. 도대체 아는 거야, 모르는 거야?"

여국대 사장은 마치 자기는 젊지 않은 사람인 듯이 내게 훈계를 늘어놓으며, 비룡 씨네 아버님이 작은 광고회사를 하시니 거기로 옮겨보라는 제안을 했다. 나는 여국대 사장의 이야기에 귀를 기울일 수 없었다. 그저 총천연색의 그가 반가워 그의 잔소리를 끊고 말했다.

"쓰러지기 전에 온 세상이 파랗게 보였는데요, 사장님이 스머프 같았어요. 투덜이 스머프."

"송아 씨는 스누피 같았어. 얼굴이 새하얘져서는."

"……그런데요. 사장님이 그랬잖아요. 내가 아틀리에에 가면 편해지는 이유가……."

나는 쓰러지기 전에 궁금했었던 것을 다시 물었다. 내가 정신을 잃기 전, 그는 나에게 이상한 말을 했었다. 오늘 만난 이 사람에게 운명을 느끼는 이유는, 과거 어느 날의 내가 느낌이 좋았던 어떤 사람을 스쳤기 때문이다……. 그 말을 생각하면 지금도 어쩐지 가슴이 먹먹하게 아렸다. 이 느낌이 뭔지 궁금했다.

"진짜 몰라서 물어? 간단한 건데. 우리가 편하게 해주니까 편한 거지."

"그거 말고요. 사장님 은사님이 하셨다던 말이요."

"아…… 그건 농담이지. 은사님이 하신 말씀은 맞지만, 송아 씨가 말하는 허세질이야."

"우리가 옛날에 본 적이 있다거나…… 내가 거길 가본 적이 있다거나…….”

그는 괜한 얘기를 꺼냈다며 피식 웃고는 내 이마를 차분히 쓰다듬었다. 그의 손길이 따뜻해 나는 그에게 가라고 재촉했던 것을 후회했다.

“우리는 만난 적 없어. 만났었다면 박송아를 잊을 리 있겠어?”

그는 나를 한참 보다가 일어났다.

“나도 가볼게. 일해야지.”

아쉬웠지만, 그에게 인사를 해야 했다. 그는 문을 나서며 입원실의 불을 껐다.

“불 끄지 마요.”

그는 의아한 눈빛으로 내게 물었다.

“그래? 눈부셔서 잠 안 올 텐데?”

나는 아무 말도 하지 못했다. ‘무서워요’ 라는 말은 소리가 되지 못하고 입안에서만 맴돌고 있었다.

“아직도 어린 송아지네. 알았어. 힘들면 연락하고.”

그는 내가 한 번도 가져본 일이 없는 ‘아빠’ 처럼, 친절히 말하고 돌아섰다. 아니, 항상 그랬듯이 아무리 힘들어도 당신에게 먼저 연락하는 일은 없을 거예요.

나는 뒤돌아보지 않는 그의 뒷모습과 그가 떠난 자리를 한참 동안 바라보다가 눈을 감고 잠을 청했다.

☆ ☆ ☆

잡다한 세간이 들어찬 세 평 남짓의 작은 방. 나는 여덟 살의 나를 바라보고 있다. 이불 속으로 쏙 들어가 꼿꼿하게 누운 여덟 살의 송아는 내가 보이지 않는지 천장의 벽지 무늬만 멀뚱하니 보며 눈을 굴린다. 일자로 다문 입은 힘껏 울음을 참아내는 것처럼 보인다.

잠시 후, 현관문 열리는 소리가 난다. 어린 송아는 일어나지 못하고 고개만 돌려 온종일 생각했던 사람을 부른다. 어린 송아의 목소리가 참았던 눈물과 함께 흘러나온다.

"엄마아, 나 아파아."

현관문을 열고 모습을 드러낸 사람은, 내팽개치듯 신발을 벗고 어린 송아에게 달려간다. 어린 송아의 이마를 짚는 그녀의 온기가 내게도 전해진다. 그리웠어. 보고 싶었어. 내가 손을 뻗어 엄마의 얼굴을 만지지만, 엄마에게는 스물아홉 살의 내가 보이지도, 들리지도 않는다.

"헤에— 이렇게 아프면 가게로 전화를 해야지! 밥도 안 먹었겠네?"

그녀가 어린 송아의 얼굴을 만지며 안쓰러운 표정을 짓는다. 그녀도 어린 송아처럼 이내 눈물을 떨굴 것 같았다. 엄마가 한 밥은 맛이 없잖아. 내가 어린 송아 대신 대답하지만 그녀는 내 말을 듣지 못한다.

"리본 만들었어, 엄마 보여주려고."

어린 송아가 가리키는 곳에는 예쁘게 묶인 리본 열 개가 놓여 있다. 어린아이의 손으로 묶었다기엔 놀라울 정도로 깔끔하게 묶인 분홍색 리본이 앙증맞다. 그녀는 어린 송아의 양볼을 다시 쓰다듬는다.

"아프면 누워 있어야지, 그걸 왜 해?"

어린 송아는, 그녀의 걱정 서린 목소리가 좋은지 눈물 속에 웃음을 섞는다.

"가만있어 봐. 엄마가 약 사올게."

안 돼! 나는 그녀를 향해 말한다. 그녀는 내 얘기를 듣지 못한 채 어린 송아를 바라보며 허락을 구할 뿐이다. 어린 송아는 일어나려는 그녀를 붙잡으며 고개를 세차게 흔든다. 그녀는 어린 송아를 안아 누이고 이불을 덮어주며 말한다.

"얼른 갔다 올게. 우리 송아 아픈 거 엄마가 빨리 낫게 해줘야지."

어린 송아는 잠시 생각하더니 조심스레 고개를 끄덕인다. 빨리 와. 기어들어 가는 소리로 어린 송아가 말한다. 싫어, 안 돼, 가지 마. 그 옆에 선 내가 고개를 세차게 흔드는데도 그녀는 웃으며 떠난다.

아니야! 아픈 건 참을 수 있어. 가지 마. 가지 마! 힘주어 소리를 지르지만 허공이 목소리를 먹어버린다. 아직 할 말이 남았어. 가지 마! 핏대를 세우면 숨이 죄어올 뿐이다. 어느새 나는 눈물을 흘리고 있었다. 날 두고 가지 마!

불이 꺼지고 문이 닫힌다. 싫어. 가면 안 돼! 나는 어린 송아를 마구 흔든다. 제발 내 말을 들어줘.

그때 어린 송아가 일어난다. 엄마아, 엄마아. 가지 마. 엄마아……. 어린 송아의 울먹임은 서서히 찢어지는 비명으로 바뀐다. 엄마, 들려요? 내가 울고 있어요. 어서 돌아와!

곧 문이 열리고 불이 켜진다. 이불 위에 앉아 소리를 지르며 우는 어린 송아가 엄마에게 안긴다.

"아이고, 우리 송아, 아직도 애기네. 엄마 안 갈게. 그만 울자. 뚝. 뚜욱."

그녀가 어린 송아의 눈물을 닦아주고 입을 맞추고 웃어 보인다. 그래, 됐어. 이거면 됐어……. 난 하나도 아프지 않으니까. 당신의 저릿저릿한 웃음이 늘 여기 있었으면 좋겠어.

베개가 축축한 것을 느끼며 잠에서 깨어났다. 내가 잠들어 있는 동안 누군가 불을 껐는지 입원실 안은 어두웠다. 어느새 저녁이 된 것 같았다. 끼익, 하고 문이 닫히는 소리가 났다. 누군가 급히 이 방을 나간 듯한 인기척이 느껴졌는데.

오랫동안 꾸지 않았던 꿈을 꾸었다. 결말은 늘 다르지만 주제는 항상 같았던 꿈이다. 덕분에 엄마 얼굴을 오랜만에 볼 수 있었다. 꿈이었지만 엄마가 내 눈물을 닦아주고 내게 입을 맞추었던 것이 현실처럼 생생했다.

몸을 일으켜 눈물을 닦으려는데 만져지는 축축한 기운이 없었다. 눈은 뜨거운데, 분명히 울었던 것 같은데, 베개는 젖어 있는데 누군가 내 얼굴을 닦아낸 듯 물기가 없었다. 베개 옆의 휴지가 바닥으로 툭 떨어졌다. 가만, 그러고 보니 무언가가 입술에 닿았어. 꿈이 아니었어!

누군가가 여기 있었다!

7. 누구냐, 넌

침대에서 벌떡 일어나 입원실 밖으로 나가려다가 팔목에 링거 바늘이 꽂혀 있는 것을 확인하고 링거대를 잡았다. 몸이 완전히 회복되지 않아 발목에 모래주머니를 채운 듯, 내 의사와는 다르게 움직임이 더뎌지는데다 링거대까지 끌고 다녀야 해서 거동이 불편했다. 빨리 가야 돼! 누군가 입원실에 다녀갔다. 내가 아는 사람이라면 병원 입구에서 만날 수 있을지도 모른다.

위층에 선 엘리베이터가 내려오지 않았다. 급한 마음에 비상계단 쪽 문을 여는데 간호사가 소리를 질렀다.

"병원 내에선 금연이에요!"

아, 내가 순수하게 링거대를 들고 계단을 내려갈 생각이었다는 것을 간호사는 믿지 않겠지. 간호사의 목소리가 얼마나 컸는지, 복도에 있던 다른 사람들이 '누가 몰상식하게 병원에서 담배를 피워?' 라는 눈빛으로 일제히 나를 쳐다보았다. 나는 비상구로 내려가려던 마음을 접고 엘리베이터 앞에 섰다. 초조하게 발을 동동 구르는데, 내 옆에 서 있던 아저씨가 딱하다는 눈빛으로 혀를 끌끌 차며 나를 쳐다보았다. 금단증상에 시달리는 흡연자로 보였던 게지. 변명을 하면 더 우스워질 상황이라는 사실이 안타까울 뿐이었다.

일말의 희망을 가지고 1층으로 내려갔지만 열 명 남짓의 사람들 중에 내가 알 만한 사람은 아무도 없었다. 조금만 더 일찍 눈을 떴어도 그가 누군지 알 수 있었을 텐데.

크리스마스이브에 여국대 사장과 입을 맞췄던 생각이 났다. 그때는 너무 놀라서 심장이 벌렁거렸을 뿐이었다. 그 사건에 대한 내 감정을 여국대 사장에게 제대로 다 말하지도 못했다. 입술에 닿았다 떨어지던 느낌은 그때와 비슷했는데. 여국대 사장일까? 그가 또 그런 걸까?

엄마의 꿈을 꿨기 때문인지 이상하게도 이번에는 입술에 닿았던 느낌이 불쾌하지 않았다. 누군가 엄마의 느낌과 손길을 재현하듯 내게 입 맞추고 눈물을 닦아주었다는 것이 놀라울 뿐이었다. 누가 됐든 용서할 수 있으니 내 앞에 나타나라고! 소리라도 질러 그 사람을 찾고 싶은 기분이었다. 하지만 그렇게 급하게 사라진 사람이라면 내게 모습을 드러낼 의사가 전혀 없는 거겠지. 거기에까지 생각이 미치자 눈물이 날 듯 안타까웠다.

"거기서 뭐 하냐?"

이 때 등 뒤에서 익숙한 소리가 들렸다. 뒤를 돌아보니 송주가 서 있었다.

"이제 좀 돌아다닐 만한가 보네?"

송주는 가볍게 물었지만, 그 목소리에는 걱정이 서려 있었다. 나는 내가 1층에 있는 이유를 제대로 말하지 못하고 송주와 함께 입원실로 돌아갔다.

"근데 아까 온다더니 안 왔었어?"

"왔다가 바로 갔지. 완전 퍼져 자고 있던데? 입원실에서 너처럼 행복하게 자는 애도 없을걸. 너, 일부러 쓰러졌지?"

저걸 동생이라고. 나는 송주에게 링거대를 휘두르려다 참았다. 송주가 곧이어 꺼낸 말이 내 심장을 덜컹거리게 했기 때문이었다.

"아, 나 방금 전에 주차장에서 주경주 걔 만났다."

"뭐, 뭐?"

"내가 예전에 얘기한 적 있었잖아. 20년 전 네 스캔들. 주차장에서 걔 만났다니까. 날씬하더라. 홀쭉해졌어. 근데 내가 알아봤다니까. 진짜 난 대단해."

난 송주의 말에 그 자리에서 멈춰 버렸다. 설마 그 옛날의 주경주와 주경주 차장이 같은 사람? 주경주 차장은 20년 전 서울에 살았다고 했는데. 그럼 그가 거짓말을 했다고? 생각해 보니 주경주 차장은 내게 늘 잘해주면서도 무언가를 숨기고 있는 듯 행동했다.

내가 그의 과거에 대해, 그의 신상에 대해 물어도 제대로 대답해 주지 않았고 자세한 것은 대충 얼버무렸다.

"주차장에서 올라가려다 마주쳤지. 어디서 본 듯한 인상인 거야. 그 사람도 아는 척 안 하길래 일하던 중에 만났거나 그냥 내가 아는 사람이랑 닮았나 보다 했지. 근데 기분이 이상해서 살짝 따라갔어. 그때 그 사람 전화가 울리는 거야. 전화 받으면서 그러더라고. '주경주입니다'."

"……어떻게 생겼어?"

나는 떨리는 목소리를 애써 차분하게 가다듬으며 송주에게 물었다.

"왜, 어떻게 생겼는지 말해주면 찾을 수 있을 것 같아?"

송주는 어이가 없다는 듯 되묻고서는 자기가 만난 주경주에 대해 이야기해 주었다.

"바쁜 것 같아서 별로 얘기 못했어. 걔가 태연한 척하긴 했는데, 아직까지 나를 기억하고 있는 걸로 봐서는 나한테 좀 기죽은 것 같던데. 내가 또 때릴 거라고 생각하나? 키도 나보다 크던데 말이야. 얼굴은 뭐 평범하게 생겼어. 회사 다니는 것 같더라. 너처럼 PT니 뭐니 하는 얘기도 한 것 같고."

"전화번호는. 전화번호는 안 물어봤어?"

"야!"

송주는 내 거듭되는 질문에 진력이 난다는 듯 윽박질렀다.

"너, 남자에 굶주렸냐? 왜 기억도 안 난다던 남자한테 집착을 해!"

묻는 말에 성심성의껏 대답이나 할 것이지, 누님의 질문에 토를 달다니. 나는 송주의 머리를 딱 소리가 나게 때려주고는 '주경주'라는 사람의 차에 대해 물었고, 송주는 내가 속물이라는 듯 어처구니없이 보다가 볼멘소리로 대답했다.

"차는 좋더라. BMW. 3시리즈 같았는데 잘은 모르겠다."

송주의 입에서 주경주 차장의 자동차 이름이 나왔다. 내가 매일 밤 얻어 타던 그 차였다.

"내가 누차 말하는데, 차 보고 남자 만나지 마라."

이 밖에도 송주는, 충격을 받아 넋이 나간 나에게 얼굴 보고 남자를 만나지 말라는 둥, 남자들한테 전화번호 주고 다니지 말라는 둥 잔소리를 늘어놓았지만 나는 아무 반응도 할 수가 없었다. 주경주 차장이 그 '주경주'라니. 그리고선 아닌 척을 했었다니. 그에게 사실대로 물어봐야 하나? 머릿속이 복잡해졌다.

그런데 그렇다면, 주경주 차장이 날 만나지 않고 그냥 갔다고? 그것이 좀 이상했다. 이 병원에 주경주 차장이 아는 다른 사람이 있을 것 같지는 않고, 그런 사람이 있더라도 그 김에 나를 다시 한 번 확인하러 오지 않았을까 하는 생각이 들었다. 그리고 곧, 뻗을 대로 뻗어나간 생각은 그럴 만한 곳에 닿아 있었다.

하아, 탄식이 절로 나왔다. 주경주 차장일지도 몰라, 내 잠을 깨운 사람은.

내가 입원실에 들어와서도 송주의 말에 아무런 대꾸 없이 멍하니 있으니, 송주는 자기 말만 하다가 집에 가서 짐을 챙겨온다며 일어났다.

송주가 나간 후에도 여전히 나는 얼떨떨한 상태였다. 몰래 입원실에 들어와 눈물을 닦아주고 입을 맞춘 사람. 주경주라는 아이, 주경주 차장…… 그리고 여국대…….

왜 나는 그 순간 여국대 사장이 먼저 스쳤을까? 생각이 닿은 것만으로도 얼굴이 화끈거렸다. 뭘 기대한 거야. 내가 그 사람을 좋아하는 것도 아닌데. 나는 고개를 세차게 저었다. 얼이 빠져 있다가 얼굴이 붉어졌다가 한숨을 쉬고 중얼거리고 고개를 절레절레 흔드는 나를 누군가 본다면, 누구든 나를 미쳤다고 생각하겠지.

지구 밖으로 날아가고 있는 내 생각을 붙잡은 것은 뜻밖에도 카레빵맨 팀장의 전화였다. 그는 내 문제로 회사 대표와 이야기를 나눈 것 같았다. 나는 내일까지 병원에서 쉬고 상태를 지켜보다가 회사로 돌아가겠다고 했다. 카레빵맨 팀장은 내게 쩔쩔매면서 병문안을 오지 못한 것에 미안하다는 뜻을 비쳤다. 허약 체질이라며 혼이 날 줄 알았는데 의외의 반응이었다. 이것도 주경주 차장의 입김이 발휘된 것일까 하는 생각이 들었다.

카레빵맨 팀장과의 통화를 끝낼 때쯤 문이 열리고 여국대 사장이 들어왔다. 나는 생각지도 못한 그의 방문에 핸드폰을 떨어뜨릴 뻔했다. 그는 종이가방 두 개를 들고 있었다.

"뭐예요!"

"병문안 온 사람한테 뭐예요가 뭐야?"

"깜짝 놀랐잖아요. 무슨 일인데요."

"죽."

그는 침대에 앉아 있는 내 앞에 종이가방 하나를 내려놓으며 말했다.

"환자들의 로망. 사 먹는 죽."

종이가방에는 잘 아는 죽전문점의 브랜드 로고가 인쇄돼 있었다. 그가 만든 도시락은 아니었다. 갓 사온 것인지 종이가방이 뜨끈뜨끈했다.

"자느라고 밥도 안 먹었을 거 아니야. 빨리 고마워하라고."

"환자들의 로망은 치킨이죠."

"해줘?"

괜스레 고맙다는 말이 무안해 다른 말로 돌린 것을 이 남자는 또 진지하게 받아들였다. 정말 치킨을 만들어올 수 있다는 듯이. 먹을 것 가지고 장난치지 말라는 말은 이럴 때도 할 수 있는 것이었다. 나는 괜찮다며 그를 말렸다.

"그리고 이거."

그는 종이가방을 하나 더 내 앞에 내밀었다. 거의 무게가 없는 상자가 들어 있었다. 상자 안에는 구두 한 쌍이 있었는데, 안감이

모피로 되어 있는 하얀색 플랫슈즈였다. 가운데 포인트로 들어간 분홍색 리본은 좀 전에 꾸었던 꿈을 다시 떠오르게 했다.

"오늘 얼굴이 하얗길래, 하얀색 깔맞춤이야."

"웬 구두예요?"

"쓰러지면서 송아 씨 구두 망가진 거 기억 안 나?"

그랬던가. 그러고 보니, 소지품이 놓인 곳에 내가 신고 있었던 신발은 없었다. 병원 슬리퍼를 신고 돌아다니니 편해서 지금껏 잊고 있었던 것이다.

"저 신발 많은데요. 동생한테 가져오라고 하면 되는데."

"또 높은 신발 신을 거 아냐."

"굽 없는 거 안 신어요."

"이거 굽 있어, 2cm나."

2cm면 내가 모든 신발에 으레 넣는 깔창의 두께다. 나보고 바닥에 달라붙어 있으라는 건가. 신발은 고맙지만 이리도 센스가 없다니. 신발을 샀다는 돈이 아까워 불평을 하려는데 그의 말이 내 투정을 막았다.

"아직도 모르겠어? 송아 씨가 왜 아틀리에에 오면 편해지는지?"

그는 내 눈을 바라보며 편안하게 미소 지었다. 사람과 사람이 눈을 마주할 땐, 어김없이 상대방의 눈이 갓 닦은 유리창처럼 빛나는 것을 볼 수 있다. 그것은 그 눈동자에 마주한 사람의 상이 맺히기 때문이다. 이를 '눈부처'라고 한다. 나는 '눈부처'라는 말만큼이나 그의 눈동자가 맑다는 것을 알아버렸다. 그 눈빛에 잠시 마음을 빼앗겨 멈춰 있다가 그의 다음 말을 기다리며 침을 슬쩍 삼켰다. 왠지 또 크리스마스이브의 입맞춤이 생각났다.

"신발을 벗는 데잖아, 아틀리에는. 발이 편해야 몸이 편하지."

그의 명료한 이야기에 얼굴이 화끈거렸다. 세상에, 내가 무슨 생각을 하고 있었던 거지? 가끔 나는 이 사람의 아무렇지도 않은 친절에 과민하게 반응하는 내가 창피하다.

"신발 벗는 얘기하는 거야, 옷 벗는 얘기하는 게 아니라. 그게 부끄러우면 좀 이상한 거 아니야?"

"무슨…… 무슨, 그런 말을 해요!"

나는 부끄러운 생각을 했던 마음을 들킨 것 같아 무안해진 나머지 말을 더듬고 말았다. 그는 속없이 잘도 웃고 있는데.

"정말 건강에 문제 있는 거 아니야? 이런 건전한 얘기에 어떻게 얼굴이 빨개질 수가 있어?"

그는 계속 나를 놀렸다. 이봐요, 내가 병원에 누워 있다고 힘이 없는 줄 아시나 본데요, 나는 기본적으로 링거대를 지팡이처럼 휘두를 수 있는 여자라고요! 내가 눈에 힘을 주고 신발을 그에게로 던지려는 태세를 보이고 나서야 그는 웃음을 거두고 나를 보았다.

"퇴원은 언제 할 거야?"

"내일이요."

"나라면 하루는 여기 더 누워 있겠어."

"지금도 답답해서 도망가고 싶어요. 여기서 누워 있나 집에서 누워 있나 똑같을 텐데."

그는 내가 들고 있던 신발을 가져가 바닥에 내려놓았다.

"신고 도망가라고 주는 거 아니야. 더 건강해지면 퇴원해."

웬일인지 그의 단호한 어조도 따뜻하게 들렸다.

잠시 후 그는, 저녁 잘 챙겨 먹으라고 말하곤 자리에서 일어났다. 그의 짧은 방문이 아쉬웠지만, 작은 것까지 챙겨준 그에게 고마웠다. 잠시 동안 좀 전의 입원실 침입자에 대한 생각에서 벗어날 수 있었다. 나는 생각이 닿은 김에 혹시나 하는 마음으로 그에게 물었다.

"혹시 저 잘 동안 여기 들어왔었어요?"

"뭐?"

그는 의미 없이 내게 되물었다. 그리곤 무표정도, 웃음도 아닌 편안한 눈빛으로 말했다.

"아니, 지금 온 건데."

만약 그가 정말 왔었다 한들 그걸 제 입으로 말할 수 있는 사람이라면 도망갈 생각도 하지 않았겠지. 의미 없는 질문과 의미 없는 대답이었다. 그가 떠난 후, 병원의 침입자에 대해 누구에게도 말할 수 없으리라는 생각이 들어 더욱 서럽고 답답해졌다.

그런데 그는 어떻게, 내가 자느라 밥을 안 먹었을 거라고 단정한 거지? 어떻게 알고 죽을 사온 거지?

☆ ☆ ☆

쓰러진 다음날이 토요일이었기 때문에 나는 퇴원 후에도 집에서 온종일 누워 있을 수 있었다. 하지만 누워 있다고 쉴 수 있었던 것은 아니었다. 머릿속에서 여국대 사장의 입술과 주경주 차장의 여덟 살짜리 미니미가 온종일 뛰어다녔다.

급기야 월요일 아침에는 너무 골몰히 생각한 나머지 눈 밑에 다크서클이 내려와 앉아 있었다. 내 얼굴을 확인한 카레빵맨 팀장은 내 건강 상태를 의심하며 부들부들 떨었다. 내 신변의 문제에 카레빵맨 팀장이 왜 그리 예민한가 했는데, 이전에도 카레빵맨 팀장 팀의 말단 사원들이 과도한 업무로 줄줄이 쓰러진 적이 있었던 모양이다. 적당한 때에 쓰러진 덕에 카레빵맨 팀장은 꽤 온순해졌다. 그러나 여자 대리는 어떤 사과나 걱정의 말 한마디 없이 회의 내내 불쾌한 표정을 짓다가 회의실을 떠났다.

곧 회의실에는 나와 주경주 차장만 남았다.

금요일 입원실에서 다시 방문할 듯 인사했던 주경주 차장은 주말 내내 연락이 없었다. 그동안 나는 그에게 어떻게 20년 전 이야기를 물어보아야 하나 생각했다. 그가 한 번 부정한 적 있었던 얘기인 것이 마음에 걸렸다. 나는 기억하지 못하고 송주만 기억하는 이야기, 나는 진실을 알기 위해 애쓰고, 주경주 차장은 감추려는 이야기—그가 진짜 20년 전의 주경주라면—를 어떻게 시작해야 할까.

“잘 쉬었어요?”

“네, 저 때문에 많이 바쁘셨죠?”

“송아 씨가 잘 정리해 놓아서 괜찮았어요.”

그는 바쁘지 않았던 척했지만, 그가 주말 내내 과업에 시달려야 했다는 사실은 이미 회의 중에 모두 드러났다.

“일이 좀 있어서 병문안 갈 새는 없었네요. 병원비 처리는 다 회사에서 해줄 거예요.”

어쩐지 그는 내 눈을 피하는 것 같았다. 잠깐 여국대 사장이 생각났다. 그는 항상 내 눈을 똑바로 보고 얘기했는데. 눈빛에서 느끼는 신뢰라는 것은 한 번 견고해지면 잘 꺾이지 않는다.

여국대 사장이 선물한 신발이 나를 용기 있는 사람으로 만들었을까. 평소보다 7㎝ 낮게 바라보는 세상도 안정감 있었다. 오늘은 반드시 제대로 물어보리라. 나는 마음을 굳게 먹고, 나를 피하려는 주경주 차장에게 내가 궁금했던, 오래전 이야기를 다시 꺼냈다.

“동생이 병원에서 주경주라는 사람을 다시 만났대요. 지난번에 말씀드린 적 있었잖아요. 20년 전에 대전에 살던 그 주경주요.”

회의실 문을 나서려던 주경주 차장이 내 쪽으로 살짝 고개를 돌리다가 멈칫했다.

“차장님이 그 주경주 아니에요?”

주경주 차장은 한참 내게 얼굴을 보여주지 않은 채로 서 있다가 돌아보았다. 그리고 무언가 큰 결심을 한 듯, 단단하다 싶을 정도의 굳은 표정으로 입을 열었다.

"맞아요, 내가 그 주경주. 그게 우리를 달라지게 하나요?"

그는 내 눈을 똑바로 보고 있었다.

간과한 것이 있다. 주경주 차장에게 사실을 물어보기 이전에 그의 대답에 대한 반응을 준비했어야 했다. 나는 그가 '20년 전의 진실'을 이야기한다면, 적어도 내게 거짓말을 한 것에 대해 미안하다고 하거나 얼버무릴 것이라고 섣불리 예상했었다. 그런데 지금 그가 보여주는 반응은 예상 답안 1에서 10까지를 벗어난, 예기치 못한 진술이었다. 반문이 돌아올 줄이야.

거울을 보지 않아도 내 얼굴이 어떤 색인지 알 만한 상황이었다. 주경주 차장은 한동안 말없이 나를 똑바로 바라보다가 먼저 입을 열었다. 내가 바보같이 굳어 있었기 때문이다.

"이래서 말 안 했어요. 나중에 얘기하죠."

주경주 차장은 옅게 웃어 보였지만 나는 그의 입가가 은근하게 떨리고 있다는 것을 알 수 있었다. 그가 회의실을 나가고 나서야 머릿속에 오만 개의 물음표가 번쩍번쩍하고 모습을 드러냈다. 심장이 콩닥콩닥 뛰었다. 주경주 차장이 내 첫 뽀뽀 상대 주경주라고? 왜 거짓말을 한 거지? 왜 지금껏 숨겼지? 왜 금요일 밤 병원에 왔으면서 나를 보러 오지는 않은 거지? 왜 병문안 올 새가 없었다고 한 거야! 병원 주차장에서는 무슨 일이 있었던 거지?

수많은 질문들이 계속 나를 괴롭혔다. '정신 차려!'를 속으로

100번 정도 외치고 나서야 겨우 마인드컨트롤을 할 수 있었다.

오후엔 팀원들끼리 진행하는 포크포크 경쟁 프레젠테이션 리뷰 자리에 참석했다. 금요일이 포크포크 경쟁 PT D—Day라 팀원들은 모두 거기 매달려 있었다.

“제 생각엔, 아무리 새로운 컨셉이라지만 건강에서 벗어나선 안 될 것 같아요.”

리뷰를 끝내고 각각의 의견을 묻는 시간, 나는 프레젠테이션 내용이 너무 제품의 육질에만 치우쳐 있는 것에 대해 내 의견을 피력했다. 카레빵맨 팀장은 언짢은 표정을 지으면서 내가 낸 의견의 이유에 대해 물었다.

“소비자들한테는 가공식품에 대한, 그리고 햄에 대한 어쩔 수 없는 불신이 있어요. 그냥 맛있다, 품질이 좋다가 아니라, 왜 맛있는지, 왜 품질이 좋은지, 그리고 그게 건강에 어떤 영향을 미치는지를 설명해야 될 것 같아요. ‘포크포크는 건강에 나쁘지 않다’ 가 아니라 ‘포크포크는 건강에 좋다’ 가 맞다고 생각해요.”

나도 내 의견이 긴가민가하다면 이렇게 나서지 않았을 테지만 내가 담당했던 포크포크에 대한 확신이 있었다.

“그리고 툴 말인데요, 포크포크 임원들은 눈으로 보이는 게 스펙터클하면 열에 아홉은 관심 있게 보더라고요. 기존 PPT 말고 다른 툴을 써보는 게 어떨까요? 적어도 프레지나 키노트 정도는 손을 대야…….”

내가 말을 다 끝내기도 전에 여자 대리가 사납게 쏘아붙였다.

"그럼, 송아 씨가 작업하면 되겠네."

나는 주저 없이 고개를 끄덕였다. 예쁘게 하는 최종 문서 작업쯤이야 대학교 시절부터 꾸준히 도맡아왔던 일이었다. 주경주 차장이 피식 웃으며 내 말을 거들었다.

"일단 PT 방향은 제작팀이랑 다시 한 번 회의해 보도록 하고요, 최종 작업은 오늘내일 송아 씨가 하도록 하죠. 그동안 송아 씨 일은 양 대리가 커버해 주면 되겠네요."

여자 대리는 좀 전의 발언으로 나를 한 방 먹였다 생각했는지 한껏 비소를 짓고 있다가 주경주 차장의 이야기에 뒤통수를 맞은 듯 멍한 표정을 지었다. 나이스! 적어도 내가 20년 전 주경주 차장에게 욕을 하진 않았나 보다. 아무렴, 뽀뽀까지 한 사이인데!

뽀뽀 생각을 하자 얼굴이 붉어지는 느낌이 들었지만 나는 꼭 하고 싶었던 이야기를 하기 위해 다시 운을 뗐다.

"그리고 PT 당일날, 광고주들한테 '보여주기'를 좀 더 하면 어떨까 하는데요……."

☆ ☆ ☆

리뷰가 끝난 저녁, 프레젠테이션 자료를 만들면서도 30분째 시계만 쳐다보고 있었다. 지금 주경주 차장은 여국대 사장과 함께 있을 터였다. 내가 리뷰를 마칠 때쯤 내놓은 아이디어 때문이었다.

아침에 마마드림으로부터 큰 칭찬을 받았다. 광고주는 베이비페어 때 증정한 간식의 반응이 예상보다 훨씬 더 좋았다는 이야기를 하며 올해 광고 예산을 늘리는 방안에 대해 검토 중이라고 덧붙였고, 카레빵맨 팀장은 진짜 카레빵맨처럼 입이 양쪽으로 더 벌어지게 되었다. 어쩌면 오전에 이런 일이 있었기에 경쟁 PT 리뷰 때 내 의견의 영향력이 생긴 것일 수도 있었다.

나는 이번 경쟁 PT 때 포크포크의 임원들에게도 포크포크 제품으로 만든 독특한 요리를 선보이자는 제안을 했고, 여국대 사장의 요리를 추천했다. 한 번 여국대 사장의 도시락을 맛있게 먹은 일이 있었던 카레빵맨 팀장과 부장은 좋은 아이디어라고 말했지만, 주경주 차장은 의외로 고개를 가로저었다. 주경주 차장이 내 의견에 부정적인 반응을 한 것은 처음이었다. 결국, 일단 여국대 사장에게서 결과물을 받아보고 PT 당일에 결정하는 것으로 의견을 조율했다.

그런 이유로 주경주 차장은 갓 생산된 포크포크의 햄을 가지고 아틀리에로 가게 된 것이었다. 내가 낸 아이디어이므로 내가 책임을 지겠다고 했지만, 주경주 차장은 급하게 혼자 떠나 버렸다. 신고 온 신발을 보여주고 싶었는데. 마마드림으로부터 칭찬받은 이야기를 하고 싶었는데. 괜스레 서운했다.

하지만 초조한 마음이 먼저였다. 병원에서 여국대 사장과 주경주 차장이 서로 언짢게 헤어졌기 때문에 다시 부딪치게 되면 또 괜히 불꽃이 튀지는 않을까 불안했다. 나는 여국대 사장에게 주경주 차장이 업무로 찾아갈 것이라는 문자메시지만 보내놓고 그의 답변을 기다렸지만, 여국대 사장은 답문이 없었다.

한 시간 만에 주경주 차장이 돌아왔고, 주경주 차장의 표정은 떠날 때보다 더 어두워져 있었다. 그는 돌아오자마자 컴퓨터 앞에 앉아 무시무시하게 키보드를 두드리더니 10분 만에 프레젠테이션 순서도를 만들어 내게 넘겨주었다.

"오늘은 나랑 이거 마무리하고 가죠."

차갑게 들릴 정도는 아니었지만 주경주 차장의 목소리에는 늘 내게 보여주던, 예의 그 편안함이 없었다. 무언가 사달이 난 것이 틀림없었다.

둘만 있다면 주경주 차장에게 여국대 사장과 무슨 일이 있었는지 질문을 던졌을 테지만, 우리는 카레빵맨 팀장의 감시하에 프레젠테이션 작업을 했기 때문에 사적인 대화와는 거리가 먼 시간을 보냈다. 그날의 분량을 마친 시각은 새벽 2시였다.

여느 때 같으면 주경주 차장이 집까지 바래다주며 '너무 일을 많이 시켜서 미안하네요' 라든가 'PT만 끝나면 칼퇴근할 수 있게 힘써볼게요' 같은 격려의 말을 몇 번씩 했을 텐데, 이상하게도 그는 조용했다. 나는 다크 컨셉의 주경주 차장이 중간에 내려서 걸어가라고 할지도 모른다는 불안감에 잠든 척 눈을 감아버렸다가 병원에서 있었던 일이 생각나 다시 눈을 떴다. 여국대 사장의 앞에서라면 그냥 소리를 확 질러 버리고 말았을 텐데.

“송아 씨, 송주 전화번호 좀 알려줄래요?”

불편한 생각으로 고뇌하는 내게 주경주 차장이 말했다. 나는 얼떨떨해하다가 그에게 송주의 전화번호를 불러주었다. 나에게 ‘송아 씨’라고 부르는 직장 상사가 내 동생의 친구라는 사실이 어색하게 와 닿았다. 송주의 전화번호는 왜 궁금한 걸까. 나는 침묵이 깨진 틈을 타 그간의 무거운 공기에 눌려 하지 못했던 질문을 그에게 던졌다.

“아까 여국대 사장이랑 무슨 일 있었어요?”

“송아 씨는 오늘 아침에 한 얘기보다 그게 더 궁금해요?”

주경주 차장이 조금 싸늘하다 싶게 물었다. 그의 말끝에서 서운함이 내비쳤던 것도 같았다.

“아, 물어보고 싶은 게 너무 많아서요. 다 여쭤보면 밤새야 할지도 몰라요.”

“밤새 얘기해도 송아 씨만 괜찮다면 난 좋아요.”

깜짝 놀라, 생각 없이 입 끝을 올려 짓던 미소를 풀어버렸다. 왜 이 사람은 내게 생각할 시간도 주지 않았으면서 갑자기 이렇게 정직하고 도발적으로 말하는 거지? 아침에 주경주 차장은 자신이 20년 전의 주경주라고 말하면 우리가 달라지는 것이냐고 물었다. 나는 그게 무슨 의도를 담은 질문이었는지도 생각해 보지 못했다. 이 사람은 무엇이 달라지길 원하는 거지?

아…… 괴롭다, 괴로워. 이 옥죄는 긴장감에서 얼른 도망치고 싶다!

"물어봐요, 다 대답해 줄게요."

사실 이건 엄청난 기회였다. 그런데 왜 이런 기분이 드는지는 알 수 없었다. 그가 내 눈을 똑바로 보던 순간부터 나는 그가 어려워졌다. 그의 진지한 얼굴을 대할 용기가 없었다.

"이메일로 하면 안 될까요?"

나는 주경주 차장에게 거의 울다시피 말을 하고는 급하게 승용차 문을 열었다. 그에게 잘 가라는 인사를 하면서 그를 쳐다보지도 못했다. 스물아홉이나 되어서도 여전히, 누군가가 진지하게 다가오는 것은 부담이 아닐 수 없었다. 내가 이래서 연애를 못했던 거겠지. 송주 탓을 할 게 아니었다. 내가 문제다.

집에 와 씻고 누워서야 내가 무례했다는 것, 그리고 주경주 차장에게 마음 놓고 질문할 기회를 놓쳤다는 것을 심각하게 깨달을 수 있었다. 그에게 문자라도 보내볼까 하여 핸드폰을 보는데 문자메시지가 와 있었다. 여국대 사장이었다.

그렇게 답문을 기다릴 땐 연락도 없더니. '왔다 갔어' 라는 짧은 내용인 주제에, 이 말을 하는 데 그렇게나 뜸을 들이냐? 심통을 부리며 혼잣말을 하다가 실수로 통화버튼을 눌러 버렸다.

[여보세요.]

깜짝 놀라 통화 종료버튼을 마구 누르는데, 핸드폰 너머로 그의 낮고 조용한 목소리가 들려왔다. 반가움을 느끼기도 전에 통화는 끊어졌지만 말이다.

곧 다시 핸드폰 진동이 울렸다.

"여보세요."

[어디서 장난 전화질이야?]

거친 통화 내용과는 달리 여국대 사장의 말투에서 조심스러움이 느껴졌다. 그는 룸메이트인 수리 씨가 자고 있다는 말을 덧붙이며 지금 퇴근한 거냐고 물었다.

"PT 끝날 때까지는 계속 이럴 것 같아요."

[그럼 PT 끝나고 얘기하지.]

아, 끊자는 건가? PT 끝나고 통화하자는 얘긴가? 내가 서운한 마음으로 '끊어요' 라고 말하니 그가 나를 다시 불렀다.

[아니, 그게 아니라.]

후, 하며 그가 숨을 내뱉는 소리가 들렸다.

[할 말이 있는데, 일단 PT 끝나고 하자고.]

"할 말이 뭔데요? 지금 하면 안 되나?"

나는 그의 낮은 목소리를 흉내 내며 그에게 보챘다. 주경주 차장과의 대화에서 도망친 내가 그에겐 이렇게 적극적일 수 있다는 것이 신기했다. 하지만 그건, 여국대 사장이 몹시도 담백한 나머지 좀처럼 진지하지 못한 사람이기 때문이겠지.

"아까 주경주 차장이랑 무슨 일 있었어요?"

[아니, 그 사람이 뭐래?]

"……아니에요."

주경주 차장에 대한 이야기가 나오자 여국대 사장의 말투가 시큰둥하게 변했다. 그에게 내가 아는 주경주 차장에 대한 모든 얘기를 할 수는 없었다. 대충 말을 마무리 짓고 통화를 끝내려는 찰나, 그가 내게 말했다.

[조심해.]

"뭐가요?"

[그 사람 송아 씨 좋아하는 것 같던데. 그 사람이 이미지 메이킹을 어떻게 했는지는 몰라도, 남자가 보기엔 여우야. 송아 씨한테 보여주는 번듯한 태도랑은 완전히 다른 사람이라고.]

풉, 하고 웃음이 나왔다. 남자여우. 내가 여국대 사장을 처음 만났던 날 받았던 충격적 인상을 그의 입으로 듣게 되다니. '여국대 씨, 그럼 당신은 어떻고요' 라는 말이 튀어나오려는 것을 입술을 꽉 깨물어 참아야 했다.

[그 사람이 나한테 묻던데, 송아 씨 좋아하냐고.]

내 웃음을 그의 차분한 목소리가 막았다. 그가 내 표정을 직접 보았다면 다음 말은 꺼낼 생각도 하지 못했을 텐데.

[그래서 그냥, 송아 씨가 날 좋아한다고 했어. 잘했지?]

그는 전혀 장난이 아닌 이야기를 장난처럼 했다. 맙소사, 주경주 차장한테 무슨 얘길 한 거야! 이렇게 어처구니없을 수가. 그는 버럭 소리를 지르는 내게 어떤 해명도 없이 잘 자라며 전화를 끊었다.

밤새 뒤척이다가 새벽 4시쯤 잠이 들어 늦잠을 자고 조금 늦게 출근했다. 주경주 차장의 모습은 보이지 않았다. 귀동냥으로 그가 오전 외근을 갔다는 이야기를 들을 수 있었다. 얼굴을 대면하려니 어색하고 부끄러웠는데 차라리 다행이었다.

그러나 안도의 한숨을 내쉬고 업무를 시작하려 회사 이메일함을 열었다가 먹은 것도 없이 사레가 들리고 말았다. 받은 편지함에는 주경주 차장의 이메일이 들어 있었다!

—송아 씨,

아침에 시간이 없을 것 같아 메일 남깁니다.

어제 송주의 전화번호를 물어본 것은, 심술이 날 만한 일이 있어 갑작스럽게 확인할 것이 생겨서였습니다. 하지만 당사자에게 물어보는 게 더 현명하리라는 생각이 들었습니다. 저도 물어볼 것이 많아요. 경쟁 PT가 끝나는 날 시간을 허락해 준다면 좋겠어요.

진지한 질문엔 진지하게 대답하도록 하겠습니다.

내 잘못이었다. 내가 이메일로 얘기하자고 했었다. 내가 대화를 회피하기 위해 마구 던졌던 이야기를 이렇게 곧이곧대로 받아들이

다니. 웬일인지 그의 짧고 정중한 이메일에서 단호함이 느껴졌다.

그가 나에게 할 질문이 무엇일까 생각하는 것만으로도 머리가 아팠다. 그래, 일단 접어두자. 경쟁 PT가 끝나고 얘기하자고 했으니 그때까지 궁금한 것들만 생각해 두도록 하자. 주경주 차장이 어떤 말을 하더라도 당황하지 않도록 마음을 굳게 먹어야겠다고 다짐하며, 나는 D—Day를 받아들이기로 했다.

프레젠테이션 기획서를 만드는 일, 광고 제작물을 확인하는 일, 그리고 빠진 것들을 부랴부랴 챙기고 채워 넣는 일로 팀원들은 모두 매일 바쁘게 움직였다. 생각을 정리할 시간이 없는 것이 문제였지만 바쁠 땐 오히려 생각이 복잡해지지 않아 좋았다.

회의 중에 어쩌다 주경주 차장과 눈이 마주치면 급히 고개를 돌렸다. 유례없는 폭설로 월요일 이후 주경주 차장은 차를 끌고 오지 못했고, 다행히 그와 함께하는 외근도 없었다. 회의실에 둘만 남게 될 일도 없어 그럭저럭 어색하지만 숨통이 트이는 시간을 보낼 수 있었다.

사실, 20년 전이든 병원에서든 주경주 차장에게 '뽀뽀'에 대한 질문을 던져야 한다고 생각하는 것만으로, 그리고 그 질문에 진지하게 대답할 주경주 차장을 떠올리는 것만으로 문득문득 막연한 두려움이 일었던 것이다.

그리고 D—Day. 회사에서 밤을 샌 나는 아침에 송주로부터 구호물품을 전달받았다. 애초에 PT 자리에 참석하지 않는 것으로 얘기됐었지만, 내가 기획서를 책임지게 되면서 변태 광고주 김성기 팀장에게서 벗어나려던 모든 계획은 어그러지고 말았기 때문에 정장이 필요했다.

"모레 무슨 날인지 알지?"

떼꾼한 눈을 애써 뜨며 세상에서 가장 느끼한 쌍꺼풀을 만들어 버린 내가 안쓰럽다는 듯 송주는 인상을 찌푸리고 말했다. 나는 곰곰이 날짜를 꼽아보았다. 벌써 이렇게 됐구나.

"아, 아빠 기일이구나."

"엄마가 중간에서 보자던데."

나는 고개를 가로저었다.

"아니야, 나 혼자 갔다 와도 돼."

"됐어. 같이 가."

송주는 시큰둥하게 말하고 정장과 세면도구, 그리고 화장품이 든 가방을 내 손에 쥐어주었다. 송주는 억지가 많고 대책 없는 동생이지만 가족과 관계된 일에 있어서만큼은 늘 툴툴대면서도 나를 돌보는 쪽이었다. 시간이 지나고 보니 그게 송주가 날 위로해주는 방식이었다.

송주가 떠난 후, 이번엔 한비룡 씨와 수리 씨가 회사 앞으로 왔다. PT 때 광고주들에게 선보일 도시락을 가져온 것이다. 여국대 사장이 오지 않아 은근히 서운했다.

"국대 혼자 준비했거든. 피곤한가 보더라."

내 서운한 눈빛을 눈치챘는지 비룡 씨가 여국대 사장에 대해 말해주었다. 나는 왠지 여국대 사장이 주경주 차장과 마주치기 싫어 오지 않았는지도 모르겠다는 생각이 들었다.

회의실로 돌아와 마지막 점검을 하며 도시락의 뚜껑을 열었다. 제작팀 사람들과 본부이사님, 그리고 카레빵맨 팀장은 입이 벌어진 줄도 모르고 넋을 빼앗긴 듯 도시락을 바라보았다.

부추로 하나하나 묶어 포인트를 준 오이 햄말이 초밥,

중간중간 귀여운 햄 조각이 콕콕 막힌 두부강정,

꼬마소시지를 회오리감자 모양으로 잘라 꼬치를 꿴 방울토마토 소시지 꼬치,

햄과 빵을 겹쳐 돌돌 말아 소용돌이 색을 낸 단호박 롤 샌드위치,

슬라이스햄으로 셔링을 낸 고급스런 모양의 카나페까지.

모든 음식이 햄의 향연이었지만, 넘치지 않을 만큼 깔끔하면서 센스가 있는 기발한 음식이었다. 제작팀 사람들은 한동안 말을 잃고 쳐다보다가 음식들을 하나씩 입으로 가져갔다. 그들의 행복해하는 눈빛에서 도시락은 합격점이라는 것을 알 수 있었다.

그러나 아쉽게도 프레젠테이션 석상에서는 도시락을 꺼낼 수 없었다. 광고주 쪽에서 경쟁의 공정성을 위해 발표 외의 다른 준

비는 삼가달라는 요청을 했기 때문이었다. 주경주 차장이 우려했던 것은 이런 상황이었을까. 발표를 시작하기도 전에 기운이 빠졌지만 도시락을 찍어간 사진으로 포크포크 임원들의 호응을 조금 얻을 수는 있었다. 능력 있는 발표자 주경주 차장의 프레젠테이션이 수월하게 끝나고 제작물 발표까지 사고 없이 마친 후 우리는 회사로 돌아와 같이 고생한 사람들과 도시락을 나눠 먹었다.

결과 발표는 생각보다 빨리 났다. 4시경, 카레빵맨 팀장이 전화기에 대고 '아이고, 감사합니다'를 하는 목소리는 회사 전체가 쩌렁쩌렁해지도록 울렸다. 늘 얄미운 눈빛을 보내던 여자 대리마저도 어린애처럼 소리를 질렀다. 반가운 소식을 접한 사람들은 내가 만든 기획서의 틀이 멋져서 많은 주목을 받을 수 있었다는 칭찬을 아끼지 않았다.

뿌듯하고 흐뭇했지만, 내겐 그게 다였다. 전날 못 잤기 때문인지 사람들의 환호성이 내 세계의 소리가 아닌 것처럼 멀찌감치 들렸다. 사람들이 가장 즐거워하는 마지막 순간에 나는 그저 멍하니 서 있었다. 벅찬 것도 두근거리는 것도 없이, 그저 도시락을 PT 석상에 가져갈 수 있었으면 더 좋았을 텐데, 하는 생각이 먼저였다. 이상하게도 마음이 공허했다.

"괜찮은 게 아니라 행복한 걸 묻는 거야. 지금 일이 좋아?"

일주일 전, 내가 쓰러지던 순간에 그는 나의 위태로운 세계에 손을 댔다. 스스로 그동안 무너질까 염려하여 건드리지 못했던 곳이었다. 내가 쓰러지지 않았다면 그는 그 이후 내게 어떤 말을 해주었을까?

"오늘 시간 어때요?"

내가 상념을 펼쳐놓고 있을 때 주경주 차장이 다가왔다. 나는 멍하니 주경주 차장을 바라보았다. 또 잊고 있었구나. D—Day였다. 재촉하는 그의 말에 나는 또 여국대 사장이 먼저 스쳤다.

[할 말이 있는데, 일단 PT 끝나고 하자고.]

여국대 사장은 이전의 전화 통화에서 이런 말을 했었다. 내가 지금 궁금한 건 여국대 사장 쪽이었다. 그의 말을 먼저 들어야 할 것 같았다. 그리고 아틀리에가 그리웠다.

"저기, 아직 질문 정리가 안 됐어요. 내일 연락드릴게요."

기대에 찬 눈빛을 보이던 주경주 차장은 이내 고개를 끄덕였다.

"그래요. 내일 내가 연락할게요."

그는 내 말을 믿을 수 없다는 듯 자기가 먼저 연락하겠다는 뜻을 내비쳤다.

오후 5시 59분에 회사에서 스프링처럼 튀어나왔다. 남들보다 1분이나 일찍 퇴근하다니! 오랜만에 누리는 호사였다. 회사에서 나오자마자 가장 먼저 여국대 사장에게 전화를 걸었다.

[여보세요.]

싸하다는 생각이 들 만큼 냉랭한 목소리가 들렸다. 지금껏 그를 화나게 한 적은 많았지만 이런 목소리는 처음이었다. 무슨 일이 있었나?

"PT 끝나면 할 말 있다고 하지 않았어요?"

[박송아.]

그는 '박송아 씨'라고 부르지 않고 내 이름 석 자를 차갑게 발음했다.

"네?"

[오늘은 밤 새웠을 거 아냐. 내일 얘기해.]

"오후에 좀 자서 괜찮아요. 내일은 시간 없고요."

나는 그의 이야기를 듣고 싶은 마음에 거짓말을 했다.

[……알았어. 그쪽으로 갈게.]

"아니요. 제가 아틀리에로 갈게요."

나는 행동한 대로 말했다. 이미 아틀리에로 가는 방향의 지하철에 오른 후였다. 그는 알겠다고 말하고 전화를 끊었다.

다시 회사로 돌아갈 일을 걱정하지 않아도 되는 금요일 밤. 오랜만에 두근거리는 마음을 안고 아틀리에로 향했다. 그간 격무에 시달려 몸이 천근만근 무거웠던 것 같은데, 걸음이 저절로 빨라지고 있었다.

한달음에 달려 급해진 숨을 고르고 아틀리에의 문을 열었다.

안녕, 돌아왔어. 마음속으로 이 편한 공간과 인사를 하려는데, 주방에 불이 꺼져서인지 아틀리에를 감도는 공기가 여느 때보다도 으스스하게 가라앉아 있었다.

공기를 휩쓸어 버린 사람은 여국대 사장이었다. 그는 아틀리에 구석구석 퍼져 있는 어둠을 그러모은 듯한 어두운 기운을 뿜으며 소파에 앉아 있었다. 내가 왔는데도 전혀 움직이거나 흐트러지는 일이 없이 한동안 나를 쳐다보았다.

"무슨 일 있어요?"

눈동자로 상대방을 붙들 수 있는 사람이 있다. 나는 그의 눈빛에 몸이 묶인 듯, 어떤 것도 어쩌지 못하고 그 자리에 서 있었다. 그간 친해졌다고 생각했던 여국대 사장이 너무 낯설게 느껴졌다.

한동안 나를 노려보던 그가 서서히 일어났다. 그의 움직임에 날선 추위가 느껴져 몸이 움츠러들었다. 그가 왠지 무서워 나는 한 발짝 뒤로 물러났다. 내일 올걸 그랬다는 생각이 들었다. 여국대 사장 앞에서는 그냥 소리만 확 질러 버리면 그만이라고 생각했던 것은 오만이었다.

무슨 말이든 내뱉고 떠나야겠다는 생각에 조심스레 입으로 소리를 모으는데, 그가 먼저 입을 열었다.

"박송아, 넌 어떤 애냐. 대체 뭐야."

그가 무슨 말을 하는지 알 수 없어 어리둥절해 있다가 그가 손에 쥔 서류들을 흘깃 보고나서야 정신이 들었다. 말도 안 돼. 그의 손에는 '브라운 커뮤니케이션 입사원서' 라고 적힌 내 이력서와 송주가 '동거인' 으로 표기된 주민등록등본이 들려 있었다. 예전에 신춘문예 원고와 함께 402호에 놓고 갔던 여분의 서류들이었다. 나는 그걸 잊고 있었다.

"너 뭐야? 어떻게 된 애냐?"

신춘문예공모전 마감일, 그날은 내가 브라운 커뮤니케이션 면접을 보러 다녀온 날이기도 했다. 이전의 이력서에서 토익스피킹 성적을 추가하게 되어 혹시 몰라 다시 뽑아온 이력서였다. 나는 신춘문예 원고를 여국대 사장이 잘못 제출한 것에 화가 나 다른 서류들은 신경 쓰지도 않고 있었다. 그걸 이제야 깨닫다니.

그런데 이 사람은 어쩜 이렇게 매사가 뻔뻔한 거지? 그가 내 이력서를 훑었다는 것에 화가 났다. 그리고 내가 화를 내는 것이 옳았다.

"내가 뭐냐니. 내가 박송아지 그럼 뭐예요!"

나는 그가 들고 있던 종이들을 휙 빼앗았다. 내 이력서와 주민등록등본이 두 쪽으로 찢어지면서 한쪽이 내 손에 들어왔다.

"너 때문에 찢어졌잖아!"

"내 이력서를 가지고 왜 사장님이 화를 내요!"

나는 쿵쿵 걸음으로 성큼성큼 움직여 주방의 불을 켰다. 말로 안 되니까 조명을 어두침침하게 해놓고는 분위기로 휘어잡으려는 수작을 내가 모를 것 같아?

주방의 불이 켜지니 다시 상쾌하고 따뜻한 주방이 눈에 들어왔다. 나는 이 편안함을 만끽할 새도 없이 여국대 사장의 쏘아보는 눈빛과 다퉈야 했다.

"남의 이력서를 훔쳐보는 건 어른다운 행동이에요?"

"훔쳐보지 않았어. 내 집에 있는 걸 당당히 본 거지."

"뭐가 어쨌든 내 이력서지 사장님 이력서가 아니잖아요."

"박송아 이력서 맞아?"

"거기 박송아라고 쓰여 있는 건 안 보여요?"

그는 주방테이블에 찢어진 내 이력서와 주민등록등본을 쾅, 하고 내려놓았다. 여전히 나를 노려보면서.

"가족관계."

내 이력서에서, 가족관계는 공란이었다. 그제야 나는 상황이 이해될 것도 같았다. 내 주민등록등본에는 송주가 '동거인'으로 표기되어 있었으니까.

내가 엄마 뱃속에 있을 때 아버지가 돌아가셨고 여덟 살 땐 엄마마저 사고로 돌아가셨다. 이때, 나를 가족으로 거둬주신 분은 이모였다. 이모는 내 후견인으로서 엄마가 남긴 보험금과 몇 푼 안 되는 재산을 지키는 데 최선을 다하셨다. 중간에 이모부 음식점 사업이 망하는 바람에 조금 빌려 쓴다고 가져가시긴 했지만. 내가 성년이 되어 이모의 곁을 떠나게 되었을 때, 이모는 그간 지켜온 엄마의 재산에 이자까지 챙겨서 서울에 집을 알아봐 주셨다.

이제 가족이다 아니다의 개념이 없기는 하지만, 동생 송주는 정확히 말하면 이모의 아들이고 이종사촌 동생이었다. 송주가 엄마라고 부르는 분을 내가 이모라 부르는 것일 뿐, 우리는 여느 티격태격하는 남매들과 다를 것이 없었다.

이력서를 쓸 때마다 놀라는 사실이 바로 그것이었다. 송주와 나는 동거인이지 친남매는 아니라는 것. 지금이야 주민등록등본에 이종사촌으로 표기되도록 다시 신고하긴 했지만, 혹여 내 주민등록등본을 본 후 색안경을 끼고 걸러내는 회사라면 나도 그런 회사는 다닐 가치가 없다는 생각이었다. 다행히도 세상은 아름답고, 이런 것으로 나를 다르게 평가하는 사람은 없었다고 생각한다. 지금 눈앞에 있는 이 시대착오적 생각을 가진 남자만 제외하고.

"하아…… 그것 때문에 그런 거예요, 지금?"

"동생이랑 같이 산다고 했잖아."

"동생 맞잖아요. 박송아, 박송주."

'동거' 라는 법적 용어에 이렇게나 눈빛을 달리하는 사람에게 내 과거사를 시시콜콜 얘기하고 싶지는 않은데.

"아, 어머니가 다른 건가?"

그의 표정이 한순간 풀리는 듯했다. 나의 다음 말에 다시 어두워졌지만 말이다.

"그렇죠, 아버지도 다르지만."

"야, 장난해?"

"내가 부모님 얘기로 장난을 치겠어요?"

또 소리가 높아지고 말았다.

"왜 내가 사장님한테 그런 얘길 해야 되는데요!"

내가 이곳에 오고 가는 동안 여국대 사장에게 배운 것이 있다. 역시 사람은 목소리가 커야 한다는 것. 잘못이 있어도 인정하지 않고 뻔뻔떳떳하게 남의 잘못만 들추면서 소리를 높이면 어느 순간 승리가 눈앞에 있다는 것.

"내 이력서를 본 게 잘못이에요. 그걸 인정 안 하면 나도 아무것도 얘기 안 해요."

그는 망설임 없이 선서를 하듯 오른손을 어깨 옆으로 올리고 말했다.

"인정. 됐지? 얘기해."

당신이 송주였으면 내 손에 죽었어. 이 말을 속으로 몇 번이나 했는지 모르겠다. 급하게 달려와 내 코피를 막아주었을 때, 주경주 차장에게 부하 직원을 이렇게나 부려먹느냐고 화를 냈을 때, 죽과 신발을 사가지고 병문안을 왔을 때, 그리고 내게 행복하냐고 물었을 때 나는 그가 날 생각해 주는 마음이 고마웠고 조금 들떴었다. 이 사람이 이렇게나 제멋대로이고 무례한 사람이라는 것을 잊고 말이다.

"그런 게 아니라, 나한테 미안하다고 말해야죠."

"그게 뭐가 그렇게 잘못이라는 거야? 난 내 집에 있는 걸 본 거라고."

"내가 놓고 간 건 잘못했지만……."

나는 말을 하려다 멈췄다. 우리의 실랑이는 돌고 돌 것이 뻔했다. '동화책은 내 것인데 뭐가 어때서!' 라고 말하는 어린아이와 싸우는 느낌. 그를 훈계하는 일은 어린아이에게 동화책에 낙서하면 안 된다고 가르치는 것만큼이나 힘든 일일 터였다. 다른 방법으로 접근해야 했다.

"하아…… 이종사촌이에요. 됐어요?"

그는 심드렁한 표정을 지었다. 여전히 그가 의구심을 갖고 있다는 것을 알 수 있었다. 생각하고 있는 것이야 뻔했다. 이런 과정은 친구를 사귈 때마다 겪었으니까.

"이모부랑 아빠랑 성이 같으면 이렇게 돼요. 박송아, 박송주."

"그럼 등본에는 사촌이라고 나와야 되는 거 아닌가?"

"지금은 그렇게 되도록 재신고했고요."

그는 한동안 가만히 생각하는 듯하더니 핸드폰을 꺼내 누군가에게 전화를 걸었다. 그리고는 다짜고짜 소리를 질렀다.

"야! 동거가 뭐가 어째? 이게 다 지 같은 줄 아나. 너 당장 들어와! 오늘부터 외박하기만 해봐. 넌 죽었어, 빨리 와!"

통화 내용으로 봐선, 지금 여국대 사장과 통화를 하고 있는 사람은 수리 씨였다. 수리 씨가 나에 대해 여국대 사장에게 어떻게 얘기했을지도 눈에 훤했다. 물론 반은 장난이었겠지. 하지만 이깟 서류 한 장으로 사람을 판단해 버리다니. 이럴 때 '웃프다' 는 말을 쓰는 거구나.

그는 자기 말만 실컷 질러대고는 전화를 끊어버렸다. 그리고 자기도 피해자라는 얼굴로 한숨을 쉬는데, 나는 사실, 순간 웃음이 났지만 꾹 참고 그를 쏘아보았다. 그는 무안한지 다른 쪽으로 이야기를 돌렸다.

"밥은 먹었어?"

"아니요, 집에 가서 먹을 거예요."

"해줄게."

"할 말이 이렇서였어요? 기가 막혀, 진짜."

"아니야, 그건. 기다려, 밥이나 먹고 얘기해."

그가 따로 할 말이 있다고 했기 때문에 나는 그를 거절할 수가 없었다. 어쩌면 그건 그 나름대로의 사과 방법이었다. 그가 요리를 하는 동안 나는 이모와 통화하고 모레 아버지 산소에 갈 약속을 잡았다. 여국대 사장은 그제야 내 가족관계에 대해 제대로 파악했는지 처음으로 농담을 건넸다.

"음식 재료들도 귀가 있는 거 알아?"

"네?"

"이것 봐. 박송아가 소리를 지르니까 얘네들이 다 풀이 죽었잖아."

그는 양상추 잎들을 보여주며 말했다. 언젠가 텔레비전에서 음식을 가지고 독특한 실험을 한 프로그램을 본 일이 있었다. 콩나물을 두 군데 심어놓고, 한쪽 콩나물에는 칭찬을, 또 한쪽 콩나물에는 악담을 꾸준히 하여 상태를 지켜보는 실험이었다. 칭찬이 먹거리를 변화시킨다는 얘기였는데, 나는 그 방송을 보는 내내 말도 안 된다며 웃었었다. 그 말이 맞다면 욕쟁이 할머니 국밥은 최악이어야지!

그가 지금 하는 이야기도 그 방송에 대한 얘기일까? 음식에 관해서만큼은 순수하고 순진해지는 이 남자라면 그 프로그램도 인간극장 보듯 감명 깊게 봤겠지.

"음식한테 하듯 나한테도 해봐요."

내가 이런 말을 하게 될 줄은 몰랐다. 이모가 이모부한테 '어머니한테 하듯 나한테도 좀 해봐요' 라고 하실 때의 기분을 알 것도 같았다.

"아무렴, 박송아가 양상추보다야 낫지."

"그리고 말은 바로 하자고요. 그 양상추가 내 소리에 놀랐겠어요, 사장님 소리에 놀랐겠어요? 사장님도 예쁘게 말할 줄 알아야 돼요. 거기다 사장님 목소리가 얼마나 큰지 몰라요?"

그는 깨절구를 쾅쾅 내려쳤다. 깨들에게도 귀가 있을 텐데, 저렇게 하면 귀가 있는 깨들이 맛없어지지 않을까? 하지만 오늘 아틀리에에 도착했을 때 느꼈던 어둠의 기운과는 달리 나는 그가 귀엽게 보였다.

10여 분이 지나고 국이 보글보글 끓는 소리가 들리더니 바다 내

음과 함께 고소한 생선구이 냄새가 퍼졌다. 잠시 후 그는 나를 주방으로 불렀다. 그가 준비한 음식은 한정식이었는데 밥은 한 그릇이었다. 그의 앞에는 보리차만 한 잔 놓여 있을 뿐이었다.

"사장님은요?"

"난 먹었으니까."

"그럼 혼자 먹으라고요?"

"다 못 먹겠으면 남겨. 비룡이 주면 돼."

"그게 아니라, 사장님은 혼자서도 이렇게 예쁘게 먹어요?"

"아니, 꼭 그렇진 않아."

다행이었다. 그도 인간이라는 이야기를 들은 느낌이었다.

"내가 하는 일은 기본적으로, 나 말고 다른 사람이 예쁘고 맛있는 걸 먹도록 하는 거야."

나는 젓가락을 들고 한참 음식들을 바라보았다. 말간 조갯국, 노란 계란지단이 소복이 올라간 조기구이, 땅콩소스양상추샐러드, 해파리냉채, 버섯볶음, 시금치볶음, 그리고 연두부가 있었다. 그를 처음 만났던 날, 나는 그가 프로포즈용으로 주문받았던 도시락이 내 것인 줄 알고 가져갔었다. 그 도시락에도 오늘 본 형태와 똑같은 연두부가 있었다. 연두부에 동그랗게 홈을 내 간장 양념을 담은 것이 참 인상적이었다. 그때 나는 연두부의 간장양념이 아래로 쏟아지지 않았다는 사실에 신기해했었다.

나는 연두부의 간장양념을 젓가락으로 살짝 건드렸다. 연두부

중앙의 동그란 간장이 비눗방울 터지듯 톡 터지며 그제야 두부 안으로 흘러내렸다.

"이거 어떻게 한 거예요?"

"마술."

그는 유리잔을 들고 소파 쪽으로 가다가 나를 보고는 살짝 미소 지었다. 나는 입을 샐쭉 내밀었다.

"왜, 또."

"사장님이랑 있으면 자꾸 삐뚤어지고 싶어져요."

그는 코웃음을 치고는 소파에 앉았다. 내가 밥을 비우고 먹은 것들을 치울 때까지 그는 조용히 앉아 있었다. 잠시 후 나도 보리차를 들고 그의 앞에 앉았다.

"그래서, 할 말이 뭔데요?"

질문을 하는 나에게 그가 종이 한 장을 내밀었다. '드래곤애드 입사처우'라는 제목의 문서였는데 '드래곤애드'라는 회사의 신입사원 연봉과 복지 내용들이 상세히 적혀 있었다.

"이게 비룡이 아버지 광고회사야. 거기 복지가 최상이라서 텔레비전에도 몇 번 나온 적 있어. 수리가 마침 네 이력서가 우리집에 있다고 하더라고."

머릿속으로 모든 그림이 그려졌다. 이 사람은 내 대신 이력서를 만들어보려고 한 것이었구나.

드래곤애드의 입사처우는 내가 지금까지 알아보았던 모든 회사

중에 가장 괜찮은 조건이었다. 특히 연장근로수당이 지급된다는 것은 충격적일 정도였다. 내가 이런 처우로 지금의 회사를 다녔다면 한 달에 200만 원은 더 받았겠지. 연장근로수당이 있는 회사라는 건 야근을 강요하는 분위기가 아니라는 말이었다.

"회사에 다녀본 적이 없어서 뭐가 좋은 건진 몰라. 하지만 적어도 지금 회사보다는 나을 것 같은데."

나는 아무 말도 할 수 없었다. 이직을 하고 나서 많은 일들이 있었지만 아직 브라운 커뮤니케이션에 입사한 지 한 달도 되지 않았다. 드래곤애드의 입사 조건이 좋긴 하지만 직장생활을 한 지 2년도 안 되어 세 번째 회사로 간다는 뒷말을 듣고 싶진 않았다.

"도망가는 버릇이 있어요."

"뭐?"

"예전에는 그게 술버릇인 줄 알았어요. 그런데 항상 도망치고 있더라고요. 사람들하고의 관계에서도, 힘든 일에서도, 누군가 진지한 얘기를 할 때도."

내가 하려는 말은 지금까지의 이야기에서 엇나가는 것이었지만, 그는 그다음 얘기가 궁금하다는 듯 잠자코 내 말에 귀를 기울였다.

"예전에는 집으로 도망쳤었는데, 여기를 알게 된 다음부터는 여기로 도망치고 있더라고요. 술 마시고 아틀리에를 난장판으로 만들었을 때도, 사실 그저 그냥 여기 다시 오고 싶었던 것 같아요."

그의 얼굴이 살짝 찌푸려졌다. 험악한 과거의 범죄를 미화시키지 말라는 듯.

"사장님이 왜 이런 걸 챙겨주는지도 모르겠고, 왜 내가 자꾸 여기 오고 싶은지도 모르겠고, 가끔은 이런 마음이 드는 게 너무 짜증 나고 힘들어요."

"짜증이 많은 건 박송아가 삐뚤어진 여자라 그래."

"사장님을 이해할 수가 없다고요. 사장님이 나한테 잘해주려는 건지, 날 약 올리려는 건지."

내가 입을 샐쭉거리며 말을 마치자 그가 일어나며 내 손목을 잡았다.

"나가자."

"어딜요?"

"집에 안 가? 데려다 줄게. 동거인 얼굴 좀 보자고."

무슨 소리야! 안 돼! 분명히 나는 이 사람에게 송주에 대해 얘기했었는데. 송주는 내가 남자를 데려오면 일단 다리몽둥이를 분지르고 시작하겠다는 무지막지한 녀석인데.

나는 그의 손목을 잡아끌며 나 혼자 가겠다고 사정했지만, 그는 내 손을 잡고 웃으며 손에 힘을 주었다.

☆ ☆ ☆

집 앞, 나는 여국대 사장의 차 조수석에 앉아 바짝 쫄아 붙어 있었다. 운전석에 앉아 있는 여국대 사장은 나의 긴장한 얼굴을 재미있어하는 것 같았다.

"누가 만나겠대? 동생 얼굴만 보고 가겠다고 했잖아."

"얼굴을 확인해서 뭐 하게요!"

"혹시 알아? 길 가다가 마주치면 인사라도 해야지."

"걔한테 인사를 왜 해요!"

여국대 사장의 행동은 좀처럼 종잡을 수 없으면서도, 어쩜 이렇게 유치하기 짝이 없는지 모르겠다.

집으로 오면서 여국대 사장에게 부모님과 이모와 송주의 이야기를 해야 했다. 엄마는 여덟 살 때 돌아가셨다는 것, 이모는 엄마를 대신해 날 키워주셨고, 나는 스무 살에 독립했지만 송주가 나와 같은 대학교를 다니게 되면서 다시 같이 살게 되었다는 것. 이게 웃긴 얘긴가? 내가 말을 웃기게 하나? 내가 웃긴가? 여국대 사장은 송주의 얘기가 나오면서부터 표정이 밝아지는가 싶더니 급기야는 히죽거렸다.

집에 도착하면 집 안으로 들어갈 줄 알았던 여국대 사장은 대문 앞에 차를 세우고 움직이지 않았다. 처음부터 송주에 대한 사실을 제대로 말한 것이 다행이었다. 자기도 송주한테 맞고 싶지는 않은 모양이지.

아직 송주가 집에 돌아오지 않았는지 집 안의 불은 모두 꺼져 있었다. 송주에게 언제 오냐고 문자메시지를 보내니 곧 도착한다는 답문이 왔다. 마음이 조급해졌다. 내 대뇌피질은 어디로든 숨어야 한다는 명령을 내리고 있었다. 나는 운전석과 조수석 사이를 지나 뒷좌석으로 갔다.

"그렇게 동생이 무서워?"

"유도 유단자예요. 중학생 때는 전국체전에서 은메달도 땄다고요."

"아, 그래?"

그걸 믿냐.

아무튼 내가 겁을 주니 여국대 사장은 더 이상 웃거나 말을 걸지 않았다.

침묵의 시간이 고요히 흐르고, 송주가 나타났다. 나는 소리를 죽여 여국대 사장에게 알렸다.

"고개 들지 말고 눈으로만 확인해요."

여국대 사장의 차 바로 옆까지 다가온 송주는 그 자리에 가만히 서서 집 쪽을 바라보았다. 나는 숨을 죽이고 좌석 아래로 숨었다. 잠시 후 송주는 핸드폰을 꺼내 누군가에게 전화를 걸었다.

곧 내 핸드폰 벨소리가 울렸다. 송주가 밖에서 전화를 건 것이었다. 아차차차, 진동으로 해놓는 건데. 벨소리가 어쩜 그리 크게 들리는지, 나는 핸드폰을 온몸으로 품어 소릴 죽여야 했다. 송주는 계속 핸드폰을 귀에 댄 채로 서 있었다. 심장이 콩닥콩닥 뛰었다. 송주가 전화를 끊지 않아, 나는 송주의 전화를 받을 수밖에 없었다.

작은 소리로 전화를 받았다. 송주는 나에게 집이냐고 물었다.

"아니, 가고 있어."

[그런데 왜 그렇게 조용해? 밖에 있는 거 아니야?]

"아, 택시 타고 가고 있어."

나는 낮은 소리로 둘러댔다.

[그래? 밥 먹었어? 나 집 앞인데 어디냐? 맥주 마시고 들어갈까?]

나는 깜짝 놀라 정색을 하며 피곤하다고 말했다. 다행히도 송주는 알았다며 전화를 끊었다.

전화를 끊은 송주는, 그대로 나를 지나쳤다. 여국대 사장은 내색 없이 송주가 유유히 집으로 들어가는 모습을 지켜보았다. 날이 추워 외투 주머니에 손을 넣고 몸을 잔뜩 움츠린 채 걸어가는 송주의 모습에 여국대 사장은 의아하다는 반응이었다.

"생각보다 몸집도 작은데?"

"저래 봬도 통뼈예요."

송주를 확인한 여국대 사장은 의심의 눈초리로 내 쪽을 보다가 다시 고개를 앞으로 돌렸다. 룸미러로 그가 편안하게 눈을 감고 의자에 머리를 기대는 것이 보였다.

"이제 저 갈게요. 얼른 가세요."

"그래. 이직은 되도록 빨리 잘 생각해 보고."

나는 문을 열고 나가려다가 다시 여국대 사장을 바라보았다.

"나한테 왜 이런 걸 챙겨주는 거예요?"

"……내 성격이 좀 그래. 쪼그만 애들한텐 애착이 있어. 밥이라도 먹여서 키 좀 키워주고 싶고 그래."

그의 얄미운 대답에 뒷좌석에 있던 나는 내 머리로 그의 머리를 들이받아 버렸다. 쿵, 하며 제법 둔중한 소리가 났다.

"야!"

그가 한 손으로 머리를 감싸며 소리 질렀다. 돌멩이와 큰 바위의 접촉사고인데 왜 큰 바위가 엄살인가.

"때려주고 싶은데 보이는 데가 머리밖에 없는 걸 어떻게 해요? 사장님이 놀려서 그런 거지만 나도 똑같이 아프니까 된 거예요."

그는 나를 때리려고 길게 팔을 뻗었지만 나는 몸을 재빨리 움직여 그의 손을 피했다. 그는 미간을 좁혀 인상을 쓰다가 이내 표정을 풀고 다시 의자에 머리를 기댔다.

"이렇게 놀리지만 않으면 우리 사이가 좀 더 아름다울 텐데. 아무튼 저는 가요."

내가 푸념을 하며 문손잡이를 잡아 문을 여는데, 그가 공기처럼 평화로운 소리로 조용하게 말했다.

"어느 날 휴먼 박송아가 보이더라고."

"휴먼?"

나는 나가려다 말고 다시 룸미러 쪽으로 눈을 돌렸다.

"어느 날? 언제요?"

"글쎄…… 회사 면접 보러 가던 날? 신춘문예 원고 잘못 냈다고 박송아가 엄청 화냈었잖아."

"화나잖아요, 1년을 기다려 온 건데."

"그때 이런 말을 했었어. 기억나려나? 여국대 너는 네가 하고 싶은 거 다 하고 예쁜 척하면서 살지만, 나는 내년이면 스물아홉인데 계속 질풍노도고, 뭘 해도 자기가 안 예쁘다고."

그는 내가 했던 말을 제법 제대로 기억하는 모양이었다.

"내가 '여국대 너는', 이랬다고요?"

"아니, 말하자면 그랬다고! 요점을 제대로 알아들어."

"그런데 그게 왜요."

나는 턱을 내밀고는 볼멘소리로 물었다. 우리는 같은 쪽을 향해 있었지만 거울을 통해 서로를 보고 있었다. 그의 속눈썹이 유난히 길어 보였다. 그는 룸미러로 나를 보며 말했다.

"……스물아홉이 된다고는 생각도 못하게 어리고 예쁜 여자애가, 뭘 해도 자기가 안 예쁘다니까 충격이잖아."

갑자기 귀가 먹먹해졌다. 그다음 말은 잘 들리지도 않았다.

"그때 생각했지. 이 아인 독한 척하지만 바보구나. 매일매일 흔들리며 살겠구나, 그런 거."

그 뒤 몇 초간의 침묵 동안 그의 말은 몇 번이나 내 머릿속을 돌고 돌았다. 어리고 예쁜 여자애. 스물아홉이 된다고는 생각도 못하게. 어리고 예쁜 여자애……. 살면서 누구에게도 이런 멋진 말을 들어본 적이 없었다.

어떤 여자든, 자기의 내면을 들여다보고, 칭찬해 주고, 상처를 이해해 주는 남자에게 마음이 끌릴 수밖에 없다. 이 남자가 밝은 길의 끝에서 나를 향해 걸어오는 것 같았다.

"사라졌어. 봐봐."

그는 진지한 이야기를 하다가 대뜸, 손이 없는 사람처럼 제 손을 외투 소매 깊숙이 넣고 몸을 돌려 나에게 보여주었다.

"내가 생각해도 너무 오글거려서 손이 사라졌다고. 대리운전 불러야 돼."

아, 진지함이라고는 단 10초뿐인 남자.

"봐봐. 진지한 얘기에도 안 도망갔잖아. 그새 성장한 거야, 박송아는."

그는 별일 아니라는 듯이 싱긋 웃었다.

8. 상처

거실에 멍하니 앉아 있는 나에게, 샤워를 하고 나온 송주가 말을 걸었다.

"그래, 너한테 멍청한 게 어울리긴 한데, 아침에 무료로 심부름도 해준 천사 같은 동생한테 보낼 눈빛은 아니지."

송주는 정신 좀 차리라는 듯 내 눈앞에서 손을 마구 흔들었다. 여국대 사장이 차 안에서 했던 말을 속으로 무한반복 재생시키다가 겨우 정신이 든 나는 송주에게 진지하게 물었다.

"내가 좀 예쁜가?"

이번엔 송주가 한 대 맞은 듯 멍한 표정으로 잠자코 있었다. 곧 송주는 스스로 정신을 차리고 한숨을 푹 쉬었다.

"예쁜 것보다는…… 그냥 귀여운 편이라고 하자."

송주는 또 한 번 한숨을 쉬더니 방으로 들어가며 말했다.

"행여나 누가 너한테 예쁘다고 하면서 들이대는 거에 넘어가지 마라. 그거 다 수작이야. 나도 많이 해봤어."

나는 닫힌 송주방 문을 벌컥 열고 들어갔다. 허리에 두른 수건을 끄르려던 송주가 나를 보며 소리를 질렀다. 나는 그 고함에도 아랑곳없이 송주의 배를 힘껏 찰싹 때려주고는 문을 닫았다.

☆ ☆ ☆

나는 캔커피를 들고 대학 건물 앞에 서 있다. 캔커피로 두 뺨과 머리를 뜨겁게 만들면서 수줍은 표정으로 누군가를 기다린다. 곧 여국대 사장이 나를 지나친다. 나는 그를 불러 그의 손을 내 이마에 갖다 댄다.

"사장님, 나 열 나는 것 같애."

그는 내 이마를 만지더니 심각한 얼굴로 끄덕인다.

"그러게. 쉬어야겠네."

그는 TV 광고와는 다르게 짧게 말을 마치고 나를 떠난다. 이게 아닌데. 내가 시무룩해져 있을 때, 그가 고개를 돌리며 내게 말한다.

"근데, 너 예쁘다?"

☆ ☆ ☆

아틀리에 주방, 나는 테이블 앞에서 고구마를 깎고, 여국대 사장은 내 옆에서 칼질을 하고 있다. 내가 고구마 깎기에 몰두하고 있을 때, 그가 나를 빤히 쳐다본다. 나는 그의 눈빛이 느껴져 서서히 고개를 돌린다. 그가 내 뒤로 와 내 두 손을 잡으며 말한다.

"고구마는 그렇게 깎는 게 아니야."

그는 내 손을 잡고 놀라운 솜씨로 고구마 껍질을 깎는다. 나는 얼굴이 빨개져 그를 쳐다볼 수가 없다. 그의 넓은 가슴이 따뜻하다. 나와 함께 고구마를 깎던 그가 손을 멈추고 나를 쳐다본다. 그의 얼굴이 너무 가까이 있어 나는 콩닥거리고. 그가 말한다.

"너 예쁘다?"

☆ ☆ ☆

나는 여국대 사장과 드라이브를 하고 있다. 조수석에 앉아 있는 나는 쏟아지는 햇살에 눈이 부셔 눈을 감아버린다. 운전을 하는 여국대 사장은 간혹 나를 바라보며 미소 짓는다. 나는 꾸벅꾸벅 졸다가 결국 창문에 머리를 박고 일어난다. 나는 머리를 감싸 쥐며 괴로워하는데 그는 피식 웃는다. 그가 한참 즐거워하다가 나를 살짝 쳐다보고는 말한다.

"너 예쁘다?"

☆ ☆ ☆

괴상한 꿈을 3종 세트로 꾸고 단맛을 느끼며 일어났다. 송주가 나를 깨운 것이었다. 꿈 속에서 차창에 제법 세게 부딪혔는데, 이 통증이 다 송주 놈의 짓이었다니.

이미 날이 밝아 있었다. 거실에 이불을 펴놓고 텔레비전을 보다가 잠이 들어버렸다. 여국대 사장이 내게 무심하게 던진 '예쁘다'는 말이 내 속에서 수백 번 요동쳤고, 그로 인해 그는 내 꿈에 조금 아름답게 나타나 버렸다. 더 머무르고 싶은 꿈이었는데. 제2부를 꾸고자 나를 흔드는 송주의 손을 뿌리치고 다시 이불 속으로 들어갔다.

"야, 주경주가 누구냐?"

주경주? 송주의 소리에 결국 눈을 뜨게 되고 말았다. 나는 이불을 살짝 걷어 송주를 바라보았다. 송주는 내 핸드폰을 쥐고 있었다.

"네 핸드폰으로 주경주한테 문자가 두 개나 왔는데, 얘가 누구냐고."

아뿔싸. 내가 말하기도 전에 송주가 먼저 주경주 차장에 대해 알아버리고 말았다. 나는 송주가 쥐고 있는 내 핸드폰을 빼앗아 재빨리 문자메시지를 확인했다.

[일어났는지. 오늘 만났으면 하는데 시간 가능한가요. 오전 10:15 주경주.]

[아니면 내일도 괜찮습니다. 주말에 잠깐이라도 꼭 얘기할 시간이 있었으면 합니다. 오전 10:41 주경주.]

주경주 차장은 나에게 도대체 어떤 말을 '꼭' 하려는 걸까. 어제 여국대 사장과 있었던 일이 너무 강렬하여 주경주 차장은 까맣게 잊고 있었다. 어쩌면 주경주 차장과 하게 될 '진지한 이야기'가 무서워 스스로 잊고자 했던 것인지도 모르겠다.

"누구냐니까."

"우리 회사 차장님."

"그래? 주경주라는 이름 흔하지 않을 텐데."

"네가 병원에서 만난 사람이랑 같은 사람."

내 말에 송주는 적잖이 놀란 것 같았다. '대애박'이란 말을 거듭 되뇌던 송주는 내 핸드폰을 다시 빼앗아 주경주 차장에게서 온 문자를 확인했다.

"대박! 그래서 병원에서 만난 거구만! 그럼 너 병문안 왔었던 거야?"

"아니, 나한테 오진 않았어."

"그래? 왜?"

그때 입원실에서 무슨 일이 있었는지 그걸 다 말할 수는 없지. 어쩌면 주경주 차장이 송주를 피했던 이유와 같을 테니까.

"근데 주경주가 널 왜 만나자는 건데? 걔가 너 좋아해?"

나는 할 수 없이 주경주 차장과 함께 일을 하게 된 이야기와 그가 송주의 친구 주경주라는 사실을 알게 된 과정, 그리고 내가 그에게 궁금한 것이 많다고 했던 사실까지 모두 송주에게 털어놓았다.

"응큼한 자식이네."

"난 진짜 그 사람에 대한 건 하나도 기억이 안 나."

"……그럴 만하지. 너는 어렸고, 걔랑 같이 학교 다녔던 건 며칠 안 될 테고…… 아프기도 했고."

송주는 주경주 차장에게 물어보기 전에 자기에게 조금이라도 물어보지 그랬냐며 내게 따져댔다. 병원에서 내가 물어볼 땐 남자에 굶주렸느냐며 그리도 면박을 줘놓고선.

"근데 넌 주경주 차장에 대해 아는 거 많아?"

"기억도 안 난다는 너보다야 좀 낫겠지."

한동안은 서로 말이 없었다. 어린 시절의 몇 년 동안을 송두리째 들어낸 듯 지금의 나에겐 어떤 기억도 남지 않았다. 내가 살아온 기억을 누군가에게 의지해야 한다니, 우울한 기분에 한숨이 나왔다. 송주도 주경주 차장에 대해 속속들이 기억나는 건 없는지 같이 한숨을 쉬었다.

"대전에 갈래?"

송주가 제안했다. 그곳에 가면 뭐든 떠오를 수도 있겠다는 생각이 들었다. 엄마가 돌아가신 후, 내가 송주의 가족이 되면서 살게 된 곳, 여덟 살 때부터 열아홉 살 때까지 내가 자란 곳. 지금 이모와 이모부가 계시는 곳.

나는 고개를 끄덕였다. 그리고 우리는 빠르게 짐을 챙겨 대전으로 떠났다. 주경주 차장에게는 대전에 다녀온 뒤에 연락하겠다고 대충 답메시지를 보냈다.

눈 녹은 고속도로는 시원하게 뚫려 있었다. 송주도 오랜만의 드라이브에 들떠 있는 것 같았다. 나는 나대로 오랜만에 이모를 뵈러 간다는 것이 좋았다. 이모와 통화를 하고 난 후 핸드폰 화면을 보니 주경주 차장에게 문자메시지가 와 있었다. 대전에 잘 다녀오라는 메시지였다. 내가 아무 말 없이 한숨을 쉬고 있으니 송주가 물었다.

"개가 너한테 흙 뿌린 것도 기억 안 나?"

"진짜?"

"너는 개한테 돌 던졌을걸."

"그런 일이 있었어?"

송주는 '그것도 기억 못하다니, 역시 너는 어쩔 수 없어' 라고, 다 들리는 혼잣말을 하며 고개를 가로저었다.

"그날이 너네 뽀뽀한 날일걸."

"넌 뭐 그런 걸 기억하냐?"

"남자애들은 여자애들보다 성숙하니까. 아무튼 그게 두 번째 뽀뽀였을걸."

나는 입이 다물어지지 않았다. 두 번째라니, 전혀 기억에 없는 사실이었다. 게다가 송주가 나에 대해 나보다 더 많이 알고 있다는 사실이 신기하고 놀라웠다.

"주경주가 기억에 없는데, 뽀뽀를 어떻게 기억하냐?"

송주는 한숨을 몇 번 쉬다가 입을 열었다.

"나랑 유치원 같이 다녔어. 여섯 살 때 같이 놀았던 것 같은데, 우리는 겨우 숫자 배우고 있을 때 혼자 더하기, 빼기, 곱하기 같은 거 하고, 영어 읽고. 엄청 특이하긴 했지. 나는 일곱 살 반에 들어가는데 그 자식은 초등학교에 들어간 거야. 그때부터 좀 재수 없었어. 가을에 너 우리 집으로 오고, 너랑 걔랑 같은 반이었을걸."

송주는 말을 마쳤다. 여기저기 구멍이 뚫려 있어 완벽하지는 않은 설명이었지만 의문의 주경주에 대해 약간은 정리가 될 것 같았다.

"더 기억나는 건 없어?"

"어렸을 때니까 그냥 이미지만 있는 거지, 이것도 정확한 건 아니야."

"……뽀뽀는?"

"그냥, 놀이터에서 너네들이 흙 던지고 돌 던지는 걸 엄마가 가서 말린 거. 근데 그 자식이 '쟤가 먼저 뽀뽀했다' 고 그러잖아. 네가 그럴 앤 아닌데, 차라리 병을 던졌으면 몰라도."

"그럼 뽀뽀한 걸 본 것도 아니네."

"……그전에 한 번 봤었어. 말했잖아, 두 번째였을 거라고."

송주가 똘똘하다고 생각하긴 했지만, 이 정도로 기억력이 좋은 줄은 몰랐다.

"그냥, 유치원 끝나고 너랑 같이 가려고 기다리는데, 너는 혼자 유유히 운동장을 걸어가고 그 자식이 날렵하게 오더니만 뽀뽀하고 다시 줄행랑."

거기까지 말한 송주는 이를 바득바득 갈았다.

"태어나서 그렇게 빠른 뚱땡이는 또 처음 봤네."

나는 송주의 이야기가 남의 나라 이야기라는 듯이 잠자코 듣고 있다가 웃음을 터뜨렸다. 지금의 날씬한 주경주 차장을 봐서는 떠올릴 수 없는 얘기였다.

이런저런 대화를 나누다 보니 어느새 대전에 도착했다. 우리는 일단 이모와 이모부가 운영하시는 고깃집에 가서 인사를 드렸다. 이모는 바쁜 와중에도 내게 달려오셔서 내 볼을 어루만져 주셨다. 입원해 있을 때 못 가봐서 미안하다는 말과 함께.

항상 생각한다. 엄마와 살던 내가 엄마와 헤어져 이 정도의 가족을 갖게 되었으면 된 거 아닌가? 하지만 이런 생각을 하는 것조차 가슴 아플 때가 있었다.

이모네 식당에서 늦은 점심을 먹고 송주와 나만 이모 댁으로 왔다. 일을 도와드리겠다고 했지만 이모는 손님도 별로 없다며 마다하셨다. 일하기 싫은 눈치인 송주가 내 손을 잡아끌었다.

이모 댁에 도착했을 때쯤 핸드폰 벨소리가 울렸다. 주경주 차장인가 하여 긴장하고 핸드폰을 들여다봤는데 놀랍게도 여국대 사장이었다. 그는 무언가 사건이 있지 않고서야 좀처럼 먼저 전화하는 법이 없는 사람이라서, 잠깐 두근거렸다.

"여보세요."

[박송아한테 딱 어울리는 책을 찾았는데.]

무엇을 특별히 기대한 건 아니지만 그가 대뜸 이런 말을 꺼낼 줄은 생각도 못하고 있었다. 나한테 어울리는 '옷'도 아니고 '책'이라니. 콩닥거리는 심장은 그만 릴랙스시키라는 듯, 그는 어제의 멋진 말과는 전혀 다른 주제의 이야기를 내게 들려주었다.

내가 핸드폰 볼륨 버튼을 눌러 소리를 죽이니, 송주는 나와 통화하는 사람이 누군가 싶어 내 쪽을 바라보았다. 송주에게 이것저것 설명하면 성가실 것 같다는 생각이 들어, 나는 그에게 작은 소리로 차분히 말했다.

"네, 나중에 뵐게요."

[어디 있는데?]

"대전이요. 이모댁."

[내일 가는 거 아니었어?]

그가 내게 꼬치꼬치 캐묻는 동안 송주는 먼저 차 문을 열고 밖으로 나갔다. 그제야 내 목소리가 편안해졌다. 편안해졌다는 말은, 여국대 사장에게 으레 쓰는 말투를 할 수 있게 되었다는 뜻이다. 그에게는 버릇처럼 불퉁스럽게 말을 내뱉게 되는 것이었다. 이런 세세한 것들을 깨달을 때마다 나도 참 배배 꼬인 사람이라는 생각이 들었다.

"그냥, 우울해서 오늘 왔네요. 전 바쁘니까 나중에 얘기하자고요."

나는 송주가 차 밖에서 노려보는 것을 보고 부리나케 전화를 끊었다. 송주는 내게 조금 눈치를 줬지만 누군지는 묻지 않았다. 나는 얼른 여국대 사장에게 '죄송'이라는 짧은 문자메시지를 보내고 집으로 들어갔다.

이제는 이모와 이모부 두 분만 오순도순 사는 공간이지만, 여전히 우리들의 방이 그대로 있었다. 이모는 감사하게도 늘 송주보다 나를 더 챙겨주셨다. 더 큰 방, 더 많은 용돈, 더 좋은 침대……. 나에겐 화도 내지 않았고 매도 대지 않았다. 나는 사실 그, 눈에 보이는 편애가 힘들었었다. 송주는 잘못을 할 때마다 꾸지람을 듣고 맞고 벌을 섰지만 나에게는 그런 것이 없었다. 송주가 이런 차별에 불만을 느껴 나를 때리지 않았다면, 괴롭히지 않았다면, 그것으로 인해 우리가 매번 싸우지 않았다면 나는 지금까지도 송주와 이모를 불편해했을지도 모르겠다. 나는 항상 가족이 되고 싶었다.

내 옛날 앨범과 졸업앨범, 상장 같은 것들은 모두 이모 댁에 있었다. 이모 댁에 도착하자마자 책장으로 달려가 옛날 앨범을 꺼냈다. 송주는 내가 무엇을 하려는지 알아차리고는 내 옆에 앉았다.

앨범을 펴자마자 엄마와 내가 꼭 끌어안고 있는, 내가 아기였을 때의 사진이 드러났다. 순간 주경주 차장을 찾으려던 생각도 잊은 채 엄마를 바라보았다. 엄마가 지금까지 살아 계셨다면, 엄마도 늙었을까? 내 기억 속의, 그리고 사진 속의 엄마는 이렇게나 젊고 아름다운데 말이다.

금세 눈가가 간지러워졌다. 어느새 나는 엄마가 돌아가셨을 때의 나이가 되어 있었다. 엄마는 나만 할 때 '박송아'라는 여덟 살짜리 딸이 있었는데, 다 큰 박송아는 그 나이가 되도록 아직 연애 한 번 못해봤으니, 얼마나 부끄러운 일인지.

내 눈이 붉어지는 것을 봤는지 송주는 앨범을 덮어 다시 책장에 꽂았다. 그리고는 그 옆에 꽂힌 자기 앨범을 꺼냈다. 첫 페이지부터 올 누드로 찍은 송주의 돌사진이 드러났다. 송주는 부끄러운지 재빨리 페이지를 넘겼지만, 나는 그 사진 밖의 풍경이 머릿속에 그려져 송주가 부러웠다. 이모와 이모부가 송주 앞에서 온갖 웃음을 만들어내고 계셨겠지.

다음 페이지부터의 송주는, 시크한 도시 남자였다. 꼬마 인생이 뭐 그리 팍팍한지, 사진마다 송주는 인상을 써대고 있었다. 그런 사진 한 장 한 장이 재미나 피식피식 웃다 보니 어느새 송주의 여섯 살 시절에 닿았다. 생일잔치 사진, 운동회 사진, 가족들과 함께한 나들이 사진……. 송주는 하나같이 인상을 쓰고 있었지만 사실 모두 행복해 보였다.

"여기 있다. 얘야."

송주가 유치원 소풍날 찍은 사진을 가리켰다. 놀이공원 같은 곳에서 노란 유치원복을 입고 다른 친구 세 명과 함께 찍은 사진이었다. 그 사진의 맨 끝 구석, 사진을 찍는 방향을 무심코 바라본 듯한 토실토실한 남자아이가 서 있었다. 한 손엔 책을, 한 손엔 아이스크림을 들고 있는 그 아이는 유치원복이 작게 느껴질 정도로 통통한 아이였다.

신기할 정도로 지금의 주경주 차장과 꼭 닮은 모습이었다.

☆ ☆ ☆

"조용. 박송아라는 친구가 전학을 왔어요. 송아야, 자기소개할 줄 알지?"

갓 대학교를 졸업한 듯한 젊은 여선생님이 내게 말했다. 이모는 나를 학교에 데려다 주고 바삐 일하러 가셨다. 혹시나 친구 사귀는 게 버거울까 염려하셨는지, 책가방 주머니에 500원을 넣어주시며, 그렇게 또 날 이 낯선 환경에 버리고 가버리셨다.

약을 사러 간다던 엄마는 끝내 돌아오지 않았다. 그날 깜깜하고 서늘한 방에서 울다 지쳐 잠이 들고, 또 자지러지게 울다 지쳐 다시 잠드는 동안 날 찾아오는 사람 역시 아무도 없었다. 엄마를 만날 수 없다는 사실을 알게 된 건 다음날 아침이었다. 식당 주인이라는 아저씨가 나를 찾아오셨고, 몇 시간 뒤에 이모가 왔다. 이모는 내게 까만 한복을 입히고 머리를 한쪽으로 얌전하게 묶어주셨다. 나는 양 갈래로 묶는 게 예쁜데.

"송아야, 엄마가 돌아가셨어."

난 그 말의 의미를 잘 몰랐다. 돌아갔다는 말은 돌아온다는 말이랑 한 쌍이잖아. 이 얘기를 왜 하지? 돌아오는 데 시간이 많이 걸린다는 얘긴가?

"응, 그럼 언제 돌아와?"

이모는 나를 안고 한참 우셨다. 나는 내가 울 때마다 엄마가 내게 하듯 이모의 등을 토닥여 주었다.

엄마와 함께 다닐 때 사람들은 모두 내 볼을 쓰다듬고 꼬집고 자기 볼을 부비며 나에게 예쁘다고 말해주었다. '우리 송아 예쁘지?', '그러게, 누굴 닮아서 이렇게 예쁘대?' 나는 사람들의 칭찬보다 엄마의 자랑이 좋아 항상 행복했었다. 까만 한복을 입고 이모를 따라간 곳에서 나는 많은 사람들을 만났지만 누구 하나 날 보고 웃어주지 않았다. '이 어린것을 두고 어떻게……', '애 아빠도 없다면서 어쩌려고……' 라며 모두들 말끝을 흐렸다. 나는 그 이유를 잘 몰랐다.

묏자리가 없어 합묘를 해야겠다는 이야기를 언뜻 들었다. 다음 날은 커다란 차와 함께 아빠의 산소로 갔다. 포크레인이 아빠의 산소에서 이리저리 움직일 동안 나는 하염없이 바깥 풍경을 내다보다가 잠에서 깬 송주와 눈이 마주쳤다. 심술이 가득 든 표정으로 의자에 기대앉은 송주는 날 보며 말했다.

"이모 죽었어."

"이모 저기 있는데?"

나는 아빠의 산소 쪽을 가리키며 송주에게 말했다. 사실 '죽었다'의 의미는 잘 몰랐지만, 모기나 파리를 잡을 때 썼던 말이었다. 송주는 시큰둥한 표정을 짓다가 다시 말했다.

"우리 엄마 말고 너네 엄마 죽었다고."

송주는 차 문을 열고 아빠의 산소 쪽으로 뛰어갔다. 나도 송주를 따라가려고 차 문을 열었다. 우리가 간 방향에는 얼굴이 눈에 익은 많은 사람들이 몰려 있었다. 이모가 급하게 달려와 나와 송주를 한꺼번에 붙잡았다.

"들어가 있어. 이따가 이모가 부를게."

"이모, 우리 아빠 산소에 절하러 온 거지?"

이모는 대답 대신 나와 송주의 손을 다시 차 쪽으로 잡아끌었다. 사람들이 내 쪽으로 오랫동안 눈길을 주었다. 날 볼 때마다 항상 웃어주었던 식당아줌마는 손수건으로 눈물을 연신 훔쳐내고 있었다.

"이모, 저기 누가 있어?"

나는 불안한 마음으로 이모에게 물었다. 송주가 다 알고 있다는 듯 의기양양한 태도로 말했다.

"엄마, 이모 죽은 거 맞지? 얘네 엄마."

나는 처음으로 송주를 때렸다. 이모는 나와 송주를 떼내었을 뿐 나를 나무라지 않았다. 화가 난 송주는 나를 밀어 넘어뜨렸다. 그리고 어느 순간 나는 대전의 한 초등학교 교실에 와 있었다.

"조용. 박송아라는 친구가 전학을 왔어요. 송아야, 자기소개할 줄 알지?"

나는 아무하고도 말을 하고 싶지 않아 눈을 내리깔고 교실 바닥만 쳐다보았다. 어떤 아이가 '뭐야?' 라고 하는 소리가 들렸던 것 같다. 수군거림이 심해지자 선생님은 나를 그냥 빈자리에 앉혔다. 내 자리는 가운뎃줄 둘째 자리. 며칠 전 전학 간 아이가 있어 비어 있던 자리였다.

쉬는 시간엔 몇 명의 여자아이가 찾아왔다. 제각각 자기 이름을 말하며 어디 사냐고, 어디에서 왔냐고 물었지만 난 어떤 이야기도 할 수 없었다. 하고 싶지 않았다. 결국 한 아이가 '너, 말 못해?' 라고 말하며 비아냥거렸고, 그다음 쉬는 시간엔 아무도 나에게 오지 않았다.

수업시간이 끝나고 아이들은 모두 끼리끼리 어울려 집으로 돌아갔다. 나는 이모 집으로 가는 길을 잊어버리고 운동장 구석 그네에 앉아 있었다. 이모가 날 찾으러 오지 않는다면 운동장에서 굶어 죽어버릴 작정이었다. 하지만 곧 뱃속에서 꼬르륵 소리가 들렸다. 책가방 주머니에 이모가 넣어두었다는 500원짜리를 찾아보았지만 어디에도 없었다. '엄마, 내 돈' 나는 곁에 없는 엄마를 찾으며 내가 걸어간 방향을 되짚어 운동장을 살펴보았다.

"야, 이거……."

뒤에서 누군가 나를 불렀다. 뚱뚱한 남자아이가 나를 향해 뒤뚱거리며 급히 걸어오고 있었다. 교실에서 바로 내 뒷자리에 앉던 아이였다. 그 아이는 내가 무엇을 찾는지 묻지도 않고 나에게 맨질맨질한 100원짜리 동전을 건넸다.

내가 찾던 500원짜리는 아니었다. 나는 고개를 가로젓는 대신 그 애의 동전을 받았다. 고맙다고 말하는 대신 슈퍼마켓이 어디 있냐고 물었다. 그 애는 말을 하는 대신 앞서 뛰어갔다. 뚱뚱한 그 애의 걸음은 빠르지 않아 나는 숨이 차지 않게 학교 앞 슈퍼마켓에 갈 수 있었다.

나는 엄마와 함께 먹던 아이스크림, 100원짜리 쌍쌍바를 골랐다. 쌍쌍바 포장이 뜯겨 나가는 것을 그 애가 말없이 쳐다보았다. 나는 쌍쌍바를 갈라 그 애에게 주려고 했지만 반으로 예쁘게 가르는 것은 실패했다. 더 크게 떨어져 나간 부분을 그 애에게 건넸다. 머뭇거리던 그 애는 내 다른 쪽 손에 있던 작은 부분을 가져갔다.

해가 뉘엿뉘엿 지고 있을 때쯤, 이모 손을 잡고 집에 돌아왔다. 500원짜리는 실내화가방 주머니에 들어 있었다.

기억나지 않는 1992년 가을의 이야기.
그 애가 그다음을 얘기해 준 건 이로부터 아주 오랜 후.

☆ ☆ ☆

송주가 보여준 사진을 뚫어져라 들여다보아도 그 아이에 대한 기억은 아무것도 떠오르지 않았다. 그저 지금의 주경주 차장만 생각날 뿐이었다. 그가 내게 할 말은 대체 무엇일까. 내일 서울로 돌아가면 그에게 연락해야 했다.

송주는 오랜만에 고향 친구들을 만난다며 나갔고, 나는 내가 졸업한 초등학교를 돌아다녔다. 다행히 학교 건물의 문이 열려 있어 여러 교실들을 교실문 밖에서 살펴볼 수 있었다.

정말 많은 것들이 변해 있었다. 매번 대청소 때마다 기름칠을 했던 나무 바닥은 석재로, 반드시 짝꿍과 함께 앉아야 했던 2인용 책상은 1인용 책상으로 바뀌어 있었다. 한 번만 쓰면 더러워지는 대걸레 대신 커다란 청소기가 청소도구함 앞에 있었고, 교실 밖 복도 중앙에는 엘리베이터도 설치돼 있었다. 엘리베이터는 전교생 급식을 위한 시설인 것 같았다. 이제 학교엔 도시락의 낭만이 사라졌다. 나라고 도시락에 대한 추억이 있다는 건 아니다. 아이들이 도시락을 먹을 때 학교 매점 옆 사설 급식소에서 점심을 먹었기 때문에.

제대로 기억나지 않는 추억에 젖어 이곳저곳을 돌아다니다가 날이 저물어 이모네 식당으로 갔다. 저녁 시간이라 사람이 많을 것 같아 도와드리려고 했는데 손님이 많지 않았다. 경기가 어려워 손님이 별로 없다는 이야기를 하며 한숨을 쉴 줄 알았던 이모는 의외로 시원하게 웃었다.

"어디 나만 어렵겠어? 다들 힘들지. 신은 공평해."

이모의 입에서 '신'이 나올 줄은 몰랐다. 이모는 무신론자였는데. 교회라도 다니기 시작했냐고 여쭤보려는데, 문이 열리는 소리가 났다.

"어서 오세……."

나는 손님을 안내하려고 생수통과 컵을 들고 일어났다가 깜짝 놀라 손에 든 것을 쟁반째로 떨어뜨리고 말았다. 소란스러운 소리가 식당 가득 울렸다.

여국대 사장과 비룡 씨, 그리고 수리 씨가 눈앞에 서 있었다.

"어, 어쩐 일이에요?"

"어쩐 일이긴, 밥 먹으러 왔지."

여국대 사장이 장난스럽게 미소 지으며 말했다. 대전이 서울 한 갓진 동네 이름도 아니고. 밥 먹으러 대전엘 왔다고? 그것도 이

인기 없는 식당에?

주방에 있던 이모가 컵이 떨어지는 소리를 듣고 달려와 그들을 자리로 안내했다. 여국대 사장은 태연하게 자리에 가 앉았지만, 나는 그대로 얼어붙은 채 서 있었다.

"아는 사람들이야?"

"약간요."

벌써부터 이모의 얼굴에서 호감의 기운이 느껴졌다. 그도 그럴 것이, 그들이 들어서면서 식당이 환해진 느낌이었다. 이모는 식당에 꽃이 피었다면서 한동안 여국대 사장의 얼굴을 조목조목 감상했다.

"결혼은 했대?"

내가 말없이 굳어 있으니 이모는 지체 없이 여국대 사장에게로 갔다.

"우리 송아랑 친하다고? 무슨 일들 하시나?"

"도시락 전문점 운영하고 있습니다, 서울에서."

그는 '서울'을 특히 강조했다. '나 돈 좀 벌어요' 만큼 좋은 아줌마 공략법은 없지. 여국대 사장의 저런 예의 바른 청년 연기를 예전에도 한 번 본 적이 있었다. 주인집 아주머니께 우리집 문을 열어달라고 하던 날도 딱 그랬다. 그간 그의 명품연기는 한 단계 더 발전하여, 그는 제법 수줍은 눈빛으로 감정선도 살릴 줄 아는 배우가 되어 있었다.

아무튼 '도시락'이라는 말에 잠깐 동안 조금 아쉬운 표정을 짓던 이모는 여국대 사장의 다음 말에 다시 함박웃음을 지었다.

"박송아 씨가 여기 고기가 맛있다고 해서 좀 배우러 왔습니다."

기가 막힐 노릇이다. 나는 이모네 식당 얘기를 꺼낸 적조차 없다고! 이모는 여국대 사장의 능청스런 대사에 껄껄 웃고는 나를 불렀다.

"아유, 내가 뭘. 그냥 고기 자르고 양념 좀 하는 게 다지. 우리 송아가 이렇게 참하고 착하다니까. 송아, 여기 앉아서 같이 먹어. 내가 우리 송아 거랑 해서 서비스 많이 줄게."

이모는 유쾌한 듯 웃으며 일어나 주방으로 갔다. 곧 아무 말 않고 있던 수리 씨의 표정이 심드렁하게 바뀌었고, 비룡 씨는 어색한 미소를 지었다. 여국대 사장만 장난꾸러기 소년처럼 이곳저곳을 둘러보며 눈을 빛내고 있었다.

"어떻게 왔냐고요."

"다 방법이 있지."

여국대 사장이 의기양양하게 미소 짓고 있으니 비룡 씨가 말했다.

"한 달에 한 번씩 맛 기행을 가거든. 이번 달엔 대전으로 온 거야."

이제야 비룡 씨도 믿을 수 없는 사람이라는 것을 알아버렸다. 이곳은 서울에서 맛 기행을 올 만한 맛집이 아니다. 인터넷으로 아무리 이름을 쳐본다 한들 주소조차 제대로 뜨지 않는, 그냥 동네 식당이란 말이야. 나는 한 번도 이모 댁에 대해 말한 적이 없었다. 생각할수록 여국대 사장이 무서워 목 뒤에 소름이 돋았다.

곧 아무것도 모르는 순진한 이모가 고기와 밥과 찌개를 내오셨다. 여국대 사장은 살짝 일어나 무릎을 꿇어 이모의 쟁반을 건네받았다.

"아유, 남자들이 어쩜 이렇게 다들 잘생겼어? 이 총각은 그 누구냐, 강동원이 닮았네."

에이, 그건 아니다, 이모.

라고 하려는데 이 능청스런 남자여우가 수줍게 웃으며 말한다.

"네, 그런 소리 종종 듣습니다."

"그치? 내가 사람을 잘 봐. 형제처럼 닮았네, 아주."

그건 아.니.라.니.까, 이.모! 나의 들끓는 속도 모르는 이모는 여국대 사장과 쿵짝을 맞추며 웃었다.

1인당 고기 3인분씩을 해치우고 밥그릇까지 싹 비운 그들은 이모의 서비스를 마다하며 제값을 치렀다. 덕분에 이모는 더 기분이 좋아져서 배웅이나 하고 오라며 나를 식당 밖으로 밀어냈다. 비룡 씨가 차를 가지러 가고 수리 씨가 화장실에 가 있는 동안, 잠깐이나마 여국대 사장과 단둘이 얘기를 할 수 있었다.

"하루 종일 식당에 있었어?"

"아뇨, 옛날 학교 좀 갔다가……."

"중학교? 국민학교?"

큭큭, 웃음이 났다. 국민학교라니. 우리는 정말 세대가 다르구나. 내가 5학년 때 국민학교가 초등학교로 바뀌었다. 나는 초등학교 졸업생, 여국대 사장은 국민학교 졸업생.

"국민학교래…… 촌스러워."

"왜 이래? 꼬꼬마인 게 자랑이야? 네가 국민학교의 낭만을 알아?"

국민학교가 낭만적인지는 모르겠지만, 적어도 큰 웃음은 있었다.

"네가 88올림픽을 알아? 86아시안게임을 알아? 네가 돌잔치하고 있을 때 나는 태권도학원 다니고 있었어. 까불지 마, 삐뚤어져 가지고."

그는 '국민학교'라는 말을 쓴 것이 부끄러운지 얼굴이 빨개져서는, 이상한 방식으로 내게 변명했다. 나는 그 모양이 우스워 더 웃음이 났다.

"도대체 진짜로 왜 온 건데요."

"딱 어울리는 책을 찾았다고 했잖아."

곧 비룡 씨가 차를 끌고 여국대 사장 앞으로 왔다. 여국대 사장은 차 뒷문에서 종이가방 하나를 꺼내 내게 건넸다. 뭔가 싶어 들여다보니, 만화책이었다. 〈달려라 하니〉가 만화책으로도 있는 줄은 몰랐다.

"삐뚤어진 꼬꼬마를 위한 책."

나는 무슨 소리를 하는가 싶어 미간을 좁혔다.

"달려라 하니도 엄마가 안 계셔서 삐뚤어진 거잖아."

지금껏 수많은 못된 사람들을 만나봤지만 내가 고아라는 사실을 이렇게 직설적으로 이야기하는 사람은 한 명도 없었다. 이 사람을 상대하려면 가슴에 '참을 인' 자를 얼마나 후벼 파야 하는 걸까. 아침에 꿨던 '너 예쁘다' 3종 세트와 같은 아름다운 꿈은 역시 꿈이었을 뿐이었다. 현실은 이렇게나 참혹한 것을.

나는 그의 무례한 발언에 당황스러워 입을 벌린 채로 가만히 서 있다가 마음을 고쳐먹었다. 그래, 이 사람을 상대하는 방법은 이게 아니야. 좀 더 독하고 현명해져야 할 필요가 있지.

"〈천방지축 하니〉가 더 재밌죠."

"그래, 명작이야. 나중에 애니메이션이라도 구해보자고."

"나도 사장님한테 책 선물해도 돼요?"

"정말? 어떤 책?"

그를 골려줄 생각에 한 질문인데 의외로 그는 눈을 빛내며 내게 되물었다. 〈지킬 박사와 하이드 씨〉. 엄청난 상상력으로 인간의 이중성을 묘사한 소설이지. 당신은 그 책을 읽어야 해. 나중에 서울로 돌아가면 책을 소개해 주겠다고 말하고 회심의 미소를 지었다. 우리 이렇게 서로를 경계하자고.

그는 내 머리를 톡톡 두드리며 싱긋 미소 짓고는 차에 올랐다.

요즘 들어 그가 내게 미소 짓는 일이 많은 것 같다는 생각이 들었다.

"우울하다고 그러더니 아닌가 보네."

내가 우울하다고 했던가. 고개를 갸웃거리는 동안 그는 차에 올랐다.

여국대 사장과 한비룡 씨에게 손을 흔들고 식당으로 돌아가는데 수리 씨와 마주쳤다. 나는 수리 씨에게도 방문해 주어 고맙다고 인사하며, 정말 어떻게 알고 왔냐고 다시 한 번 물었다. 내 목소리는 붕 떠 있었다.

"형이 잘해준다고 해서, 형이 송아 씨를 좋아한다고 생각하지 마."

수리 씨에게서 돌아온 대답은 뜬금없었고, 당혹스러웠고, 여국대 사장의 어느 말보다도 가혹하게 들렸다. 늘 돌직구의 말을 하지만 꾸밈없고 소탈하고 의외로 정이 많아 좋아했던 수리 씨였다.

"나중에 상처받을까 봐 말해주는 거야."

9. 안 되면 되게 하라!

“오랜만에 눈이 호강했네. 예의도 바르고, 딱 사위 삼으면 좋겠구만.”

다음날 아침, 엄마, 아빠 산소로 가는 차 안에서 이모는 전날의 사건을 거듭 끄집어냈다. 운전수 송주는 어제 찾아온 여국대 사장이 ‘미남’이라는 것에 툴툴대며 길을 꺾을 때마다 급하게 핸들을 돌리는가 싶더니, 결국 이모에게서 머리를 한 대 맞고 말았다.

“세상천지에 할 게 없어서 누나 남자친구를 질투하냐?”

그저 ‘남자인 친구’이지만, 내가 할 말을 이모가 시원하게 대신해주어 묵은 체증이 씻겨 내려가는 듯했다.

“내가 질투하는 거야? 50대 중년 아줌마가 보기에도 미남이라는데 안 봐도 기생오라비지. 여자가 오죽 많겠어?”

여국대 사장은 주변에 여자가 없는 듯했는데. 나는 여국대 사장에 대해 변호해야 하나 생각하다가 송주를 더 부추기기만 할 것 같아서 무심코 열었던 입을 닫았다.

산이 시작되는 곳에 자리한 부모님의 산소엔 눈이 소복이 내려앉아 있었다. 사람이 걸어간 흔적도 없어 새하얀 봉분이 북극의 이글루처럼 보였다. 그 안이 따뜻했으면 좋겠다고 생각하며, 나와 송주는 오랜만에 찾아뵌 부모님께 절을 올리고 일어났다. 이 작은 일을 하려고 세 사람이 움직였다. 올해 53세가 된 이모는 눈물이 많아진 건지, 가져온 손수건으로 몇 번이나 눈가를 찍어내셨다. 오히려 나는 아무 느낌도 없었다.

지갑에 있는 아빠 사진을 오랜만에 꺼내 보았다. 엄마는 내가 아빠를 많이 닮아서 행복하다고 했었다. 아빠는 지금의 내 나이보다 젊을 때 돌아가셨기 때문에 나는 아빠 또한 엄마를 통해 가슴에 새길 수밖에 없었다. 아빠랑 내가 닮았다고? 내가 나이를 먹으면 아빠도 내 안에서 같이 나이를 먹을 수 있을까.

다시 대전으로 가면서 내 손을 꼭 잡고 놓아주지 않았던 이모는, 식당에 도착해서 여러 가지 반찬과 음식 재료들을 챙겨주셨다.

"넌 바쁘니까 송주한테 밥 차리라고 그래."

멀찌감치 앉아 안마기로 등을 두드리던 송주가 '나도 바빠!' 라며 소리 지르는 것을 듣는 둥 마는 둥 하며 이모는 계속 말씀하셨다.

“이제 바쁜 건 다 끝난 겨? 지금 일은 괜찮은 거고?”

“괜찮긴 한데…… 사실 잘 모르겠어요. 내가 정말 이걸 하고 싶은 건지…… 아, 뭐라고 해야 되나…….”

“속이 허해?”

표현의 한계를 느끼고 있을 때, 지금의 나를 나타내기에 명료한 단어는 이모의 입에서 나왔다.

“잠깐 그런 거면 교회를 다녀보든가. 누구라도 좀 믿어보면 괜찮지 않겠어?”

어제는 ‘신’을 말씀하신 이모가 이번엔 교회를 말씀하신다. 정말 이모는 교회에 다니기 시작하신 모양이다.

“이모, 교회 다녀요?”

“그래, 그래도 의지가 되니까 편하더라. 네 이모부는 의지도 안 돼.”

이모는 진심 속에 농담을 섞었다. 그리곤 내 미소에 불안이 어린 것을 느꼈는지 바로 말을 이었다.

“회사야 뭐, 아니다 싶으면 그만두면 되는 거야. 내 눈치 보지 말고.”

잠시의 침묵 동안 이모는 그저 날 지그시 들여다보았다. 나를 알아주는 이모의 얘기에 가슴속을 털어놓을 수 있을 것 같았다.

“아무것도 안 될까 봐 겁나요. 후회할까 봐 겁나고.”

"후회할 것 같아?"

"후회할 것 같아요."

"그럼 잘 생각해 봐. 그리고 또 후회하면 어때? 이모가 이모부랑 결혼하고 얼마나 후회했는지 알아? 그래도 껄껄 웃고 살잖아."

잠자코 설거지를 하시던 이모부가 이모의 말에 콧방귀를 뀌었다.

"이모야 이제 발 묶여서 아무것도 못하지만 넌 앞길이 창창한데 그거 후회 좀 하면 어때. 그런 말도 있다더라, '피할 수 없다면 즐겨라, 즐길 수 없다면 싸우든지'. 즐길 수 없어서 부딪쳐서 헤쳐 나가겠다는데, 젊으니까 얼마나 좋아. 할 수 있을 때 하고 싶은 거 다 해보고 살아."

이모는 반찬을 꾹꾹 눌러 담듯, 인생의 격언들을 내 작은 마음에 담았다.

점심을 먹고 이모, 이모부와 헤어졌다. 이모는 헤어지는 길에도 몇 번이나 교회에 나가보라는 말씀을 하셨다. 내겐 기둥 같은 사람들인데, 이분들도 이제 누군가를 의지하지 않고는 살아갈 수 없나 보다. 보이지 않는 신을 믿는 것이 정말 필요한 일인지는 아직 모르겠다.

집으로 돌아가는 길에는 나름대로 생각할 것이 많아 잠자코 있었다. 몸에 맞지 않는 옷처럼 마음이 불편한 지금의 직업과, 몇 시간 후 만나야 할 주경주 차장에 대한 생각과, 어제 수리 씨가 한

당혹스런 이야기, 그리고 여국대 사장의 알 수 없는 마음까지, 어느 하나 툭 털어낼 수 있을 것 같지 않았다.

내 한숨 소리를 들었는지 송주가 내 쪽으로 잠깐 고개를 돌려보고는 얄밉게 말했다.

"넌 가만 보면 의외로 마니아가 있어."

"뭐?"

"어제 찾아왔다는 그 남자도 그렇고, 주경주도 그렇고, 그 누구냐, 그때 만났던 피디라는 사람."

"사오정 선배?"

"그래, 그 남자도 그렇고."

송주의 입에서 사오정 선배의 이야기까지 나올 줄은 몰랐다.

"몰랐냐? 너희 동아리 사진 보면 항상 그 선배가 네 뒤나 옆에 있었는데."

그랬던가. 한 번도 이상하게 생각해 본 적이 없었다. 사오정 선배는 후배들을 잘 챙기는, 언제든 학교에서 볼 수 있었던 편한 선배라고만 생각했다. 그러고 보니 학교에 다니는 동안 사오정 선배와 함께 있을 기회가 남들보다 많았던 것 같기도 했다.

"넌 전생에 홍어였을지도 몰라. 소수의 마니아가 분명히 있어."

"넌 참 예쁘게 욕도 잘해."

"칭찬이야."

송주와 티격태격하다 보면 시간이 잘 흐른다. 오후 4시경 집에 도착한 나는 바로 주경주 차장과의 약속을 잡았다. 왠지 눈치가 보여 되도록 집과 멀리 떨어진 곳에서 만나려고 했는데, 의외로 송주는 무덤덤했다. 내가 집에서 나올 때 '수양버들 춤추는 길에—' 하는 노래의 허밍이 들렸던 것 같기도 했지만 말이다.

차를 끌고 집 근처까지 와준 주경주 차장의 표정은 평상시처럼 밝았지만, 나는 긴장할 수밖에 없었다.

"밥 먹으러 갈까요?"

"술 마시러 가도 되는데."

맨 정신엔 마주하지도 못할 것 같단 말이에요. 의지가 되는 것은 역시 교회보단 술이지. 주경주 차장은 갑작스런 내 대답에 얼핏 놀란 것 같았다.

주경주 차장이 날 데려간 곳은 63빌딩의 레스토랑이었다. 야경을 보기에는 이르고, 든든한 햇빛이 있는 것도 아닌 우중충한 시각, 주경주 차장과의 대면에 '침묵님' 까지 모셔다 놓고 있어서인지 내 마음마저 불투명 수채화가 되는 기분이었다.

"병맥주 마셔도 돼요?"

메뉴판의 가격을 보고 식겁한 나는 가장 저렴한 메뉴를 골랐다. 주경주 차장은 내가 머뭇거리는 것을 느꼈는지, 웨이터를 불러 능숙하게 여러 가지 요리를 주문했다. 중간중간 나에게 어떤 요리를 좋아하는지 물어보는 주경주 차장에게서 잠깐 여국대 사장이 겹쳐졌다. 나는 그동안 정말 귀한 요리들을 아무렇지도 않게 여국대 사장에게 얻어먹고 있었던 것이다.

'난자완스? 그래, 뚝딱!'
'김빵, 미역빵, 다시마빵? 알았어, 뚝딱!'
'5분만 눈 좀 붙여. 밥 먹고 가, 뚝딱!'

그는 도깨비 방망이처럼 무슨 요리든 뚝딱 해낼 수 있었다. 그 사람의 아무렇지도 않았던 시원시원한 호의를 받으며 나도 모르게 그가 날 좋아할 수도 있겠다는 생각을 했었나 보다. 수리 씨에겐 나의 그런 기대가 보였던 거다.

"우리가 좀 더 얘기를 하려면."

수리 씨와 잠깐이라도 이야기를 나눠보고 싶다는 생각을 하고 있을 때 주경주 차장이 먼저 운을 뗐다.

"호칭이 편해져야 할 것 같은데."

그가 다음에 할 말을 알고 있다고 생각했지만, 손까지 내밀 줄은 몰랐다. 주경주 차장은 활짝 미소 지으며 말했다.

"반갑다, 친구야."

그제야 주경주 차장이 정말 나와 같은 연배라는 것이, 잊고 있었던 나의 동무라는 것이 와 닿았다. 하지만 지금까지 귀에 익었던 말들과는 멀어진 호칭에 더 어색한 마음이 되어버렸다.

"반가, 반갑습니다…… 친구…… 님……."

나의 얼떨떨한 대답에 주경주 차장은 다시 한 번 어렴풋이 웃으며 '아직 말을 놓는 건 무린가?' 라고 혼잣말을 했다.

"그런데 그럼 저보다 한 살 어린 거예요?"

'저보다 한 살 어린 거예요' 라니. 질문을 하면서도 참 부조리하다는 생각이 들었다.

"그럼 누나라고 해야 될까?"

상사의 얼굴을 가진 옛 친구가 내 온몸에 소름꽃을 피우게 한다. 누나라니! 나는 지금껏 '주경주 차장=윗사람' 이라는 맥락으로 그를 떠올려 왔는데!

"난 말을 높일 생각이 없는데. 누나라고 하기도 좀 그렇고."

"마음대로 하세요……."

당신은 나의 상사니까요.

그 후 주경주 차장은 송주가 자기에 대해 어떻게 설명했냐고 물었고, 나는 '뚱뚱' 과 '독특' 이라는 말 대신, '듬직' 과 '똑똑' 이라는 어휘를 선택했다. 그다음은 초등학교 교정에 대한 이야기, 같은 중학교에 다니게 된 초등학교 친구 이야기, 이모와 이모부의 안부, 오늘 대전에 다녀온 이야기와 같은 것들이 줄을 이었다. 모두 물음표로 끝이 나는 이야기여서 나는 쉴 새 없이 대답을 해야 했다. 그가 '정말 기억이 하나도 안 나?' 라고 물을 때만이 유일한 쉬는 시간이었다. 나는 하나도 기억나지 않는다고 말할 수 없어 입에 든 바람을 조금씩 빼는 것으로 대답을 대신했다.

"네가 나한테 돌 던진 적도 있었어. 그날 앞니가 빠졌어."

이게 바로 송주가 얘기한 놀이터 사건인가 보다. 그는 자기가 흙을 던졌다는 얘기는 없이 나의 만행만을 짚어냈다. 내가 전혀 기억나지 않는다고 했더니 이런 꼼수를 쓰는군.

"차장님은 저한테 흙 던졌다던데요!"

내 흥분한 어투에 주경주 차장의 눈빛이 미묘하게 변하는 것을 느꼈다. 그는 아련한 어느 날에 마음을 싣고 있는 것 같았다.

"네가 엄마 놀이를 하자고 했어. 자기가 엄마를 할 테니 나는 애기를 하라고. 그래서 애기처럼 으앵 울면 울지 말라고, 안 울고 가만히 있으면 재미없다고. 넌 좋은 엄마가 아니었어. 한 시간은 그럭저럭 버텼는데, 더 오래는 힘들겠더라고. 그때 내가 실수를 했어."

나는 생각보다 주경주 차장과 친했던 것이다. 기억나지 않는 어린 시절을 듣는 건 그 나름대로 흥미로운 일이었다.

"그때 내가 무슨 말을 했는지는 말할 수도 없어."

"무슨 말을 했는데요?"

주경주 차장이 대답을 해주지 않아 나는 두 번 더 그에게 물었다. 무엇이 되었든 궁금했다.

"……엄마가 없어서 넌 엄마 놀이를 모르는 거라고 했어. 그러고 나서 네가 나한테 돼지라고 한 거고."

주경주 차장이 숙연하게 말하는 통에 나까지 덩달아 마음이 어두워졌다.

"미안하단 말을 계속 하고 싶었어. 네가 나한테 뽀뽀해서 싸운 거라고 거짓말까지 했었거든."

"그럼 뽀뽀한 게 아니에요?"

나는 내 귀에 들리는 말에만 반응하며 그에게 물었다. 기억나지 않는 거짓말에 대한 고해성사보다 '뽀뽀'에 대한 비하인드가 더 궁금했다. 20년이라는 시간은 그런 것이다. 역사고증보다는 그냥 야설이 재미나지.

"아니야. 그때는 아니야."

"그럼, 뽀뽀는 한 번……."

나는 주경주 차장의 이야기에 불쑥 끼어들었다가 다시 입을 닫았다. '그럼 뽀뽀는 한 번한 거예요?' 라는 부끄러운 질문이 튀어나오려는 걸 자각한 것이었다.

"두 번이잖아, 입 맞춘 건."

주경주 차장은 반 토막이 난 내 질문 끝을 스스로 알아듣고 이어버렸다. 그 말은 '뽀뽀'보다 농도가 짙게 들려 순간 가슴이 쿵쿵 뛰었다. 하지만 이해가 가지 않았다. 송주가 두 번이라고 했으니, 놀이터 사건을 빼면 한 번인 건데.

"운동장에서 뽀뽀했다고 송주한테 맞고 절교했던 날이랑 내가 서울로 전학 가던 날."

송주가 말한 것에서 하나가 더 있을 줄은 몰랐다. 주경주 차장이 내 어린 시절에 대해 어떻게 설명하든 하나도 기억나지 않으니 사실, 할 수 있는 말이 없었다.

주경주 차장은 내가 기억하지 못하는 과거에 대해 더 얘기해 주지는 않았다. 지금까지 속여서 미안했다며, 내가 스스로 기억할 수 있으리라 생각하여 내게 먼저 말하지 않았다고 덧붙였다.

"3년 전에 한국으로 돌아와서 찾아간 적 있었어. 물론 너희 집도 오래전에 이사 간 것 같고, 너도 찾을 수 없어서 포기했지만. 하지만 그때부터 쭉 생각했었어."

주경주 차장은 더 말을 하려다가 입을 다시 닫고 뜸을 들였다. 물이 담긴 유리잔을 건드리는 주경주 차장의 손끝이 미세하게 떨리고 있었다. 실은 조금 안타깝게 보여서 손을 꼭 잡고 '떨지 마라. 내가 네 누나다' 라고 말해주고 싶을 정도였다.

"……다시 만나게 된다면, 운명이라고 생각해야겠다."

주경주 차장이 단 몇 자의 이야기를 정성 들여 또박또박 말하는 동안 내 시선을 붙잡아 버린 건 '진지함' 이라고 또렷하게 써붙인 주경주 차장의 눈빛도, 음식이 담긴 접시를 들고 우리 쪽으로 다가오는 웨이터도, 서서히 장관이 되어가던 창밖 풍경도 아니었다.

부러질 듯 가냘픈 여자와 함께 레스토랑으로 들어온 훤칠한 남자, 여국대 사장이었다.

분명히 눈이 마주쳤다. 여국대 사장은 한동안 내 쪽을 가만히 바라보더니, 같이 온 여자와 함께 이내 다시 나가 버렸다.

레스토랑의 음식은 맛있었지만 마음이 불편해서인지 많이 먹을 수는 없었다. 주경주 차장이 '운명' 어쩌고 한 뒤로 나는 몇 번이나 뛰쳐나가고 싶었으나 꾹 참았다. 한 시간여의 바늘방석 같은 식사를 간신히 마치고 집까지 데려다 준다는 주경주 차장의 호의는 두 손을 저어 거절했다. 주경주 차장이 쓰게 웃으며 물었다.

"계속 궁금했는데, 지금 좋아하는 사람이 있어?"

그는 나에게 '여국대 사장을 좋아하냐'고 직접적으로 묻진 않았지만, 나는 지난밤 수리 씨가 했던 말이 다시 떠올랐다.

"형이 잘해준다고 해서, 형이 송아 씨를 좋아한다고 생각하지 마."

그 말이 무슨 의미인지는 모른다. 하지만 여국대 사장을 경계해야 할 것 같았다. 나는 여국대 사장에 대해 아는 게 아무것도 없었다. 그가 어떤 친구를 가지고 있는지, 어떤 경험을 했고 어떤 생각을 하며 살았는지 전혀 모른다.

하지만 그건 알아, 처음부터 알고 있었어. 못돼먹었지만 그렇게 잘생기고 멋진 사람이 날 좋아할 리도 없다는 걸.

"아니요, 없어요."

내 대답에 주경주 차장은 입가에 힘을 주었다. 쓴웃음은 주경주 차장에게서 내 쪽으로 옮겨와 있었다.

주경주 차장과 헤어져 버스를 타려던 나는 다시 63빌딩으로 돌아갔다. 레스토랑에 무언가를 놓고 온 것 같은 찜찜한 기분이 들어 레스토랑으로 올라갔다가, 빼놓은 건 아무것도 없다는 것을 확인하고 내려왔다.

울컥울컥, 이 울렁이는 기분은 뭐지? 맥주는 주문해 놓고 마시지도 않았는데.

수리 씨가 한 말은 뭐지? 내가 뭘 그렇게 잘못했다고 대전까지 찾아와 그런 말을 하지?

여국대 사장과 함께 온 여자는…… 아니야, 그건 절대 궁금하지 않아!

주경주 차장은 또 왜 그래. '운명'이 다 뭐야. 운명은, 운명은…….

에라, 모르겠다.

나는 아틀리에 쪽으로 내달렸다. 너무 급하게 달려 찬바람이 목구멍을 거칠게 할퀴는 것 같았다. 이럴 줄 알고 여국대 사장은 이 세상 끝까지 달리라는 의미로 내게 〈달려라 하니〉를 선물한 걸까.

40분을 그렇게 뛰어왔다. 누군가 아틀리에에 있는지, 아틀리에의 현관문 앞까지 매운 냄새가 풍겼다. 나는 헉헉거리며 벨을 급하게 눌렀다. 여국대 사장과 수리 씨가 안에 없다면 올 때까지 기다릴 작정이었다.

잠시 후 물안경을 쓴 비룡 씨가 문을 열었다.

청량고추엑기스를 방향제 대신 사용했는지, 매운 공기가 집 안을 가득 메워 눈 뜨기도 힘겨울 지경이었다. 내가 괴로워하며 눈을 꼭 감으니 비룡 씨가 물안경 하나를 내게 건넸다. 물안경을 쓰고서야 겨우 눈앞의 광경을 목도할 수 있었다. 여국대 사장이 어떻게 나보다 빨리 아틀리에로 돌아온 건지는 궁금하지도 않게 되었다.

내게 등을 보인 채 청량고추를 쏟아부은 아귀찜을 만드는 여국대 사장과 그 옆에서 물안경을 쓰고 울상이 되어 여국대 사장을 거드는 수리 씨, 그리고 바닥에 쏟아진 빨간 고춧가루와 콩나물로 보이는 형체들……. 비룡 씨는 바닥의 고춧가루를 치우는 중이었던 것 같다.

여국대 사장이 냉정한 눈빛으로 나를 한 번 쓱 흘겨보고는 '무슨 일이야?' 라고 물었다.

물어볼 게 너무나 많은데.

왜 이 매운 공기에도 여전히, 이 공간은 절절하게 사랑스럽냐 말이야.

내 입에서는 전혀 계획하지 않았던 말이 나오고 있었다.

"저 여기서 일하고 싶어요!"

나의 갑작스런 의사 표현에 비룡 씨와 수리 씨는 동시에 사레들린 듯 괴로운 기침을 했다. 여국대 사장만이 표정 변화 없이 내 쪽을 노려보았다. 그는 물안경을 쓰고 있지도 않았다. 와, 독한 남자.

"박송아, 여자는 안 뽑아. 그리고."

굳은 표정의 여국대 사장이 하던 요리를 멈추고 내 가까이까지 왔다.

"여기는 여의도공원이 아니야. 네가 매번 들락날락거려도 된다고 생각하지 마."

코와 입을 자극하는 매운 냄새 속에서 나는 엇구수한 아귀찜의 냄새를 찾아가고 있었다. 여전히 그에게 눈이 붙들린 채로.

"앞으론 이렇게 찾아오지 마."

지금까지의 호의는 모두 꿈이었던 것처럼, 그는 청량고춧가루보다 더 맵게 내게 말했다.

여국대 사장의 냉혹한 말에 자존심이 상했지만, 바로 집으로 돌아갈 순 없었다. 나를 밀어내려는 여국대 사장에게 간청하듯 말했다.

"화장 때문에 그런 거라면 화장도 안 하면 되잖아요."

"화장만이겠어? 손톱은 어쩔 건데. 머리 긴 것도 얼마나 성가신 건 줄 알아? 확 밀고 오면 모를까, 도시락 가게라고 그렇게 우습게 보여?"

"우습게 본 적 없어요. 그러니까 꼭 일하고 싶다는 거예요. 어시스트도 잘할 수 있고, 설거지, 청소, 음식 포장, 다 잘할 수 있어요."

"섬세하게 손 기술 익히는 정도야 남자들도 충분히 할 수 있어.

네 무기가 아니야. 하지만 들고 나르고 힘쓰는 건 어쩔 건데. 일하다 픽 쓰러지는 애를 좋게 봤을 것 같아? 너는 우리한테 짐만 된다고. 어떻게 다 잘할 수가 있다는 거야?"

"운동을 해서……."

"필요 없어. 그만 가."

그는 내 말을 가차 없이 끊어버리고는 내 손목을 잡아 현관문 밖으로 몰아냈다. 현관문은 내 앞에서 쾅 하고 닫혀 버렸다. 문이 잠기는 소리가 났다.

그를 처음 만났을 때였다면 분하고 억울해 얼굴을 붉히며 눈물을 흘렸을 것이다. 정말 신기했던 것은, 여국대 사장이 이런 면박을 주었는데도 수모를 당했다기보다는 '그저 한 번' 거절당했다는 생각만 드는 것이었다.

그리고 1년이 겨우 넘은 질척한 회사 생활에서 크게 깨달은 것이 있지.

'안 되면 되게 하라!'

무반응에서 반응을 이끌어내는 게 바로 불굴의 박송아다. 현관문의 비밀번호를 빠르게 눌렀다. 잠금장치가 풀리고, 나는 다시 안으로 들어갈 수 있었다.

다시 나타난 나를 보고 비룡 씨와 수리 씨는 입이 떡 벌어졌다. 여국대 사장은 냄새만으로도 눈물이 날 것 같은 그 아귀찜에 더 넣으려는지, 고추 한 뭉치를 손에 쥐고선 나를 보자마자 이를 악물고 으르렁거렸다.

"도어락 비밀번호 바꿔 버려. 아예 도어락을 바꿔 버려!"

그래, 당신이 이렇게 나올 거라는 걸 알고 있었어. 나는 여국대 사장이 있는 주방 쪽으로 성큼성큼 걸어가 재빨리 수리 씨의 손목을 잡고 밖으로 끌었다.

"어? 왜 이래, 송아 씨. 나 여자친구 있어! 형, 형, 얘 힘세. 엄청 세!"

순식간에 나는 수리 씨의 손을 붙들고 밖으로 나왔다. 비룡 씨와 여국대 사장은 나를 말릴 새도 없이 넋 나간 듯 바라보고 있었을 것이다. 자세히 보지는 못했다.

수리 씨의 손목을 잡아끌면서 들었던 생각은, 여국대 사장이 남자의 힘을 운운한 것과 다르게 수리 씨도 별 힘이 없었다는 것이다. 그는 처음엔 저항하는가 싶더니 나중엔 순순히 나와 함께 계단으로 내려왔다. 1층까지 내려오는데 제법 숨이 찼다.

"나 여자친구 있어. 이러지 마."

수리 씨는 1층으로 내려오자마자 내 손을 확 뿌리쳤다.

"와…… 이렇게 힘센 여자는 처음이다. 독하다, 독해. 송아 씨는 뭘 해도 성공한다, 진짜."

쥐가 궁지에 몰릴 때 나오는, 고양이를 물어버리는 힘이었다는 걸 수리 씨는 알 수 없겠지.

"사장님은 도대체 왜 저래요? 저런 다혈질은 처음 봤어요. 어제는 우리 이모한테도 그렇게 살갑더니."

"2년을 넘게 같이 산 나도 모르는 걸 송아 씨가 어떻게 알아. 아귀찜 저거 먹을 생각하면 심장 떨려 죽겠네."

그리고 수리 씨는 진저리를 치며 혼잣말을 했다.

"도대체 얼마나 못생긴 여자를 만났기에 저러는 거야. 진짜 내일 내가 살아 있으면 중매회산지 뭔지 다 엎어버릴 거야."

"중매회사요?"

"선보러 간 지 한 시간도 안 돼서 돌아오더니 저러는 거 아냐. 차라리 내일 찾아오지 그랬어, 타이밍이 안 좋잖아. 형 저렇게 나오면 아무도 못 말려. 몇 달 전에 폭탄떡볶이 먹었을 때보다 다섯 배는 매울 것 같은데. 아, 미치겠네."

"선보러 갔다 왔다고요?"

"그래, 선보러 갔다 온 사람한테 여자 예뻤냐고 물어보는 게 그렇게 잘못이야? 어? 물론 그렇게 빨리 돌아온 걸로 봐선 엄청 안 예뻤겠지. 근데 왜 그 여자가 안 예쁜 죄를 우리가 받아야 되냐고."

"예쁘던데……."

"그걸 어떻게 알아?"

"아까 잠깐 마주쳤거든요."

"그래? 근데 도대체 왜 그러는 거야? 형이 송아 씨 여기서 일하는 거 거절한 게 다행인 줄 알아. 저 고집 우리도 맞추기 힘들어."

그사이 그런 일이 있었구나. 그럼 나 때문에 그러는 건 아닌 거겠지? 조금 마음이 놓여 이번엔 어제의 일을 수리 씨에게 조심스럽게 물었다.

"어제…… 수리 씨가 했던 말은 뭐예요? 사장님 얘기요."

"아, 그건 진짜 송아 씨가 착각할 수도 있을 것 같아서, 걱정돼서 얘기한 거야."

"저도 뭐 그런 착각은 안 하지만."

나는 일말의 감정도 숨기고, 여 사장에게는 전혀 관심이 없다는 투로 그에게 물었다. 수리 씨는 내 말을 끊고 더 많은 이야기를 들려주었다.

"나한테도 그랬어. 내가 지금은 멀쩡하고 돈도 꽤 있고 예쁜 여자친구도 있고 직업도 있지만, 나도 상양아치 같던 시절이 있었어. 그때 형이 다가온 거라고."

수리 씨의 갈색머리 때문인지 말투 때문인지, 늘 수리 씨가 도심의 들고양이 같다고 생각했었는데 내가 사람을 아주 잘못 본 건 아니었다. 나는 수리 씨가 해주는 새로운 이야기에 귀를 기울였다.

"어떻게 날 알았는지는 모르겠지만, 형이 찾아왔었어. 먹을 것도 주고 돈도 주고 내가 어울리던 무리에서도 빼내줬어. 조금씩 잘해주던 게 나중에 엄청나게 커진 거고, 결국은 같이 살자고 하더라고. 그때 이상한 생각이 들었어. 아, 이상하게 듣지 마. 형이

게이라는 건 아니야. 그럴 정도로 착각하게 잘해줬다는 거지. 두 달 전까지 '금메달'이라는 형이 있었는데 그 형한테도 처음에 그랬다고 들었어. 그렇게 간이고 쓸개고 다 빼주려는 사람도 없었다고."

그가 나한테 간, 쓸개를 빼줄 것 같진 않지만 지금까지 여국대 사장이 했던 행동들이 쉽게 설명되었다.

"송아 씨는 내가 형한테 받았던 호의, 그 전철을 그대로 밟고 있는 거야. 그래서 상처받을까 봐 착각하지 말라고 한 것뿐이야. 정말 송아 씨를 생각해서."

진실을 알게 됐다. 여국대 사장이 내게 베푸는 친절은 정말 그의 지저스콤플렉스에서 비롯된 구원사업의 일환이었던 것이다.

"나 가야 돼. 분노의 상징 폭탄아귀찜 먹어야 되고, 송아 씨랑 5분 이상 얘기하면 안 돼."

"왜 안 돼요?"

"나도 내 여자친구한테 나 말고 다른 남자랑 5분 이상 얘기하지 말라고 그랬으니까."

머릿속은 복잡했지만 피식 웃음이 났다. 수리 씨는 정말 순정파였다.

"여자친구가 그렇게 예뻐요?"

"엄청 예뻐. 이런 말 해서 미안하지만, 송아 씨하고는 비교도 안 돼. 근데 또 내 여자친구는 예쁜데 성격까지 완벽해."

굳이 나랑 비교하면서 미안해할 것까진 없는데.

"아무튼 난 간다. 희망은 별로 없지만 아틀리에 취직하면 환영해 줄게. 메달이 형 그만두고 일손 달리는 건 사실이니까. 송아 씨가 힘도 세다는 건 내가 좀 어필해 줄게."

수리 씨는 나에게서 뒤돌아 오피스텔로 올라갔다. 올라가기 두렵다는 듯, 그의 한숨 쉬는 소리가 크게 들렸다.

다음날, 막상 회사를 그만둬야 되겠다고 마음먹으니 모든 일들이 편하고 쉬워진 동시에, 그럼에도 어서 벗어나고만 싶은 답답함을 느낄 수밖에 없었다. 마음을 다잡고, 해야겠다고 생각한 일을 시작했다. 내가 회사를 그만둔 후 내가 맡았던 일을 해야 할 사람이 완벽하게 업무를 숙지할 수 있도록 문서화시켜 놓는 것이었다. 지난번 회사는 성질을 죽이지 못하고 홧김에 그만두었다고도 할 수 있었다. 완벽한 인수인계를 하지 못했던 것은 내게도 상처와 아쉬움으로 남았고, 앞으로 이런 일이 또 있어선 안 된다고 생각했었다. 나는 주어진 업무를 처리하면서 인수인계매뉴얼을 만드는 동시에 내가 해야 할 정규적이며 통상적인 일들을 정리해 나갔다.

경쟁 PT가 끝난 지 며칠 지나지도 않았는데 포크포크에서는 바로 광고 준비를 해야 한다며 일정을 앞당기자고 했다. 당장 인쇄광고 시안을 가지고 본사로 오라는 연락을 받았는지 주경주 차장은 아침 외근에서 돌아오자마자 또 분주하게 움직였다.

"송아 씨, 제작물 시안 좀 챙겨주겠어요? 사이즈 확인도 부탁해요."

어제 나에게 다정하게 반말을 하던 사람은 다시 능력 있는 상사로 돌아왔다. 저 사람이 정말 손가락을 살며시 떨며 '운명'을 얘기하던 사람이 맞나 싶을 정도로 프로페셔널한 모습이었다.

나는 그의 부탁을 받고 컬러 인쇄된 제작물을 챙겨 검정색 우드락에 붙이는 작업을 하게 됐다. 인쇄실의 광고시안용 프린터에서 제작물을 뽑는데, 중간에 종이가 울어 몇 번의 시도 끝에야 제대로 된 제작물을 프린트할 수 있었다. 우드락에 붙이기 위해 인쇄물의 가장자리를 칼로 깔끔하게 잘라내고 있을 때였다.

"제작물 잘 돼가?"

"으악!"

나에게 프로페셔널하게 제작물 시안을 부탁했던 상사가 갑자기 나타나 다시 어제의 말투로 물었다. 주경주 차장의 돌연한 등장에 깜짝 놀란 나는 헛칼질을 하고 말았다. 제작물 시안과 함께 왼손 가운데 손가락 끝 2㎜ 정도의 살점이 잘려 나가면서 피가 뚝뚝 떨어졌다. 나는 제작물 시안에 피를 묻히지 않으려고 급하게 손가락을 쥐고 피를 막았다. 주경주 차장이 나보다 더 놀라서는 화장지를 가져와 급하게 지혈했지만, 베인 것도 아니고 잘린 것이라 좀처럼 피가 멈추지 않았다.

“미안. 어떻게 하지? 병원에 가서 꿰매야 하지 않을까?”

“아, 뜨끈뜨끈하고 괜찮아요. 예전에는 강판에 감자 갈다가 엄지까지 갈아버렸는데요, 뭐. 이런 건 아무것도 아니에요.”

주경주 차장이 너무 미안해하며 안절부절못하니 내가 더 아픈 척을 할 수가 없었다. 손가락 끝에서 불이 나는 듯 후끈후끈했지만 애써 괜찮은 척하며 미소 지어주었다. 그러나 주경주 차장은 내 왼손을 머리보다 높이 들어 잡은 다음, 그대로 나와 함께 엘리베이터로 직행했다.

아래층엔 성형외과가 있었다. 성형외과도 처음이었고, 손가락을 성형하러 병원에 간 것도 처음이었다. 바늘로 꿰매고 그런 것은 딱히 없었다. 의사는 ‘2㎜의 살점은 잊어라’ 라고, 살이 되는 충고를 해주었다. 왼손 가운뎃손가락에 유성매직 굵기로 붕대를 친친 감고 소염제를 처방받아 돌아왔다. 사무실로 돌아오는 길에 주경주 차장에게 내 계획을 먼저 말할 수 있게 되어 조금은 다행이었다.

“차장님, 저 회사 그만두려고요. 점심시간에 팀장님께 말할 거예요.”

주경주 차장은 급작스런 내 결정에 적잖이 놀란 것 같았다. 그는 다녀와서 좀 더 얘기하자고 하고는 급히 포크포크로 떠났다. 그가 좀 더 얘기를 하자고 했지만, 그와의 대화가 내 결정을 되돌릴 수는 없다. 나는 계획한 대로 카레빵맨 팀장에게 가 퇴사하겠다는 뜻을 밝혔다.

일단 회사에서 퇴사에 대한 의향을 내비치면 그 이후의 수순은 착착 진행된다. 처음에야 '뭐가 문제냐' 혹은 '조금만 더 버텨봐라' 등으로 회유하지만 곧 퇴사자의 굳은 의지를 확인하게 되면 인수인계와 함께 '정 떼기'가 시작된다. 내가 얼마나 퇴사에 대해 의지적이었는지, 카레빵맨 팀장은 화르륵 불타올라 화를 내더니 곧 한 줌의 재처럼 가라앉았다. '그래, 다른 일을 해보겠다는 사람을 잡으면 안 되지'라고 말하는 카레빵맨 팀장에게서 그나마 들었던 미운 정을 떼 내려는 서러운 눈빛을 읽을 수 있었다. 본부이사님에게 내 퇴사를 알리러 가는 카레빵맨 팀장의 뒷모습이 너무나도 처량해 보였다. 그간 나도 카레빵맨 팀장과 정이 들었다는 것을 새삼 깨달을 수 있었다.

여국대 사장에게 아틀리에에서 일하도록 허락받은 것도 아닌데, 너무 무모한 것이 아닐까도 생각했지만 이모의 응원을 따르기로 했다. 즐길 수 없다면 싸우는 것이 옳다. 내가 즐길 수 있는 환경에서 일하는 것, 나를 한눈에 사로잡았던 그 공간의 일원이 되는 것, 어느새 나는 아틀리에에 대한 생각만 하고 있었던 것이다. 반드시 그곳으로 가고 말 것이다. 여국대 사장이 받아주지 않는다면, 기필코 로또에 당첨되어서 오피스텔빌딩을 통째로 사버리고 말겠어! 그게 언제가 될진 모르지만.

조금의 후회도 없이 마음이 가뿐했다. 후회하면 또 어떤가. 나중에 또다시 시작하면 되는데. 브라운 커뮤니케이션에 입사하고 처음으로 가슴 벅찬 퇴근을 했다. 주경주 차장은 포크포크 사람들에게 붙잡힌 건지 다시 회사로 돌아오지 않았고, 나도 가운뎃손가락을 다치는 바람에 일이 더뎌 못하겠다고 말하고 일찍 회사에서 나왔다. 이렇게 모든 일이 쉬운데, 그동안 회사에서 잘릴까 봐, 내 자리를 뺏길까 봐 전전긍긍하고 있었다는 것이 우스웠다.

다시 아틀리에를 방문해 볼까 생각하며 지하철역으로 가는데, 역 입구 앞에 비룡 씨가 서 있는 것이 보였다. 그는 주위를 두리번거리다가 '어, 송아 씨' 하며 나를 불렀다.

"여기 무슨 일이에요?"

"송아 씨 만나러 왔어."

비룡 씨가 나에게 볼일이 있다니, 의아한 마음으로 그를 데리고 근처 커피숍에 가 앉았다.

"제가 늦게 끝나면 어쩌려고 거기서 기다리고 계셨어요?"

"알잖아, 광고회사 세계는 좁아. 아버지 회사에도 브라운 커뮤니케이션 사람들이랑 정보 주고받는 사람은 꽤 된다고. 송아 씨 퇴근 여부 정도야 사내 인트라넷으로 찍히는 거니까."

우리 회사에 내 뒷정보를 알아봐 주는 사람들이 있다는 얘긴가? 오싹 소름이 돋았다. 나도 잔머리라면 한 머리 하는데, 그러한 나조차 혀를 내두를 정도다.

"사장님은 흥분 좀 가라앉은 거예요? 수리 씨는 살아 있고요?"

어제 수리 씨에게서 여국대 사장이 맞선녀를 잘못 만나 엄청나게 화가 났다는 이야기와 그로 인해 분노의 상징 폭탄아귀찜을 먹게 되었다는 말을 들었기 때문에 하게 된 질문이었다. 비룡 씨는 내 질문이 재미있다는 듯 웃었다.

"수리가 죽을 것 같대? 하긴 오늘도 화장실에서 고생하는 것 같긴 하더라."

비룡 씨는 입가의 웃음을 지우지 않은 채로 계속 말을 이었다.

"어제 국대랑 국대 맞선녀랑 마주쳤다는 얘길 하던데, 수리가."

"아, 아주 잠깐 동안요. 늘씬한 여자랑 레스토랑에 왔다가 금방 사라지는 걸 봤어요."

"레스토랑에 혼자 있었어?"

"아뇨. 회사 차장님이랑…… 잠깐 할 말이 있어서……."

나도 모르게 짧은 변명을 섞었다. 비룡 씨는 끄덕거렸다.

"그렇게 마주치고, 국대는 바로 집에 돌아와서 엄청난 아귀찜을 만들었어."

"네, 그랬겠죠."

"국대를 어떻게 생각해?"

비룡 씨가 내 눈을 똑바로 들여다보며 다소 짓궂은 표정으로 물었다. 이런 표정을 전에도 한 번 본 적 있었다. 아틀리에를 처음 방문했던 날, 여국대 사장의 도시락을 기다리며 비룡 씨와 내기 맞고를 쳤을 때 그는 '여국대 사장과 수리 씨와 자기 중에 누구랑 사귀는 게 제일 재미있겠냐' 며 장난스럽게 미소 지었었다. 내 마음을 다 읽었다는 듯 말이다. 종종 비룡 씨는 모든 사람을 꿰뚫는 듯한 눈빛을 한다.

나는 그때처럼 괜스레 얼굴이 뜨거워지는 것을 느꼈다. 아니, 내가 왜 이런 감정을 느껴야 하지? 난 여국대 사장을 좋아하지도 않는걸.

"그냥, 이상한 사람이라고 생각해요."

"그리고?"

"너무 맞추기 어렵고, 편해졌다 싶다가도 화가 나고."

비룡 씨는 알 수 없는 미소를 지었다. 나는 우롱당한 기분이 들어서 소리를 높이고 말았다.

"아니, 좋아하는 게 아니고요!"

"알아, 알았어."

도대체 뭘 알겠다는 거야. 비룡 씨는 신내림을 받은 걸지도 모르겠다. 내 마음을 어디까지 알고 있다는 건지, 내가 여국대 사장을 좋아하지는 않는다는 것이 명백한 사실인데도 비룡 씨에게 무언가를 들킨 것 같아 괜히 불안해졌다.

"제가 아틀리에에서 일하고 싶은 거랑, 제가 사장님을 어떻게 생각하느냐는 전혀 다른 문제예요."

"그래, 그것도 알겠어. 근데 여자랑 일 안 하려고 하는 건 또 다른 이유가 있어서 좀 힘들 거야."

"무슨 이윤데요?"

"그거야 언젠가 본인에게 물어볼 문제고. 그것보다는 국대 쪽을 노리는 게 더 쉽지 않을까?"

어처구니없는 이야기였다. 나보고 여국대 사장을 유혹하라는 듯이, 비룡 씨의 이야기는 적나라하게 들렸다.

"아니, 표현이 이상했다면 미안한데, 송아 씨한테는 안 보이나? 요 며칠 국대가 저지른 일들이?"

"네?"

"송아 씨 주민등록등본 보고 흥분하지를 않나, 갑자기 대전엘 가자고 하질 않나, 어제는 송아 씨 만나고 와서 그러는 게 확실한 것 같고."

"아, 수리 씨한테 들었어요. 사장님은 원래 그런 사람이니까, 그런 걸로 사장님이 절 좋아한다고 생각하진 말라고요."

"그건 지 생각이고. 국대에 대해선 수리보다 내가 더 잘 아니까."

비룡 씨의 이야기는 자꾸 내 심장을 빠르게 뛰게 하고 있었다.

"물어봐도 되나? 어제 회사 차장님이랑 63빌딩까지 가서 한 얘기는 뭐였어?"

비룡 씨의 뜬금없는 질문에 나는 다시 당황했다.

"그건 좀……."

곤란한 얘기였다. 나는 생각을 읽는 비룡 씨에게 또 무언가를 들킬까 염려스러워 그의 눈빛을 피했다. 비룡 씨는 또 피식 웃었다.

"국대한텐 말 안 해. 우리 생각보다 안 친해."

'우리 생각보다 안 친해'만 하지 않았어도, '국대한텐 말 안 해'라는 말을 믿었을 수도 있었겠지. 그러나 한비룡 씨의 말은 공갈 거름망으로 걸러지는 얘기였다. 두 사람이 몹시 친하다는 건 한눈에도 알 수 있으니까.

"그럼 나도 국대가 모르는 비밀 하나 알려줄게. 그럼 됐지?"

여국대 사장이 모르는 비밀이라……. 이런 약장수 같은 말놀림에 걸려들어선 안 되는데……. 뜸을 들이던 나는 결국 그의 유혹에 걸려들고 말았다. 주경주 차장과의 이야기는 사실 그리 중요한 것도 아니기에, 그리고 비룡 씨가 너무나도 편한 사람이었기에 다 털어놓을 수 있었다. 주경주 차장이 20년 전 소꿉친구였고, 회사에서 상사와 부하직원으로 다시 만났다는 것, 나는 주경주 차장을 기억하지 못한다는 것, 그리고 어제 레스토랑에서 주경주 차장이 '운명'에 대해 얘기한 것까지, 긴 이야기이지만 짤막하게 주경주 차장에 대해 말했다.

"송아 씨는 별로 그 차장한테 생각이 없는데 차장이 구애하는 거구나."

'구애'라는 표현은 적절하지 않지만, 내가 한 이야기에서 요점을 잘 뽑아내는 비룡 씨의 능력은 놀라웠다.

"전부터 궁금했는데, 혹시 독심술을 하세요?"

비룡 씨는 내 질문에 결국 '푸하하' 하고 크게 웃었다.

"역시 송아 씨는 너무 재밌어."

웃기려고 한 말은 아니었는데.

비룡 씨는 한참 웃다가 또 뜬금없는 얘기를 했다.

"지금 나오는 노래가 뭔지 알아?"

커피숍에서는 파헬벨의 캐논변주곡이 흐르고 있었다. 피아노로 연주한 곡이었는데 재즈 선율이 경쾌하게 들렸다.

"캐논 아니에요?"

"맞아. 그럼 계이름은 들을 수 있어? 다장조 계이름 말고 진짜 코드로."

진짜 코드? 그런 걸 내가 알 리 없지 않은가. 노래를 못 부르는 편은 아니었지만 그렇다고 음악을 전문적으로 배운 건 아니었다. 내가 갸웃거리고 있으니 비룡 씨가 말했다.

"나는 이게 다 들려. 지금 연주자가 어떤 건반을 누르고 있는지, 그 코드가 뭔지. 유연하게 칠 수는 없지만 들을 순 있단 말이야. 어머니랑 누나가 음악을 하시는 분들이라 예전부터 많이 듣고 자랐거든."

알 듯 모를 듯한 이야기를 들으며, 나는 그저 가만히 고개를 끄덕였다. 여전히 독심술에 대한 의문이 남아 있는 상태였다.

"사람을 많이 보다 보면 그 표정으로 어느 정도 읽을 수 있는 게 있어. 내가 보는 건 '독심술'이 아니라 그냥 표정이야. 다른 사람들이 잘 구별하지 못하는 표정을 구별해 내니까 그렇게 보이는 거지 별건 아니야. 그냥 남이 모르는 코드를 아는 수준인 거야. 진짜 엄청난 독심술사는 따로 있지."

난 그게 누구냐고 묻고 싶었지만, 비룡 씨는 좀 전의 이야기를 감추려는 듯 재빨리 화제를 돌렸다.

"송아 씨가 얘기해 줬으니까 나도 비밀 하나 얘기해 줄게. 국대한테 말하면 안 돼."

'국대가 모르는 비밀'이라는 것만으로도 구미가 당기는 이야기, 나는 비룡 씨가 이야기를 시작하기도 전에 그 이야기에 빨려 들었다.

"'현주'라는 애가 있었어. 어찌어찌 만나게 돼서 좋아하게 됐는데, 그래서 보여주고 싶었던 애가 역시 국대였던 거지. 현주는 결국 국대를 좋아하게 됐고, 국대랑 현주가 사귀는 동안에도 우리는 그냥저냥 사이좋게 지냈어. 현주가 어느 날 사라지는 바람에 우리가 더 친해졌지만, 내가 그 앨 좋아했다는 걸 국대는 지금도 모를 거야."

비룡 씨는 자신의 입장에서 슬픈 비밀을 얘기했지만, 나는 비룡 씨에게 미안하게도 그 이야기 속의 '현주'가 누구일지 궁금해져 무거운 마음이 생겼다. 비룡 씨는 또 내 표정을 읽었는지 바로 말을 이었다.

"훗날 김건모의 '잘못된 만남' 모티프가 되는 얘기야."

나는 곧 웃을 수 있었다. 도대체 비룡 씨의 말을 어디서부터 어디까지 믿어야 하는지도 알 수 없을 것 같았다.

"손가락은 뭐야?"

그는 내 왼손 가운뎃손가락에 두껍게 둘둘 말린 붕대를 보고는 물었다. 나는 그에게 이야기를 해주기 위해 왼손 가운뎃손가락을 들어 보여줄 수밖에 없었지만, 이태원에서 이런 행동을 했다간 자칫하면 살인이 날 수도 있다.

"아, 종이 자르다가 살짝 베었어요."

비룡 씨는 풉, 웃었다.

"역시 송아 씨는 너무 재밌어."

웃기려고 다친 건 아니었는데.

그 후 비룡 씨와 함께 아틀리에를 찾아갔지만 여국대 사장의 반응은 예상한 대로였다.

"음식점에서 일하겠다는 사람이 손가락에 붕대를 친친 감고 와?"

정곡을 찌르는 여국대 사장의 말에 나는 할 말을 잃었다. 비룡 씨의 말대로라면 여국대 사장은 나에게 질투하고 있는 것이었는데, 질투라고 하기에는 너무 냉혹했고 살벌했다. 과연 비룡 씨가 여국대 사장의 마음을 제대로 파악한 게 맞는지 의심스러워졌다.

여국대 사장은 또 내 앞에서 문을 쾅 닫아버렸고, 비룡 씨는 아틀리에에서 일하는 것은 단념하는 게 낫겠다며 나에게 손을 흔들었다.

하지만 포기할 박송아가 아니지. 나는 여기 다시 오리라.

☆ ☆ ☆

다음날 아침엔 주경주 차장과도 잠깐 이야기할 수 있었다. 주경주 차장은 자기가 불편하게 해서 그런 것이냐며 내가 퇴사하고자 하는 이유를 물었고, 나는 사실대로 얘기하는 수밖에 없었다. 물론 아틀리에에 대한 이야기를 하지는 않았다. 그저 지금 하는 일이 내게 맞지 않는 일이고, 이제는 다른 일을 해보고 싶다고 말했다. 그는 퇴사를 한다는 내 의사를 존중해 주었다.

"네가 그렇게 결심했다면 나도 도울 수 있어. 뭘 하고 싶은지 말해주면 나도 한번 알아볼게."

주경주 차장의 말은 고마웠지만, 내가 원하는 것은 아틀리에에서 일하는 것이었기에 그가 할 수 있는 것은 없었다. 나는 그저 끄덕거리는 것으로 그에게 응답했다.

주경주 차장과의 대화를 마치자마자 여국대 사장에게 전화가 왔다. 어제는 내 얼굴도 보기 싫다던 사람이 왜 갑자기 날 찾는지 알 수 없었지만, 조금의 희망을 가지고 전화를 받았다.

[회사 그만둔다고 했다며. 드래곤애드에 원서나 넣어.]

그는 아틀리에에서 일하고 싶다는 내 의사는 깡그리 무시하고 비룡 씨 아버지 회사에 지원하라고 말했다.

"사장님, 지난번에 사장님이 그런 적 있어요. 지금 일이 좋냐고. 괜찮은 게 아니라 행복한 걸 묻는 거라고. 그때 전 행복하지 못했었고, 그걸 사장님이 깨닫게 해준 거예요."

[그렇다면 내가 말을 잘못한 건데, 내 의도는 그게 아니었어. 그 직장이 괜찮으냐고 물은 거지 그 직업이 괜찮으냐고 물었던 게 아냐. 그리고 그땐 네가 일에 치여 있어서 판단력이 흐렸을 때였잖아.]

"아무튼 저는 이 일을 계속한다면 절대 행복해질 수 없어요. 드래곤애드로 이직해서도 계속 그럴 거예요."

[그 회사는 바쁘지 않을 거야. 몸이 편해지면 생각이 달라지게 돼 있어. 그 회사는 좋아하게 될 거야.]

"더 바빠지더라도 아틀리에에서 일하고 싶어요, 일 잘할 때까지 무보수라도."

[그만해, 그 얘긴.]

그는 내 말을 자르며 '그만해'라고 소리 높여 말했지만, 나는 어쩐지 조금만 더 달려들면 그가 넘어올 수도 있겠다는 생각이 들었다. 박송아, 최선을 다해 덤벼!

"오늘 회사 끝나고 갈게요."

[난 없을 거야.]

그는 이 말을 끝으로 매몰차게 전화를 끊었다.

내가 되도록 빨리 퇴사하고자 했기 때문에 퇴사 일자는 금요일로 확정되었다. 이것으로 나는 사내에서 가장 빨리 퇴사를 한 직원으로 꼽히게 될 터였다. 회사의 사람들이 나를 보는 시선은 결코 곱지 않았다. 그러나 그간 쌀쌀맞게 굴었던 여자 대리만은 상냥한 태도로 돌변했다. 처음부터 잘해줬으면 나도 정을 많이 줬을 텐데. 세상엔 여국대 사장을 비롯하여 정말 별별 사람이 다 있다는 생각이 들었다.

금요일까지 모든 인수인계를 끝내놓아야 했기 때문에 다시 경쟁 PT 때처럼 바쁜 하루하루를 보냈다. 왼손 가운뎃손가락의 통증이 없어지는 데에는 꽤 시간이 걸려 자료 정리 속도가 더딜 수밖에 없었지만, 어느새 나는 왼손 가운뎃손가락 없이 키보드를 치는 법도 익힐 수 있게 되었다. 여국대 사장은 이런 능력자를 마다한 것이다.

여국대 사장에게는 화요일에 가겠다고 했었지만, 결국은 일에 치여 야근을 하게 됐다. 수요일에는 9시쯤 일이 끝나 아틀리에를 방문했으나 그곳엔 아무도 없었고, 목요일도 역시 야근이었다. 금요일엔 팀 사람들과 송별회를 하느라 결국 더 이상 여국대 사장을 만날 수는 없었다.

그리고 토요일. 나는 다시 백수가 되었다.

전화를 받지 않는 여국대 사장에게 이따가 방문하겠다는 문자메시지를 보냈지만 답이 없었다. 내가 아틀리에에서 할 수 있는 일의 목록을 만들어 보내고, 아틀리에의 주방 살림에 대해 내가 기억하고 있는 전부를 장문의 문자메시지로 보내기도 했다. 내가 아틀리에에 능숙한 사람이라는 것을 여러 방면으로 알려주고 싶었다.

아, 그리고 정말 그러고 싶진 않았지만, 그에게서 받은 〈캔디캔디〉와 〈달려라 하니〉 만화책을 읽고 눈물을 찔끔찔끔 짤 수밖에 없는 위대한 독서감상문도 보내주었다. 피눈물나는 노력이 아닐 수 없다. 이렇게 찌질하고 절절하게 누군가에게 매달려 본 적이 없었다. 그러나 역시 그는 묵묵부답이었다. 치사한 남자 같으니라고. 언젠가 다시 그곳에 가게 된다면 그가 애지중지하는 책장에서 〈소년탐정 김전일〉 18권을 빼 쥐도 새도 모르게 없애 버리고 말테다.

오후 늦게까지 여국대 사장은 아무 연락이 없었다. 비룡 씨와 수리 씨도 마찬가지였다. 결국, 이래선 안 되겠다는 생각이 들었다.

"화장만이겠어? 손톱은 어쩔 건데. 머리 긴 것도 얼마나 성가신 건 줄 알아? 확 밀고 오면 모를까."

당신, 분명히 그렇게 말했었지. 그래, 아틀리에를 향한 내 열정을 증명해 주겠어.

안 되면 되게 하라! 나는 굳게 마음을 먹고 동네 미용실을 찾아갔다.

☆ ☆ ☆

후드티의 모자를 쓰고 모자의 끈을 동여매 머리를 가렸다. 겨울바람에 드러난 것이라곤 내 눈, 코, 입밖에 없었다. 사람들은 나를 보며 날씨가 추워서 저러는 거겠거니, 생각할 것이다.

마침 비룡 씨에게서 문자메시지가 도착했다. '국대는 여전히 송아 씨에 대한 이야기를 하면 날 선 표정을 하지만, 오늘은 조금 기분이 좋아 보이니 한 번 와봐도 좋을 것' 이라는 희망적인 메시지였다.

긴장이 되어 추운 날씨에도 손에 땀이 났다. 나는 그들 앞에서 민낯이었던 적도 있고, 바보기념식도 해봤고, 소리도 질러봤고, 여국대 사장에게는 먹던 걸 뿜었던 적도 두 번이나 있다. 이런 건 아무것도 아니야, 아무것도 아니야…….

나는 이제 그들이 우려한, '여자' 마저 버려 버리노라.

나는 조심스레 후드티의 모자를 벗고 아틀리에의 현관문 벨을 눌렀다. 심장이 빠르게 뛰었다.

곧 문이 열리고, 수리 씨가 가장 먼저 보였다.

"골—룸."

잠시 놀란 표정으로 나를 가만히 보던 수리 씨는 곧 '푸하' 하며 웃음을 터뜨렸고, 이내 배를 잡으며 바닥에 주저앉았다.

"으하하하하! 형, 와서 봐봐, 얘 뭐야. 미치겠어."

그다음은 비룡 씨의 웃음이 터졌다. 비룡 씨는 곧 폴더형 핸드폰처럼 허리를 앞으로 꺾고 끄윽끄윽 소리를 내며 웃었다. 나는 다시 준비된 멘트를 속삭이듯 내뱉었다.

"마이 프레셔—스."

가장 마지막으로, 얼빠진 얼굴을 하고 나를 바라보던 여국대 사장이 모든 상황을 깨닫고 눈물이 맺힐 정도로 격하게 웃었다. 한동안 세 남자의 웃음소리가 아틀리에를 가득 메웠다.

여전히 비룡 씨와 수리 씨가 웃고 있을 때, 여국대 사장이 내게 다가와 살짝 겁먹은 나를 와락 안아주었다. 그의 가슴 안에 내 머리가 푹 파묻혔다.

"정말 어쩌냐, 널. 너 때문에 웃겨 죽겠다."

나는 그들의 앞에 민머리 가발을 쓰고 서 있었다.

10. 새롭게 알게 된 것들

웃음이 멎는 데는 꽤 오랜 시간이 걸렸다. 나는 한참 후에야 아틀리에의 소파에 앉아 그날 주문량을 채우고 남은 도시락을 먹을 수 있었다. 무생채, 다진 고기, 볶은 당근과 콩나물, 계란, 시금치를 일렬로 줄 세워 토핑해 무지개색을 내는 비빔밥이었다. 비벼서 섞기 미안할 정도로 예쁜 색깔이었다. 그들은 이미 저녁을 먹었기 때문에 숟가락을 든 사람은 나 혼자였다.

내가 맛있게 먹는 것을 무덤덤하게 바라보다가 종종 콧바람을 뻬듯 웃음을 뱉는 여국대 사장과 내 민머리 가발을 써보는 수리 씨, 그리고 그런 수리 씨가 재미있다는 듯이 쳐다보는 비룡 씨를 앞에 두었지만 이제 이 사람들의 눈빛이 전혀 신경 쓰이지 않았다.

수리 씨는 민머리 가발을 쓰고 핸드폰 카메라로 셀카를 찍으며 신기하다는 듯 나에게 물었다.

"이런 건 도대체 어디서 구하는 거야?"

"동네 미용실요."

긴장한 탓에 더 허기가 졌던 나는 비빔밥을 크게 한 숟가락 뜨며 말했다.

"무슨 마음으로 그러고 온 거야? 창피하지도 않아?"

여국대 사장이 다소 퉁명스럽게 물었다. 나는 바로 대답하지 않고 내 목과 어깨를 주물렀다. 좀 전 여국대 사장의 포옹이 헤드록이 되면서, 여국대 사장이 내 목을 꺾어 민머리 가발을 쓴 내 머리를 통통 두드렸기 때문에 목이 살짝 뻐근했다. 생각해 보니 그는, 지난 크리스마스이브에 그의 얼굴에 샹그리아를 내뱉고 도망가는 나를 한 손으로 가뿐히 들었던 적도 있었다. 요리하는 사람들이 의외로 힘이 장사라는 이야기를 들었는데, 잘못 걸리면 안 되겠다는 생각을 했다.

"정말 다 밀어버리려고 미용실에 갔었어요. 미용사 아주머니랑 머리하러 오신 아주머니들이 제발 그러지는 말아달라고 싹싹 비시더라고요."

"그럼, 당연히 그래야지. 잘했어. 송아 씨 머리는 본인 것이 아니야. 그걸 두고두고 봐야 하는 사람들을 좀 생각하라고."

"누가 두고두고 보겠대?"

들뜬 수리 씨의 말에 여국대 사장이 얄밉게 말했다. 그러나 예전의 냉랭한 기운은 별로 느껴지지 않았다.

"형, 아까 송아 씨 안아줬잖아. 안았으면 책임져야 되는 거야. 어서 오세요, 환영합니다. 그런 뜻 아니었어? 다 큰 아가씨한테 그냥 프리허그한 거면 형은 나쁜 어른이다."

수리 씨가 여국대 사장을 쏘아주니 여국대 사장은 수리 씨를 힐끗 노려보다가 아틀리에를 나가 버렸다. 아까 나를 안아주었던 일을 후회하는 것일까? 사실 나는 살짝 긴장했지만 수리 씨는 별 신경을 쓰지 않았다. 계속 민머리 가발을 감탄하며 바라보던 수리 씨는 여자친구에게 가발을 쓰고 찍은 사진을 보낸다며 수선을 떨었다.

내가 저녁을 마저 먹는 동안 비룡 씨는 주방 뒷정리를 했다. 수리 씨는 여자친구와 문자메시지를 주고받는 것 같았다. 저녁을 다 먹고 치우는 김에 주방으로 간 나는 늘 하던 대로 고무장갑을 끼고 비룡 씨에게 나머지는 내가 하겠다고 말했다. 비룡 씨가 내게 앉아서 쉬라는 말을 할 때 여국대 사장이 종이 두 장을 들고 아틀리에로 돌아왔다.

"박송아가 다 하라고 그래."

여국대 사장은 성큼성큼 다가와 가져온 종이를 주방테이블 앞에 내려놓았다. A4용지 크기의 종이에는 급히 타이핑한 흔적이 엿보이는 글이 적혀 있었다. 같은 내용이 인쇄된 두 장이었는데 '여국대식'의 다소 치사한 근로계약서였다.

〈근로계약서〉

플아다(FL—ADA)에 재직 중 근로기준법과 회사의 취업규칙 및 제반규정을 성실히 준수할 것을 서약하고 다음과 같이 사업주(이하 '갑'이라 함)와 근로자(이하 '을'이라 함) 사이의 근로계약을 체결한다.

1. 근로 계약 기간:을의 서명 즉시 계약 체결. 입사는 막지만 퇴사는 막지 않음. 언제든 하고 싶은 일이 생기면 그만둘 수 있음.

2. 업무의 내용:음식 재료 구입 및 준비, 요리 및 주방장 어시스트, 포장, 배달, 뒷정리 등 회사 운영과 관계된 모든 활동.

3. 근로 시간:주문 내용에 따라 업무량이 달라지므로 출퇴근 시간은 전날 통보하며, 별도의 연장근무수당 없음. 휴무 없음.

4. 임금:직원 기여도에 따라 갑이 평가하여 매월 전 매출액을 비율 지급하며, '여성' 수습직원은 0%부터 시작함.

—임금 지급일:매월 1일.

5. 기타:일주일에 1편, 갑이 사전 통보한 도서에 대한 독서 감상문을 반드시 제출해야 함.

계약 내용 아래의 날짜와 날인까지 모두 훑어본 후 과연 이것이 근로기준법을 준수한 내용인가 의심스러웠지만, 저항할 여지가 없었다. 업무 내용과 근로 시간이야 예전부터 알고 있었으니 새로울 게 없었고, 임금은 내가 예전에 '무보수로라도 일하고 싶다' 라는 말을 한 적 있었기 때문에 체념해야 할 사항이었다. 사실, '설마 한 푼도 안 주겠어?' 라고 생각하며 내심의 기대를 버리지는 않을 것이지만 말이다.

기가 막힌 것은 맨 마지막 줄이었다. 도시락 전문점과 일말의 관계도 없는 '독서 감상문' 이 왜 여기 포함되어 있는 것인지 이해가 가지 않았다. 내가 멀뚱하니 서서 마지막 줄의 내용을 이해하려 노력하고 있을 때, 여국대 사장이 말했다.

"요리의 기본을 스스로 알아서 익혀야 되는 건 말할 것도 없고, 그리고 과격한 표현이라 여기에 안 썼지만, 이게 제일 중요한 거야. '갑의 명령에 복종할 것' ."

소파에 앉아 있는 수리 씨가 나를 안쓰럽게 쳐다보는 것이 보였다.

"오늘은 특별히 주방 정리만 하고 가고, 내일까지 충분히 생각해 봐."

여국대 사장은 무뚝뚝한 태도로 다시 뒤돌아 나가 버렸다. 그러나 그의 입꼬리가 살짝 올라가는 것을 본 것 같은데, 기분 탓이었을까?

여국대 사장이 나가고 난 후 수리 씨와 비룡 씨가 내 곁으로 와서 내 기막힌 근로계약서를 함께 봐주었다.

"음, 진화했네, 진화했어."

수리 씨가 한 말이다. 뭐가 진화했다는 건지, 수리 씨에게 도대체 무슨 말이냐고 물어보았다.

"나한테 했던 말이랑 비슷하네. 나는 남자라 입사도 막지 않았었지만, 언제든지 내가 하고 싶은 일에 대해 명확해지면 나가도 된다고 했어. 적극 지원해 주겠다고도 했고. 그런 점에서는 형이 훌륭하지. 근데 나 때는 그냥 같이 만화책 읽어주기만 하면 되는 거였는데, 독후감은 좀 심하네. 그래도 여기서 일하게 됐으니 됐지 뭐. 그치? 오전부터 형 기분이 좋아 보여서 오늘은 좀 가능성 있어 보였어."

"오전에 국대가 계속 핸드폰 문자 보고 피식피식 웃던데."

비룡 씨는 또 내 눈빛을 주시하며 지나가듯 말했다. 오전에 여국대 사장에게 〈캔디캔디〉와 〈달려라 하니〉 독서 감상문을 구구절절하게 보냈던 것이 기억났다. 여국대 사장은 거기에 재미를 붙인 걸까. 하지 않아도 될 일을 괜히 했다는 생각이 들었다.

수리 씨는 드디어 일꾼이 들어왔다며 날아갈 듯 가볍게 뛰어서 나가 버렸다. 여자친구와 데이트가 있는 모양이었다. 주방 정리를 마치고 비룡 씨가 집까지 바래다준다고 하여 함께 나오는데 402호의 문이 열리며 여국대 사장이 나왔다.

"집에 가?"

외출복 차림의 그가 비룡 씨에게 물었다.

"가는 길에 송아 씨도 태워다 주려고."

"차 키 좀 줘. 어머니 오셨어."

"어머니?"

비룡 씨는 한숨을 쉬더니 고개를 끄덕이고는 여국대 사장에게 차 열쇠를 양보했다.

"얘도 집에 간다고?"

참 이상한 화법이다. '얘'는 눈앞에 있는데, 눈앞에 있는 애가 집에 가는지 어쩌는지를 왜 다른 사람에게 전해 들으려는지 도통 이해가 가질 않는다.

비룡 씨가 그렇다고 하니 여국대 사장은 나를 곁눈질로 홱 보고는 내 팔을 잡았다.

"그럼 앤 가는 길에 내가 데려다 주면 되겠네. 너는 네 차 타고 가."

그는 비룡 씨를 그렇게 세워놓고는 예전처럼 또다시 나를 잡아 끌었다.

둘은 차를 같이 쓰는 모양이었다. 둘이 이렇게도 친한데, 며칠 전 내가 너무 비룡 씨에게 아무렇지도 않게 주경주 차장에 대해, 그리고 내가 생각하는 여국대 사장에 대해 털어놓은 것이 아닐까 불안해졌다. 어쩌면 '현주'라는 여자도 비룡 씨가 내 마음을 떠보기 위해 만들어낸 인물일 수도 있다는 생각이 들었다. 여국대 사장이 나를 차 조수석에 앉혀놓고 시동을 걸 때, 그에게 슬며시 물었다.

"사장님, 친구 중에 현주라는 사람 있어요?"

엑셀을 밟으려던 그가 브레이크를 꽉 밟았다. 그 바람에 나는 몸이 앞으로 잠시 쏠렸다.

나를 쳐다보는 그의 눈빛이 싸늘했다. 그 눈빛만으로도 '현주'라는 사람이 그의 인생에 중요한 사람이었다는 것을 알 수 있었다.

"비룡이가 그래?"

"아, 아뇨! 제 친구가 결혼해서 애를 낳았는데, 애기 이름을 현주라고 한다잖아요. 그래서 제가 현주는 흔하지 않냐고 했는데 그 애는 아니라고 하고 그래서, 그래서 물어본 거예요."

아, 얼마나 어이없고 구질구질한 변명인지.

그는 나를 스윽 노려보더니 다시 엑셀을 밟았다. 식은땀이 나는 순간이었다. '현주'가 금기어라는 사실을 충분히 알 수 있었다.

한동안 내가 아무 말 없이 의자에 기대 있으니 그가 먼저 나에게 말을 걸었다.

"너는 진짜 바보야, 알아?"

"모르는데요."

"그래, 바보가 바보인 걸 알면 바보가 아니지. 넌 진짜 바보야. 당신은 내 마음도 모르는 바보네요, 이게 아니라 진짜 바보라고. 돌돌이. 모르지?"

내가 왜 바보라는 것을 알아야 하며, 이 사람은 왜 나에게 갑자기 바보 드립을 친단 말인가. 그렇게도 할 말이 없나? 말을 하고 싶어서 하는 건지, 입이 있는 김에 그냥 소리를 내보는 건지. 나는 '사장님은 물안경이 머리에 안 맞아서 못 쓰는 편이지요?'라는 말로 그의 화를 돋우고 싶었으나 꾹 참았다.

바보와 멍청이, 돌돌이와 밥통 그리고 이청준의 소설 〈병신과

머저리〉와 계용묵의 〈백치 아다다〉에 이르기까지 우리는 말싸움만으로 에너지 소모전을 벌였고, 어느새 집 앞에 도착했다.

"근로계약서를 따르지 않을 거면 같이 일 못해. 다른 일 찾아."

그는 문을 열고 차에서 내리려는 내게 말했다. 나는 가방에 넣어놓았던 근로계약서를 그에게 주었다. 아틀리에에서 나오기 전에 미리 서명해 둔 것이었다. 그에게 보여준 두 장 중 내 몫의 한 장은 다시 가방에 넣었다.

"됐죠? 계약 성립."

어쩐지 그가 저절로 올라가려는 입꼬리를 감추려는 듯 입가에 힘을 주고 있는 것 같다는 생각이 들었다.

"아참, 저도 사장님한테 책이나 선물하고 싶은데."

"그래, 독서 감상문은 안 써도 읽어는 봐줄게."

그는 끝까지 얄밉게 말하고는 떠났다.

어찌 됐든 기분은 좋았다. 눈물겨운 노력과 창피함을 무릅쓴 퍼포먼스로 여국대 사장의 마음을 돌리는 데 성공한 것이다.

집으로 와 다시 한 번 근로계약서를 들여다보았다. 독서 감상문이 마음에 걸리긴 했지만 딱히 부당하다고 느낄 것도 없었다. 인정하려니 심술이 나긴 하지만 여국대 사장은 인간적인 사람이었다. 내가 열심히 일한다면 보수도 금방 올라갈 것이라는 확신이 들었다.

계약 항목의 첫 번째 내용, 근로계약 기간에 대한 것도 매력적이었다. 입사는 막지만 퇴사는 막지 않는다는 말은 굳이 계약서에 넣을 필요가 없다. 그럼에도 불구하고 이러한 항목이 들어 있는 것은, 내가 정말 하고 싶은 일이 생길 때까지, 언제까지나 아틀리에에 머물러도 된다는 뜻으로 받아들여졌다. 그는 나를 내쫓을 수 없지만, 나는 언제든 아틀리에를 떠날 수 있다는 것이었다.

처음에는 그에게 〈지킬 박사와 하이드 씨〉나, 파솔리니의 〈폭력적인 삶〉, 또는 〈변신 이야기〉, 〈고리오 영감〉, 〈누가 내 머리에 똥 쌌어〉 같은, 책 제목의 어감에서부터 희열이 느껴지는 책을 선물할까 하다가 마음을 고쳐먹었다. 그가 나를 받아들여 준 것은 고마운 일이었기 때문이다. 나는 내가 재미있게 읽었던 츠지 히토나리의 〈안녕, 언젠가〉를 선물하기로 했다.

여국대 사장에게 선물할 책을 고르느라 책장을 살펴보다가 〈달려라 하니〉 4권이 없다는 것을 알게 됐다. 들고 다니며 읽다가 브라운 커뮤니케이션에 놓고 온 모양이었다. 퇴사 절차를 모두 끝내고 회사의 카드키마저 반납했는데 또 회사에 돌아갈 일이 생겨 버린 것이다. 내일 아틀리에에 가기 전에 브라운 커뮤니케이션에 잠깐 들러 내 자리의 물건들을 다시 확인해 봐야겠다고 생각하며 잠을 청했다.

다음날 아침 일찍 브라운 커뮤니케이션으로 갔다. 일요일이었지만 분명 주말 근무를 하는 사람들이 있을 테니 누군가에게 내 자리에 책이 있는지 확인해 달라고 하면 되는 일이었다. 카드키로 열고 들어가야 하는 회사 문 앞에서 아무하고나 마주치길 기대하며 서성이고 있었다.

잠시 후 엘리베이터 문이 열리고 익숙한 얼굴이 보였다. 카레빵맨 팀장이었다. 그는 근심이 가득한 얼굴로 한숨을 쉬고는 나를 원망스럽게 쳐다보며 무슨 일이냐고 물었다. 나는 카레빵맨 팀장에게 내 자리에 책이 한 권 있는지 찾아봐 달라고 부탁할 수밖에 없었다. 카레빵맨 팀장은 알겠다고 끄덕이면서 또 한숨을 쉬었다.

"주 차장이 박송아 씨를 적극 추천하지만 않았어도 이런 불상사는 없는 건데 말이야."

"네?"

"몰랐어? 주 차장이 세라기획에서 일 제일 잘하는 주니어가 우리 회사에 지원했다고 얼마나 밀어붙였는데."

카레빵맨 팀장의 푸념으로 나는 또 새로운 사실을 알게 됐다. 처음 내가 이 회사에 면접을 보러 왔을 때 엄청난 면접자들에 기가 죽었던 기억이 있다. 그 많은 사람들 중에서 경력이 부족한 내가 뽑힌 건 주경주 차장의 추천이었던 것이다.

주경주 차장은 처음부터 나를 알고 있었던 것 같다. 그렇지만 내색하지 않고 내가 먼저 기억해 주길 기다렸던 것 같다. 하지만 지금도 그와 함께 있었던 어린 시절은 전혀 기억나지 않는다. 그래서인지 나는 그에게 말을 놓을 수도, 친한 척을 할 수도 없었다. 늘 한발 앞서 가 말하는 주경주 차장이 부담스럽기도 했다.

기억이 습관을 이길 수는 없다. 몇 년 전 자궁암 진단을 받은 이모가 처음으로 송주와 내 앞에서 이모부와 싸우고 또 그 다음날 습관처럼 아침을 차리며 하셨던 말씀이다. 기억은 절대로 습관을 이길 수 없다. 나는 절대로 주경주 차장에게 말을 놓을 수 없을 것이다.

한참 상념에 젖어 있을 때 회사 문이 열리고 주경주 차장이 나왔다. 그는 내 〈달려라 하니〉 4권을 들고 있었다. 카레빵맨 팀장이 부탁한 모양이었다. 주경주 차장은 나를 보며 반갑게 웃었고, 나도 그에게 인사를 하고 책을 받았다. 경쟁 PT가 끝난 지 며칠 되지도 않아 또 주말 근무를 하는 그가 안타까웠다. 그는 약간의 미소를 지으며 말했다.

"나도 일을 좀 줄여보려고. 요즘은 이직을 할까도 생각하고 있어. 누구 때문에 더 버텨볼까 했는데 이렇게 그만둬 버렸으니."

"제 얘길 하는 거예요?"

나 때문에 그가 회사에서 버티고 있었다니, 브라운 커뮤니케이션의 간판과도 같은 능력자가 이런 말을 하니 놀라울 뿐이었다. 주경주 차장은 웃으며 물었다.

"언제까지 높임말 쓸 거야?"

나는 직급이 없었고 그는 차장이었다. 나보다 두 계단이나 높았던 사람에게 하루아침에 말을 놓는 게 쉬운 일은 아니지 않은가. 내가 말이 없으니, 그가 먼저 입을 열었다.

"우린 이제 사적인 사이야."

그의 말에 괜히 얼굴이 붉어지는 느낌이 들었다.

"한창 헤드헌터한테 이직 제의를 받고 있을 때, 팀장님이랑 팀원 충원 면접하러 갔던 데에서 널 본 거야. 마침 팀에 주니어가 필요했는데 딱 네가 적격이어서, 옮거니 싶었었어. 지금은 반성하고 있지만."

"네?"

"잘못 만났던 것 같아. 더 친구처럼 만났어야 하는 거였어."

그는 아쉽다는 투로 내게 말했다. 그의 눈이 젖어 있는 듯하여 나는 조금 숙연해졌다. 그와 좀 더 친해지고 싶기도 했지만, 여전히 그를 편하게 대할 수는 없었다.

"아, 어제 송주랑 통화했었어. 곧 송주랑 둘이 만날 것 같은데, 시간 되면 같이 볼까?"

몇 마디 말을 나누고 헤어질 때쯤 주경주 차장이 내게 말했다. 늘 내 개인사에 관여하는 송주가 귀찮고 성가셨는데, 이런 식으로 동생이 필요해질 날이 올 줄은 몰랐다. 나는 알았다는 뜻으로 끄덕이고는 그와 헤어졌다.

여국대 사장이 10시까지 나오라고 했지만, 생각보다 일찍 아틀리에에 도착했다. 살짝 벅찬 마음으로 아틀리에의 문을 벌컥 열었다. 그리고 나는 곧바로, 그 점잖지 못했던 행동을 후회했다. 아틀리에에는 두 사람이 있었다. 주방엔 비룡 씨가 서 있었고, 소파엔 검정색 실크 블라우스에 베이지색 숄을 걸친 한 여인이 앉아 있었다.

커피잔을 내려놓는 여인의 손동작에서 정돈된 우아함이 느껴졌다. 내 좋은 눈으로 언뜻 봐서도 그 나이를 짐작하기 어려웠다. 서른 후반에서 쉰 정도까지 생각해 볼 수 있는 여인이었다.

"송아 씨, 왔어? 저 아가씨가 박송아예요."

비룡 씨가 웃지 않는 얼굴로 인사하고는, 소파에 앉아 있는 여인에게 말했다. 비룡 씨도 조금은 경직돼 있는 것 같았다.

"국대 어머니셔."

내가 허리를 숙여 인사하며 '안녕하세요'라고 말했지만, 정말 소리가 되어 그녀에게 전달되었는지는 알 수 없었다. 그녀는 어떤 것에도 신경 쓰지 않고 소파에서 일어서며 말했다.

"난 이제 가야겠다."

두 가지 말이 떠올랐다.

언젠가 내가 여국대 사장의 어머니에 대해 물었을 때, 그가 했던 말.

"마녀 같은? 여왕 같은? 소녀 같은? 아니, 모르겠다. 차갑고, 독하고, 예쁘고…… 어떨 때는 순수하고 그래."

그리고 며칠 전 브라운 커뮤니케이션 앞으로 찾아온 비룡 씨가 했던 말.

"진짜 엄청난 독심술사는 따로 있지."

그녀는 천천히 걸어 내게 다가왔다. 여국대 사장의 어머니라면 적어도 우리 이모의 연세만큼은 되었을 텐데, 그녀의 늘씬한 허리와 팔다리는 세월의 흐름을 거부한 듯 고혹적으로 보였다. 짙지 않으나 선명한 눈화장 속 커다란 눈에서 언뜻 여국대 사장의 눈매가 보였다.

그녀는 아무 말도 하지 않았지만 분명히 눈빛으로 나를 누르고 있었다. 그녀의 눈을 바라보는 것만으로도 온몸의 힘이 빠져나가며 귀가 먹먹해지는 괴이한 느낌이었다. 그 눈빛이 이상하게도 내 생각을 읽어 내려가는 것 같아서 두려웠지만, 두려울 때마다 힘차게 뛰었던 심장조차 멎어버린 듯, 나는 손끝부터 얼어붙어 갔다.

"예쁘구나."

그녀는 차갑게 짧은 한마디를 내뱉고는 굳어버린 나에게 인사를 권하는 일도 없이 아틀리에를 떠났다. 예전에 여국대 사장이 그랬던 것처럼, 흐트러짐도, 버리는 움직임도 없는, 오로지 필요한 동작으로만 점철된 사람이었다. 사람의 무표정에 그토록 소름이 돋은 것은 처음이었다.

당신은 이런 어머니에게서 자랐던 거야?

동화 속 '눈의 여왕' 이 현실 세계에 강림한 것 같은 모습이었다.

나는 문이 닫히고서도 한동안 혼이 빠져나간 듯 그대로 서 있었다. 잠시 후 문 열리는 소리가 들리고 여국대 사장이 들어왔다.

"어머니 안 모셔다 드려?"

비룡 씨가 여국대 사장을 보며 말했다. 한 손에 김이 폴폴 나는 하얀색 반죽 뭉치를 들고 있던 여국대 사장이 나를 보고는 비룡 씨에게 물었다.

"바빠서 택시 타고 가시라고 했어. 앤 왜 이래? 얼음땡 놀이 하나?"

나는 그제야 내가 그 자리에 멍하니 서 있었다는 것을 알아차리고 고개를 돌려 여국대 사장을 보았다.

"어머니랑 인사했거든."

비룡 씨의 대답에 여국대 사장이 미처 깨닫지 못했다는 듯 고개를 끄덕이다가 내 어깨를 토닥이듯 두드렸다. 그의 손길이 나를 위로해 주는 것처럼 따뜻하게 느껴졌다.

"놀랐겠네."

그는 다른 설명 없이 주방으로 갔다. 가방을 내려놓은 나도 손을 씻으러 화장실로 들어갔다.

그의 어머니와 만나고 나니, 그의 어머니에 대한 궁금증이 더 많이 일었다. 한동안 내 심장을 죄는 것 같은 그 눈빛은 무엇이었을까. 그의 어머니는 그를 어떻게 키우신 걸까. 어머니는 그에게 어떤 사람일까. 그는 어머니에게 어떤 사람일까. 그는 어떻게 살아온 걸까…….

지난번 비룡 씨가 브라운 커뮤니케이션 앞으로 찾아와 나눴던 대화 중 '엄청난 독심술사'에 대한 얘기는 분명 여국대 사장의 어머니 이야기였을 것이다. 언젠가 비룡 씨와 둘만 남게 된다면 꼭 물어봐야겠다고 생각하며 손을 씻고 나왔다.

"연예인 서포트 도시락 30인분이랑 다른 연예인 서포트 도시락 20인분이야. 둘 다 2시까지."

그는 차분한 표정으로 냉장고에서 음식 재료들을 꺼내며 말했다. 나는 그의 옆으로 가서 무엇을 하면 되겠냐는 표정으로 눈을 깜박거렸다. 그는 가져온 하얀색 반죽 뭉치를 내 앞에 내려놓으며 말을 이었다.

"예뻐야 되고 빨라야 돼. 알겠어?"

그가 주어를 빼놓고 말하는 통에 나는 여전히 눈을 깜박거리며 그를 보아야 했다.

"네가 예뻐야 된다는 말이 아니라, 네가 만드는 게 예뻐야 된다고!"

그는 다시 내 머리를 통 쥐어박았다. 이렇게 맞으면서 배워야 하는 걸까? 그는 다시 프로 요리사의 눈빛으로 반죽 뭉치에서 반죽을 조금 떼어내 그 옆의 작은 치즈 덩이를 속에 넣고 동그랗게 굴렸다.

"치즈떡볼 할 거야. 이 정도 크기로, 이렇게 동그랗게 만들면 돼."

그는 50원짜리 동전만 한 크기의 작은 떡볼을 쟁반 위에 올려놓았다. 나는 그제야 그 하얀 반죽 덩이가 갓 찐 쌀떡 반죽이라는 사실을 알 수 있었다. 나는 그에게 고개를 끄덕이고는 치즈떡볼 만들기를 시작했다. 한 번도 먹어보지 않은 음식이었지만 맛있을 것 같다는 생각이 들었다.

"수리는?"

"그 자식 또 외박했어."

비룡 씨의 질문에 여국대 사장이 짧게 대답했다. 그 외에 그들은 어떠어떠한 음식을 준비해야 하는지 이미 알고 있다는 듯 말없이 움직였다. 내가 한자리에 가만히 서서 치즈떡볼을 만드는 동안 비룡 씨는 메추리알을 삶아 빠른 속도로 까고, 호두와 계란을 깼다. 여국대 사장만 요리에 재능이 있는 줄 알았는데 비룡 씨도 보통 이상은 되었다. 오른손으로만 깔끔하게 달걀을 깨서 내용물과 달걀 껍데기를 분리하는 동작이 빠르고 정확했다.

물론 여국대 사장은 더 대단했다. 한 마리의 오징어를 씻고 내장을 분리한 뒤 껍질을 벗긴 후 전체적으로 손질하는 데 걸리는 시간이 1분 정도밖에 되지 않는 것 같았다. 모든 채소들을 다듬고 썰고 볶고 밥을 안치고 국을 끓이는 그는 동영상 빨리 보기 버튼을 두 번 누른 사람처럼 빨랐다. 나는 그가 순식간에 자른 당근채의 길이가 소름 끼치도록 일정한 것에 경악할 수밖에 없었다.

잠시 후 수리 씨가 헐레벌떡 문을 열고 들어왔지만, 여국대 사장과 비룡 씨는 잠깐 눈을 흘겼을 뿐 다시 요리에 열중했다. 나는

40분 만에 치즈떡볼 만들기를 끝냈다. 여국대 사장의 똑 고른 채소들에 자극받은 내가 치즈떡볼의 크기에 너무나도 심혈을 기울였기 때문에 예상보다 오래 걸렸다. 그다음은 딸기 다듬기를 요청받았고, 나는 딸기를 씻고 꼭지를 땄다.

여국대 사장은 내게, 이곳은 '신나는 요리교실' 도, '체험 삶의 현장' 도 아닌 전쟁터라는 점을 주지시켰다. 내게 여차여차한 요리의 기술들을 특별히 가르쳐 주지는 않을 것이라는 얘기였다. 요리는 알아서 스스로 익힐 것. 그들의 완성된 질서에 끼어든 나는 플러스가 아니라 제로처럼 아틀리에에 흡수되어야 할 것이라는 생각이 들었다.

그 밖에 내가 버터 두른 팬에 오징어를 볶고 딸기를 믹서기로 갈아 유리병에 옮겨 담는 동안 그들은 많은 요리를 착착 진행시켰고, 1시경에는 모든 요리가 완성되어 포장을 할 수 있게 되었다. 여국대 사장은 나와 수리 씨에게 3번 세트를 가져오라고 했고, 수리 씨는 나를 데리고 위층으로 올라가 1번부터 8번까지의 패키지를 간단하게 설명해 주었다. 설명이 너무 빨라 머리가 아팠지만 충분히 알아들을 수는 있을 것 같았다.

우리가 가져온 패키지를 확인한 여국대 사장은 포장용 유산지를 깐 상자에 반찬을 조금씩 담고 밥과 국도 용기에 각각 예쁘게 담았다. 비룡 씨와 수리 씨와 나는 여국대 사장의 손 움직임을 바라보고 서 있었다. 순간 꼴깍 침이 넘어갔지만 아무도 내게 신경 쓰지 않았다. 그는 내가 딸기를 갈아 넣은 유리병에 우유를 조심스레 부었다. 맨 아래에 가라앉은 딸기가 우유와 섞이며 유리병의 바닥부터 차츰 빨간색에서 하얀색으로 변하는 고운 빛깔의 딸기우유가 되었다.

그리고 곧 도시락 한 세트가 만들어졌다.

동그란 플라스틱 통에 담긴 참치회덮밥과 미소장국.

새우 월남쌈과 잡채, 치즈떡볼간장조림과 메추리알장조림.

양송이버섯구이, 멸치호두볶음, 계란김말이, 마늘장아찌, 오이소박이와 같은 반찬류.

게살연어샐러드, 버터오징어.

그리고 후식으로는 아몬드가 올려진 정사각형 티라미수와 유리병에 담긴 생과일딸기우유.

여국대 사장이 우리들의 표정을 살폈다. 곧 비룡 씨와 수리 씨가 짧게 고개를 끄덕였고, 비룡 씨는 카메라를 가져와 사진을 찍었다. 아틀리에 홍보를 위해 매번 블로그에 사진을 올리는 것이었다. 촬영이 끝나자마자 여국대 사장과 비룡 씨와 수리 씨는 도시락 샘플대로 반찬을 담아갔다. 아무도 나에게 신경 쓰지 않았지만, 나도 내 할 일을 스스로 찾아야 한다는 것을 알고 있었다. 나는 동그란 용기에 밥을 담은 다음 회덮밥 재료를 그 위에 올렸고,

미소장국도 같은 모양의 동그란 용기에 따로 담는 일을 했다.

음식 담기를 모두 마친 우리는 스티커 붙이기와 리본 포장을 해 나갔다. 연예인 서포트 도시락을 만들 때는 팬들이 대부분 용기에 붙일 포장 디자인을 미리 보내주는데, 이것으로 스티커를 만들어 용기에 붙이는 것이었다. 스티커를 만드는 일은 앞으로 내가 할 수 있을 것 같다는 생각이 들었다.

리본 포장까지 마친 도시락 중 온도를 유지해야 하는 것들은 보온팩에 넣은 후 스티로폼 박스에 다시 또 넣었다. 겨울이라 음식이 금방 차가워지기 때문에 이러한 공을 들여야 한다는 비룡 씨의 짧은 설명이 있었다.

그렇게 총 열 박스의 포장이 끝났다. 부피도 제법 있어 한 번에 옮길 수 없을 것 같았다. 나는 여자이지만 내 힘은 남자 못지않다는 것을 어필하기 위해 두 손을 걷었을 때, 비룡 씨가 나를 막았고 여국대 사장은 말없이 피식 웃었다.

잠시 밖으로 나갔던 수리 씨가 L자형 초록색 카트를 가지고 왔다. 그들은 여덟 개의 박스를 카트로 옮기고 여국대 사장과 수리 씨가 남은 박스를 하나씩 들었다. 카트 손잡이를 잡은 비룡 씨는 내게 박스가 흐트러지지 않도록 도와달라고 말했다. 카트를 책임지는 나와 비룡 씨가 먼저 엘리베이터를 탈 수 있었다. 드디어 비룡 씨와 둘만 있게 된 것이었다. 나는 아침부터 궁금했던 것을 비룡 씨에게 물어보았다.

"지난번에 '엄청난 독심술사' 얘기한 적 있잖아요. 그분이 사장님 어머니예요?"

비룡 씨는 직접적이지 않게 긍정의 대답을 했다.

"놀랐지? 평소엔 미국에 계시니까 별로 마주칠 일은 없을 거야."

"근데 정말 독심술을 하세요?"

"송아 씨, 독심술이라는 건 없어. 그냥 심리적인 걸 잘 간파하는 거지."

그러나 독심술과 심리를 간파하는 능력이 다를 것은 없었다. 결국은 독심술사라는 말이다. 나는 한동안 아침의 일을 생각하며 추위를 느꼈다. '예쁘구나' 라는 상냥한 말을 해도 차가움이 느껴지는 사람. 그 사람과 여국대 사장은 꽤나 닮았지만 상반된 에너지를 지니고 있었다.

"일을 하는 분이세요?"

"그건 아닌 것 같아. 아버지가 무역업을 하시다 은퇴하셨고, 지금은 두 분 다 미국에 사셔."

"그럼 어머니만 한국에 잠깐 오신 거예요?"

비룡 씨는 더 말을 하려다 입을 닫았다. 나는 독심술을 할 수는 없는 사람이지만 여국대 사장의 부모님에게는 무언가 더 복잡한 일이 있을 것이라는 생각이 들었다.

따로 온 두 대의 콜밴에 각각 네 개와 여섯 개의 박스를 옮긴 우리는 403호로 돌아와 늦은 점심을 먹었다. 여분의 도시락으로 점심을 해결했는데, 그 후 여국대 사장은 내가 갈아놓은 딸기로 셔벗을 만들어주었다. 내가 맛있다며 좋아하니 그는 두고두고 먹으라며 아이스 트레이에 딸기셔벗을 넣어 냉동실에 옮겨놓았다.

점심을 먹고 비룡 씨와 내가 뒷정리를 하는 동안 수리 씨는 또 데이트가 있다며 대충 일을 해치우고는 나가 버렸고, 여국대 사장은 뒷정리가 끝날 때쯤 다시 돌아와 내게 〈식객〉 만화책 스물일곱 권을 안겨주었다. 나는 입이 떡 벌어질 수밖에 없었다.

"무거우면 데려다 주고."

"이걸 일주일 만에 읽는 건 무리예요."

"원래 책은 잠잘 시간 아껴가며 읽는 거야."

만화책에 대한 그의 열정은 참 놀랍기도 하다. 나는 그가 원망스러웠지만 아무 말도 할 수 없는 을의 입장으로 힘없이 고개를 끄덕이다가 가져온 책 〈안녕, 언젠가〉를 그에게 선물했다. 그림 없이 빽빽이 가득 찬 활자들에 그의 얼굴이 어두워지니 내 기분은 절로 좋아졌다.

다행히도 그가 집까지 바래다준다고 하여 편하게 집으로 갈 수는 있었다. 집에 거의 도착했을 때쯤, 한동안 그의 어머니에 대한 생각으로 말이 없는 내게 그가 물었다.

"회사 그만둘 때 그 차장이 아무 말도 안 해?"

"그냥…… 뭘 하든 도와주겠다고는 했어요."

"우리랑 일한다고는 말했고?"

나는 대답을 하지 않았다. 그가 먼저 말했다.

"차장이랑 사귀려고 했던 거 아니었어?"

"친구예요, 그냥!"

나는 그에게, 주경주 차장은 기억나지 않는 20년 전 친구라는 사실을 설명했다. 내 말을 들은 그는 한동안 아무 말 없이 운전하다가 다시 말했다.

"20년 만에 우연히 다시 만난 거면 정말 운명일 수도 있는 거잖아."

그는 63빌딩 레스토랑에서 주경주 차장이 했던 말을 들은 모양이었다. 공교롭게도 그가 날씬녀와 함께 레스토랑에 등장했을 때, 주경주 차장은 '다시 만나게 되면 운명'이니 뭐니 하는 얘기로 날 혼란스럽게 하고 있었다. 타이밍이 참 절묘했던 것이다.

그는 무슨 대답을 원하는 걸까. 내게 이런 말을 하는 그가 왠지 야속하게 느껴져 목소리가 높아지고 말았다.

"운명을 만날 수 있을 것 같아요? 운명이라는 건요, 톱니바퀴 돌아가듯이 한 쌍이 딱딱 맞아 돌아가는 거예요. 평생 사랑하고, 죽을 때까지 사랑해서 한날한시에 끌어안고 죽는 게 운명이라고요. 내 운명이 갑돌이고, 갑돌이 운명이 갑순이면 그게 무슨 운명이에요, 짝사랑이지."

"갑돌이랑 갑순이가 사랑하면 걔네들은 운명이지."

그가 내 말에 짧게 반박했다.

"갑돌이랑 갑순이가 사랑을 했다고 쳐요. 갑순이가 먼저 죽고 갑돌이는 새 장가 들면 두 사람이 운명이에요? 새 신부랑 갑돌이가 운명이지."

나는 그 이야기를 하면서 어쩐지 속이 부글부글 끓었다. 마침 집 앞에 도착했기에, 나는 문을 벌컥 열고 나가며 만화책이 든 종이가방 두 개를 양손에 쥐었다.

"제가 들고 갈 거예요, 난 힘이 세니까. 고맙습니다!"

악을 써대며 하는 '고맙습니다!'는 말이 인사지, '얼른 가버려!'와 같이 들릴 만한 톤이었다. 그는 내 예민한 반응에 놀란 듯 멍하니 있다가 돌아갔다.

내가 왜 갑자기 그렇게 화를 냈을까. 집에 돌아와 만화책을 펴니 절로 반성이 되었다. 핸드폰을 들고 고민하다가 굳이 여국대 사장에게 미안하다고 연락을 하지는 않기로 했다. 갑에게 굽신대는 을처럼 보이고 싶지 않았던 나의 과민한 자존심 때문이었다. 다음날 보면 될 일이야, 나는 나 스스로를 위안하며 여국대 사장을 닮은 츄파춥스 네 개를 사서 가방에 넣었다.

다음날은 제시간에 아틀리에에 도착했다. 오피스텔 빌딩 앞으로 가는데 높은 곳에서 누군가 '으아아' 하는, 괴상한 고함 소리가 들려 잠시 휘청거렸다. 어쩐지 여국대 사장의 목소리와 비슷하기도 해서 402호와 403호 쪽의 창문을 보았지만 굳게 닫혀 있었다.

아틀리에엔 비룡 씨와 수리 씨밖에 없었다. 소파에 앉아 맞고를 치고 있는 이들에게 여국대 사장은 어디 갔냐고 물어보니 수리 씨가 대답했다.

"어디서 소리 지르고 있겠지."

비룡 씨가 피식 웃으며 상황을 설명해 주었다.

"내가 연예인 라디오방송 서포트 10인분이라고 했는데 국대가 100인분이라고 체크한 거야. 음식 재료 몇 개는 돌려줬는데 콩 불려놓은 거랑 도넛 100인분 반죽 만들어놓은 거 아까워서 난리치더라고."

그 얘기를 하는 두 사람은 유쾌한 모습이었다.

"귀엽잖아, 별로 실수 안 하는 애가 실수하면."

이 중에서 제일 큰 사람이 여국대 사장으로 알고 있었는데, 다 큰 어른한테 귀엽다니, 그러고선 맞고나 치며 태평하게 있는 이들이 우스웠다.

"앉아서 고스톱이나 치자. 형 마음 정리하고 오려면 한참 걸려. 우리도 오늘 시장에 재료 돌려주러 다니느라 얼마나 고생했는데. 오늘은 형한테 화 좀 내도 돼."

나는 그들의 회유로 함께 고스톱을 치게 되었다. 가져온 막대사탕도 비룡 씨와 수리 씨에게 주었다. 사탕을 깨물어 먹는 수리 씨는 하나를 금세 다 먹고 다른 하나를 뜯었다. 수리 씨가 맛있게 먹는 모습을 보니 나도 기분이 업되어 여국대 사장에게 줄 마지막 막대사탕을 뜯고 말았다. 여국대 사장은 사탕을 별로 좋아하지 않는다고 수리 씨가 말해주었다.

여국대 사장이 다시 돌아왔을 때 우리는 고스톱에 한창 불타올라 여국대 사장이 오든 말든 신경 쓰지 않게 되었다. 패를 내려놓을 때마다 수리 씨가 내는 추임새가 너무 웃겨 흥겨운 놀이판이었다.

여국대 사장이 심드렁한 말투로 '뭐 하냐? 일 안 하냐?' 하고 물었지만, 우리는 금방 시작한 판을 멈출 수 없었다. 내 차례가 되어 어떤 패를 고를지 생각하고 있을 때, 이미 패를 고른 비룡 씨가 나를 보며 말했다.

"어? 송아 씨, 머리 자른 거였어?"

"말 안 했었나? 그저께 미용실에 가서 자른 거예요. 다 밀어버릴 다짐으로 갔는데 조금이라도 자른 척은 해야죠."

나는 내 머리를 처음 알아봐 준 비룡 씨에게 고마워 제대로 된 대답을 해주었다.

"그래? 머리 아깝지 않아?"

"빨리 자라는 편이라 괜찮아요."

이때, 가만히 듣고 있던 여국대 사장이 피식 비웃더니 심술궂게 말했다. 사실 나는 제대로 듣지도 못했다.

"무슨 생각을 하면서 살길래."

막대사탕을 입에서 뺐다. 0.1초 만에 생각 없는 대답이 튀어나왔다.

"사장님 생각."

순간 주위가 싸해졌다. 여국대 사장이 어떤 표정을 지었는지는 쳐다보지도 않았다. 나는 내가 무슨 말을 했는지도 모르고 그저 고스톱에 열중해 있었다. 수리 씨가 나를 언뜻 보고 사탕을 으드득 깨물며 농담처럼 중얼거렸다.

"아, 영혼 없는 사장님 생각. 역시 강철로 만든 박송아."

곧 내 말실수를 더 이상 놀리는 것도 없이 우리는 고스톱에 열중했다. 여국대 사장은 따돌림당한다는 생각이 들었는지 내게 따지듯 물었다.

"사탕 내 거는 어딨어."

"사장님 사탕 싫어한다던데요."

그의 목소리가 순간 높아졌다.

"내가 막대사탕 얼마나 좋아하는데! 세상에서 제일 좋아하는 게 막대사탕인데!"

그가 장정 같은 덩치에 어울리지 않게 앙탈을 부렸다. 나는 그가 우스워 또다시 영혼 없는 대답을 하며, 내가 먹던 막대사탕을 장난스레 그에게 내밀었다.

"두 번만 빨게 해줄게요."

그저 농담이었다.

내 손에 들려 있던 막대사탕은 순식간에 그에게로 넘어갔다. 그는 비장하면서도 심통이 가득한 얼굴로 내 막대사탕을 입에 넣었다. 입에 넣은 사탕을 와그작와그작 부수는 소리가 들렸다.

잠시 후 그가 내 왼손에 다시 막대사탕을 들려줬을 때, 사탕 조각은 수박씨만큼 남아 있었다.

여국대 사장에게서 받은 막대사탕을 손에 쥔 나는 멍하니 굳어 버렸다.

곧 수리 씨가 스톱을 선언했고 나는 —6점, 비룡 씨는 —3점이라는 계산이 나왔다.

"송아 씨가 잘못했네."

"그러네. 잘못했네."

여전히 그대로 멍하니 있는 내게 수리 씨와 비룡 씨가 한마디씩 했다. 내가 여국대 사장에게 말실수를 한 게 잘못이라는 건지, 내가 쪽박을 찬 게 잘못이라는 건지는 알 수 없었다.

비룡 씨와 수리 씨가 일을 하기 위해 판을 정리하고 일어났을 때에야 나도 정신을 차리고 손을 씻은 뒤 주방으로 갔다. 여국대 사장은 좀 전의 만행을 부끄러워하는 기색도 없이 도넛 반죽을 평평하게 밀고 있었다. 나는 여국대 사장을 빤히 바라보았다.

맛있냐.

그의 뻔뻔한 얼굴에 이렇게 쏘아주고 싶어 눈을 부릅뜨고 쳐다보았다.

"내가 그렇게 좋아?"

평평해진 도넛 반죽을 정형기로 툭툭 찍어내던 여국대 사장이 나를 힐끗 보더니 웃지 않는 얼굴로 말했다. 왠지 억울해 얼굴이 뜨거워진 나는 그가 다시 반죽 쪽으로 눈을 돌렸을 때 그에게 혀를 낼름 내미는 것으로 마음을 달랬다. 예전에 '너 예쁘다?' 3종 세트 꿈을 꾸었던 생각이 났다. 그래, 개꿈이었다. 왕자병 여국대 사장이 그럴 사람이 아니지. '나 예쁘다?' 라고 하면 또 몰라도. 여국대 사장이 도도한 눈빛으로 '나 예쁘다?' 라고 하며 입 끝을 살짝 올리는 상상을 하니 웃음이 났다. 여 사장이여, 내 상상 속에서라도 마음껏 망가지거라!

그는 나에게 도넛 반죽 밀기와 도넛 정형기로 찍기, 도넛 튀기기, 불린 콩 갈기를 맡겼고, 나는 도넛 스무 개를 튀기고 무지막지한 양의 콩을 갈며 오전 시간을 보냈다. 오후엔 두부를 만들고 남은 비지로 콩비지스프와 콩비지전을 만들었다. 남은 도넛 반죽은 저온숙성해서 내일 쓸 것이라는 이야기를 들을 수 있었다.

휴무가 없는 이 아틀리에의 가장 큰 장점 중 하나는, 일이 많아 새벽에 출근하는 일은 있어도 밤늦게까지 잔업을 하는 경우는 거의 없다는 것이었다. 게다가 여국대 사장도 꽤 양심적인 사람이라서 이유 없이 사람을 붙잡는 일은 없었다. 이날은 오전 주문만 있었기 때문에, 여국대 사장은 내게 어서 집으로 돌아가 독서나 하라고 말했다. 아침에 분량 체크를 잘못한 것에 대해 스스로에게 상심한 기색이 역력했다. 나는 그러마 하고 일어섰다가 전날의 스티커 작업이 생각나 그에게 말했다.

"앞으로 스티커 작업 제가 할게요."

"정말?"

화색을 보이며 내게 되물은 사람은 수리 씨였다. 수리 씨가 하는 일인 모양이었다.

"매번 제일 신경 쓰이는 일이었는데! 형, 송아 씨는 호박이야! 호박!"

수리 씨가 칭찬인지 욕인지 모를 말을 하며 들뜬 얼굴로 환호했다. '호박이 넝쿨째 굴러 들어왔다'는 말을 하고 싶었던 것이었나 보다. 그 좋은 표현이 이런 식으로 활용되다니. 수리 씨는 배우고 자시고 할 것도 없이 쉬운 일이라며 나를 데리고 402호로 갔고, 나는 402호의 컴퓨터로 스티커 디자인 프린트하는 방법을 수리 씨에게 배웠다. 주문 고객들이 규격에 맞는 디자인으로 보내주기 때문에 어려운 작업은 아니었다. 스티커가 프린트되어 나오는 동안 여국대 사장이 들어와 위층 서재 겸 침실로 올라갔고 수리 씨는 나가 버렸다.

프린트를 끝낸 후 여국대 사장에게 어디에 두는지 물어보려고 위층을 올려다보았다. 처음엔 그가 자고 있는 줄 알았다. 그는 이불을 머리까지 뒤집어쓴 채로 엎드려 고개만 내밀고 내가 선물한 책을 읽고 있었다. 그의 굼벵이 같은 모습에 나는 웃을 수밖에 없었다.

"왜 웃어."

"사장님이 너무 웃기잖아요."

"여기가 얼마나 외풍이 심한 줄 알아?"

"사장님은 가만 보면 겁이 많은 것 같아요."

"이건 겁이 많다고 하는 게 아니지. 그냥 내 건강이 최고라는 걸 잘 알고 있을 뿐이야."

건강이 최고라는 그의 말엔 공감할 수 있어서 고개를 끄덕였다. 피아노 옆엔 운동기구가 몇 개 있었다. 날씬한 몸매를 만들어주는 운동기구로 운동을 하는 그의 모습이 그려져 또 웃음이 났다. 하지만 그보다 의외는 디지털피아노였다. 요리광에 만화광인 이 남자와 도심의 들고양이 같은 수리 씨에게 피아노는 그다지 어울리지 않았다.

"피아노 잘 쳐요?"

"아니, 못 쳐."

나는 그의 대답에, 그럼 수리 씨가 치는 것이냐고 되물었다. 그는 한참을 뜸들이다가 비룡 씨가 치는 것이라고 말하고는 화제를 돌렸다.

"스크린도 있어."

그가 누운 채로 작은 리모컨을 들어 아래쪽을 향해 꾹 누르니 천장에서 벽 쪽으로 밝은 조명이 비춰졌다. 못 박힌 흔적이나 액자 하나 없이 오피스텔의 한쪽 벽이 그저 하얗기만 한 것이 궁금했는데 이러한 용도였다. 벽에 내 키보다 더 큰 파란 화면이 생겼다.

"사장님은 부자네요."

"응, 난 부자야. 말 잘 들으면 영화도 보게 해줄게."

으쓱하며 미소 짓는 그가 왠지 얄밉지 않아 나도 함께 미소를 지을 수 있었다.

"스티커는 아틀리에에 갖다 놓으면 되죠? 이거 갖다 놓고 갈게요."

그는 '그래'라고 짧게 대답했다. 아주 조금 서운했다. 전날과 그 전날, 그가 집까지 바래다주어서 오늘 역시 나도 모르게 은근히 기대를 하고 있었는지도 모르겠다. 그러한 배려가 있다 없으니 허전한 느낌이었다.

집에 돌아와 열심히 〈식객〉을 읽다 보니 어느새 밤이 되었다. 퇴근길에 전화를 한 덕희와 수다를 떨다가 송주가 들어오는 소리도 듣지 못했다. 그러나 송주가 내 방 가까이로 와 하는 말에 나는 핸드폰을 놓칠 뻔했다.

"글피에 주경주 만나기로 했어. 너도 같이 가."

어제 아침 주경주 차장과 헤어졌을 때 잠깐 나눈 말이 이렇게 빨리 실현될 줄은 몰랐다. 나는 전화를 끊고 송주에게 소리를 질렀다.

"넌 나한테 말하지도 않고 그런 약속을 잡냐?"

"이게 내 약속이라고 생각하냐? 걔가 괜히 나를 보자고 했겠어? 너 보고 싶으니까 나한테까지 그러는 거잖아."

"그럼 나한테 먼저 물어봤어야지. 그리고 그런 것도 하나 거절 못하냐?"

"너도 주경주한테 나랑 같이 보자고 했었다며. 그리고 난 빨리 만나고 싶었어."

내가 송주에게 왜냐고 물었지만, 송주는 옷 갈아입는다며 문을 쾅 닫고는 더 이상 대답해 주지 않았다. 송주와 다투는 일은 늘 있는 일이었지만, 최근 들어 송주가 이렇게 퉁명스럽게 말하는 것은 본 적이 없었다.

다음날 아틀리에에서 만난 여국대 사장도 송주처럼 심각한 표정을 하고 있었다. 무슨 일이 있었는지 물어볼 틈도 없이 점심때 30인분, 저녁때 70인분의 주문을 소화하느라 어질어질한 하루를 보냈다. 여유가 없더라도 실없는 농담을 툭툭 던지던 여국대 사장이 장난도 치지 않고 나를 보며 피식 웃지도 않아 조금 멀게 느껴졌다. 저녁이 다 되어서 도시락을 나르느라 함께 엘리베이터를 타고 내려온 비룡 씨에게 여국대 사장에 대해 물어보았다.

"은사님이 뇌졸중으로 쓰러지셨어. 꽤 됐는데 연락을 이제야 받았나 봐. 의식은 회복하신 것 같고."

아, 언젠가 여국대 사장의 은사님에 대한 이야기를 들은 적이 있었다. 물론 은사님이 말씀하셨다던 명언뿐인 이야기였지만, 나는 그 말 때문에 그의 은사님을 기억할 수 있게 되었다. 여국대 사장은 내가 오피스텔 앞에서 쓰러지던 날, 나에게 이런 이야기를 했었다. '오늘 만난 이 사람에게 운명을 느끼는 이유는, 과거 어느 날의 내가 느낌이 좋았던 어떤 사람을 스쳤기 때문이다'. 나는 이 정도의 명언을 잘 뽑아내는 사람을 두 명 알고 있다. 이모, 그리고 엄마.

아무튼 그래서 그 격언집에나 나올 법한 얘기를 처음 들었을 때 나는 무언가 그리움이 일었고 머리가 아팠었다. 쓰러진 후 병원에서는 엄마 꿈도 꿀 수 있었다. 그 꿈은 내가 이제껏 꾸었던 '엄마와의 마지막 날'의 꿈 중 가장 따뜻했고 아름다웠다.

"주문 때문에 바빠서 갈 시간이 없대. 오늘 저녁때 일 끝내고 갔다 와서 내일 또 가야겠다고 하더라."

여국대 사장의 은사님에 대한 생각에서 엄마 생각에까지 뻗어버린 내게 비룡 씨가 말했다.

"아, 많이 안 좋으시대요?"

"조금씩 사람들 알아보긴 하시는데 말씀도 잘 안 하려 하시고, 식사도 안 하시고 그런대."

비룡 씨의 설명을 듣고 나니 나도 숙연해져서 여국대 사장에게 장난을 치거나 사소한 것을 따져 물을 수 없었다.

그리고 주경주 차장을 만나는 날이 되었다. 송주와 집 앞에서 보기로 하고 퇴근하려는데 여국대 사장이 은사님께 가는 길에 나도 집까지 바래다준다고 하여 함께 그의 차에 올랐다. 내가 그에게 은사님에 대해 물으려는데 그가 먼저 질문을 던졌다.

"그 차장하고 있었던 일은 전혀 기억에 없는 거야?"

"여덟 살 때 기억은 하나도 없어요."

"뽀뽀도 했다며."

나는 얼굴이 달아올랐다. 비룡 씨에게도 이 이야기를 한 기억은 없는데, 어떻게 이 사실을 안 거지?

"누가 그런 얘길 해요?"

"예전에 나한테 얘기하지 않았나? 20년 전 작은 박송아보다 더 작은 박송아가 첫사랑이랑 목욕탕에서 마주쳤던가 뽀뽀를 했던가 했다고. 그리고 63빌딩에서도 또 들었지."

나는 주경주 차장과 63빌딩에 갔었을 때의 일을 다시 떠올렸다. 그는 레스토랑 문 앞에 꽤 오랫동안 서 있었던 것이다. '운명'이니 뭐니 하는 것도 골치 아팠는데 뽀뽀 이야기까지 들어버리다니, 정말 절묘한 타이밍이 아닌가.

"왜 그런 것도 기억을 못하는 거야."

그가 물었다. 난 몇 번이나 그에게 그때쯤 엄마가 돌아가셨다는 사실을 설명한 것 같은데. 내게 아무 감정 없이 가볍게 묻는 그를 빤히 쳐다보았다. 내 눈빛을 읽어달라는 기대는 없다. 그저 대답이 소리로 나오지 않았을 뿐이다.

살고 싶지 않았으니까.

그땐 살고 싶지 않아서 기억하고 싶은 게 없었으니까.

잠시 후 차가 멈춰 있는 동안 내 눈빛을 가만히 들여다보던 그는 무언가 생각났다는 표정으로 잠깐 벌렸던 입을 닫았다.

여국대 사장 덕에 편하게 집까지 올 수 있었지만 집 앞에서 더 불편한 상황이 벌어지고 말았다. 집 앞에 주경주 차장이 서 있었던 것이다. 얼굴이 굳어버린 사람은 주경주 차장이었는데 왜 여국대 사장의 눈빛이 더 신경 쓰였는지는 알 수 없었다.

"아, 송주가 차장님이랑 친구잖아요. 그래서 오늘 저녁때 만난다고 해서 같이 보는 거예요."

나는 여국대 사장이 묻지도 않은 변명을 하며 그의 눈빛을 살폈다. 덤덤한 그의 눈에서는 어떤 것도 읽을 수 없었다. 잠시 후 그는 고개를 끄덕이며 내게 말했다.

"그래, 즐거운 시간 보내고."

나는 그의 무뚝뚝한 대답에 무언가 허전해지는 것을 느꼈지만 그를 더 지체하게 할 수는 없었다. 그도 은사님을 만나러 가야 하는 사람이었다. 내가 차 문을 열고 내리자마자 그는 바로 떠났다. 그의 차가 떠나는 방향을 멀뚱하니 쳐다보는 내게 주경주 차장이 다가와 새로 일한다는 데가 그의 아틀리에였냐고 물었다. 주경주 차장에게는 얼버무릴 것도 없이, 변명도 없이 사실을 이야기했다. 내 이야기를 들은 주경주 차장의 표정이 어땠는지는 신경 쓰고 싶지 않았다.

잠시 후 송주가 도착했고, 우리는 집 근처 고깃집으로 갔다. 나는 송주와 주경주 차장이 함께 있는 자리에서 꿔다 놓은 보릿자루처럼 말없이 앉아 있었다. 표정이 다시 부드러워진 주경주 차장은 송주에게 이러저러한 질문을 하며 친근하게 굴었고, 송주도 무턱

대고 주경주 차장을 경계하지는 않았다. 송주는 어렸을 때 주경주 차장을 많이 때렸다고 한다. 송주의 태도는 철없던 어린 시절에 대한 뉘우침 같기도 했다.

그 자리를 가장 버티기 힘들어하는 사람은 나처럼 보였다. 20년 전의 일은 기억나지도 않았고, 나를 바래다주고 표정 없이 떠난 여국대 사장에 대한 생각이 자꾸 나를 괴롭혔기에 나는 결국 화장실에 간다며 일어났다.

한참을 화장실 변기에 앉아 상념에 빠졌다가 가슴을 쿵쿵 쳤다. 답답한 상황에서는 그저 달아나는 데 열심인 나의 '도망병'. 아틀리에에서 일하게 된 순간, 다시는 무엇에도 도망가지 않겠다고 다짐했었다. 내가 회사를 그만두고 아틀리에를 택한 것이 도피처럼 보여선 안 되는 것이기에, 내 나쁜 습관 먼저 고쳐야겠다고 마음먹었었다. 그런데 또 도망이라니, 도망이라니! 박송아, 너는 언제쯤 성장할래. 스스로에게 되묻다가 다시 자리로 돌아가려고 일어났다.

"우리 누나 좋아하냐?"

벽을 돌아 송주와 주경주 차장이 앉아 있는 자리로 가려다가 송주의 목소리에 멈칫 서고 말았다.

"……그래, 좋아해. 아주 오래전부터야."

곧 주경주 차장의 목소리가 들렸다. 한참 두 사람은 말이 없었다. 누군가가 잔을 내려놓는 소리가 들렸다. 그다음의 목소리는 송주였다.

"너도 알겠지만, 우리 누나는 어렸을 때 힘든 일을 겪었어. 그걸 견뎌내는 마음이 어땠을지는 모르는 사람은 상상도 못해. 그래서 난 누나가 정말 누가 봐도 최고인 남자를 만났으면 좋겠어. 얼굴, 돈, 직업 이런 게 아니라 몸과 마음이 건강하고 순수한 사람. 어디 다치는 일 없이 평생 누나가 의지할 수 있는 사람. 누나가 널 좋아하고, 네 마음이 결코 변하지 않을 거라는 확신만 있다면 난 널 응원할 거야. 하지만 누나한테 혹여나 상처를 주거나 그냥 어장관리나 하려는 거라면 가만두지 않아, 정말."

또다시 침묵이 찾아왔다. 두 사람은 그다음 해야 할 말을 고르고 있는 것 같았다. 나는 자리로 돌아갈 타이밍을 잡지 못하고 그 자리에 서 있었다.

"그리고 모든 건, 우리 누나가 널 좋아한다면."

송주의 목소리가 다시 들렸다. 가끔 저 아이는 내가 신경 쓰지 않은 내 기억까지 고스란히 떠안으려 하는 어른스런 면이 있었다. 이제껏 송주가 내 연애를 못마땅하게 여기는 것에 대해 세 가지 정도로 생각했었다. 어린 시절 엄마의 사랑을 내게 빼앗긴 것에 대한 복수, 제대로 된 진득한 연애를 하지 못하는 자신에 대한 화풀이, 그리고 마지막이 누나를 생각하는 동생의 따뜻한—정작 누나는 별로 원하지 않지만—마음이었다. 송주의 마음이 정말 세 번째라는 것은 아주 조금 짐작했었지만, 놀라운 사실이었다. 내가 잘못 들은 건 아닐까?

짜식, 많이 컸네……. 절로 엄마미소가 그려지는 순간이었다. 그리고 내 마음은 내가 기억하는 어느 가을의 흐릿한 하늘로 흘러가고 있었다.

초등학교 2학년 가을, 아마도 소풍 가기 전날이었을 것이다. 소풍날 엄마와 함께 오는 아이들을 조사한 후 선생님이 나를 따로 불렀다. 이전의 담임선생님이 출산휴가로 떠나고 새로 우리 반을 맡게 된 임시 담임선생님이었다.

넌 왜 말이 없니, 왜 선생님이 기억하라고 해도 기억을 못하니, 어머니는 어쩌다가 돌아가셨니, 아주 가끔 사람들은 어린 나에게 아무렇지도 않게 물었다.

나 때문에요.

내가 아파서 약을 사러 갔다가 돌아가셨어요.

난 100번도 더 말할 수 있지만, 그 말을 하고 나면 항상 속이 좋지 않았다. 음식을 먹지 못했고 먹은 것은 모두 토해내야 했다.

조퇴를 하고 집으로 가는 길에 지나쳤던 사람들에게서 멀미가 났다. 대전엔 사람들이 넘쳐나고 있었다. 지구촌 축제라며, 매일매일 대전의 소식이 텔레비전을 통해 전국에 전해졌고, 내 또래 아이들은 모두 꿈돌인지 꿈순인지 하는 열쇠고리를 가방에 매달고 다녔다.

멀미에 이리저리 쓸려 새로 만들어졌다는 커다란 다리까지 왔다. 더 이상 집으로 돌아갈 수 없을 만큼 갈 데까지 걸어갔다고 생각한 나는 다리에서 강을 내려다보았다.

난 죽을 수 있어.

언제든 죽을 수 있어.

제법 큰 강은 엄마와 함께 보던 바다를 떠올리게 했다. 우리는 바다 근처에 살았었다. 유유히 흐르는 강줄기를 따라 눈을 굴렸다. 햇살이 물 위에서 툭툭 부서지는 풍경에 홀려 한참을 그러고 서 있었다.

"죽으려고?"

얼마나 시간이 흘렀을지. 악을 써대며 누군가 내 쪽으로 달려오는 소리가 들렸다.

"죽으려고!"

나를 찾은 건 여덟 살의 송주였다. 송주는 늘 그랬듯이 내게 달려들어 내 옷을 붙들고 매달리고 날 때리고 날 밀어 넘어뜨렸다. 한참 동안 송주는 그렇게 나를 때렸다. 그 아이로 인해 넘어지고 나서는 나도 화가 나 송주를 더 힘껏 밀고 때렸다.

"네가 죽으면 우리 엄마도 죽는 거란 말이야! 엄마도 죽고, 나도 죽고, 아빠도 죽는 거란 말이야!"

내가 어떤 생각을 하며 이 다리 위에 서 있었는지를 다 알고 있다는 듯, 송주가 굵은 눈물을 뚝뚝 떨어뜨리며 말했다.

"우리 엄마느은…… 우리 엄마느은…… 네가 죽으면 안 된단 말이야아…….”

수도꼭지처럼 터지는 그 아이의 눈물에, 그 아이의 주먹질에 순간 정신이 들었다.

나는 아홉 살. 내게 죽음을 이야기하며 목 놓아 우는 이 아이는 여덟 살.

너무 일찍 인생의 허무함을 깨달아 버린 여자아이로 인해, 나보다 어린 그 아이마저 삶의 무게를 느끼게 된 것이었다. 나에게 누군가를 살리고 죽이는 능력은 없는데, 내가 어떻게 이 애에게서 이모를 빼앗을 생각을 했다는 거지? 그런데 엄마가 돌아가시고 시간이 얼마나 지난 거지? 난 지금 뭘 하고 있었던 거지? 이 아이는 어떻게 여기까지 혼자 온 거지?

나는 송주와 함께 그 자리에서 엉엉 울었다. 사람들이 지나가며 우리를 한 번씩 돌아보았다. 나보다 송주의 울음 끝이 더 길어, 나는 송주의 눈물을 닦아주었다. 그리고 송주의 손을 꼭 붙잡고 훌쩍거리며 집으로 돌아갔다. 나보다 어린 송주는 돌아가는 길을 알고 있었다. 울며불며 나를 찾으러 다니던 이모도 내가 무사히 돌아온 사실에 안도하며 나를 안아주었다.

그날이, 여태껏 어둡기만 했던 내 기억의 첫날이었다.

내가 자리로 돌아온 후, 주경주 차장과 송주는 또 별말이 없었다. 그저 겉도는 미국 이야기, 축구 이야기, 지긋지긋지긋한 군대 이야기, 서로의 직장에 대한 이야기만 하다가 일어난 우리는 다른 곳으로 자리를 옮기는 일 없이 헤어지게 되었다. 송주는 '흠흠' 목을 가다듬더니 먼저 집으로 들어갔다. 집 앞까지 함께 걸어온 주경주 차장과 내가 단둘이 얘기할 시간을 주기 위해서였던 듯싶었다.

"그 도시락 전문점은 꼭 다녀야겠어? 다른 커리어를 쌓는 게 낫지 않아?"

"커리어는 처음부터 생각 안 했어요. 그냥 거기서 일하는 게 좋은 거예요."

"사람이 좋은 건 아니고?"

주경주 차장이 확인하듯 물었다. 나는 주경주 차장의 '사람'이라는 말이 '여국대 사장'을 가리키는 말처럼 들려 멈칫할 수밖에 없었다.

"아틀리에가 좋아요. 사람도 좋지만 거기에서 하는 일이 좋은 게 먼저예요."

변명처럼 들리기 딱 좋은 말을 하며 내가 그의 눈빛을 피하고 있다는 것을 그가 눈치챘을까. 더 이상 주경주 차장과 이야기를 하면 안 되겠다는 생각이 들어 인사를 하고 집으로 들어가려는데 그가 또 입을 열었다.

"항상 아쉽단 말이야. 항상 후회할 것투성이야."

"네?"

"처음 면접 보러 네가 우리 회사에 왔을 때 널 보고 나서, 며칠 동안 일부러 살을 찌웠었다고. 네가 혹시나 내 뚱뚱했던 모습을 알아볼까 하고.”

브라운 커뮤니케이션에 면접을 보러 갔었을 때, 그때의 주경주 차장은 비쩍 마른 모습이었다. 그러나 일주일 뒤 내가 그곳에 입사했을 때, 그는 예전보다 많이 통통해져 있었다. 나는 그 모습이 더 보기 좋다고 생각했었다. 그저 그가 체형을 조절할 수 있는 사람이라는 것이 부러울 따름이었다.

“왜 난 이상한 데에 욕심을 부렸나 몰라. 네가 알아주길 기다리는 게 아니라 내가 말을 해야 하는 거였어, 하루라도 빨리.”

“그러게요. 그럼 우리가 더 빨리 친구가 될 수 있었을 텐데.”

나는 아쉽다는 투로 이야기하며 쿨하게 웃었지만 주경주 차장은 여전히 진지한 얼굴을 하고 있었다.

“네가 물어봤을 때 제대로 대답했더라면, 아니, 처음부터 내가 먼저 말했더라면, 같이 외근 갔을 때, 크리스마스이브에, 널 바래다줄 때, 술자리에서, 회의실에서…… 그리고 그때 병원에서도 내가 좀 더 확실하게 행동했더라면, 그렇게 도망치듯 떠나지만 않았더라면, 하고.”

순간 가슴이 철렁하고 내려앉았다. 이런 말을 듣게 될 줄은 몰랐다. 내 목소리가 떨리고 있다는 것은 나도 느낄 수 있었다.

“……차장님이었어요?”

그가 무엇을 묻는지 모르겠다는 듯 의아한 눈빛으로 날 바라보았다.

"병원에서 내가 잠들어 있을 때, 잠든 채로 울고 있을 때요. 그걸 닦아준 사람이 차장님이었어요?"

주경주 차장의 눈이 커졌다. 긴장의 끈이 침묵을 아슬아슬하게 버티고 있었다. 많은 생각을 하는 듯한 주경주 차장의 눈이 한 번, 두 번 천천히 감겼다가 내 쪽을 향했다. 대답을 기다리는 나에게 그는 체념한 듯한 낮은 목소리로 슬프게 말했다.

"……그래, 나야."

그는 63빌딩에서 운명을 이야기할 때처럼 정성들여 또박또박 내게 말했다.

"그러니까, 이제 날 진지하게 생각해 줬으면 좋겠어."

11. 혼란

다음날 아틀리에에서 만난 여국대 사장은 전날보다 더 말이 없었다. 낮에는 아틀리에 일로, 밤에는 은사님 일로 바쁜 시간을 보내서 그런 모양이었다. 하얀 두 뺨까지 내려온 다크서클이 안타까워 보였다.

"다크서클 위로 올려야 되는 거 아니야? 너구리 화장하고 왔는 줄 알았잖아."

내가 아니라 여국대 사장이 한 말이었다. 나도 잠을 못 자 피곤하긴 마찬가지였던 것이다. 어제 주경주 차장에게 그런 고백을 듣고 잠이 잘 왔을 리가 없었다. 내가 무안해하며 어쩔 줄 모르니 주경주 차장이 쓰게 웃으며 '그럼 일단 친구가 되자' 라고 말해주긴 했지만, 그런 엄청난 고백을 들어놓고 친구 되기가 어디 쉬운 일인가. 주경주 차장의 고백은 내 잠자리까지 헤집어놓았고, 내가 잠들기 전엔 오지 말아라, 생각했던 아침은 이내 밝아버렸다.

이제껏 큰 호감이 없었던 주경주 차장의 고백이 혼란스러웠으면서도 싫지만은 않았던 것은 역시 병원 사건 때문이었다. 내가 잠들어 있을 때 뽀뽀를 해버린 것은 화가 나는 일이었지만, 그런 마음마저 덮어버릴 만큼 따뜻했던 손길과 엄마 같았던 입맞춤, 그로 인해 내가 꾸었던 아련하고 따뜻한 꿈이 그날의 의미를 제멋대로 증폭시킨 것이었다.

지금까지 주경주 차장이 싫었던 적은 없었다. 문제는 좋지도 않았다는 것이다. 그런데 그런 꿈을 꾸게 해준 사람이 주경주 차장이었다는 사실이 놀라울 따름이었다. 주경주 차장에 대한 마음도 내 안에서 재정립되어야 했다.

밤에 도착한 문자메시지에서 주경주 차장은 스키장에 가자는 얘기를 했다. 물론 송주도 데리고 말이다. 주경주 차장은 이미 나와의 관계는 어떤 수순을 밟는 게 가장 이상적일 것인가에 대해 확신을 가지고 있는 것 같았다.

내가 멍하니 생각에 빠져 있으니, 먼저 피곤을 이겨내고 정신을 차린 여국대 사장이 내 머리를 콩 때렸다.

"일을 하려면 일을 하고, 졸리면 잠을 자고."

나는 그제야 생각을 멈추고 여국대 사장이 하라는 일에 집중했다. 사실 제대로 된 일을 할 수는 없었다. 새우 내장을 제대로 손질하지 않은 채로 수리 씨에게 가져다주고 나서야 정신이 조금 들었다.

"형들! 송아 씨가 날 죽이려고 했어!"

"정신 좀 차려. 새우 물 안 빼고 튀기면 어떻게 되는지 몰라?"

여국대 사장이 또 한 번 나를 쥐어박을 듯이 주먹을 쥐었다. 그러나 내 두 손이 먼저 머리 위로 올라갔다. 여국대 사장에게 너무 많이 맞은 나머지 가드를 하기 위해 손을 올린 것이었다. 내 우스꽝스러운 포즈에 여국대 사장의 웃음이 터졌다.

"너 빵 셔틀이었어? 진짜 자연스러워."

내 모습을 보고 비룡 씨와 수리 씨도 웃음을 터뜨렸다. 여국대 사장의 놀림감이 되어 얼굴이 달아오른 나는 신경질적으로 새우 머리를 떼어냈고 또 혼이 났다.

저녁때가 되어 일이 다 끝나고 비룡 씨와 수리 씨는 약속이 있다며 일찍 나가 버렸다. 내가 주방 청소와 설거지를 하는 동안 여국대 사장이 옆에 있어주었다. 정확히는 소파에 나른하게 누워 내가 선물한 책을 수면제 삼아 읽는 모양이었지만.

"어제 차장이랑 동생이랑은 즐거운 시간 보냈나?"

나는 '네' 라고 겨우겨우 말했다. 설거지를 하는 데 집중하고 있었고, 그와 주경주 차장에 대한 이야기를 하고 싶지 않았기 때문이다.

"예전에 봤을 때는 급하게 고백할 줄 알았는데, 그건 아니었나 보네.”

그의 뜻 모를 말에 모두 응대를 할 수는 없었다. 나는 얼른 설거지나 끝내고 집에 가야겠다는 생각에 물을 더 세게 틀었다.

“생각해 보니까 그 차장이라는 사람, 참 비상한 사람이야. 그 차장이 햄으로 만든 도시락 주문 때문에 혼자 찾아온 적 있었는데, 그때 어머니랑 맞선 얘기로 통화를 하고 있었거든. 날짜는 언제다, 시간은 언제다, 장소는 63빌딩 레스토랑이다.”

물줄기를 다시 약하게 할까, 하는 생각을 몇 번 했지만 그대로 두었다. 나는 어느 순간부터 어떤 소리에도 그의 목소리를 걸러낼 수 있는 사람이 되어 있었다.

“그 얘기를 그 차장 옆에서 하고 있었으니까 쉽게 기억할 수 있었겠지. 네가 그날 거기 앉아 있었던 건 우연이 아니야. 그 차장이라는 사람 험담을 하려는 게 아니라, 그 차장도 나름 노력하고 있다는 얘기니까 나쁘게 듣진 말고. 그래도 아무튼 모든 판단은 네가 이성적으로 해야 되는 거지.”

그는 내가 이 이야기를 못 들을 것이라 생각하고 말하는 걸까, 아니면 내가 설거지를 하고 있다는 사실도 잊고 내게 말을 거는 걸까.

“어제오늘 많이 생각했어. 난 정말 아무것도 아닌데 그 차장이라는 사람이 날 그렇게 경계해서 오해하게 할 필요가 있었을까. 그래서 그 차장이라는 사람이 너한테 더 조바심을 내는 게 아닐까. 편안하게 흘러가도 될 일을 가지고. 연애는 차근차근 해도 되잖아. 두 사람 사이의 신뢰가 중요한 거지, 안 그래?"

그래서 나보고 어쩌라는 거지? 주경주 차장을 만나보라는 거야, 아니면 치사한 사람이니까 거리를 두라는 거야. 나는 결국 물을 잠그고 말았다. 그와 얼굴을 마주하고 싶어서였다.

"그러니까 넌 이런 책을 나한테 주면 안 돼. 내가 다른 생각을 하게 돼."

"네?"

"여자애가 겁도 없이 말이야."

내가 설거지를 멈추고 그를 쳐다보았을 때, 그는 주경주 차장의 이야기가 아닌 내가 선물한 책 〈안녕, 언젠가〉의 이야기를 하고 있었다.

"이 책이 너무 농염하다고. 이걸 왜 읽으라고 한 거야?"

사실 나는 그 선물에 많은 의미를 담지 않았다. 그저 내가 재미있게 읽었던 책이니 읽어보라는 의미였는데. 물론 그림 없는 책으로 골려줄 생각이 가장 컸지만, 그가 이 책을 농염하게 받아들일 줄은 몰랐다. 나는 한동안 머뭇거리다가 실없는 농담을 섞어서 말했다.

"군대 간 남동생한테 맥심 잡지 보내주는 거랑 같은 이치예요. 남자들 이런 거 좋아하잖아요. 결혼 따로 연애 따로, 짜릿짜릿하시라고. 결말은 마음에 안 들지만 눈물도 쏙 빠지고요."

그는 책의 마지막 장을 덮으며 말했다.

"눈물이 나진 않던데. 여기 주인공들은 결국 둘 다 행복한 사람들이야. 사랑이 아픈 건, 한 사람이 끝났을 때 다른 쪽이 함께 끝나지 않기 때문이야, 안 그래? 이 사람들은 적어도 같은 시간 사랑받고 사랑했잖아."

"남자도 같이 죽는 게 좀 더 멋있지 않았을까요?"

"넌 드라마를 너무 많이 봤어."

모르겠다. 그가 하는 말은 정말 모르겠다는 생각뿐이다. 마음만 이어져 있으면 완벽한 사랑이라고 믿는 그와, 죽으면 모두 끝이기 때문에 따라 죽어야 한다고 생각하는 나의 관점은 너무나도 달랐다. 그가 이 책을 읽으며, 어느 날 사라졌다던 '현주'라는 여자에 대한 생각을 했을지, 그것도 궁금해졌다.

"아무튼 나쁘진 않았어. 내가 결혼이라는 제도를 별로 좋아하지 않아서인지."

"……독신론자예요?"

"수리가 얘기 안 했어? 그거 알고 이 책 선물한 거 아니야?"

"뭘요?"

나는 처음 듣는 이야기라는 듯 그가 누워 있는 쪽을 향해 고개를 기울이며 물었다.

"결혼은 한 번 해봤어. 정확하게는 결혼식을 한 번 해봤지. 더 이상 하고 싶지 않을 뿐이야."

무언가 애꿎은 농담을 또 하고 싶었는데, 그다음에 할 말은 잊어버리고 말았다.

아.

그렇구나.

이 사람은 결혼을 해본 사람이었구나. 나는 다시 물을 틀고 그릇을 닦으며 비누가 제대로 닦인 건지 몇 번을 거듭 확인했다. 그렇구나, 그렇구나……. 한 가지 생각으로 머릿속이 어두워졌다. 빨리 설거지를 끝내고 가려던 생각은 어느새 나를 떠났다.

"청소 다 하면 깨워. 선생님한테 가는 길에 바래다줄게."

그는 피곤한 듯 나른하고 조용한 목소리로 내게 말했다. 그리곤 정말 잠이 들었는지 더 이상 나를 부르는 소리는 들리지 않았다.

그로부터 30분이 지난 뒤에야 설거지와 주방 청소가 끝났다. 그는 소파에 누워 잠들어 있었다. 그의 눈앞으로 손을 흔들어보았지만, 그는 반응이 없었다. 다 큰 어른이 아기처럼 잠이 들다니. 그의 앞에 앉아 그의 감은 눈과 부드러운 직선을 그리는 코와 일자로 다물어진 입술을, 천천히 눈으로 훑어 내려갔다. 아름다운 사람이구나. 그런데 오늘의 당신은 너무 쓸쓸해 보여.

이 남자에 대한 새로운 사실을 몇 가지 알았다고 해서 이 남자의 이미지가 달라질 것도 없을 만큼 이제 우리의 사이는 견고하다고 생각했는데. 그저 이 남자가 편하고, 때론 놀랍고, 종종 이 남자에게 고마울 뿐이었는데.

눈시울이 뜨거워지는 느낌이 들더니 곧 눈물방울이 떨어졌다. 그가 깨워달라고 했지만, 지금 내 모습으로는 그를 깨울 수 없었다.

신이여, 어쩌죠? 어떡하면 되죠?

이 남자가 좋아요.

이 남자가 좋아요…….

이 남자가 너무 좋아서 자꾸 가슴이 아려요…….

어떡하면 좋아요?

☆ ☆ ☆

예전에 비룡 씨에게, 내가 아틀리에에서 일하고 싶은 것과 여국대 사장에 대해 어떻게 생각하느냐는 별개의 문제라고 말한 적이 있었다. 그리고 주경주 차장에게도 똑같은 말을 했었다. 사람도 좋지만, 그것보다는 아틀리에에서 일하는 게 좋은 거라고. 결국 모두 나의 허울 좋은 포장이란 얘기였다. 나는 그냥 여국대 사장이 좋았던 거였다.

내 마음을 깨달은 그날 이후로 나는 여국대 사장에게서 스스로 멀어지고 있었다. 그와는 제대로 말을 섞지 않았고, 그가 은사님께 가는 길에 바래다준다고 할 때에도 약속이 있다며 거절했다. 최대한 그와 단둘이 있으려 하지 않고 그의 앞에서 잘 웃지도 않았다.

아직 내 마음을 아는 사람은 아무도 없었다. 아틀리에에서 일하기 위해 벌였던 일들의 그 초심을 생각해야 한다고 매번 스스로에게 주문을 걸었다. 누군가에게 내 흑심을 들키기 전에 내가 먼저 내 마음을 접으면 될 일이다.

일하는 내내 그의 단점을 보려고 노력했다. 당신은 이혼남—또는 파혼남—에, 고집도 세고, 말도 막 하고, 다혈질에, 유치뽕 만화광에, 완벽주의자고, 머리도 크지. 그런데 왜, 왜! 아아아…….

결국 그의 머리마저 작아 보이게 되었다는 걸 알게 된 것이다! 이미 난 중증이었다.

"너는 만약에 내가 이혼남 만나면 어떻게 할 거야? 결혼식 하고 파혼한 남자라거나."

어느 밤, 출출하다며 컵라면에 물을 붓는 송주에게 대뜸 물었다. 송주는 제대로 반을 가르지 못한 나무젓가락을 보다가 긴 쪽으로 확 부러뜨렸다.

"쥐도 새도 모르게 다리몽둥일 분질러 버려야지."

송주는 무시무시한 농담을 하고는 부러진 나무젓가락을 신경질적으로 쓰레기통에 넣고 다른 나무젓가락을 뜯었다.

역시, 내가 사랑을 시작하기에 여국대라는 사람은 그 자체로 벽과 같았다. 손가락 접듯, 색종이 접듯 마음을 접고 싶었다.

그다음 주 목요일, 저녁에 주경주 차장을 만나기로 했다. 다른 광고팀에서 프리미엄 영화표를 받았으니 함께 보자는 것이었다. 주경주 차장을 만나러 간다는 얘기에 솔로가 된 덕희는 묘하게 한숨을 쉬었다.

"난 국대 오빠랑 잘될 줄 알았는데."

"주경주 차장이랑도 그런 건 아니야."

덕희는 아직 '국대 오빠'에 대한 이야기를 내게 모두 듣진 못했다. 마음대로 호칭을 넘나드는 덕희가 참 대단하다는 생각이 든다. 그게 살아가는 방법일 텐데.

영화관 앞에서 만난 주경주 차장과 나는 주변 식당에서 간단히 밥을 먹고 영화관으로 들어갔다. '밥—영화관—차 한 잔'이라는 정통 코스였다. 대학생 때는 몇 번 연애 직전까지 갔었고, 회사에 다니게 된 후에도 두 번 소개팅을 하고 애프터 신청을 받았었다. 그러나 자연스레 연락이 끊겼는데, 돌이켜보면 그 마지막은 항상이 '정통 코스'였다. 밥이 문제인지, 영화가 문제인지, 차가 문제인지는 잘 알 수 없었다.

"문제는 너잖아."

6개월 전, 마지막 소개팅 남에게 2주일째 연락이 오지 않아 포기하고 있을 때 덕희가 한 말이다.

"넌 친해지면 웃기긴 하지만, 남자한테는 나무토막 같잖아. 나무토막을 보고 웃어주고 싶겠어?"

덕희의 말이 맞다. 나는 여전히 이성으로 다가오는 남자에게는 뻣뻣하게 굴고 있었다. 요 며칠 여국대 사장에게도 얼마나 멍청하게 굴었는지 돌이켜보면 답이 뻔히 나와 있는 문제였다. 어쩌면 이번 '정통 코스'도 주경주 차장과의 마지막 인연으로 남게 될 수 있겠지.

프리미엄 영화관에 이렇게 사람이 없는 건지 몰랐다. 좌석마다 무릎담요와 쿠션이 있는 것도 새로운 세계였다. 소파에 푹 파묻혀 거의 부동자세로 영화를 볼 수 있었다. 귓가에서 덕희의 잔소리가 떠다니는 것 같았지만 나무토막 본성은 어쩔 수가 없는 것이다.

건강한 영화를 선택해서 다행이었다. 뒷좌석에서 쪽쪽거리는 소리가 들려 민망한 나머지 중간엔 몰입이 잘 안 되긴 했지만, 마음 아프면서도 감동적인 영화였다. 바보 역의 류승룡이 '머리가 커서' 라고 말하는 장면에서는 또 머릿속에서 여국대 사장의 얼굴이 스쳤다. 여국대 사장에게 언젠가 이 영화를 추천해 주어야 할 텐데. 과연 그의 머리가 다시 커 보일 날이 올는지 모르겠다.

밥 먹기, 영화 보기를 무사히 완수하고 마지막 관문 차 마시기 미션에 돌입했다. 주경주 차장은 요즘 회사에서 있었던 일에 대해 얘기해 주며 말문을 열었다. 팀에 예쁜 여사원이 들어왔고, 다시 여자 대리가 질투를 하기 시작했다는 것, 포크포크에서 대규모 인사이동이 있었지만 이효종 과장이 이직을 하는 바람에 김성기 팀장이 계속 광고팀에 남아 있게 되었다는 안타까운 소식을 들려주었다.

"차장님이 많이 힘들겠어요."

"……차장님보다는 차라리 '있잖아'가 낫겠어. '경주야' 이런 건 이제 바라지도 않아. 제발 오피셜하게만 하지 말았으면 좋겠다."

그는 웃으면서도 뼈 있는 어투로 내게 말했다.

"아, '있잖아'나 '저기'라고 불러주면 초등학교 때 기억나는 거 하나 얘기해 줄게."

나랑 줄다리기를 하자는 건가? 노땡스인데.

"괜찮아요, 안 들어도 돼요."

"누나."

내가 관심 없다는 투로 쏘아대자마자 주경주 차장은 나를 '누나'라고 불렀다. 주경주 차장이 이 호칭을 쓸 때마다 오꼬노미야끼 위에서 춤추는 가다랭이포처럼 오글거렸다.

"누나."

어휴.

"누나."

"알았다고요. 있잖아!"

결국 주경주 차장의 누나 공격에 무너진 나는 눈을 꼭 감고 그가 원하는 대답을 해주었다. 여국대 사장이었다면 소리를 질러주었을 텐데. 주경주 차장은 지금 내가 얼마나 속을 삭이고 있는지 모를 것이다. 내 마음을 알 리 없는 '있잖아'가 기쁘게 웃으며 입을 열었다.

"우리 앞뒤로 앉았었어. 그런 기억도 없겠지? '슬기로운 생활' 시간인가 그랬는데 선생님이 벽에 걸린 커다란 거울을 떼서 우리 앞으로 가져오는 거야. 내가 국어나 산수는 좀 했는데 과학은 안 되는 편이었거든. 근데 내 앞에 있는 거울에서 네가 보이는 거야. 선생님이 나한테 이렇게 물었어. '경주야, 누가 보이니?' 근데 이상하잖아. 이 거울이 마음을 비추는 거울도 아니고, 왜 나를 비춰야 되는 거울에서 네 얼굴이 보이는 거냐고."

거울의 원리가 환상처럼 보이던 순수한 시절이 우리들에게도 분명히 있었다. 사실, 그가 기억하는 내 모습에서 고마움을 느낀다.

"내가 놀라서 내 짝꿍이 보인다고 했지. 거짓말을 했어. 그러니까 선생님이 '어, 그럴 리가 없는데?' 하면서 거울을 확인하는 거야. 그리고 너한테 물었어. '송아야, 너는 누가 보이니?' 그러니까 너는 말없이 몸을 살짝 돌려서 손가락으로 날 가리켜. 나는 얼굴이 뜨거워지는 거야. 이게 어떻게 된 일이지, 싶었어. 그리고 선생님이 다시 나한테 물었는데, 나는 결국 대답을 못했어."

그가 내 손끝을 잡고 웃었다. 나는 슬프게도 내 손을 잡아끌며 장난스레 웃었던 또 한 명이 생각났다.

이혼남—혹은 파혼남—이라서, 그의 과거엔 엄청난 여자가 있었기 때문에, 그는 여자들에게 친절하지만 마음의 문을 닫아버린 사람이라서, 내 동생이 싫어할 테니까, 내가 단지 그 사람이 좋다는 이유로 아틀리에에 취직하고 싶어 했다는 걸 들키면 안 되기 때문에 그는 정답이 아니다. 그렇다면 내 앞에 있는 이 사람은 정답일까.

나는 '있잖아' 가 잡은 손을 슬그머니 뺄까 하다가 더 무안해질 것 같아서 악수를 하듯 흔들었다. 그래, 이거면 됐다는 생각이 들었다.

아무 일 없이 며칠이 지났다. 아틀리에 일에 여유가 생긴 것을 확인한 나는, 송주와 덕희에게 급히 연락해 밤스키를 타자고 제안했다. 평일 밤이라 스키장에 사람들이 많지는 않았다. 송주와 덕희는 스노우보드광이고, 나도 대학 시절부터 해마다 꾸준히 스키를 탔던 실력이 있어 이제 중급 정도는 된다고 할 만했다. 경주보다 먼저 도착한 우리는 렌탈숍에서 스키복으로 갈아입었다. 경주를 만난 건 장비를 다 갖추고 스키장 입구까지 와서였다. 그는 아직 옷을 갈아입지 못한 채 우리를 기다리고 있었다.

"지금 도착했어."

"으응……."

경주에게 반말을 시작한 지 일주일이 지났다. 여고를 졸업한 지 10년이 되었지만 실은 아직도 '누구 씨' 라 부르는 것을 제외하고 남자 사람의 이름을 부르는 관계는 어색하다. 내게 남자친구라고는 '야' 혹은 '개똥아' 혹은 '자라야' 하고 별명을 지어 부르는 대학 동기들이 전부였기 때문이다.

"괜찮게 생겼네, 좀 마르긴 했지만."

그간의 이야기를 모두 전해 들은 덕희가 경주를 보고 내게 귓속말했다.

"암튼 그래도 나는 국대 오빠한테 한 표."

경주와 덕희는 서로에 대해 들은 바가 있어서인지 만나자마자 반가운 표정으로 인사했다. 결국 남자친구와 완전히 헤어진 덕희는 다른 남자를 많이 만나보는 것으로 그 허전함을 채워가고 있었다. 나처럼 원래부터 남자친구 같은 게 없었다면 그런 마음으로 힘들어할 일도 없었을 텐데. 그런데 희한하게도 왠지 요즘은 덕희의 마음을 이해할 수 있을 것 같기도 했다.

덕희와 송주는 보드를 타기로 했고, 경주가 차에 싣고 온 것도 보드였다. 요즘은 스키보다 보드의 인기가 훨씬 좋다. 그러나 두 발을 한곳에 묶고 내리막길을 내려간다는 것이 내게는 끔찍한 공포였기 때문에, 나는 보드를 배워볼 생각조차 하지 못했다.

"그럼 나도 스키 타야겠다."

활짝 미소 짓던 경주는 옷을 갈아입고 스키 장비를 렌트해야겠다며 곧장 렌탈숍으로 갔다. 텅텅 빈 상급자 코스를 보며 눈을 빛내던 덕희는 송주를 끌고 올라갔고, 나는 곧 혼자 남았다. 상급자 코스의 리프트 타는 곳에서 비룡 씨를 본 것 같기도 한데 내 착각이었을까? 아무튼 나도 한가로운 초급자 코스의 리프트에 혼자 올랐다. '혼자 왔냐?' 하고 물어볼 만한 예쁜 남정네가 하나쯤 있었으면 좋겠다는 엉뚱한 상상을 해보면서.

초급자 코스 정상에 서서 아래쪽을 바라보았다. 눈으로 보이는 모든 것이 하얗다. 그가 해주는 하얀 모찌를 먹고 싶었다. 먹어본 적은 없지만 그가 만든 것이라면 뭐든 맛있을 거야…….

머릿속에서 그가 잠시도 떠나질 않는다…….

생각을 쫓으려 고개를 세차게 가로젓다가 폴을 찍으며 스키장 아래쪽으로 몸을 힘껏 밀었다.

이 번개 같은 스피드로 바람을 가르고 눈길을 가르고 여국대 당신에 대한 마음도 갈라 버릴 거야. 당신에 대한 마음은 이 스키장 눈 더미에 모두 파묻어 버리겠어. 이제 경사 아래로 내려가면 다정한 경주에게 스키장 경사처럼 미끄러지는, 비단결같이 부드럽고 고운 내 마음을 보여줘야지. 그리고 언젠가 내 꿈속의 엄마를 다시 소환해 달라고 해야지. 박송아, 다시 태어나는 거다!

그런데 어어어어, 잠깐. '다시 태어난다는' 게 '일단 죽는' 걸 의미하는 거란 말이야? 잠깐!

초급자 코스가 언제부터 이렇게 가팔라졌지? 처음의 스피드에 가속도가 붙어, 나는 무시무시한 속도로 경사를 내려가고 있었다. 맞받아 불어닥치는 바람이 살을 한 꺼풀 벗길 듯이 얼굴을 때렸다. 아냐, 이건 아냐! 잠깐! 내가 미쳤지. 준비운동도 없이, 다리에 힘이 얼마나 들어갈 수 있는지 제대로 확인도 못하고 대뜸 올라가 버리다니. 으아아아, 잠깐, 안 돼! 당황한 나는 왼쪽 폴을 놓치고 말았다.

이럴 땐 차라리 넘어지는 게 나아! 어서! 재빠른 판단으로 안전하게 넘어질 자리를 탐색한 나는 경사를 거의 다 내려와 다리가 뒤틀리는 기괴한 포즈로 넘어졌다. 그 바람에 양쪽의 플레이트가 모두 벗겨졌다. 위험천만의 순간이었다. 하마터면 스키장 아래에 있는 스낵바를 박살 낼 뻔했던 것이다.

인생이 주마등처럼 스쳐가진 않았다. 나는 '엄마'를 외치면서도 여국대 사장의 얼굴을 잠시 떠올렸다. 그가 날 보고 맨 처음 웃었던 순간은, 그를 처음 만났던 날, 그에게 홀린 내가 송주의 도시락 배달 시간을 늦춰도 된다고 말했을 때였지. 그리고 나의 뛰어난 리본 묶기 신공으로 그들을 도왔을 때, 그는 또 감질 나는 미소를 보여주었지. 그것 또한 나는 잊을 수 없어…….

다리에 힘이 풀린 나는 더 움직일 의지를 접고 스키장 눈밭 구석에 누워버렸다. 더 이상 스키는 타지 않을 테니 옷이 젖든 말든 상관할 바 아니다. 누워서 바라보는 하늘이 어둡고 청량했다. 결국 나는 아틀리에를 포기할 수도 없고, 여국대 당신을 묻어버릴 수도 없는 사람이야. 내려오는 동안 얼굴에 달려든 바람이 눈물을 찔끔 만들어냈다. 나는 겨우겨우 숨을 고르며 혼잣말을 했다.

"죽자, 그냥 죽어."

"말은 잘해요."

이곳에서 들려서는 안 될 목소리가 들렸다. 환청인 건가? 결국 정신이상 증세까지 나타난 건가? 은사님께 갔다던 여국대 사장이 눈앞에 서서 큰대자로 누워 있는 나를 내려다보고 있었다. 미쳤어. 확실하게 작아진 큰 바위 얼굴이 여기까지 따라왔어. 나는 역시 중증이야. 아니면 여긴 혹시 천국인 건가? 나는 스키장을 내려오다 결국 요단강을 건너 버린 건가?

"쇼는 잘 봤어. 다치지 않으려고 용을 쓰면서 죽겠다는 말은 잘하네."

"천국인가요, 극락인가요? 항상 궁금했는데. 저승의 세계는 예수님일까, 부처님일까."

"왜, 옥황상제는 안 보여? 하나도 안 웃겨. 움직일 수는 있어?"

그는 나를 부축해 좀 전에 내가 부수려던 스낵바 안쪽의 휴게실로 데려갔다. 그가 건네는 따뜻한 차를 마시고 나니 마음이 진정되는 것 같았다. 다행히 아픈 곳은 없었다. 그는 내가 다친 곳이 없는지 살펴보고는, 차를 다 마실 때까지 나를 안쓰럽게 쳐다보았다.

"여긴 무슨 일이에요?"

"비룡이랑 수리도 여기 어딘가 있어. 비룡이가 꼭 와야 된다고 하던데? 난 무슨, 스키장 단합대회라도 격하게 하나 했다."

내가 부랴부랴 뒷정리를 서두를 때 비룡 씨가 나에게 무슨 약속이라도 있냐고 물었었다. 나는 그가 따라올 것이라고는 생각도 못하고 비룡 씨에게 '스키장 가요!' 하고 소리를 쳤던 것이다.

"선생님은 괜찮으시대요?"

여전히 피곤한 눈빛인 그에게 물었다. 요즘 들어 부쩍 활력을 잃은 그가 안타까웠다.

"밥을 안 드셔. 왜 자꾸 안 드시는지 모르겠어. 계속 퇴원한다고 하시는데, 더 계셨으면 좋겠는데 고집이 너무 세서 걱정이야. 뭘 해드려도 안 드시니. 뭘 좀 드실 때까진 며칠 같이 있어드려야 할 것 같아서, 일단은 지방에서 도시락 사업하는 친구한테 잠깐 올라와서 일 좀 도와달라고 얘기했어. 같이 일하던 친구가 있었는데 꽤 요리를 잘해."

"금메달 씨?"

"애들한테 얘기 들었어?"

나는 '네' 라고 대답했고 그는 고개를 끄덕였다. 수리 씨가 예전에 한 번 말해준 적 있었는데 '금메달' 이라는 특이한 이름 때문에 기억하고 있었던 것이다.

"넌 왜 요즘 나랑 말도 안 하냐? 선생님 생각 때문에도 머리 아파 죽겠는데."

그가 무표정으로 날 바라보며 말했다. 내가 그를 일부러 피하고 있다는 이유가 가장 컸지만 그 또한 은사님 문제로 바쁘고 힘든 시간을 보내고 있었기 때문에 우리가 제대로 된 대화를 나눈 지도 한참 되었던 것이다. 그러나 나는 내가 그를 피하는 진짜 이유를 말할 수 없어 말을 돌렸다.

"왜 선생님은 밥을 안 드시는 거래요?"

"몰라. 그게 제일 답답해. 진짜 안 해본 게 없는 것 같아. 뭘 해 드려도 이 맛이 아니래. 무슨 광고 찍는 것도 아니고. 언젠가는 한 번 맛을 보더니 밥상을 엎어버리셨어. 가슴을 쿵쿵 치면서 답답하대. 정작 답답한 건 지켜보는 사람들인데."

그의 무덤덤한 표정에서 나는 그 고된 일상을 읽을 수 있었다.

"아, 입이 많이 짧으신가 봐요."

"원래 까다로운 분이긴 한데, 또 그런 것 같지도 않거든. 그냥 심술인 것 같아서 힘든 거야. 고등학생 손녀가 흰죽을 만들어 드렸는데 그건 드신다고 하더라고. 내 흰죽은 안 드시고."

"그럼 손녀한테 맡기면 되잖아요."

"사람이 어떻게 흰죽만 먹고 살아. 뭐라도 좀 넣으려고 하면 그때부터는 또 안 드시는 거지. 그리고선 나보고 넌 너무 많은 걸 알고 있어서 답답하대. 내가 떠나고 나면 혼자 창밖을 보면서, 후우, 한숨을 내쉬고 매번 그립다, 그립다, 하신다는데, 대체 어쩌라는 건지."

"알고 있어서 답답하다고 하시면, 모르는 척하고 만들면 되는 거 아니에요?"

"음식 차릴 때 모르는 척은 어떻게 하는 거냐, 도대체."

그는 내 말이 이해가 안 간다는 듯이 물었다. 나는 내가 생각하는 추억의 요리를 이야기하고 싶어졌다.

"사장님은 세상에서 요리를 제일 잘하는 사람이지만요, 그래도 역시 내 평생 최고의 요리는 엄마가 만든 김밥이에요."

"그게 그렇게 맛있었어?"

"아니요. 정말 맛없었어요. 완벽하게 맛없는 요리."

무표정한 그의 얼굴은 변하지 않았지만, 그는 내 이야기를 더 들어보아야겠다는 듯이 편하게 자세를 바꿨다.

"엄마는 김밥을 쌀 줄도 모르고 시집을 와서 나를 혼자 키우면서, 뭐든 처음 해봤던 거예요. 그런 서툰 엄마가 제일 못했던 게 음식이었어요. 그래서 음식점에서도 거의 설거지 담당이었대요. 그러면서 욕심은 많아서 뭐든 잘해보고 싶어 했어요. 엄마가 처음이자 마지막으로 도시락을 싸줬던 게 김밥이었는데요. 아니, 김밥이 아니라 김떡. 그건 밥이 아니라 떡이었어요, 거의. 아무튼 그걸 싸가지고 엄마랑 소풍을 갔는데 다른 애들 엄마들이 새벽 6시에 일어났어, 5시에 일어났어, 그런 말을 하고 있는 거예요. 우리 엄마는요, 아예 밤을 샜어요. 그 맛없는 걸 만든다고."

이야기를 하다 보니, 아까 죽을 뻔했을 때 여국대 사장의 얼굴을 떠올린 사실이 엄마에게 미안해졌다.

"그때는 좀 창피했는데, 딱 반년 뒤에 깨달았어요. 그 김밥이

제일 멋졌어, 그 김밥이 최고였어. 그런 건 다시는 먹을 수 없을 거야."

잠자코 듣고 있던 그가 갑자기 내 손을 잡았다. 나는 그가 나를 위로해 주려고 그러는 줄 알았으나, 그는 내 손을 잡은 채로 벌떡 일어났다.

"스키 이제 안 탈 거지? 너 넘어졌잖아. 위험해서 더 타면 안 돼."

오래전, 이태원에 쪼그려 앉아 있던 내게 다가와 손을 잡아당기던 때와 같이, 그는 또 내 손을 잡아끌었다.

"일 좀 해야겠다. 옷 갈아입으러 가자."

나는 갑작스런 상황에 당황하여 그에게 끌려가지 않으려고 용을 썼다. '잠깐요, 잠깐!' 그러나 그는 내 의사를 깡그리 무시하고 나를 잡아끌었다.

"야, 너 스키 안 타? 주경주 씨가 찾……."

나를 찾아 휴게실로 들어온 덕희가 말을 채 끝맺지도 못하고 눈이 휘둥그레진 채 나와 여국대 사장을 넋 놓고 바라보았다. 덕희의 입에서 '오, 오빠' 하는 소리가 작게 흘러나왔다.

"오늘 얘 좀 빌리겠습니다. 갑자기 급한 주문이 생겨서. 그래도 되죠?"

그가 덕희에게 인사를 하고 정중하게 말했다. '국대 오빠' 에게는 한없이 약해지는 우리의 솔로 덕희는 눈에서 하트가 나올 듯이 그를 향하다가, 나를 부러운 눈으로 바라보았다.

"멋있어……."

하트덕희에게서 흐릿하게 나온 말은 '알겠어요' 가 아니라 '멋있어' 였다. 그는 흐뭇하게 웃어 보이며 덕희에게 화답하고는 내 스키 장비를 챙겨 나갔다. 나는 억울한 마음도 잊고 또 가슴이 뛰었다.

☆ ☆ ☆

"이번 일만 잘되면 앞으로 월급도 줄게."

내가 온순하게 끌려가도록, 이 사람이 돈으로 날 꾀어낸다. 내가 초탈한 척하고 있긴 하지만 돈 욕심이 많다는 건 어찌 알고. 렌탈숍으로 가 장비를 반납하고 옷을 갈아입은 나는 여국대 사장의 차를 타고 리조트 밖으로 나갔다. 밤 10시가 넘은 시각이었기 때문에 채소를 파는 마트를 찾느라 꽤나 오랜 시간을 소비했다. 그는 은사님께 김밥과 황태국, 야채죽을 만들어주자고 했다.

"아니면 네가 해보고 싶은 걸 해도 좋고. 물론 요리는 네가 하는 거야. 난 어떻게 준비해야 하는지도 안 가르쳐 줄 거야."

그의 논리는 간단했다. 자기는 맛있는 음식밖에 못 만든다는 것이다. 맛없는 음식을 만들어본 기억은 20년 전쯤이었단다. 모든 요리는 척척 빨리 할 수 있고, 밤새 요리를 해도 김밥을 만들까 말까 한 사람에 대해선 도무지 상상도 못하겠으니, 비교적 요리를 못할 것이 뻔한 내가 해야 한다는 것이었다.

머릿속이 새하얘졌다. 김밥을 만들어본 적은 한 번도 없었다. 물론 많이 먹어봤기 때문에 어떻게 만들어야 할지는 대충 감이 잡혔지만, 무엇이 필요한지, 준비를 어떻게 해야 할지도 막막했다. 나는 지금까지 여국대 사장이 준비해 놓은 재료로 뭔가 마술을 부리는 것들만 잔뜩 봐왔지, 주도적으로 생각하진 못했었다.

사지 않는 것보다는 뭐든 사는 게 도움이 될 것 같아서 잡히는 대로 구입했다. 김발을 두 개나 산 까닭에 그가 의아해했지만, 나는 될 대로 되라는 식으로 바구니에 마구 넣었다.

'월급, 월급!'

잠시 그의 매력 마수에서 벗어나 돈을 향해 움직일 수 있었던 것이다. 마트용 바구니 세 개가 가득 찼고, 총 12만 원이 나왔다.

여국대 사장과 비룡 씨, 수리 씨가 머무는 스키장 바로 뒤의 콘도는 내가 좀 전에 짐을 풀었던 숙소의 옆 건물이었다. 콘도에 도착한 나는 사온 것들을 하나하나 꺼내 포장을 뜯었다. 메뉴는 김밥과 황태국, 야채죽인데, 나는 왜 돼지고기와 양배추와 미역을 샀을까?

비룡 씨와 수리 씨는 스키를 타러 나간 모양이었다. 여국대 사장은 피곤해서 스키 탈 생각이 없다고 하며 씻으러 들어갔다. 나는 일단 밥을 안치고 마트에서 사온 온갖 음식 재료와 조리도구를 모두 주방에 펼쳐놓고 김밥재료용, 황태국용, 야채죽용으로 분류

했다. 과연 이 밤에 내가 혼자 이 요리들을 다 할 수 있을까 하는 불안이 엄습했다.

젠장, 네모 프라이팬을 사야 되는 거였는데. 동그란 프라이팬을 쭈그러뜨려 버려? 그런데 이 아저씨는 내가 껍질칼을 안 샀는데도 보고만 있었단 말이야? 당근은 뭘로 깎으라는 거야? 숟가락? 깎지 마? 잘 씻기만 하면 되는 거 아니야? 아, 왜 과도도 없는 거야! 성질 나!

어휴, 아니지, 정성스런 마음으로, 엄마처럼, 엄마처럼…….

"정성, 정성……."

혼돈에 빠져 답답한 정신 상태였지만 그래도 마음을 가라앉히기 위해 최선을 다했다.

"넌 가끔 마음의 소릴 입 밖으로 내더라."

주방 바닥에 앉아 구시렁거리다가 그의 목소리가 들려 고개를 들었다. 그는 막 샤워를 하고 나온 모양이었다. 반팔 티, 반바지 차림에, 젖은 머리 위로 수건을 얹은 그는 내 쇼가 재미있다는 듯이 피식 비웃으며 말했다.

"안 창피해?"

못 들은 척해야지.

하나씩 하자. 하다 보면 뭔가 되겠지. 일단 김밥에 들어가는 모양으로 썰어야지. 길쭉하게만 하면 되겠지. 나는 햄과 맛살, 단무지를 찬찬히 썰어 나갔다. 중간에 당근을 세로로 기다랗게 써는 나를 보고는 그가 또 피식 웃음을 터뜨리는 소리가 나 신경이 쓰였다.

"한동안 아틀리에에서 네가 어땠는 줄 알아? 팬터마임 공연 준비하는 앤 줄 알았어. 멍 때리다가 화들짝 놀라다가 푹푹 한숨 쉬다가. 바보도 그런 바보가 없어."

얼마 후, 내 복잡한 심경을 모르는 그가 내게 또 말을 걸었다. 아, 오늘의 요리는 망했어. 내 월급이 날아가는 소리가 들렸다. 돈이 문제가 아니라, 이제 정신노동에 가까웠다. 아까 엄마의 얘기를 그에게 들려준 것부터가 잘못이었다. 그의 안부 따위는 궁금해하지 말았어야 되는 거였다.

"사장님 때문에 집중을 할 수가 없어요. 피곤해서 스키 타러 안 가는 거라면서요. 방에 들어가서 주무시라고요, 제발 좀."

그는 내 잔소리에 방으로 들어갔다. 그러나 잠시 후에 슬그머니 다시 밖으로 나왔다. 그는 내가 음식을 조물락거리는 모양을 놓치지 않고 살피며 답답하다는 듯이 몇 번 한숨을 쉬었다. 말하지 않는 게 고통스러운 모양이었다. 자른 햄을 부치려고 기름을 두르고 있을 때 그의 '음음' 소리가 더욱 커진 것은 말할 것도 없다. 눈치를 챈 내가 햄 대신 당근채를 프라이팬에 쏟아놓고 나니 그의 '음음'이 잦아들었다. 그렇다고 끊어진 것은 아니었지만.

30분 정도가 지났다. 한동안의 평화를 깨고 그가 또 입을 열었다.

"네가 아까 나한테 뭐라고 했는지 알아? 내가 세상에서 요리를 제일 잘하는 사람이라고 했다."

나는 그를 빤히 바라보았다. 그는 또 장난스럽게 미소 짓고 있었다.

못 들은 척해야지.

그러나 그는 또 내게 말을 걸었다.

"은연중에 얘기한 거니까 당연히 진심이겠지?"

안 그래도 머릿속에서 24시간 돌아다니는 사람이 이렇게 옆에 와서 일도 못하게 얼쩡거리니 짜증이 솟구쳤다. 내가 김밥에 들어갈 깻잎의 물기를 닦아야 되는 건지, 도를 닦아야 되는 건지 혼란스러워질 무렵 내 표정을 알아챈 그가 내게서 눈을 피했다. '우리가 소금을 왜 샀을까? 아아, 시금치 데칠 때 넣으면 파래진다고 하지, 아마?' 와 같은 괴상한 혼잣말을 하면서.

"사장님, 안 자요?"

그는 대답하지 않고 내 눈을 피한 채 핸드폰 게임을 하는 시늉을 내고 있었다.

"사장님이 잠을 자야 제가 일을 할 수 있을 것 같아요, 제발. 지금 자러 들어가면 만화책 100권 같이 읽어줄게요."

나는 마음을 가라앉히며 장난꾸러기 초딩을 달래듯 좋게 좋게 타일렀다. 곧 그의 소리가 들리지 않아 요리에 집중할 수 있게 되었다. 그러나 그건, 아주 잠시였다.

"날 유혹하지 마……."

물을 켜놓고 시금치를 씻을 때였다. 그의 목소리가 아주 작았기 때문에, 사실 제대로 듣지 못했다. '날 욕하지 마' 라고 그러는 줄로만 알았다.

"제가 언제 사장님 욕을 했어요?"

나는 고개를 돌려 억울하다는 듯이 그에게 물었다.

벌떡 일어난 그가 내 옆으로 가까이 와 귀에 푸후 하고 바람을 불었다. 영화에서 나오는 야시시한 '후우―' 도 아니고, 엄청난 태풍이 휘몰아치는 것 같은, '푸후!' 였다. 이이이이 사람이 미쳤나 미쳤나미쳤나!

"뭐야!"

내 앙칼진 목소리가 두 옥타브 정도 높아진 것은 말할 것도 없다.

"귀 청소 좀 시켜준 거야, 자꾸 내 말을 못 듣는 것 같길래."

그는 또 내 머리를 콩 때렸다.

☆ ☆ ☆

결국은 한숨도 자지 못했다.

내가 만든 도시락을 바라보는 여국대 사장과 비룡 씨, 수리 씨는 '밤을 새서 만든 결과물이 이거라니' 라는 표정을 노골적으로 드러냈다. 특히 여국대 사장은 이미 계획은 모두 어그러졌다는 듯이 미간을 좁히며 인상을 썼다. 흥, 이 정도면 잘 만든 거 아닌가?

“그렇게 미간을 좁혔다간 언젠가 눈이 하나가 될 거예요.”

나는 여국대 사장의 눈빛에 무안해져 그의 표정을 놀리듯 말했다. 허탈해하는 건 수리 씨도 마찬가지였다.

“내 눈이 높은가? 이보다 더 안 예쁠 순 없을 것 같아…….”

비룡 씨는 내 뒤에 쌓여 있는 옆구리 터진 김밥들과 한 솥 가득 끓인 황태국, 그리고 야채죽을 말없이 바라보았다. 비룡 씨의 눈이 향하는 곳을 좇아 나도 변명을 늘어놓았다.

“생각보다 김이 튼튼하지 않더라고요. 만들어놓고 썰면 자꾸 옆구리가 터지는 거예요.”

“네가 내용물을 우겨 넣은 건 아니고?”

“광장시장 왕순대 먹어봤어? 딱 그 크기잖아. 송아 씨 팔목보다 더 두꺼운 걸 골골하시는 할아버지 입에 넣을 거란 말이야?”

여국대 사장과 수리 씨가 내 변명에 게슴츠레한 눈빛을 보내며 물었다. 비룡 씨가 기운 없이 웃다가 다시 도시락을 쳐다보고는 말했다.

“이건 괜찮다. 오믈렛.”

“그거 계란김말인데.”

내 대답에 수리 씨의 눈이 동그래졌다.

“계란김말이? 김이 어디 있다는 거야?”

"단면을 보면, 군데군데 있어요……."

"진짜 획기적이다……. 송아 씨는 천재일지도 몰라."

사실 나도 여국대 사장처럼 요리로 아이디어를 표현해 보고 싶었을 뿐이다. 상상 속 시뮬레이션으론 그렇게 계란을 말면 체크무늬 계란김말이가 나올 것 같았는데, 조금 비뚤어지면서 지들끼리 엉겨 붙는 바람에 이도저도 아닌 형태의 계란김말이가 태어난 것이었다.

"송아 씨가 요리를 못한다니, 충격적이지 않아?"

"송아 씨를 고등학생이라고 하면 어떨까?"

수리 씨가 돌직구를 날리자마자 믿었던 비룡 씨마저 촌철살인의 한마디를 던졌다. 요리를 못하는 게 아니라 예쁘게를 못하는 것뿐인데. 나는 지금까지 먹기 위한 요리를 했지, 남에게 보이기 위한 요리를 한 적은 없었단 말이다! 그래도 졸린 눈을 비벼가며 온 정성을 쏟아 만든 건데, 이 사람들은 심하다 싶은 말들만 들려주었다.

여국대 사장은 더 이상 비평하지 않고 김밥을 입에 넣었다. 내 통큰김밥이 크긴 컸는지, 김밥 하나로 그의 입이 가득 찼다. 몇 번 오물오물 거리다가 목이 막혔는지 컥컥거리던 그는 내가 한 솥 끓여놓은 황태국을 들이켰다. 그가 다 완성된 도시락을 내게 보여줄 때의 기분을 알 것도 같았다. 그가 온전히 내가 만든 음식을 먹고 있다니. 그 작은 움직임이 날 두근거리게 했다.

"김밥 드시다가 턱 나가지 않을까?"

수리 씨가 내 통큰김밥을 들어 보이며 걱정스레 말했다. 나는 계속 여국대 사장을 주시하고 있었다. 그다음 그는 내 야채죽과 계란김말이를 차례대로 맛보았다.

"맛없지 않아."

"정말?"

'맛없잖아'가 아니라 '맛없지 않아'였다. 여국대 사장의 이 짧은 시식평에 반문을 한 사람은 역시 수리 씨였다. 수리 씨는 여국대 사장이 고개를 끄덕이자마자 내가 만든 음식을 하나씩 먹어보았다. 비룡 씨도 김밥을 입으로 가져갔다.

"그래…… 송아 씨의 어려 보이는 얼굴에 걸자. 고3이라고 우겨보면 될 거야."

수리 씨는 내 음식을 모두 맛본 후 고개를 끄덕이며 어색하고 떨떠름하게 웃었다. 다 같이 주방을 정리하는 동안에도 '내 여자친구가 이런 도시락 싸와도 세상에서 제일 맛있다고 말해줘야 되는 거지?'라고 하는 소리가 속닥거리듯 들렸다. 밤을 새운 탓에 자꾸 눈이 감기려는 것을 억지로 뜨며 정리를 하려는데 여국대 사장이 나를 방으로 데려갔다. 그는 내게 베개와 이불을 내주며 조금이라도 눈을 붙이라고 말했다. 과연 그는 잠을 잤을까 하는 생각이 들었다.

지난밤 자정쯤 경주와 송주, 그리고 덕희가 함께 찾아왔었다.

그들이 찾아오지 않았다면 나는 밤새 여국대 사장의 참견에 시달렸을지도 모른다. 경주가 먼저 '이 밤에 무슨 주문이 들어왔냐'며 선공격을 날렸고, 여국대 사장은 경주에게 찌릿찌릿한 눈빛을 보낸 뒤 송주에게 정중하게 인사하고 사정을 이야기했다.

인상을 쓰고 있던 송주는 그의 예의 바른 태도에 점차 마음이 풀어지는 듯했다. 내가 예전에 여국대 사장에 대한 안 좋은 이야기를 송주에게 했었기 때문에 긴장하고 있었는데, 의외로 송주는 여국대 사장의 사정을 잘 이해해 주었다. 그와 송주는 사이좋게 명함을 교환했고, 덕희는 그 옆에서 계속 여국대 사장의 말을 거들었다. 덕희가 심하게 여국대 사장의 편을 드는 바람에 경주는 무안해진 듯 얼굴이 벌게졌지만, 여국대 사장은 내내 침착했다. 역시 이 남자는 여우처럼 간드러진 사람이었다.

그들이 돌아간 뒤, 후우, 하고 한숨을 몰아쉰 그는 그제야 방으로 들어갔다. 새벽 3시쯤 비룡 씨와 수리 씨도 돌아왔고, 잠시 후 그의 방에서 그와 비룡 씨가 무언가 대화를 나누는 소리가 들렸다. 과연 그는 잠을 자고 있었을까, 나는 밤새 그의 생각을 하며 도시락을 쌌다.

☆ ☆ ☆

그가 잠든 나를 흔들어 깨웠다. 1분 전에 눈을 감았던 것 같은데 여국대 사장이 베개를 내준 지 한 시간이나 지나 있었다. 잠결에 누군가 나에게 '아침 먹어야지' 라고 말했던 것이 생각났다. 도시락을 싸면서 터진 김밥을 많이 주워 먹은 덕에 배가 고프지는 않았다. 나는 누군가의 나가자는 말에 비틀거리며 일어나서 좀비처럼 걸어가 비룡 씨의 차에 올랐다. 손에 잡힌 차가 비룡 씨의 차였다.

차에서도 내내 자다가 병원에 도착해서야 일어났다. 여국대 사장과 수리 씨는 다른 차로 온단 사실을 그때서야 알았다. 우리가 훨씬 일찍 도착한 것이다. 분명 비룡 씨가 광속으로 운전했기 때문이겠지. 잠이 조금 깬 나는 그가 올 때까지 병원 로비에서 비룡 씨와 이야기했다.

"제가 그 스키장에 있는지는 어떻게 알았어요?"

"송아 씨가 누구랑 전화 통화할 때 용평에서 보자고 그랬잖아."

아아, 그렇구나. 사람들은 은연중에 참 많은 정보를 흘리고 다닌다. 여국대 사장이 경주 앞에서 맞선에 대한 정보를 흘렸을 때와 같은 상황이었다. 나는 경주에게 왜 예전에 나를 63빌딩 레스토랑으로 데려갔는지에 대해 굳이 묻지 않았다. 의도를 가진 사람이 결국 우연도 만들 수 있고 운명도 만들 수 있다는 것을 책에서, 영화에서, 사람에게서 배웠다. 나도 그런 적극적인 사람이 될 수 있을까?

"저기…… 사장님이랑 결혼했다던 여자가 '현주' 예요?"

정적이 흐른 틈에 그간 궁금했던 것을 조심스레 비룡 씨에게 물었다.

"수리한테 들었어?"

"아뇨, 사장님한테요. 한 번 결혼해 봤다고."

비룡 씨가 미소 지을 때, 그 눈이 상냥하게 아래로 처지는 것이 항상 나를 편하게 만든다.

"요즘 계속 표정이 안 좋았던 이유가 그거였구나."

나는 부정하는 일도, 안절부절못하는 일도 없이 침묵했다. 비룡 씨는 이미 내 마음을 다 알고 있을 것 같았다.

"국대 문제는 국대한테 직접 물어보는 게 좋지 않을까?"

내가 그에게 이런 걸 직접 물어볼 배짱이 있을까. 괜한 질문을 했다는 생각이 들었다.

"아무튼 현주는 아니야."

현주 말고 또 다른 여자가 있단 말이야? 그래, 그 얼굴로 살아온 33년에 여자가 한 명이었을 리 없지. 과거를 궁금해하기 시작하면 한도 끝도 없다. 한숨만 나올 이야기였다.

비룡 씨의 짧은 대답을 끝으로 우리는 또 침묵에 들어갔다. 비룡 씨도 '현주' 라는 사람을 좋아했다고 했는데, 그에게도 상처가 될 수 있는 질문을 해버린 것이다. 나는 어쩜 그리 생각이 없는지.

내가 미안함을 느끼고 있을 때 여국대 사장과 수리 씨가 도착했다. 우리는 함께 입원실 라인으로 갔다. 중간에 여국대 사장은 담당 간호사에게 은사님이 아침을 드셨는지 물어보았다. 간호사가 흰죽만 한 숟가락 드셨다는 이야기를 하자 그의 얼굴이 또 어두워졌다.

문을 열고 들어간 입원실엔 한 할아버지가 침대에 삐딱하게 앉아 있었다. 내 처지에 남 얘길 할 건 아니지만, 짜리몽땅한 키에 동글동글 얼굴, 별 고집이 느껴지지 않는 선한 눈매는 탤런트 신구를 떠올리게 했다. 그 삐딱한 포스만으로도 '니들이 게 맛을 알아?' 하는, 옛날 광고의 음성 지원이 가능할 정도였다. 연예인을 닮아서인지, 마치 오래전에 한 번 만나본 듯한 친근한 인상을 풍기는 분이었다.

그런 친근한 외모에 맞지 않게, 할아버지의 첫마디는 '왜 왔냐'였다. 할아버지는 함께 온 비룡 씨에게도, 수리 씨에게도, 그리고 나에게도 눈길조차 주지 않았다.

"늦었지만 아침 드세요."

"아까 먹었다."

"얼마 안 드셨다고 들었어요."

여국대 사장은 수리 씨가 들고 있는 종이가방을 건네받아 할아버지 앞에 내밀었다.

"흰죽이랑, 양배추쌈이랑, 미역국이랑, 반찬 이것저것 만들어 왔어요."

그는 내가 자는 동안 또 요리를 한 모양이었다.

"네가 만든 건 안 먹어봐도 무슨 맛인지 다 안다."

"맛이 아니라 건강을 생각해서 드셔야죠."

"늙었다고 맛도 안 봐도 된다는 거냐? 그런 식으로 장사를 하냐?"

그에게 이런 가학적인 말을 기탄없이 할 수 있는 사람이라니. 나는 할아버지가 무섭다는 생각보다 가히 존경스럽다는 생각이 먼저 들었다.

여국대 사장은 한숨을 내쉬고는 들고 온 다른 종이가방에서 뚝배기 그릇을 꺼냈다.

"오는 길에 예전에 횡성에서 드셨던 삼계죽 좀 사왔어요. 맛있게 드시라고 뚝배기째 들고 왔어요."

그가 사이드테이블을 펼쳐 할아버지 앞에 뚝배기를 내려놓았다. 구수한 닭죽 냄새가 은연하게 퍼졌다. 이번엔 할아버지가 숟가락을 들었다. 그러나 세 번을 뜨지 못하고 다시 숟가락을 내려놓았다.

그는 할아버지의 차가운 눈빛에 한숨을 쉬었다. 그도, 할아버지도 안됐다는 생각이 들었다. 비룡 씨와 수리 씨도 같은 생각을 하고 있는 것 같았다.

그다음 그는, 내가 들고 있던 도시락통을 할아버지에게 보여주었다.

“이 아가씨가 박송아라고, 새로 온 아틀리에 직원인데요. 선생님 드시라고 혼자 김밥 만든 거예요. 죽이랑 계란…… 도요.”

그는 나의 계란김말이에 무슨 이름을 붙여야 할지 모르겠다는 듯 말끝을 흐렸다. 할아버지는 나를 한 번 쓰윽 쳐다볼 뿐 별 반응이 없었다.

“혼자 이걸 아홉 시간 동안 만들었대요. 맛이나 보세요.”

“뭘 어떻게 만들었기에 아홉 시간이나 걸렸다는 거냐?”

“보시면 놀라실 거예요.”

할아버지가 반응을 보이자 그가 살짝 미소 지으며 내 도시락을 꺼냈다. 곧 나의 부끄러운 작품이 할아버지 앞에 놓였다. 만들 때는 그리 부족한 걸 느끼지 못했는데 시간이 지나고 나서 도시락을 다시 보니 내 솜씨를 객관적으로 평가할 수 있을 것 같았다. 예쁘지 않은 도시락이었다.

할아버지는 살짝 찌푸리며 도시락을 보다가 바짝 쫄아 있는 나를 곁눈질로 보았다. 한동안 도시락의 형태를 하나하나 살펴본 할아버지가 야채죽을 한 숟가락 뜬 것은 2분쯤 지나서였다. 곧 할아버지는 황태국과 김밥과 계란김말이를 차례로 맛보았다. 나는 긴장한 나머지 입이 바짝 말라가고 있었다.

“네가 혼자 했나 보지?”

할아버지가 나를 바라보며 물었다.

“……네.”

"김밥은 너무 크다. 간이 뭉친 데가 있지만 맛없지는 않아."
"네."
"황태국은 끓여본 적 있는 것 같구나."
"네."
"잘했다. 하지만 야채죽은 엉망이다. 이렇게 맛없는 죽은 처음이야."
"네……."
"계란이 제일 낫구나."
"……아, 네에……."
"너는 네, 밖에 할 줄 모르냐?"
"아니요."
할아버지가 처음으로 코웃음 소리를 내며 웃었다. 함께 지내온 세월만큼 사람은 닮는 걸까? 할아버지의 미소에서 여국대 사장이 살짝 보였다.
"그래도 전체적으로 정성이 들어갔어. 무슨 생각을 하면서 만들었냐?"
나는 음악오디션 프로에서 심사위원으로 나온 박진영이 '혹시, 무슨 생각 하면서 노래 불렀어요?' 라고 참가자들에게 물었던 장면이 생각났다. 이 대답 여하에 따라서 평이 갈리는 것이 보통이지. 난 '되게 가식적이에요' 또는 '진심이 안 느껴져요' 라는 말을 듣지 않을 수 있는 대답을 고르고 있었다. 실은 만드는 내내 여국대 사장을 생각했지만, 그걸 말할 순 없으니.

"너도 이랬던 때가 있었어."

할아버지는 내가 대답에 뜸을 들이자 더 묻지 않고 여국대 사장을 보며 말했다. 여국대 사장은 할아버지처럼 웃었다.

"알아요."

"그땐 내가 필요했는데……."

할아버지의 말은 잘 들리지 않았지만, 그 아련한 눈빛이 많은 말을 함축하는 듯했다.

"알았다. 성의를 봐서 놓고 먹으마."

"지금 드세요."

할아버지가 도시락 뚜껑을 닫자, 그가 할아버지에게 말했다.

"아무리 좋은 음식이라도 갑자기 먹으면 탈나는 거야. 이따가 딸애가 오기로 했어. 같이 먹을 테니까 걱정 말고 네 일이나 잘해. 얼른 가라, 오늘 주문 있다면서."

할아버지의 표정은 내가 입원실에 처음 들어왔을 때보다 훨씬 부드러워져 있었다. 그제야 여국대 사장도 안심하는 것 같았다. 할아버지는 그에게 참으로 소중한 사람이구나. 나는 할아버지가 조금 부러워졌다.

그제야 할아버지는 비룡 씨와 수리 씨의 안부도 챙겼다. 곧 할아버지의 딸이라는 아주머니가 도착했고, 할아버지는 내가 만든 도시락을 다시 꺼냈다.

아틀리에로 돌아갈 시간이 되어 인사를 하고 나가려는데 할아버지가 나를 다시 불렀다.

"잠깐만, 네 이름이 뭐라고?"

"박송아라고 합니다."

내 좋은 눈으로 보기엔 할아버지의 동공이 순간 커졌던 것 같기도 했지만, 그건 내가 피곤하여 시야가 흔들린 탓일 것이다.

병원을 나서는 길에 수리 씨가 고개를 갸웃거리며 우리들에게 말했다.

"선생님은 음식이 아니라 여자가 좋은 게 아닐까?"

여국대 사장이 수리 씨의 머리를 가볍게 툭 밀었다.

"형, 질투해?"

은사님이 내 도시락을 드신 일을 질투한다는 말인지, 은사님이 나에게 호의적이었던 사실을 질투한다는 말인지 모르겠지만 기분이 나쁘지는 않았다. 여국대 사장의 기분도 나쁘지 않은 것 같았다.

내가 다시 비룡 씨의 차에 오르려는데, 내 뒤에 있던 여국대 사장이 내 외투의 목덜미를 잡아당겼다. 그 바람에 나는 그의 가슴께까지 뒤로 끌려갔다.

"얘는 내가 데리고 갈게."

비룡 씨는 고개를 끄덕였고 수리 씨와 함께 차에 올랐다. 그들을 그렇게 보내고 나도 여국대 사장의 차에 올랐다. 차를 타자마자 또 피곤이 몰려와 잠을 청하려는데 핸드폰이 울렸다. 경주였다. 나중에 받을까 하다가 괜한 걱정을 끼치고 싶지 않아 전화를 받았다.

"여보세요."

[일은 다 끝났어?]

"응, 지금 병원에서 나오는 길이야. 혼자 놀게 해서 미안."

경주의 목소리가 좋지 않아 나는 최대한 상냥하게 전화를 받았다.

[아니야. 나중에 또 가면 되지. 그런데 잠도 못 잔 거 아니야? 피곤하진 않고?]

"지금부터 좀 자려고. 내가 나중에 연락할게."

나는 경주의 '그래' 라는 말을 끝으로 짧은 통화를 마쳤다.

여국대 사장은 내가 전화를 끊을 때까지 시동도 걸지 않고 의자에 가만히 기대 앉아 있었다. 내가 왜 출발하지 않느냐는 투로 그를 멀뚱히 보는데, 그가 입을 열었다.

"야."

'야' 라니, 예의는 어젯밤에 다 팔아먹었나.

조금만 더 상냥하게 불러주면 안 되나? 심술을 내려다가 참았다. 이런 식으로 나는 그에게 조금씩 원하는 것이 생길지도 모른다.

"왜."

나도 짧게 대답했다. 그래도 이 정도 장난은 받아주지 않을까. 대뜸 말은 내뱉었으나 그의 한쪽 손이 올라가자마자 몸이 살짝 움츠러들었다. 또 알밤을 맞는 것이 아닌가 하여 반사적으로 눈을 감았다. 그러나 그는, 흔히들 집에서 키우는 강아지 배 쓰다듬듯이 내 머리를 마구 흩뜨리며 쓰다듬었다. 할아버지처럼 입꼬리를 살짝 끌어올리며.

잘했다, 그의 손길이 그런 뜻이었으면 했다. 당신은 내 마음을 얼마나 알고 있을까.

한동안 말이 없던 그가 시동을 걸며 말했다.

"약속대로 월급 줄게. 일단은 매출의 5%. 더 올리는 건 차후에 하는 거 봐서."

"5%요?"

나는 목소리를 높여 되물었다. 월급은 꿈도 꾸지 않고 있다가 이 정도라도 받으니 감지덕지해야 맞는 것이긴 하지만 5%? 아틀리에에서 일하는 사람이 네 명인데 나의 기여도는 5%란 말이지?

"가게 매출을 얼마로 생각하는 거야?"

그가 놀라는 날 보고 피식 웃으며 말했다. 하루에 주문이 한 건 있는 날도 있고 둘 있는 날도 있고 없는 날도 있으니 평균을 하나로 잡고, 건당 한 80만 원? 그럼 한 달 매출은 약 2,400만 원 정도라는 얘긴데, 거기에서 5%니 120만 원쯤이려나. 내가 하루 평균 일곱 시간 정도 일하고 한 달에 27일은 출근해야 된다고 봐야 하니까 시간당 6,350원? 최저임금보다 많으니까 괜찮은 건가? 첫 회사에서는 한 달에 두 번 남짓 쉬고 하루에 열두 시간씩 일하면서 200만 원 정도 받았으니까 이 정도면 좋은 건가? 나는 머릿속으로 빠르게 계산기를 두드렸다.

사람의 욕심은 끝도 없다. 처음에는 무보수로라도 일하기만 하면 행복할 거라고 생각했는데 그 벽을 넘자마자 새로운 욕심이 나를 흔들었다.

120만 원으로 미래를 설계할 수 있을까를 열심히 계산해 보고 있을 때 그가 말했다.

"잠이나 자. 집으로 데려다 줄까, 아니면 아틀리에 가서 뭐라도 먹을래?"

별로 배가 고프지 않아서 집으로 가야겠다 생각하고 있는데 그가 말을 이었다.

"402호에 가서 조금 자다가 일어나서 도와주든지. 사실 오늘 바쁠 것 같긴 해."

"402호 어디서 자요?"

402호라는 말에 귀가 솔깃해졌다.

"내 침대도 있고 수리 침대도 있고 소파도 있고. 바닥에 이불 펴고 자도 되고 네 맘이지."

그의 침대. 오늘의 부상은 월급이 아니라 그의 침대였던 것이다. 피곤한 틈에 약해질 대로 약해진 나의 이성이 마침내 무너질 위기에 봉착했다.

박송아, 이겨내! 이걸 이겨내지 못하면 넌 그냥 짐승인 거다.

이겨내! 집에 가서 잔다고 말하란 말이다!

“코, 콜. 조금만 자고 일어나서 도와드릴게요.”

결국 잠이고 돈이고 뭐고, 내 안의 짐승이 이겨 버렸다.

그의 침대에서 잘 수 있다는 생각에 기분이 좋아진 나는 한껏 들떠 있다가 서울에 도착해서야 곯아떨어지고 말았다. 코를 골았는지 이를 갈았는지 침을 흘렸는지도 모를 만큼 곤히 잠들었다가 오피스텔 주차장에 도착한 직후 깨어났다. 그는, 다시 유령처럼 몽롱하게 움직이는 나를 402호로 데려갔다.

“이불 깔아줄까?”

“아무 데서나 잘게요.”

진짜 피곤했기 때문이었는지, 아니면 내 본능에 충실했던 것인지, 나는 잠이 쏟아져 정신이 없는 중에도 내가 누워야 할 곳을 정확하게 알고 있었다. 그의 침대.

“혹시 모르니까 문은 확실하게 잠가. 수동 잠금 누르면 안에서만 열 수 있을 거야.”

나는 모든 것이 다 귀찮다는 듯 고개를 끄덕이고 그를 방에서 내보냈다. 현관문 밖에서 ‘잘 자라’ 라고 하는 그의 목소리가 들렸다. 나는 그의 말대로 현관문 잠금장치를 꾹 누르고 위층의 만화책 콜렉션 가운데에 자리한 그의 침대로 올라갔다. 그의 침대, 그의 베개, 그의 이불, 그의 스탠드, 그의 책장…… 모든 사물에 '그의' 라는 말을 붙일 수 있는 공간에 혼자 있으니 꿈같은 기분이었다. 나는 기분 좋은 잠에 빠져들었다.

네 시간쯤 지났으려나. 조금 더 자자, 조금 더 이 공간에 있어보자, 하는 생각도 있었지만 그가 주문량이 많다고 말했던 것이 떠올랐다. 핸드폰으로 시간을 확인하는데, 문자메시지가 도착해 있는 것이 먼저 보였다. '이따가 잠깐 보자. 집 앞으로 갈게. 혹시 약속 있어?' 라고 묻는 경주와 '아, 외롭다' 와 같은 쓸데없는 말을 하는 덕희였다.

화장실에서 씻고 나와 머리를 말리는 동안 그의 물건을 건드려 보고 싶은 충동이 일었다. 일단 그가 지난번에 보여준 적 있었던 빔 프로젝터를 켜 보았다. 이상한 동영상이라도 있으면 실망해 줄 생각이었는데 외부입력장치가 없다는 메시지가 떴다.

아쉬운 마음으로 빔 프로젝터의 전원을 끈 뒤, 이번엔 책장으로 눈을 돌렸다. 예전에 장난을 치려다가 책더미에 깔렸던 기억이 났다. 그 후 여국대 사장은 책장 끝을 낚싯줄로 고정시켜 절대 넘어지는 일이 없도록 보수공사를 한 모양이었다. 나는 〈몬스터〉라는 만화책의 특별판과 비교적 표지 색깔이 비슷한 〈닥터 노구찌〉라는 만화책 특별판 몇 권의 자리를 바꿔놓았다. 그가 이걸 보고 웃었으면 좋겠다는 생각을 했다.

이번엔 운동기구 위에 올라탔다. 여국대 사장의 키에 맞춰져 있어 나에겐 잘 맞지 않았다. 마지막으로 옮겨간 곳은 디지털피아노 앞이었다.

피아노 뚜껑을 열고 코드를 플러그에 꽂아 전원을 켜고 헤드폰을 썼다. 피아노학원에 다녀본 적이 없어 학창 시절 음악실기에선 늘 리코더를 불었다. 그 후 악기를 배워보고는 싶었지만 학원에 다닐 수 있을 만큼 금전적 여유가 있었던 시기에는 회사를 다니느라 시간이 없었다.

몇 개의 버튼을 누르며 피아노 소리가 바뀌는 것에 어린애처럼 재밌어하다가 '녹음재생'이라는 영역의 버튼에 손이 갔다. 나는 '1번'으로 녹음된 곡을 찾아 눌러보았다. 건강한 전주의 피아노곡이었다.

♪푸르른 바다를 향해, 저 높은 하늘을 향해
우리의 꿈을 찾아서 날개를 활짝 펴자—♬

후렴구로 짐작되는 부분에서 나도 모르게 피아노 반주에 맞춰 노래를 불렀다. 엥, 내가 어떻게 이 노래를 알고 있는 거지? 깜짝 놀란 나는 핸드폰으로 내가 읊었던 가사를 검색해 보았다.

이거구나, '요리왕 비룡'. 〈요리왕 비룡〉의 주제곡을 피아노로 연주한 곡이었다. 비룡 씨가 장난이라도 친 건가? 나는 혼자 웃음을 터뜨리고는 두 번째 곡을 재생시켰다.

두 번째 곡은 아주 맑은 피아노곡이었다. 처음엔 무슨 곡인지도 모르면서 감미로운 전주에 마음을 빼앗겼다. 곡이 흐른 지 얼마간의 시간이 지나서야 연주곡의 이름을 알 수 있었다. 엘비스 프레슬리의 '러브 미 텐더(Love me tender)'를 피아노버전으로 편곡한 곡이었다. '러브 미 텐더' 원곡은 어쩐지 느끼느끼해서 별로 좋아하지 않았는데 이렇게 들으니 원곡도 좋아질 것 같은 기분이었다. 나는 노래가 끝나자마자 다시 재생시켰다.

내가 '러브 미 텐더'의 마수에서 풀려난 건 다섯 번쯤 되돌려 들었을 때였다. 드르르, 하며 덕희에게 문자메시지가 오는 바람에 자리에서 일어날 수 있었다. 누군가가 나를 먼저 깨우러 오기 전에 아틀리에로 얼른 돌아가야 했다. '피곤해서 쉬고 싶었지만 일을 도와주기 위해 아틀리에에 남은 의리 있는 박송아'가 되기 위하여 나는 밖으로 나갔다.

아틀리에에는 수리 씨가 혼자 남아 설거지를 하고 있었다. 미안하게도 이미 일이 다 끝난 모양이었다.

"일어났어? 송아 씨가 문 잠가서 나 들어가지도 못했다."

"일 다 끝났어요? 날 부르지……."

"아니야. 괜찮아."

수리 씨가 어색하게 웃었다. 수리 씨의 '괜찮아'는, '너한테 음식을 맡기느니 그냥 우리끼리 하고 말지'라는 말로 들렸다.

나는 따로 챙겨놓은 내 몫의 도시락을 먹으며 수리 씨에게 넌지시 물었다.

"죄송한데, 여기 매출이 얼마나 되는지 아세요?"

"글쎄, 내가 한 15% 받는데 오백 약간 넘으니까 3천 500만 원쯤이려나?"

수리 씨가 말한 액수는 내가 생각했던 것보다 천만 원 이상 더 많았다.

"도시락 만들어서 그만큼을 벌어요?"

"그래 봤자 하루 평균 110 정돈데 뭘. 오피스텔 월세랑 재료비랑 후원하는 거랑 세금까지 떼고 나면 그리 많이 남지도 않을걸. 형이 일반 음식점을 했으면 훨씬 더 벌었을 거라고 생각하는데?"

"아, 그래요?"

내가 의외라는 듯이 묻자 수리 씨가 말을 계속 이었다.

"형이 일거리를 많이 안 만들어서 그렇지, 바쁘게 돌리면 굉장할걸. 형은 해외 곳곳으로 요리 유학을 갔다 온 사람이야. 중국에, 프랑스에, 이탈리아에, 일본에…… 그것도 혼자 힘으로. 안 해본 게 없을걸. 기막힌 특급호텔에서 엄청난 제의들을 받았던 사람이고, 포털에서도 검색되는데 몰랐어?"

세상에, 그가 그렇게 대단한 사람일 줄은 생각도 하지 못했다.

지금까지 포털에 검색되는 사람을 만나본 것은 대학교 교수님 정도가 전부였다. 그가 그런 인물이었다니. 갑자기 그가 높고 멀게 느껴졌다.

나는 여국대 사장에 대한 이야기가 나온 김에 그가 어디 갔는지 물었다.

"그, 주 차장인가 하는 사람이 국대 형한테 전화한 것 같더라. 형이 밖에 나가서 전화 받아가지고 무슨 얘길 했는지는 모르겠는데, 원하는 게 있으면 송아 씨한테 얘길 해야지 왜 아무 관계도 없는 형한테 전화를 하는 거야?"

수리 씨는 곧 정리의 말을 덧붙였다.

"뭐, 내가 상관할 건 아니고."

수리 씨는 쿨하게 넘겨 버렸지만 나는 마음이 무거워졌다. 내가 경주에게 문자메시지를 보내지 않아 여국대 사장에게 전화해 버린 걸까.

수리 씨가 나에게 뒷정리를 맡기고 나간 후 한참 뒤 여국대 사장이 돌아왔다. 나는 남은 설거지를 막 끝내고 주방 정리를 하는 중이었다.

"일어났네."

경주에게 무슨 말을 들었을까. 그의 편한 미소에서는 아무것도 읽을 수가 없었다.

"경주랑 통화했다면서요."

"그냥 뭐, 잠깐 안부 좀 나눴어."

"둘이 안부 나눌 사이라고요?"

내 질문에 그는 전혀 신경 쓰이지 않는 일이라는 듯 가볍게 대답했다. 그리곤 나의 그다음 질문에 대답은 않고 말없이 또 내 머리를 흩뜨렸다. 이러면 당신의 숭고한 주방에 내 머리카락이 날릴 텐데. 그러나 그의 눈빛이 날 토닥이는 것처럼 따뜻하게 느껴져 나는 그를 뿌리칠 수 없었다.

그 후 그는 나를 도와 주방 정리를 시작했다. 그의 따뜻한 태도가 낯설어, 나는 자꾸 흘깃거리며 그를 보게 되었다.

"경주가 사장님한테 이상한 소리 했죠? 그런 거 신경 안 써도 돼요."

"그러게 말이야. 왜 남의 연애사에 내가 끼어들어야 되는 거야?"

그는 농담을 하듯 씁쓸하게 웃으며 가볍게 말했지만, 경주와 고단한 대화를 나누고 왔다는 것을 짐작할 수 있었다. 게다가 '남의 연애사'라는 말을 하다니. 나는 연애를 하고 있는 게 아닌데. 둘 사이에 무슨 내용이 오갔는지는 몰라도 경주에게 한마디 해야겠다는 생각이 들었다.

"사장이 직원 챙기는 것도 못하게 됐어. 오늘만 태워다 줄게. 앞으론 혼자 다녀라."

그의 어투가 '러브 미 텐더'처럼 어찌나 부드러운지. 은사님 방문 작전이 성공한 후 그가 보여주는 태도는 상냥했고 젠틀했다. 그가 주방 정리를 거들어준 것도 처음이었다. 나를 대하는 태도가 하루에도 열두 번씩 오락가락하는 사람이니 곧 이 '젠틀마법' 도 풀릴 것이다. 소소한 행복이 불안하여 살짝 조마조마했다. 당신은 모르겠지.

한참 후 그는 상냥하고 덤덤하게 말했다.

"그냥 네가 잘됐으면 좋겠어."

"저도요. 사장님이 잘됐으면 좋겠어요."

이렇게 훈훈한 덕담이 오가는 가운데, 그가 나에게 대뜸 말했다.

"행복해질 수 있겠어?"

그는 또 아무렇지도 않게 내 행복에 대해 물었다. 물론 그 질문은 '네가 주경주를 만나면 행복해질 수 있겠어?' 라는 질문의 축약형이라는 걸 알고 있다.

나는 가식적이다. 경주는 나에게 이용당하는 사람이었다.

엄마를 그리워하는 마음이 경주를 통해 발현된 것을 구실 삼아, 여국대 사장에 대한 마음을 접는 데 경주를 이용하고 있었다. 경주는 어쩌면 내 마음을 알고 있을 것이다. 그래서 여국대 사장에게 전화를 걸었던 건지도 모른다.

이런 내가 정말 행복해질 수 있을까. 그가 내 마음을 조금이라도 안다면, 이렇게나 비겁한 나에게는 행복이 아니라 진심을 물어야 한다.

"그래도 두 사람, 예전보다 많이 친해진 거 아니야? 평생 말도 안 놓을 것 같더니, 차장님이라고도 안 부르고 말이야. 편해진 거잖아."

당신이 나를 얼마나 알고 있다고 자꾸 그런 말을 하는 거야.

이미 내 마음을 다 휩쓸어가 버려놓고는, 그저 맘 편히 내 행복 레이스를 지켜보겠다는 듯, 한 발짝 물러나 감정 없이 말하는 그가 미웠다. 따뜻하게 웃지만 매몰차게 차가운 사람이었다.

그래, 나도 덤덤한 사람이 되라는 얘기겠지. 그리고 정말로, 행복에 대해 논리적으로 말하고 연애할 사람에 대한 모든 판단을 이성적으로 할 수 있는 그런 사람이 되어야겠지.

나는 터져 나올 것 같은 눈물을 삼키고, 나를 숨기며 말해야 했다.

"병원에서요, 어렸을 때부터 몸이 안 좋으면 약간 포비아 상태가 되거든요. 아무튼 그래서 병원에 입원했던 날 잠결에 막 울었었나 봐요. 그때 눈물을 경주가 닦아준 거예요."

그의 말투처럼 덤덤하게. 편안한 표정으로.

"아플 때마다 꾸는 꿈이 있는데요, 그게 그렇게 좋은 꿈은 아니라서요. 그런데 그 꿈이 살짝 좋은 쪽으로 바뀐 거예요. 경주 덕이었어요. 그 느낌이 엄마 온기 같았달까, 그런."

그리고 마지막엔 그를 향해 웃어도 주었다. 적절하게 나를 숨기고 당신에게서 멀어져야지. 당신이 나에게 거리를 두는 만큼.

"아무튼, 온기가 그랬다고요. 그때부터 경주가 좀 편해지더라고요."

"그래? ……기가 막히다……."

고개를 끄덕이며 '그래, 잘됐네' 라고 말할 줄 알았던 그는 돌연 눈빛을 바꾸며 빈정거리듯 말했다.

"마음을 참 잘도 만들어내네."

너 따위의 이야기는 듣는 게 아니었다는 듯, 그는 비아냥조로 말했다. 좀 전의 태도와 너무 상반되는 것이라 나는 심장이 덜컥 내려앉는 것 같았다.

"겨우 그런 근거 없는 느낌 같은 걸 믿고 아련한 최면에 걸린 거야, 넌. 그때 그 꿈이 네 어린 시절을 고스란히 보상이라도 해준대?"

"허, 무슨 말을 그렇게 해요?"

잠시나마 그가 상냥하다고 생각했던 내가 바보였다. 언제든 그는 태도를 바꿔 나를 공격할 수 있는 사람인데. 이런 갑작스런 태도에 이젠 넌더리가 난다. 이 사람을 좋아해선 안 되는 이유에 또 하나를 추가시킬 수 있게 되었다. 눈에 힘을 주고 그를 노려보니 눈시울이 젖는 느낌이 들었다. 바보처럼 눈물을 떨구는 일은 없을 테지만.

"눈물을 닦아주는 게 어떻게 따뜻할 수가 있다는 거야. 뜨끈뜨끈한 손으로 직접 닦아내기라도 했나 보지?"

그는 미안하다는 말을 해야 할 타이밍에 그날의 상황을 비꼬아 이야기했다. 기억을 더듬어보았을 때 분명 입원실 침대의 베개 옆에는 눈물을 닦아낸 듯한 휴지가 놓여 있긴 했었다. 손으로 닦아낸 것은 아닐 것이다. 하지만 분명 따뜻했다고!

"온기라는 게 그런 거냐?"

그가 한 걸음 옆에 있었던 내 앞으로 바짝 다가와 내게 몸을 붙였다. 내가 그에게서 벗어나기 위해 가슴을 밀쳐내려 손을 뻗었지만 그의 손이 더 빨랐다. 그가 내 두 팔을 억세게 붙잡는 바람에 나는 이도저도 하지 못하고 붙들려 버렸다.

그가 내 쪽으로 상체를 숙였다. 그의 얼굴이 내 얼굴 가까이로 빠르게 다가왔다. 내가 그를 피하려 고개를 옆으로 돌릴 때 그도 아찔하게 멈췄다. 입술과 입술 사이의 거리는 반 뼘도 되지 않았다.

"적어도 이 정도 거리에서 느낄 수 있는 거 아냐? 숨 쉬는 게 느껴져야 온기도 있는 거 아니냐고."

덤덤하면서도 차가운 그의 표정과는 다르게 얼굴에 닿는 그의 숨이 뜨거워 나는 숨통이 턱 막히고 말았다. 좀 전까지만 해도 상냥하게 날 토닥이던 그의 눈빛이 매섭게 달라져 있었다.

"아니야?"

그리고 그는 한동안 내 팔을 잡고 아무 말 없이 내 눈을 붙들었다. 나는 저도 모르게 쿵쾅거리는 심장을 붙들어야 했다. 이따금 흔들렸던 그 눈빛이 나를 노려보는 것인지 원망하는 것인지 알 수 없었다. 잠시 후 그는 힘을 주어 잡던 손을 풀고, 이를 악무는 듯 입술을 꽉 닫고는 돌아섰다.

"알아서 청소하고 가. 그 차장이란 놈한테 연락해서 집에 데려다 달라고 하든지."

그가 문을 닫고 나가자마자 나는 다리에 힘이 풀려 버렸다.

말도 안 돼! 그날 병원에서 내게 입 맞춘 사람이 너였냐고, 경주에게 한 번도 묻지 않았었다.

12. 위험한 남자

집으로 가기 전에 덕희의 회사에 잠깐 들렀다. 덕희는 전화 통화로 내 상황의 골자만 듣고도 흥분을 감추지 못했다. 우리는 덕희네 회사 1층의 카페에 앉았다. 가슴에 두 손을 얹고 황홀한 표정으로 내 이야기에 경청하는 덕희는 우스울 만큼 진지했다.

"멋있어……."

"그놈의 멋있다는 말 좀 안 하면 안 돼?"

"좋겠다……."

"의견을 말해보라고!"

나는 테이블을 툭 치며, 환상에서 헤어나지 못하는 덕희에게 말했다. 덕희는 그제야 내게 가볍게 눈을 흘기고는 자신의 가설을 읊었다.

"인어공주 같은 거네."

"뭐?"

"봐봐. 그날 송주가 주 차장을 주차장에서 만났다고 그랬지?"

"그랬지."

"그건 너한테 오려는 거였을 거야. 그런데 그때까지 주 차장이 자기 정체를 숨기고 있었잖아. 그래서 송주를 알아보고 당황했던 거지. 그리고 주 차장은 널 만나러 가지도 못하고 꽁무니를 빼고 도망간 거야. 그런데 네가, '그날 눈물을 닦아준 게 너였냐' 고 물어보는 것엔 왠지 그렇다고 대답하고 싶었던 거지. 그래야 더 가까워질 수 있을 것 같아서."

명탐정 덕희의 소설은 꽤 그럴싸했다.

"그리고 진실은 국대 오빠한테 있는 거야. 그 뒤에 국대 오빠가 구두랑 죽을 사왔다고 했잖아. 죽을 직접 쒀 오지 않고 사와서 살짝 이상했다며. 네가 식사 시간에 실컷 자고 있는 걸 본 거지. 근데 또 어두운 방에서 잠든 네가 의외로 예쁘네? 애잔하게 눈물까지 막 흘리네? 그래서 좀 변태 같지만 분위기에 취해서 쪽, 한 거야. 그런데 네가 확 깨어나 버리네? 국대 오빠가 오죽 젠틀한 사람이냐고."

"젠틀은 개뿔."

나는 좀 전에 아틀리에에서 있었던 일을 떠올리며 비아냥조로 말을 툭 던졌다.

"그 이미지에 도둑키스는 좀 아니잖아. 그 얼굴엔 당당하게 나가는 게 맞지. 그래서 결국 국대 오빠도 줄행랑. 그리고 밖으로 나와서 생각해 보니까, '아니, 내가 왜 저런 여자애한테?' 아니, 네가 진짜 저런 여자애라는 게 아니라, 그냥 말이 그렇다고. 아무튼 내가 뭔가에 홀렸다, 그런 느낌이 든 게 아닐까? 그리고 점점 내가 저 앨 좋아하나 보다, 좋아하나 보다, 아리송하게 생각했었는데 주 차장이 자기 공을 가로채니까 상남자로 폭발해 버린 거지. 역시 멋있어……. 국대 오빠 남자야…….”

덕희는 또 가슴 앞으로 두 손을 잡아 쥐고 황홀하게 허공을 보았다. 나는 자꾸 미간이 찌푸려지는 것을 느꼈다.

“아무튼 그땐, '애가 처자느라고 밥도 못 먹었겠다' 생각해서 근처 죽집에서 죽도 사다 준 걸 거야.”

“그런 거야?”

“아니면 진짜 제3의 변태일 수도 있겠지. 병원에서 성추행당한 것 같다고 하고 CCTV 훑어봐.”

“그치? 그래야겠지?”

“얘가얘가, 진짜 사람 잡겠네. 그러다가 경찰서에서 국대 오빠랑 얼굴 붉히면서 만나고 싶어? 일단 차근차근 손에 닿는 사람들한테 물어보라고. 주 차장이랑 국대 오빠한테.”

덕희는 확신이 가득 찬 눈빛으로 날 보며 말했다.

“주 차장한테 물어봐, 그날 정확히 무슨 일이 있었는지. 대답 못할걸.”

☆ ☆ ☆

무거운 마음으로 브라운 커뮤니케이션 건물 앞에 도착했다. 회사 일이 바빠 일찍 끝나지 않을 것 같다는 경주의 이야기에, 내가 찾아가겠다고 말했던 것이다. 내 호의에 그렇게도 기뻐하는 경주에게 과연 그 이야기를 제대로 할 수 있을까 걱정되어 입이 바짝바짝 말라갔다. 하지만 잘못된 것이 있다면 바로잡아야 한다.

경주는 바쁘다고 했었지만, 내가 회사 앞에 도착했다는 이야기에 부리나케 뛰어나온 것 같았다. 경주는 환하게 웃으며 내 손을 잡았다.

"오래 기다렸어? 저녁 먹겠다고 하고 나왔어. 어디 도망가서 맛있는 거 먹고 오자."

"나 밥 먹었어. 그냥 차 마시자."

경주와 마주 앉아 식사를 하고 싶지는 않은 기분이었기 때문에, 나는 밥을 먹고 왔다고 거짓말을 했고, 우리는 근처 카페로 갔다.

어떻게 운을 떼야 할까. 어떻게 경주를 추궁해야 할까. 나는 진실에 대해 어떤 표정을 지어야 할까.

"회사 오자마자 프로모션 자리에 끌려갔었어. 모델이 깐깐한 애니까 컨트롤 좀 해달라고."

내가 고민하고 있을 때 경주가 먼저 입을 열었다.

"지난번 촬영 때 우리가 준비해 간 모자 안 쓰겠다고 버티던 애 있잖아. 걔 말이야. 근데 이번 행사 때도 그런 거야. 거마비를 천만 원이나 들여서 모셔왔는데 왜 고집을 피우냐고. 도대체 AE들은 관리를 어떻게 하는 거냐고, PR 회사에서 떽떽거리고 따지는데 진짜 난감하더라. 모자를 겨우겨우 씌워놓고 걔는 도대체 왜 저럴까 싶어서 인터넷으로 검색을 좀 해봤거든. 웃긴 걸 찾았어."

경주는 내가 미소 짓기를 기대하는 듯 활짝 웃었다.

"탈모였던 거야. 그래서 머리가 망가지는 것에 진저리를 치는 거였어. 그게 억울한지 무슨 건강프로에 나와서 자기 탈모 아니라고 말하기도 했더라고. 그런데 그런 게 속인다고 속여지겠어?"

속인다고 속여지겠어? 그 말이 가슴에 와 박혔다. 나는 경주를 따라 웃지 못했다. 웃을 수 있는 기분이 아니었다. 어서 빨리 진실을 알고 싶었다. 나는 속이 타는 마음으로 질문을 던졌다.

"넌…… 그런 거 없어?"

경주는 내 뜻밖의 질문에 어리둥절해하다가 다시 미소 지으며 말했다.

"아, 아버지도 할아버지도 머리숱은 풍성했으니까 나도 당연히 아니지. 확인시켜 줘?"

"아니, 그걸 말하는 게 아니라."

경주의 말을 끊는 내 목소리에 짜증이 묻어나는 것 같아서 조심스러웠다. '네가 경주에게 이러면 안 되지' 내 다른 양심은 속에서 계속 나를 나무라고 있었다.

"나한테 숨기는 거 없어? 잘못 말한 거라든가."

"뭐? 아, 사장님한테 전화해서 미안해……. 네가 연락이 안 돼서 퇴근했나 하고 연락해 본 거였어. 나쁜 얘긴 안 했어. 그래도 네 직장 사장이니까. 그냥, 잘 좀 부탁한다고 했어. 그리고 앞으로는 내가 퇴근을 일찍 하고 집까지 태워다 줄 거니까 고생하지 않아도 된다고. 그 정도 얘기였어."

몇 시간 전까지만 해도 그것에 대해 경주에게 한마디 할 생각이었지만 이미 그 생각은 나를 떠난 지 오래전이었다. 나는 고개를 가로저었다.

"아니, 그게 아니야."

"그럼 뭘 말하는 거야?"

경주가 난감하다는 듯이 어색한 미소를 지으며 물었다.

"예전에 병원에서 말이야."

내 말에 경주는 대답을 하지 않았다.

"내가 잘 때 네가 왔다 갔다고 했잖아. 그때 내가 우는 걸 네가 닦아줬고 말이야."

"……그랬, 지……."

"그리고 뭘 했어? 다른 기억은 안 나? 정확하게 말해줘."

경주는 한참을 뜸 들이다가 말했다.

"좀 오래전 일이라 잘은 기억 안 나……. 이불을 잘……."

경주의 목소리는 자신 없게 들렸다. 나는 그제야 덕희의 말이 옳았다는 것을 실감할 수 있었다.

"나한테 거짓말했지? 너 왔다 간 거 아니잖아."

"……미안해. 어떻게든 너한테 의미가 되고 싶었어."

경주가 나를 달래듯 테이블 위로 손을 뻗어 내 손을 잡으려고 했지만 나는 그의 손을 피하며 일어났다.

"나 오늘은 이만 가볼게. 나중에 보자, 지금은 좀."

나는 말을 제대로 끝내지도 않고 카페 밖으로 나왔다. 경주가 급히 따라 나와 내 손을 잡았다.

"그러고 가면 어떻게 해. 오해는 풀고 가야지."

"오해 아니잖아. 더 할 말 있어?"

"미안해. 지금이라도 사과하면 안 되는 거야?"

"그래, 됐어. 사과했으면 된 거야."

경주에게 화를 내고 싶지 않았다. 그저 혼란스러웠고 억울한 생각이 들었고 경주를 마주 대하고 싶지 않았을 뿐이었다. 나는 그 말을 끝으로 다시 뒤돌았지만 경주에게 또 손목을 잡혔다.

"중요한 문제야?"

어서 이곳을 벗어나고만 싶었다.

"……네가 그런 거짓말을 하지 않았어도 널 좋은 친구라고 생각했을 거야."

"내가 좋은 친구가 되겠다고 널 만났겠어?"

"적어도 이런 불편한 상황은 없었겠지. 어떤 상황에서라도 그런 거짓말은 하면 안 되는 거야."

"미안해, 정말. 계속 미안하게 생각할게. 그런데 누구나 거짓말할 수 있어. 사실을 숨길 수도 있고 원하는 걸 이루기 위해선 치사해질 수도 있어. 알잖아."

알잖아. 경주에게서 나오는 말들이 나를 아프게 찔렀다.

"너는 그게 나한테 얼마나 중요한 일이었는지 생각도 못하니까 그런 거야!"

나는 화를 낼 자격이 없었다. 나도 똑같이 경주를 이용했던 사람이었고, 경주는 항상 미안할 만큼 내게 친절했었다. 그런 이성적인 판단과는 다르게 화를 내고 있는 나 스스로에게도 화가 났다. 나는 경주의 말을 끊기 위해 소리를 높여야 했다. 결국 숨겨왔던 이기적인 마음을 드러내고 말았다.

"네가 그렇게 말한 덕분에 바보가 됐다고, 내가!"

"누가 널 바보로 본다는 건데."

경주는 끝까지 소리를 높이지 않고 나긋하게 말했다. 대답할 수 없는 질문이었다. 그러나 내 팔목을 잡고 있던 경주는 잠시 후 내 눈빛의 의미를 모두 읽어버렸다.

"……그 사람이랑 뭔가 있었구나."

경주는 '그 사람'이라고 말했지만 우리 둘은 '그 사람'이 누구인지 정확하게 알고 있었다. 나는 아무 말도 할 수 없었다. 그러나

긴 침묵이 대답을 대신하고 있었다.

“이것저것 이유를 찾는 건 핑계야. 맞지? 넌 그냥.”

경주는 한 번 멈칫거리다가 괴로운 표정으로 말을 이었다.

“넌 그냥 그 사람이 좋은 거야.”

“아니야.”

경주도, 나도 알고 있는 이야기에 대해, 나는 거짓말을 했다.

“지금 여기 있는 사람이 내가 아니라 그 사람이라면 넌.”

경주는 더 말을 잇지 못했다. 내 생각은 경주의 끊어진 말을 채워 나가고 있었다. 만약에 여국대 사장이 자기가 내 눈물을 닦아준 사람이라고 말했다면, 나는 좋아했을 것이다. 만약에 여국대 사장이 거짓말을 했다는 걸 알았다면, 나는 그 거짓말을 부정했을 것이다. 만약에 여국대 사장이 내게 모든 게 거짓말이라고 말한다면…… 그렇다 하더라도 나는 여국대 사장을 계속 좋아할 수밖에 없을 것이다.

그래, 난 그 사람이 말도 못하게 그저 좋아. 어떤 핑계를 대고서라도 옆에 있고 싶을 만큼 좋아. 거짓말을 밥 먹듯이 하는 사람이어도, 결혼을 백 번 해본 사람이어도 좋아.

슬픈 빛을 띠는 경주의 눈이 내 침묵의 행간을 너무나도 정확하게 읽고 있어 더 이상 경주와 마주할 수 없었다. 나는 경주의 손을 다시 한 번 매몰차게 뿌리쳤다.

“갈게, 나중에 봐.”

나는 경주에게서 뒤돌아 성큼성큼 걸어갔다. 경주가 더 쫓아오지는 않았다.

이제 어쩐다. 확인해야 할 것은 한 가지 더 남아 있었다. 여국대 사장에게 그가 병원에서의 범인이 맞는지 물어보는 것. 그러나 경주에게 그 난리를 쳐버린 탓에 급속도로 기운이 빠져 버렸다. 그걸 물어봐서 어쩔 건데, 넌 왜 그따위 지나간 일에 집착하는 건데, 그게 뭐 중요한 문제라고. 그게 뭘 달라지게 하는데. 스스로에게 몇 번 물어봐도 답이 안 나오는 문제였다.

그런 혼란 속에서 내가 향한 곳은 역시 그가 있는 곳이었다. 오피스텔 정문을 바라보며 한참 멍하니 서 있었다. 이제 어떻게 해야 하나. 올라가? 말아? 내일 물어봐? 그냥 덮어?

만감이 교차했지만 용기를 내야 한다는 결론이었다. 나는 그에게 전화를 걸었다. 신호음이 한참 가도록 그는 전화를 받지 않았다. 전화가 그냥 끊어지자마자 다시 통화버튼을 눌렀다. 몇 번의 신호음이 계속되고, 이번엔 그가 전화를 받았다.

'왜' 라고, 그는 차갑고 퉁명스럽게 말했다.

"아틀리에에 있어요?"

[내 방.]

"혼자 있어요?"

[그래.]

"지금 오피스텔 앞인데 올라갈게요. 잠깐 얘기 좀 해요."

나는 그가 좋다 싫다를 하기 전에 먼저 전화를 끊어버렸다. 남의 말을 듣지 않고 제 뜻대로 행동하는 건 그의 방식이었다. 나를 나무라지는 못할 것이다.

엘리베이터를 타고 올라가 402호 쪽으로 걸어가는데, 그가 402호의 현관문을 닫고 내 쪽으로 오려는 것이 보였다. 몇 시간 전 무서운 얼굴로 아틀리에에서 나가 버렸을 때보다는 표정이 풀려 있었지만, 여전히 그에게선 냉랭한 기운이 돌았다.

"그냥 아틀리에에서 잠깐 얘기하면 돼요."

"……수리 있어. 너랑 있으면 소리가 높아지잖아."

"아깐 아무도 없다고 했잖아요."

"……지금 들어왔어."

오피스텔 빌딩 앞에 한참 서 있었지만 수리 씨가 들어가는 건 못 봤는데.

"밖으로 나가서 얘기해."

그는 내가 할 말을 짐작하고 있는 걸까. 내 목소리가 높아질 거라는 그의 말은 어느 정도 인정할 수 있었기 때문에 나는 그와 함께 엘리베이터를 타고 내려갔다. 엘리베이터 안에서도 그는 나에게 거리를 두고 있었다. 힐끗 그의 손을 곁눈질로 쳐다보았다. 미친 척하고 그냥 저 손을 확 잡아버릴까. 이제 병원에서의 일은 중요하지 않을 거라는 생각이 들었다. 그저 내 욕심을 채우는 일이었을 뿐, 그가 범인이든 아니든, 내가 그를 계속 좋아할 거라는 사실은 변하지 않을 것이다.

그러나 내가 잡생각을 하는 사이에 1층에 도착했고 엘리베이터 문이 열렸다.

엘리베이터에서 막 나왔을 때였다. 덩치가 크고 사납게 생긴 두 명의 남자가 오피스텔 정문 밖에 있는 것이 언뜻 보였다. 곧 이곳으로 들어올 모양인 듯했다. 날 따라오는가 싶던 여국대 사장이 갑자기 뒤에서 나를 잡아끌었다. 내가 먼저 그를 잡으려고 했는데!

"이게 무슨, 읍."

눈 깜짝할 새에 일어난 일이었다. 나는 그의 손에 입이 막힌 채, 그의 힘에 이끌려 엘리베이터 옆 비상계단 쪽으로 순식간에 끌려갔다. 이게 무슨 상황이지? 비상계단 문이 빠르고 조심스럽게 닫혔다. 두 명의 사내가 엘리베이터 쪽으로 가며 뭐라뭐라 말하는 소리가 들렸다. '이 자식', '가만 안 둬' 와 같은 험악한 말도 함께였다.

"조용해. 가만있어."

엘리베이터를 타기 전과는 다르게 살짝 긴장한 듯한 목소리였다. 그는 계속 한쪽 손으로 내 입을 막고, 다른 한쪽 팔로는 뒤에서 나를 결박한 채로 그렇게 가만히 있었다.

나는 짜릿하게 백허그로 그에게 안긴 꼴이 됐지만, 다른 이유로 현기증이 일었다. 이이이이 사람이 지금 어디에 손을 대고 있는 거야! 거긴 작고 소중한 나의 가…….

내가 그에게서 벗어나려 몸을 버둥거리니, 그의 팔이 더 세게 나를 감았다. 나를 결박할 거라면 그 손 좀 제대로 하고! 제발!

나는 입을 움직일 수 없어 말도 할 수 없는 채로 그렇게 서 있어야 했다. 곧 밖에서 엘리베이터가 올라가는 소리가 들렸고, 사내들의 목소리도 사라졌다.

그는 그제야 자기 손이 어디에 닿아 있었는지 깨달은 것 같았다. 그의 손은 곧 빠르게 미끄러져 내 허리까지 그대로 내려갔다.

"아, 미안."

내겐 전혀 미안하게 들리지 않는 목소리였다. 도대체 이게 다 무슨 상황이냐고!

혹시 이 사람, 무슨 조직에 연루된 사람인 건가?

잠잠해진 후, 그는 비상구 문을 열어 힐끗 밖을 확인하고는 내 손을 잡고 급히 밖으로 나와 택시를 잡았다. 나는 그에게 이게 다 뭐냐, 도대체 왜 그러느냐 소리를 쳤지만, 그는 내 말에 대답하지 않았다. 그는 택시기사에게 성북동으로 가달라고 하고 나서 급하게 누군가에게로 전화를 걸었다.

"너 어디 있어. 혹시 모르니까 핸드폰 전원 끄고 지금 바로 택시 타고 비룡이네 집으로 와. 오피스텔로 가지 말고. 집 앞에서 최민수 봤다."

집 앞에서 최민수 봤다? 아까 본 사람 중에 한 명 이름이 최민수인가? 이름 한번 거창하네. 이 긴박한 상황에서 입에 담기엔 너무나도 코믹한 이름이었다.

그와 지금 통화를 한 사람은 분명 수리 씨였다.

"수리 씨 위에 있다면서요."

"없어."

"아깐 있다고 그랬잖아요."

"거짓말한 거야."

"왜 그런 영양가 없는 거짓말을 해요?"

"이렇게 될 것 같았으니까."

"이런 상황이 된 건 지금 알게 된 거잖아요."

"지금 그거 따질 때야? 할 말이 뭔데."

심각한 분위기에서 말해야 할 내용이었는데 상황이 우스워졌다. 그는 인상을 꽉 구기고 있을 내 얼굴은 쳐다보지도 않았다. 그저 내가 알지 못하는 문제에 신경이 곤두서 있었다.

그는 또 누군가에게로 전화를 걸었다. 비룡 씨인 것 같았다.

"어, 나 지금 너희 집으로 간다. 수리도 갈 거야. 집 앞에서 최민수 봤는데, 왜 지금 서울에 있는 건지 확인 좀 해줘."

그는 점점 모를 얘기들을 하고 있었다. 이게 무슨 상황인지 도무지 감이 잡히지 않았다. 그는 왜 의문의 남자들을 보자마자 몸을 숨겼는가, 왜 우리는 택시를 타고 도망치고 있고, 왜 그는 수리 씨를 비룡 씨네 집으로 부른 것인가.

불안이 엄습했다. 내가 그를 좋아해서는 안 되는 이유에 또 하나가 늘어나는 것일까. 나는 내가 왜 그를 만나려고 했는지 이유도 잊은 채, 궁금함을 참지 못하고 입을 열었다.

"……사장님, 혹시 조폭이었어요?"

핸드폰으로 무언가를 열심히 찾던 여국대 사장이 잠시 후 골몰히 생각하는 듯한 표정으로 말했다.

"내가 아니라, 수리."

예전에 수리 씨가 양아치 무리에 끼어 있었다는 이야기를 들은 적이 있었다. 그때는 그냥 동네 건달이었나 보다, 라고 생각했었다. 여태껏 쫓고 쫓기는 스케일일 줄은 상상도 하지 못했다.

"사장님이 그 무리에서 빼내줬다면서요……. 다 끝난 얘기 아니었어요?"

"해결 안 된 게 하나 있었어."

그는 한숨을 쉬고는 피곤한 듯 좌석에 몸을 기댔다.

☆ ☆ ☆

여국대 사장이 방향을 틀어 집 앞에 내려주겠다고 했지만 호기심을 참지 못하고 그를 따라와 버렸다. 우리는 수리 씨보다 먼저 비룡 씨의 집에 도착했다. 그동안 비룡 씨가 너무 한량 행세를 하고 다녀서 비룡 씨 집안의 규모는 생각도 못하고 있었는데, 오피스텔 말고는 서울에서 집 안에 계단이 있는 집은 처음이었다. 어쩐지 말씨와 행동에서 항상 부티가 흐르더라니, 광고회사 대표 집안답게 앞뒤로 마당이 있는 으리으리한 집이었다. 거실에는 비룡 씨의 어머니로 보이는 여자분의 피아노연주 사진이 큼지막하게 걸려 있었고, 거실 옆 널찍한 홀의 중앙에는 그랜드피아노가 두 대 있었다.

"사장님, 오랜만에 오셨네요."

"아, 네, 안녕하셨어요?"

여국대 사장과 인사를 한 사람은 이 집의 가사도우미 아주머니 같았다. 가사도우미가 있는 집도 처음이었다. 우리는 아주머니의 안내를 받아 위층으로 올라갔다. 2층의 거실에 도착하자마자 비룡 씨가 욕실에서 나왔다. 젖은 몸에, 수건 한 장만 허리에 두른 채로.

"옷 입어, 자식아!"

나보다 여국대 사장의 반응이 더 빨랐다. '옷 입어, 자식아!' 에 느낌표를 스무 개는 달아야 할 정도로 그의 목소리가 쩌렁쩌렁했다. 여국대 사장은 비룡 씨의 알몸을 확인하자마자 나를 잡아끌어 내 눈을 가렸다. 난 괜찮은데. 그게 부끄러우면 자기 눈이나 가릴 것이지. 여국대 사장의 호통 소리에 비룡 씨가 예의 차분한 목소리로 응대했다. 비룡 씨는 조금도 당황한 기색이 없었다.

"송아 씨도 왔네. 난 너 혼자 오는 줄 알았지."

그리곤 방문을 여는 소리가 들렸다. 역시 비룡 씨는 뼛속까지 양반이었다. 나는 여전히 여국대 사장에게 눈이 가려진 채 붙들린 상태였다. 입도 막히고, 눈도 막히고, 팔로 결박당하고, 그리고…… '아, 미안' 과 같은 취급을 당하고…… 참 스펙터클한 날이다.

"너 때문에 약속도 펑크 내고 돌아왔잖아."

"옷이나 입어, 변태 자식아."

"얼씨구? 내 집에서 내가 벗지도 못하고 있냐? 안 그래, 송아 씨?"

"애한테 그런 거 묻지 말고!"

여국대 사장의 목소리가 또 한 번 높아졌다. 여전히 내 눈은 가려진 상태였다. 난 괜찮은데. 난 애가 아닌데.

비룡 씨가 옷을 모두 갖춰 입었는지 잠시 후 여국대 사장의 손이 떨어졌다.

"최민수, 아직 복역 기간 2년 남았어. 걔가 특사일 리도 없고. 네가 잘못 봤겠지."

"제대로 봤어. 최민수 맞아. 그 아래 있던 애 한 명이랑 같이."

"너, 한 다리 건너 교도관 아는 사람 있다고 하지 않았어? 그쪽으로 물어봐."

여국대 사장은 잠시 머뭇거리더니 핸드폰으로 전화번호를 검색하며 방 밖으로 나갔다. 조용히 통화를 하고 싶은 모양이었다.

비룡 씨와 둘만 남게 되자마자, 나는 지금 이 사태의 자초지종을 물었다. 비룡 씨는 조심스럽게 입을 열었다.

"4년 전에 수리가 좀 큰 규모의 일수 쪽 일을 했었어. 그렇다고 행패를 부리고 다니고 그런 건 아닌데 폭력에 많이 둔감하긴 했지. 못 볼 꼴도 많이 보고 살았나 봐. 국대가 걔 빼올 때 고생을 좀 많이 했다고 들었어. 아무튼 수리가 나오고 나서 거기서 사건 하나가 터졌는데, 결국 최민수라는 애가 잡혀 들어가게 된 거야. 그런데 그게 수리 자리였거든. 계속 거기 있었으면 수리가 잡혀 들어갈 차례였던 거지."

수리 씨에게 가해질 수 있는 위협이 어떤 것이지 짐작할 수 있을 것 같았다.

"아무튼 오해가 좀 있었어. 결국 그 무리가 해체되고 나서 맘 고쳐먹은 사람은 몇 안 되고 다른 무리로 이동하거나 동네 양아치로 지내는 애들이 보통인데, 만약에 최민수가 출소한 거라면, 걔네들을 불러 모았을 수도 있겠지. 수리를 데려오는 조건으로 국대가 엄청 투자한 걸로 아는데 그게 최민수 손엔 안 들어간 걸 수도 있고."

"사장님이랑 수리 씨는 어떻게 아는 사이였던 거예요?"

왜 여국대 사장이 수리 씨에게 이토록 잘하는 걸까, 잃어버린 친동생이라도 되는 걸까, 하는 생각이 들어 비룡 씨에게 물었다.

"어렸을 때 아는 사람이 사고를 당했는데, 그 사고로 수리네 집안도 완전히 기울었다나 봐. 국대가 좀 감성적이잖아. 몰래 수리 뒤를 봐주고 있었는데 국대가 외국에 나가 있는 10년 사이에 수리가 또 그렇게 된 거지. 그냥 자기가 돌봐줘야겠다는 생각이 들었나 봐."

비룡 씨가 막 이야기를 마쳤을 때, 여국대 사장과 수리 씨, 그리고 수리 씨가 그동안 입에 침이 마르도록 자랑한 묘령의 여인, 수리 씨의 여자친구가 수리 씨의 손을 꼭 붙잡고 방으로 들어왔다.

수리 씨의 여자친구는, 미소를 부르는 얼굴이었다.

내 상상과는 다르게, 아주아주 다르게 약간 통통하고 포근한 인상의, 달덩이 같은 여인이었다. 하얗고 투명한 피부에 까만 단발머리, 아래로 살짝 처진 눈이 '나는 순둥이예요' 라고 말하고 있었다. 수줍게 인사하는 그녀는 여자인 내가 봐도 사랑스러웠다.

"아, 송아 씨는 처음 보겠네. 여기가 내 여자친구 은영이."

"안녕하세요, 언니."

그녀가 해사하게 웃으며 말했다. 동그라미가 많은 이름만큼이나 성격도 둥글둥글한 사람인 것 같았다. 나보다 두 살이 어리다는 은영 씨는 귀염성도 물론 있었지만 언니같이 푸근한 인상이었다. 무엇보다도 수리 씨가 이렇게나 흡족해하는 얼굴을 본 적이 없었다. 자기에게 닥친 위험을 생각하고는 있을까 염려될 정도로 은영 씨를 바라보는 수리 씨의 눈빛이 행복해 보였다.

비룡 씨는 은영 씨를 데려와 난감하다는 투로 수리 씨의 옆구리를 툭 쳤다.

"은영이가 같이 오겠다고 한 거야. 나한테 위험한 거면 은영이도 알아야 되니까."

이때 여국대 사장이 우리들에게 말했다.

"최민수 아버지가 돌아가셔서 잠깐 귀휴를 했던 모양이야. 오늘이 복귀하는 날인데 그동안 찾아다녔었나 봐. 아버지 장례식 자리나 지킬 것이지."

"그럼 아직 걱정할 건 아니야. 형은 이제 신경 쓰지 마. 내가 알아서 할게.”

여국대 사장이 답답하다는 듯 수리 씨를 보며 이를 악물었다.

“걱정 마. 그것도 생각 안 했을까 봐? 오해가 있으면 풀어볼 거고, 위험한 건 법대로 할 거야. 내가 잘못한 건 없잖아. 안 그래?”

수리 씨는 단호하고 침착하게 말했다.

우리는 일단 최민수와 똘마니가 지금까지 잠입해 있을 것을 우려해 오피스텔 경비 쪽과 사설 경비업체의 힘을 급히 빌려 오피스텔 건물 전체와 주변을 둘러보도록 미리 조치했다. 그리고 최민수가 교도소로 복귀했는지 확인 연락을 받도록 수를 쓴 다음, 최민수와 함께 있었던 똘마니의 신상을 확인하고, 그가 지금 무슨 일을 하며, 최민수와 어떤 관계이고, 원하는 것이 무엇인지를 역으로 파악해 가기로 했다.

모든 가능한 상황에 대한 대처 방법을 차근차근 정리해 가는 수리 씨의 모습은 지금까지 보지 못했던 새로운 면모였다. 자기 여자가 옆에 있기 때문일까? 차분하게 예상 시나리오를 그려보는 수리 씨는 의젓하고 남자다웠다. 수리 씨를 믿기만 하면 생명의 위협이라 할 만한 것도 없을 것 같았다. 은영 씨의 아버지가 경찰서 과장이라는 점도 우리를 든든하게 했다. 우리는 수리 씨가 원하는 것을 돕고 걱정하지 말라는 부분은 남겨두기로 하였다.

얘기를 모두 마친 우리는 비룡 씨가 운전하는 차를 타고 돌아갔다.

차의 조수석에는 여국대 사장이, 뒷좌석에는 나와 은영 씨 그리고 수리 씨가 앉았다. 버스나 택시를 타고 가도 될 것 같았는데 여국대 사장과 비룡 씨는 굳이 나를 애 취급하며 집까지 바래다주겠다고 억지를 부렸다. 그 덕에 나는 이 닭살커플과 함께 뒷좌석에 앉아야 하는 고통을 감내해야 했다. 그저 닥치고 집까지 어서 빨리 도착하기를 속으로 염원하고 있을 때 은영 씨가 내 손을 잡으며 말했다.

"언니, 정말 만나고 싶었어요. 오빠한테 이것저것 얘기 듣고 얼마나 웃었는지 몰라요. 어떻게 그런 생각을 할 수 있어요?"

덕스러운 얼굴이 살갑게 웃으며 말했다. 은영 씨의 손은 다섯 살짜리 어린애처럼 희고 말랑말랑했다. 이런 여자를 좋아하지 않을 수 없을 것 같다는 생각이 들었다.

그런데 수리 씨는 도대체 내 이야기를 얼마나 웃기게 한 걸까. '그런 생각' 이 도대체 어떤 생각을 말하는 건지 몰라 나는 멍청하게 은영 씨를 쳐다보았다.

"송아 씨, 은영이 자꾸 만지지 마."

수리 씨가 은영 씨의 다른 한쪽 손을 제 앞으로 가져가며 말했다.

"닳아."

어이구. 허, 어처구니가 없어서. 내가 이럴까 봐 택시 타고 간다고 한 건데. 여국대 사장에게 병원 사건을 물어보러 와서 내가 왜 이런 수모를 겪어야 하지? 내가 만진 거야? 내가 은영 씨에게 만져진 거라고! 내가 닳는 거라고!

이런저런 제 속도 모르는 비룡 씨의 쿡, 하는 웃음소리가 들렸다.

결국 여국대 사장에게는 아무것도 묻지 못하고 얻은 것도 없이 차에서 내렸다. 여국대 사장은 차창을 빼꼼히 열고는 잘 가라는 말과 함께 그제야 내게 물었다.

"물어볼 거 있다고 하지 않았어?"

나는 그가 얄미워 때려주고 싶은 기분이었다.

"눈에서 도끼 나오겠네. 이따 전화할게. 잘 들어가."

도끼눈을 뜨고 그를 보니 그가 한쪽 입을 씰룩이며 비웃었다.

그가 탄 차는 곧 나를 떠났지만, 나는 그 자리에 오랫동안 남아 차가 멀리 사라질 때까지 지켜보았다.

참으로 다난한 하루였다. 스키장을 가겠다고 나가서는, 콘도에서의 요리에, 은사님 병원 방문에, 402호에서의 꿀맛 같은 잠과, 덕희네 회사와 경주네 회사, 오피스텔 앞에서의 갑작스런 도피, 그리고 비룡 씨네 집 방문까지. 이 모든 일들이 24시간 동안 벌어진 일이라니, 경험한 나조차도 믿기지 않을 정도다. 그러나 내게 가장 중요한 문제에 대해선 난 아무 말도 하지 못했다.

한 시간쯤 후에 그에게서 전화가 걸려왔다. 그는 퉁명스럽게 물었다.

[하려던 말이 뭐였는데.]

이 사람은 어쩜 이렇게 늘 더 말할 기분이 들지 않게 하는 말본새인지. 그래도 나는 꾹 참고 그에게 말했다.

"병원에서요."

[그래, 병원에서 뭐.]

그가 따지듯 물어보니 입이 쉽게 떨어지지 않는다. 나는 부글부글 끓는 속을 어쩌지 못하고 결국 말을 돌렸다. 오늘 그가 저지른 만행을 지적하여 그를 숙연하게 만든 후에 진실을 물어봐야겠다고 생각했다.

"오늘 일은 사과 안 해요?"

[내가 무슨 사과를 해야 되는데.]

나는 낮에 그의 책장에서 책들의 위치를 바꾼 것에 그쳤던 내 행동을 후회했다. 책장째로 불살라 버렸어야 되는 거였어. 정말 분통 터지게 만드는 사람이다.

"됐어요. 얘기 안 할래요."

[무슨 얘기를 그렇게 자꾸 하다 말아?]

정말 궁금하기는 한 건가? 들을 준비도 되어 있지 않은 이 사람에게 나는 무엇을 더 얘기할 수 있을까.

"비상계단에서요. 사장님 손이 어디 있었는지 알아요?"

그는 한동안 말이 없었다. 제대로 사과할 생각을 하고 있는 걸까, 무안해서 말을 할 수도 없는 걸까. 한참 후 그의 목소리가 들렸다.

[미안하다고 했잖아.]

"전혀 미안한 태도가 아니었잖아요. 사장님은 항상 그렇다고요."

훗, 하고 난데없는 비웃음소리가 들렸다.

[허리가 있어야 될 부분에 가슴이 있는 사람 잘못 아니야?]

으아악! 나는 기가 막혀서 핸드폰을 집어 던질 뻔했다. 그래요, 난 짜리몽땅하죠! 이 썩어빠진 XXX, 스바로므스키 XXX, 어디서 굴러먹다 온 X뼈다귀 같은…… 쌍시옷과 짐승 명사가 난무하는 말들이 목구멍에서 우글우글 들끓었다.

으아아아! 나는 핸드폰에 대고 진격의 거인처럼 포효했다. 그 후 어떤 폭발의 과정으로 통화를 끝냈는지 모르겠다. 너그러운 마음으로 사과를 받아주려고 했는데 화를 주체할 수 없을 정도가 되어버렸다.

이런 사람을 좋아하다니! 내가, 내가!

베개에 얼굴을 묻고 크아아 소리를 내며 다시 분노를 쏟아냈다. 여국대 죽었어, 여국대 죽었어, 여국대 죽었어……. 감정이 극에 달해 손끝이 부들부들 떨렸다.

그래, 알았어.

그간 내가 너무 아름답기만 했지?

이제 제대로 삐뚤어져 주마.

개진상의 끝을 보여주겠다!

2권 계속